DER TURM DER WEISEN

M.A. ROTHMAN

Übersetzt von
MICHAEL KRUG

Copyright © 2021 Michael A. Rothman

Covergestaltung von Allen Morris
Innenillustrationen von Allen Morris

Dieser Roman ist ein fiktives Werk. Namen, Charaktere, Unternehmen, Orte, Ereignisse, Schauplätze und Vorfälle sind entweder Produkte der Fantasie des Autors oder wurden auf fiktive Weise verwendet. Jede Ähnlichkeit mit realen, lebenden oder verstorbenen Personen oder realen Ereignissen ist rein zufällig.

Alle Rechte vorbehalten.

Taschenbuch ISBN: 978-1-0879-5048-8

TITEL VON M. A. ROTHMAN

Techno-Thriller: *(Wissenschaftsthriller/Hard-Science-Fiction)*
- Urgewalt
- Der Freiheit letzter Atemzug

- Darwins Faktor

Levi Yoder Thriller:
- Operation Tote Hand
- Insider-Mission
- Nie wieder
- Tief im Sumpf

Rollenspielromane/Action-Abenteuer
- Der Landläufer
- Der Turm der Weisen

Epische Fantasy/Dystopie:
- Die Seherin der Prophezeiung
- Die Erben der Prophezeiung
- Die Waffen der Prophezeiung
- Die Herren der Prophezeiung

- Flucht vor dem Schicksal
- Der Codeknacker
- Dispokalypse

Connor Sloane Thriller:
- Opfermut
- Todesrede

INHALT

Kapitel 1	1
Kapitel 2	13
Kapitel 3	28
Kapitel 4	38
Kapitel 5	45
Kapitel 6	56
Kapitel 7	71
Kapitel 8	86
Kapitel 9	96
Kapitel 10	106
Kapitel 11	117
Kapitel 12	128
Kapitel 13	144
Kapitel 14	157
Kapitel 15	168
Kapitel 16	181
Kapitel 17	193
Kapitel 18	203
Kapitel 19	214
Kapitel 20	225
Kapitel 21	237
Kapitel 22	249
Kapitel 23	262
Kapitel 24	276
Kapitel 25	287
Kapitel 26	298
Kapitel 27	310
Vorschau auf Der Prismaist	325
Anmerkung des Autors	335
Anhang	341
Der Autor	353

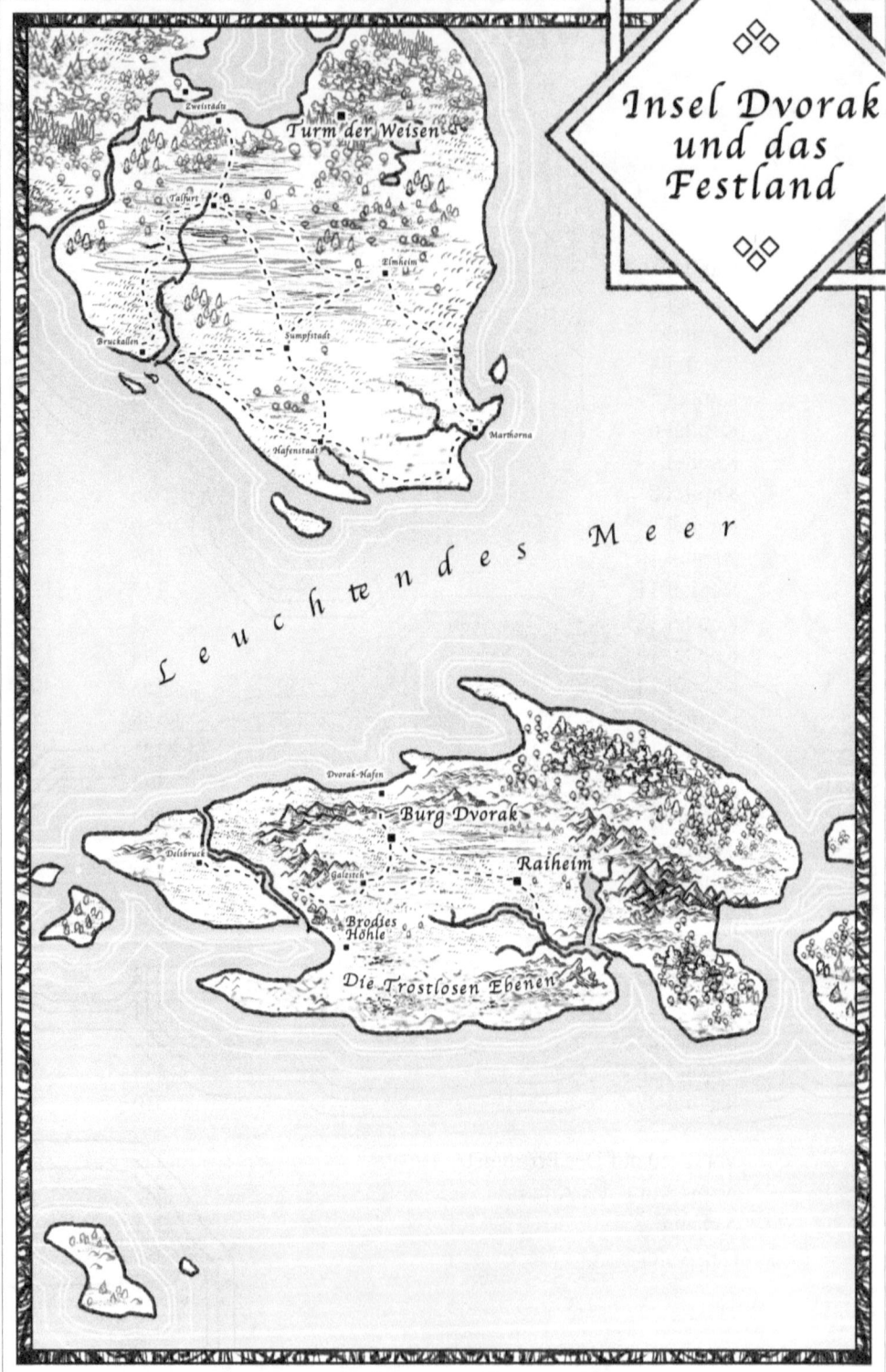

KAPITEL EINS

In einer riesigen Höhle tief in Myrkheim beobachtete Peabo, wie Soldaten im Ausmaß von drei Zügen auf eine Weise in Stellung gingen, die ihm sehr bekannt vorkam. Durch den Dienst bei den Special Forces war er daran gewöhnt, in kleinen Gruppen zu arbeiten. Dieser Anblick hingegen versetzte ihn zurück in seine Zeit bei der Infanterie, wenn sich die gesamte Kompanie vor Manövern formierte. Allerdings bestanden zwei wesentliche Unterschiede gegenüber damals: Die meisten dieser Soldaten waren gerade mal knapp anderthalb Meter groß, und es war weit und breit keine Schusswaffe in Sicht.

Nicole, eine große blonde Blutmaid, die ihn buchstäblich von einem Ende dieser Höhle zum anderen treten konnte, stellte sich neben ihn und legte ihm den Arm über die Schultern. »Geht es dir gut?« Sowohl der Ton ihrer Stimme als auch ihre gerunzelte Stirn brachten deutlich ihre Besorgnis zum Ausdruck.

»Alles bestens«, log Peabo. »Die Kopfschmerzen sind gerade nicht so schlimm.«

»Lügner.« Sie nahm nie ein Blatt vor den Mund. »Du hast

letzte Nacht die Kissen vollgeblutet. Es geht dir alles andere als gut.«

Das stimmte, und Peabo widersprach nicht noch einmal. Stattdessen nickte er in Richtung der Soldaten und wechselte das Thema. »Ich verstehe nicht, warum der Prälat eine so große Eskorte braucht«, sagte er. »Sind wirklich so viele Leute nötig, um das Festland zu erreichen?«

Nicole bedachte ihn mit dem Blick, den sie für ihn reserviert hatte, wenn er etwas besonders Dummes von sich gab. Ihre Worte jedoch klangen untypisch sanft. »Du hast diese Reise noch nie gemacht, also musst du mir einfach vertrauen, wenn ich dir sage: Ja, sie sind nötig. Bei einer Truppe dieser Größe werden sich selbst die dämlichsten Kreaturen nicht mit uns anlegen.«

Brodie, der Hohepriester des Namenlosen und ihr gemeinsamer Freund, schloss sich ihnen an. »Du siehst wie wochenalter Müll aus«, meinte er, als er Peabo von oben bis unten musterte.

»Oh Mann, schönen Dank auch.« Peabo schüttelte den Kopf. Brodie hatte immer etwas zu meckern. Wenn er je damit aufhörte, würde sich Peabo ernsthaft um den alten Burschen sorgen. »Kannst du mir erklären, warum wir nicht einfach ein Boot zum Festland nehmen? Für eine Bootsfahrt bräuchte man nicht so viele Leute.«

Der Zwerg schnaubte. »Erstens«, sagte er und stupste Peabo mit einem dicken Finger in die Brust, »halten wir Myrkheimer uns ungern länger als nötig in der Oberwelt auf. Zweitens« – wieder stupste er Peabo – »gibt es kein Boot, das den Angriff eines Kraken überleben könnte. Drittens« – *stups* – »lege ich mein Schicksal nicht in die Hände eines Kapitäns, den ich nicht kenne. Viertens ...«

»Schon gut, hör auf, mich zu stupsen! Ich hab's kapiert.« Peabo rieb sich die wunde Stelle an der Brust. »Was ist ein Krake in dieser Welt? Ich habe mir das Monsterhandbuch von vorn bis hinten eingeprägt, und ein Krake kommt darin nicht vor.«

Brodie schwenkte wegwerfend die Hand. »Es gibt eine zweite Auflage, aber mach dir darüber vorerst keine Gedanken. Dafür bist du noch nicht bereit.«

Peabo war immer noch ein Neuling in dieser Welt. Und oft wünschte er, Brodie würde ihm einfach alles erzählen, was er wusste, damit er begreifen könnte, was vor sich ging.

Das Geräusch von knirschendem Kies hallte durch die Höhle. Peabo drehte den Kopf und erblickte einen großen Wagen, der am Eingang in Sicht rollte. Gezogen wurde er von drei rotäugigen Ungetümen, die wie eine Kreuzung aus einem Ochsen und einem Clydesdale aussahen – allerdings mit einer Schulterhöhe von jeweils um die zweieinhalb Meter.

»Ah, da ist er«, sagte Brodie.

»Wofür ist der große Wagen?«, fragte Peabo.

»Der ist für dich«, antworteten Brodie und Nicole gleichzeitig.

»Für mich? Den brauche ich nicht. Ich marschiere mit den anderen.«

Nicole tat, worauf sie immer zurückgriff, wenn sie ihn beruhigen wollte: Sie begann, seine Schultern zu massieren. »Peabo, ich weiß, du denkst, es geht dir gut, aber das stimmt nicht. Es ist eine lange Reise über die Insel, unter dem Meer hindurch und zum Festland. Dein Zustand verschlimmert sich. Ich sehe es. Glaub mir, wenn ich dir sage, dass du diesen Marsch nicht überlebst, wenn du nicht in dem Wagen fährst.«

Das Gefährt rollte weiter durch die Höhle. Soldaten traten beiseite und gaben eine Schneise direkt zu Peabo frei. Offenbar kannten alle außer ihm den Plan.

Er atmete tief ein, blies langsam die Luft aus und versuchte, sich wie ein Erwachsener zu benehmen. Nicole hatte recht. Selbst wenn er nur aufrecht stand, wurde ihm schwindlig, und die Übelkeit, die mit den verdammten Kopfschmerzen einherging, blieb mittlerweile durchgehend erhalten. Er fühlte sich miserabel. Wenn er neben den anderen marschierte, würde er nur alle aufhalten.

Der Soldat vorn auf dem Wagen schnalzte die Peitsche, schnippte mit den Zügeln und manövrierte den Wagen so herum, dass er mit dem Heck zu Peabo zum Stehen kam. Zwei Soldaten entriegelten die hintere Klappe. Sie schwang auf gut geölten Angeln auf.

»Landläufer«, sagte einer der Soldaten und bot ihm die Hand an. »Lass mich dir beim Einsteigen helfen.«

Peabo ignorierte die Hand und kletterte selbst in den Wagen. Er mochte krank sein, aber das konnte er immer noch allein. Nicole hopste neben ihn, und die Soldaten schlossen die Klappe hinter ihnen.

Brodie legte die Hände an den Mund und verkündete der versammelten Truppe: »Beim Namenlosen, wir brechen auf!« Dann rasselte er eine Reihe von Befehlen herunter wie ein kompetenter Captain der Army. Er teilte je einen Zug als Vorhut und Nachhut ein. Der Rest der Soldaten bildete einen Schutzwall um den Wagen herum. Sie wollten wirklich keinerlei Risiko eingehen.

Mit einem Tuch in der Hand tupfte Nicole an Peabos Oberlippe.

»Verdammt noch mal ...« Peabo stöhnte. Er blutete wieder.

»Schon gut.« Nicole legte die leuchtenden Hände an sein Gesicht, und er spürte, wie sich etwas tief in seiner Nase erwärmte, als sie ihn zu heilen versuchte ... schon wieder.

Der Wagen setzte sich in Bewegung, und Peabo seufzte. Es würde eine lange Fahrt werden.

Peabo erwachte aus unruhigem Schlaf, ließ die Augen aber geschlossen. Er spürte das Schaukeln des Wagens auf dem unterirdischen Pfad durch die Gänge und Höhlen von Myrkheim. Als er wieder einzuschlafen versuchte, gelang es ihm nicht. Die ihn umgebenden Stimmen erwiesen sich als zu laut. Sie fühlten sich wie Hämmer an, die unablässig auf seine Schläfen eindroschen.

»Ich denke, es sind noch vier Stunden bis zu unserer nächsten Pause.«

»Er sieht nicht wie ein Landläufer aus. Wo ist die Maserung seiner Haut, von der ich im Unterricht gelesen habe?«

»Ich frage mich, ob der Hohepriester weiß, dass eine gescheiterte Blutmaid neben dem Landläufer sitzt. Der Frau kann man nicht trauen.«

In dem Moment wurde Peabo klar, dass er keine Gespräche hörte, sondern *Gedanken*. Niemand würde so etwas laut über Nicole sagen – jedenfalls nicht in ihrer Hörweite. Nicht, wenn man sein Leben schätzte.

Aber ... Moment, das konnte nicht stimmen. Er sollte nicht in der Lage sein, ihre Gedanken zu hören. Das konnte er nur bei Leuten niedriger Stufe. Diese Zwerge waren erfahrene Soldaten, mit Sicherheit höher als Stufe 4. Ab da verschloss sich der Geist und konnte nicht mehr belauscht werden.

Als er sich aufsetzen wollte, stellte er fest, dass er es nicht konnte. Tatsächlich konnte er sich überhaupt nicht rühren, nicht mal, um die Augen zu öffnen. Und doch ... konnte er alles um sich herum sehen. Er konnte Nicole sehen, die neben ihm im Schneidersitz hockte und auf den Ring in ihrer Hand starrte. Allerdings sah er sie nicht von seinem Platz im Wagen aus – sondern von oben. Irgendwie schwebte er über dem Fahrzeug und schaute nach unten, beobachtete alles aus diesem Blickwinkel. Er konnte sogar den eigenen, noch schlafenden Körper sehen.

Auf der Erde hatte er schon von außerkörperlichen Erfahrungen gehört, aber nie daran geglaubt. Offensichtlich jedoch war es kein blanker Unsinn, denn genau das erlebte er in diesem Augenblick.

Brodie saß Nicole gegenüber. Sie unterhielten sich stumm miteinander, indem sie das Pendant des Morsecodes auf ihre gekoppelten Verständigungsringe tippten. Obwohl der Austausch der Nachrichten lautlos erfolgte, konnte er ihre Gedanken hören.

»*Ich hoffe, im Turm hat man eine Antwort*«, dachte Nicole und tippte die Mitteilung an Brodie.

»*Dir scheint es an Vertrauen in die Frauen des Turms zu fehlen, obwohl der Prälat empfohlen hat, ihn dorthin zu bringen*«, dachte Brodie zurück.

»*Brodie, ich habe ein Jahrzehnt dort gelebt. Ich weiß, was sich hinter diesen Mauern abspielt. So etwas würde ich nie jemandem zumuten wollen, an dem mir etwas liegt.*«

Der Zwerg warf ihr einen fragenden Blick zu. »*Also liegt dir etwas an ihm? Ich dachte, das ist nicht erlaubt.*«

»*Halt die Klappe, Brodie. Unabhängig von meinem Gelübde bin ich immer noch meine eigene Herrin. Hältst du es für einen Zufall, dass all das unmittelbar nach dem Vorfall in der Burg begonnen hat?*«

»*Wohl kaum. Die Essenz, die er von Fürst Dvorak erlangt hat, muss immens stark gewesen sein. Er ist schlagartig in den Stufen aufgestiegen. Ich würde wetten, etwas in seinem Kopf wurde auf Stufe 5 geschaltet. Und ihm fehlt eine wichtige Ausbildung, von der wir nichts wissen.*«

»*Ich mache mir Sorgen um ihn.*«

»*Solltest du auch. Ist das Beruhigungsmittel, das du ihm gegeben hast, stark genug für die gesamte Reise?*«

»*Ja. Hat mir zutiefst widerstrebt, aber er ist so stur und hätte sich selbst geschadet, ohne es zu merken.*«

Ein Beruhigungsmittel, dachte Peabo. Deshalb also konnte er nicht aufwachen.

Als Peabo die Fähigkeit auslotete, erkannte er auf Anhieb, dass er seinen Blickwinkel und seine Position ändern konnte, indem er es einfach wollte. Wie ein Geist schwebte er über den Tross der Soldaten nach vorn, und als er sich der Spitze der Kolonne näherte, stellte er fest, dass irgendein Angriff stattfand, obwohl er offenbar nur das Ende des Kampfs mitbekam. Er beobachtete, wie ein Zwergensoldat eine menschenähnliche Kreatur mit einer Schweineschnauze niederstreckte und ihr dabei fast den Kopf von den Schultern hackte. Ein halbes Dutzend weiterer Kadaver lagen bereits auf dem Boden verstreut.

Orks.

Durch sein Studium des Monsterhandbuchs erkannte Peabo sie auf Anhieb. Sie ähnelten nicht den Orks aus den *Herr der Ringe*-Filmen, sondern sahen eher dürr und mickrig aus. Der Zwergeneskorte hatten sie offensichtlich keine große Mühe bereitet.

Als die Orks in der Höhle beiseite geschleift wurden und der Tross den Weg fortsetzte, stellten sich zwei der Soldaten über die Leichen und murmelten Gebete. Peabo lauschte erst ihren Gedanken, dann denen der anderen Soldaten. Das waren keine schlichten Auftragskämpfer der Gilde, sondern Männer des Prälaten, das Pendant einer päpstlichen Garde, eine Eliteeinheit, die ihren Dienst stolz verrichtete.

Plötzlich kehrte Peabo in seinen Körper zurück. Er konnte sich zwar immer noch nicht bewegen oder die Augen öffnen, aber er spürte, wie Nicole seine Nase abtupfte, und er hörte sie weinen. Er spürte ihre Besorgnis. Sie hatte entsetzliche Angst, er könnte sterben.

Brodie flüsterte neben ihm: »Er kämpft gegen das Betäubungsmittel an. Wahrscheinlich verursacht das die Blutung. Rutsch beiseite – ich versetze ihn in einen tieferen Schlaf.«

Peabo spürte, wie Brodies Hand seine Stirn berührte. Wärme umhüllte ihn, und die Welt wurde dunkel.

Als Peabo wieder erwachte, brauchten seine Augen ein paar Minuten, um sich an die Helligkeit zu gewöhnen. Der Wagen musste aus dem unterirdischen Reich Myrkheim hinauf ins Tageslicht gefahren sein. Als er tief einatmete und Meeresgeruch wahrnahm, wusste er, dass sie mittlerweile auf dem Festland eingetroffen sein mussten.

Nicole lächelte ihm von der anderen Seite des Wagens an. Sie reichte ihm einen Wasserschlauch und etwas Dörrfleisch. »Du hast über einen Tag lang geschlafen. Du brauchst Energie.«

Peabo biss ein Stück vom Dörrfleisch ab. Es schmeckte nach Hühnchen, aber eine Mischung ihm unbekannter Gewürze brachte seine Lippen zum Kribbeln und ließ seine Zunge taub werden.

»Wo sind wir?«, fragte er, als er zu Ende gekaut hatte.

Brodies Stimme ertönte aus dem vorderen Teil des Wagens. »Wir fahren gerade durch Elmheim«, sagte er. »Entspann dich einfach. Wir sind bald beim Turm.«

Peabo stemmte sich in sitzende Haltung und sah, dass sich ihr Gefährt den Weg durch eine Stadt bahnte, die das Gebiet um Burg Dvorak wie ein bescheidenes Dorf erscheinen ließ. Trotz der mittelalterlichen Technologie dieser Welt ragten die Gebäude in den Himmel. Türme, Säulen und verziertes Mauerwerk beherrschte die Architektur. Der Anblick erinnerte ihn an die alten Gebäude in der Vatikanstadt. Tatsächlich fand er es seltsam, wie ähnlich die Bauweise dem römischen, barocken und sogar gotischen Stil war. Dennoch hatte die Architektur dieser Welt ihr eigenes, einzigartiges Flair, was der Stadt einen zugleich vertrauten und fremdartigen Anstrich verlieh.

»Was hat dein Interesse so geweckt?«, wollte Nicole wissen.

»Mich verblüffen nur die Gebäude. Sie sind alle so viel größer als die in Dvorak.«

»Größer als die Gebäude dort, wo du herkommst?«

Peabo schüttelte den Kopf. »In unseren größten Städten wie New York sind sie höher. Aber nicht so ... Ich weiß nicht recht, wie ich es ausdrücken soll. Die Gebäude hier sind irgendwie kunstvoller. Einzigartig. Viele der Bauten in meiner Heimat sind einander sehr ähnlich. Wie alt ist dieser Ort?«

Nicole zuckte mit den Schultern. »Sehr alt.« Sie drehte sich nach vorn. »Brodie, weißt du, wie alt diese Gebäude sind?«

Der Zwerg saß neben dem Fahrer und zeigte auf ein Gebäude, das Peabo an den Parthenon erinnerte. Es wies Säulen und ein dreieckiges Dachprofil auf. »Das ist eines der ältesten hier. Vor fast 500 Generationen hat ein Landbeben den Großteil dieser Provinz dem Erdboden gleichgemacht. Aus der Zeit ist nicht viel geblieben. Aber das Gebäude da stammt aus dem Wiederaufbau.«

»Wie viele Jahre sind eine Generation ungefähr?«, fragte Peabo.

Brodie zuckte mit den Schultern. »Etwa 20.«

Peabo rechnete. 500 Generationen entsprachen demnach fast 10.000 Jahren. Zu Hause gab es keine Gebäude oder sonstigen Konstruktionen, die nach so langer Zeit noch standen. Wenn er sich richtig an seinen Geschichtsunterricht erinnerte, waren sogar die Pyramiden und Stonehenge bestenfalls halb so alt.

Nicole ergriff mit beiden Händen seine Hand und hielt sie fest. Sie suchte zunehmend Körperkontakt, was ihr gar nicht ähnlich sah.

»*Geht es dir gut?*«, übermittelte er ihr.

Sie schenkte ihm ein schiefes Grinsen und übertrug ihre Gedanken in seinen Kopf. »*Ich mache mir nur Sorgen um dich.*«

»*Alles in Ordnung.*« Und es stimmte. Abgesehen von einem dumpfen Schmerz im Nacken und allgemeinen Verspannungen vom Schlafen auf dem Boden des Wagens fühlte er sich gut.

»Da ist er«, verkündete Brodie, als der Wagen die Kuppe einer Anhöhe erreichte und sich vor ihnen eine Reihe von Türmen abzeichnete. »Der Turm der Weisen. Du willst alte Gebäude sehen, Peabo? Die Turmanlage gehört zu den wenigen Bauwerken der Provinz, die das Landbeben überlebt haben.«

»Wie alt ist sie dann?«, fragte Peabo.

»Kann ich nicht genau sagen. Ich weiß nur, sie stammt aus dem Ersten Zeitalter, also mindestens 100.000 Zeitenwechsel.«

100.000 Jahre? »Wie ist das möglich?«, fragte Peabo.

Nicole wirkte von der Frage überrascht. »Die Steine sind verschleißfest, falls du das meinst. Das scheint dich zu verblüffen.«

»Tut es«, bestätigte Peabo.

Die Türme ragten höher auf, als sie sich näherten. Zusammen ähnelten sie einer Burg, allerdings ohne Außenmauern. Insgesamt waren es fünf Türme, je einer an jeder Ecke eines großen Platzes. Der höchste erstreckte sich in der Mitte gen Himmel.

Als der Wagen innerhalb der Anlage anhielt, kam eine Gruppe von etwa zwölf Frauen aus dem mittleren Turm, angeführt von einer großen Blondine, die einen weißen Schimmer abstrahlte.

Nicole flüsterte mit zittriger Stimme: »Das ist Ariandelle, die Schulleiterin.«

Als sich die Frauen dem Wagen näherten, spürte Peabo, wie seine Nase zu bluten anfing. Rasch strich Nicole mit einer leuchtenden Hand über sein Gesicht.

Anstatt auf Brodie zuzugehen, blieb Ariandelle unmittelbar vor Nicole stehen. »Nicole«, sagte sie mit einem Lächeln. »Was für eine Überraschung, dich zu sehen. Warst du nicht gepaart mit ...«

Eine Frau mit gerötetem Gesicht neben ihr flüsterte der Schulleiterin etwas ins Ohr. Kurz wurden Ariandelles Züge traurig, bevor sie sich an Peabo wandte.

»Landläufer. Ja, ich kann sehen, wer du wirklich bist.« Sie schüttelte den Kopf. »Gut, dass du eingetroffen bist. Wie ich sehe, hat die Blutung bereits eingesetzt, und ich spüre den Schmerz in dir. Trotz allem, was du durchgemacht hast, um hierher zu kommen, fürchte ich, deine Reise hat gerade erst begonnen.«

Die Stimme der Frau klang widerhallend, wirkte beinah so übernatürlich wie ihre leuchtende Haut. Peabo verspürte den Drang, die Hand auszustrecken und sie zu stupsen, um sich zu vergewissern, dass sie aus Fleisch und Blut bestand und kein Geist war.

Sie holte eine Karte aus Metall der ungefähren Größe einer Kreditkarte hervor und hielt sie ihm hin. »Bitte lies laut vor.«

Peabo erkannte die Karte auf Anhieb – eine Kopie davon hatte er in Dvorak gesehen. Aber als er sie aus Ariandelles Hand entgegennahm, stellte er fest, dass sich dieses Exemplar schwerer und warm anfühlte. Und wichtiger noch, irgendetwas daran fühlte sich *... falsch* an.

Auf einer Seite standen Worte im CAPTCHA-Format, wie man es in seiner Welt benutzte, um zu bestätigen, dass der Leser ein Mensch und kein Computer war. Er wusste bereits, was darauf stand, da er die Worte schon einmal gesehen hatte. Als er sie erneut betrachtete, spürte er wie beim ersten Mal Zorn in sich aufsteigen.

Er holte tief Luft und versuchte, seine Emotionen beim Ausatmen loszulassen.

»Melde mich zum Dienst«, las er. »Ich bin von der STAG.«

Abrupt löste sich die Karte in feinen Staub auf, und die Welt wurde dunkel.

Ein Stimmengewirr brach um ihn herum aus. Peabo spürte, wie er bewegt wurde. Nicole schrie auf. Aber es war die Stimme der Schulleiterin, die durch den allgemeinen Lärm zu ihm drang.

»*Nein. Du darfst ihn nicht in den Turm begleiten. Der Zugang zum Landläufer ist dir verboten.*«

Peabo konnte nichts sehen und nichts fühlen. Sein Körper trieb in einem Meer aus Dunkelheit. Doch als er weggebracht wurde, hörte er Nicoles Stimme im Kopf.

»*Gib nicht zu, dass du mit mir gepaart bist*«, übermittelte sie ihm. »*So bist du da drin sicherer.*«

KAPITEL ZWEI

Ein lauter Knall wie ein Donnerschlag explodierte in Peabos Kopf, und er wehrte sich gegen seine Fesseln. Obwohl er sich nach wie vor in Dunkelheit befand, hörte er in der Nähe flüsternde Stimmen sowie ein leises Summen.

»*Er ist gebaut wie ein Oger*«, sagte eine Frau.

»*Landläufer sind ja auch groß*«, meinte eine andere.

»*Leena, woher um alles in der Welt willst du das wissen? Seit dem Ersten Zeitalter hat niemand mehr einen gesehen.*«

»*Weil ich mich im Gegensatz zu dir wirklich damit beschäftigt habe, was in den Archiven steht.*«

»*Mädels, das reicht jetzt*«, kam von einer dritten, vertrauten Stimme. »*Noch mal*«, sagte sie.

Das Summen wurde lauter und erinnerte Peabo an einen unter Spannung stehenden elektrischen Transformator. Und plötzlich fühlte er sich, als *wäre* er der Transformator. Sein Körper wurde von einem kräftigen Stromstoß durchzuckt, und ein weiterer ohrenbetäubender Donnerschlag entlud sich in seinem Kopf.

Abrupt riss er die Augen auf.

Er saß festgeschnallt auf einem Stuhl mit gerader Rückenlehne. Vor ihm standen drei Frauen, deren Gesichtsausdrücke eine Bandbreite von besorgt über neugierig bis hin zu belustigt abdeckten. Eine der Frauen wischte ihm mit einem nassen Tuch grob übers Gesicht. Blutverschmiert zog sie es zurück.

Die beiden anderen Frauen betrachteten sein Gesicht etwa zehn Sekunden lang aus verschiedenen Blickwinkeln. Dann meinte eine von ihnen: »Er scheint nicht mehr zu bluten.«

Peabo wusste nicht, ob es stimmte. Sehr wohl jedoch wusste er, dass sich irgendetwas verändert hatte. Die stetig schlimmer werdenden Kopfschmerzen, an denen er seit Wochen gelitten hatte, schienen vollständig verschwunden zu sein. Vorerst zumindest.

Die Frau, die ihm das Gesicht abgewischt hatte, warf das besudelte Tuch in einen überquellenden Korb, bevor sie ein sauberes Tuch von einem Stapel auf einer Werkbank ergriff. Als sie Peabo damit übers Gesicht rieb, protestierte er.

»Sachte!«, sagte er. »Ich bin durchaus in der Lage, mir selbst das Gesicht abzuwischen.« Obwohl es offensichtlich nicht stimmte, da seine Arme gefesselt waren. Er öffnete und schloss die Fäuste im Versuch, die Blutzirkulation in seine kribbelnden Fingerspitzen anzuregen.

Die Frauen schenkten seiner Wortmeldung keine Beachtung. Alle drei betrachteten das Tuch, das kein frisches rotes Blut erkennen ließ, nur ein paar Spuren von Braun. Wahrscheinlich verkrusteten altes, getrocknetes Blut und wer weiß was noch sein Gesicht. Zweifellos sah er wie etwas aus einem Albtraum aus.

Die Frauen blickten auf ihn herab, als wäre er ein Tier im Zoo. Dann nickte die Größte der drei – Ariandelle, so hatte Nicole sie genannt.

»Ich teile dem Prälaten mit, dass sich sein Landläufer auf dem Weg der Besserung befindet«, kündigte sie an. »Dann durchforste ich die Archive und lese nach, was ein Landläufer sonst noch braucht. Leena, du lässt ihn vom Arzt untersuchen. Wir teilen ihn für die Grundausbildungsklassen ein.« Sie warf einen weiteren Blick auf Peabo. »Und sorgt dafür, dass er die Regeln und Beschränkungen des Kragens versteht.«

Die beiden anderen Frauen nickten. Ariandelle wandte sich ab und verließ den Raum.

Während eine Frau die Tücher ordnete, legte die andere namens Leena den Kopf schief und betrachtete Peabo. Ihre Augen schimmerten eisblau, dieselbe Schattierung wie bei Nicole. Peabo fragte sich, ob es sich um eine gemeinsame Eigenschaft der Frauen im Turm handelte.

Leena nahm sein Kinn in die Hand und strich mit dem Daumen über seine Wange. »Was für eine blutige Sauerei.« Sie schnippte gegen etwas um seinen Hals und erzeugte so einen metallischen Laut. »Solange du hier bist, hilft uns dieser Kragen, dich aufzuspüren, falls du einen Anfall bekommst und das Bewusstsein verlierst oder nicht auffindbar bist. Außerdem entriegelt er manche Türen für dich.«

Sie beugte sich vor und begutachtete sein Gesicht, als wäre sie eine Wissenschaftlerin und er eine Laborratte. Schließlich schüttelte sie den Kopf. »Sind die Kopfschmerzen weg?«

Immerhin sprach zum ersten Mal jemand mit Peabo, statt ihn so zu behandeln, als wäre er der Sprache ohnehin nicht mächtig.

Peabo wollte nicken, aber ein Geflecht von Lederriemen hielt sein Kopf zurück. »Ja, danke«, sagte er. »Entschuldigung, aber kannst du mich aus diesem Ding befreien?«

Leena lächelte. »Kein Grund, sich zu entschuldigen.« Sie begann, die Riemen zu lösen. »Willkommen im Turm der Weisen.«

Ein älterer Arzt setzte ein Röhrchen aus Holz an Peabos Brust und horchte am anderen Ende. »Landläufer, bitte tief einatmen und dann langsam ausatmen.«

Peabo tat, wie ihm geheißen. Offenbar handelte es sich bei der Vorrichtung um ein primitives Stethoskop, was Peabo überraschte. Er war zu der Überzeugung gelangt, dass es in dieser Welt nicht mal Ärzte gab, zumindest keine, wie er sie kannte, geschweige denn Stethoskope. Immerhin besaßen in dieser Welt manche Leute – wie Nicole – magische Heilfähigkeiten. Wer brauchte da noch Ärzte?

Aber das Büro dieses Mannes erinnerte stark an Arztpraxen, in denen Peabo früher gewesen war. Sogar anatomische Zeichnungen hingen an den Wänden. Der größte Unterschied bestand darin, dass die Zeichnungen handgefertigt wirkten. Außerdem wiesen sie handschriftliche Anmerkungen auf. Dadurch erinnerten sie ihn an Bilder, die er einmal in der Praxis eines traditionellen chinesischen Akupunkteurs gesehen hatte.

Der Arzt lehnte sich zurück und tätschelte Peabos Knie. »Landläufer, du bist in bemerkenswert guter Verfassung, wenn man bedenkt, dass du noch vor einem Tag an der Schwelle zum Tod gestanden hast.«

»Mein Name ist Peabo, wenn's recht ist.«

»Entschuldigung. Man hat mir deinen Namen nicht gesagt, und es hat mir nicht zugestanden, danach zu fragen. Peabo also. Hast du noch Fragen an mich, bevor ich eine der Vollstreckerinnen rufe?«

»Ja.« Peabo schob einen Finger zwischen seinen Hals und den Metallkragen, den man ihm angelegt hatte. »Wie nehme ich dieses Ding ab?«

Der Mann wirkte ein wenig erschrocken von der Frage und schüttelte den Kopf. »Ich glaube nicht, dass es abgenommen werden soll, solange du hier bist.«

Peabo legte die Stirn in Falten. Die Vorstellung, etwas zu tragen, das ihn an ein Hundehalsband erinnerte, störte ihn sehr. Aber als er mit den Fingern über das glatte Metall fuhr, beunruhigte ihn noch mehr, dass er keine offensichtliche Möglichkeit ertastete, das Ding abzunehmen. »Was genau bewirkt der Kragen?«

»Tut mir leid, aber damit kenne ich mich nicht besonders gut aus. Darüber wirst du mit den Vollstreckerinnen reden müssen.«

»Vollstreckerinnen?« Peabo gefiel nicht, wie sich die Bezeichnung anhörte. »Entschuldigung, aber ich bin neu hier im Turm. Was macht eine Vollstreckerin?«

Der Arzt schenkte ihm ein mattes Lächeln. »Ich wiederhole mich wirklich ungern, aber es steht mir nicht zu, über die Hierarchie im Turm zu reden. Andererseits ist es wohl in Ordnung, dir zu erklären, mit wem du zusammentreffen wirst. Vollstreckerinnen sind erfahrene Maiden, die in den Turm zurückgekehrt sind, um bei der Ausbildung neuer Rekrutinnen mitzuhelfen. Du hast von ihnen nichts zu befürchten.«

Während der Arzt sprach, drückte er einen Knopf an der Wand. Wenig später öffnete sich die Tür, und eine Frau trat ein. Wie die anderen hatte sie blaue Augen, aber in ihr blondes Haar hielten graue Strähnen Einzug.

Der Arzt schaute zu ihr auf und neigte den Kopf. »Vollstreckerin Eileen, der Landläufer erfreut sich guter Gesundheit.«

Die Frau sah Peabo mit einem Gesichtsausdruck an, der selbst Milch frisch von der Kuh hätte sauer werden lassen. »Landläufer, bist du bereit für die Integration?«

Peabo stand auf. Trotz der stattlichen Größe der Frau überragte er sie um gut 15 Zentimeter, und er wog mindestens doppelt so viel wie sie. Dennoch beschlich ihn das deutliche Gefühl, sie könnte ihn im Handumdrehen auf dem Hintern landen lassen, ohne auch nur ins Schwitzen zu geraten.

»Ich weiß zwar nicht, was ›Integration‹ bedeutet«, erwiderte er, »aber klar. Ich bin wohl bereit.«

Ohne ein Wort der Erklärung führte sie ihn aus der Arztpraxis, mehrere Gänge entlang und schließlich durch eine Tür nach draußen. Als Peabo ihr folgte, spürte er ein Kribbeln, das von dem Metallkragen um seinen Hals ausging. Nicht unangenehm, aber es erinnerte ihn daran, dass er noch etliche Fragen hatte.

»Wofür ist der Kragen?«, fragte er. »Der Arzt wollte nicht darüber reden. Er hat gesagt, es steht ihm nicht zu, es mir zu erklären.«

»Und er hatte recht.« Eileen schleuderte ihm einen finsteren Blick zu. Oder vielleicht handelte es sich um ihre Vorstellung von einem Lächeln. »Ohne ihn könntest du keinen der Türme betreten oder verlassen.«

Peabo verengte die Augen und spürte, wie leichte Verärgerung in ihm aufstieg. »Mir fällt auf, dass du keinen Kragen trägst. Kann ich das Ding nicht abnehmen und bei mir tragen oder einen Schlüssel für die Türen haben, die abgesperrt sind?«

Die Frau schnaubte und schüttelte den Kopf. »Es gibt Regeln, an die du dich halten wirst, solange du hier bist. Und das Tragen des Kragens ist eine davon. Die Vollstreckerinnen im Turm haben andere Möglichkeiten, verschlossene Räume zu betreten.«

Peabo runzelte die Stirn, schwieg aber. Vorläufig schien er ohnehin keine große Wahl zu haben.

Sie hielt inne und zeigte nacheinander auf jeden der über sie aufragenden Türme. »Der nordöstliche Turm, den wir gerade verlassen haben, wird hauptsächlich zur Behandlung von Krankheiten genutzt, die nicht auf ein göttliches Eingreifen ansprechen. Im südöstlichen Turm ist die Waffenkammer untergebracht. Dort findet auch der Nahkampfunterricht statt. Im südwestlichen Turm bewahren wir alles Geheimnisvolle auf, darunter Bücher, verbesserte Rüstungen und Waffen. Dort wird der Unterricht für Fortgeschrittene abgehalten. Und im nordwestlichen Turm ist alles Naturwissenschaftliche aus dem Ersten Zeitalter untergebracht. Es ist eher ein Museum, weil derlei Dinge in heutiger Zeit unpraktisch geworden sind.«

Peabo betrachtete die Türme. Vor allem der letztere interessierte ihn: das Museum. »Da ich jetzt geheilt bin«, sagte er. »Wäre es in Ordnung, wenn ich ...«

»Du bist *nicht* geheilt, Landläufer. Die Behandlung, die du erhalten hast, stammt aus dem Ersten Zeitalter, und du wirst sie wieder brauchen – es sei denn, du lernst mehr darüber, wer und was du bist.«

Eileen trat näher an ihn heran, näher als sich zwei Fremde sein sollten. Und näher, als es Peabo behagte. Aber sie sprach mit unerwartet sanfter Stimme. »Ich spüre deine Frustration. Wir alle möchten, dass du geheilt wirst und dein Schicksal erfüllen kannst. Aber der Vorgang erfordert Geduld von dir. Ich hoffe, du verstehst das.«

Was sich an Irritation in Peabo aufgestaut hatte, schmolz plötzlich dahin. Zwar verstand er immer noch nicht viel, aber er nickte.

»Was ist der nächste Schritt bei dem Vorgang?«, fragte er.

»Das steht noch nicht fest. Die Schulleiterin höchstpersönlich stellt gerade Nachforschungen zu deinem Fall an. In der Zwischenzeit nimmst du am Unterricht teil wie alle anderen Rekrutinnen.«

Peabo grinste. »Rekrutinnen? Heißt das, ich werde zur Blutmaid ausgebildet?«

Eileen stimmte ein Lachen an, das einen Herzschlag lang ihren mürrischen Gesichtsausdruck verschwinden ließ. »Wenn du es so sehen willst, nur zu«, sagte sie schließlich. »Jetzt komm mit. Ich kann nicht zulassen, dass du zu spät zu deinem ersten Kurs aufkreuzt.«

Peabo kam sich mehr als seltsam dabei vor, in einer Klasse mit Mädchen zu sitzen, die alle um die zehn Jahre alt zu sein schienen. Natürlich stach er heraus wie ein bunter Hund und konnte nicht anders, als die neugierigen Blicke der Mädchen zu bemerken – und ihre Gedanken.

»Das ist der Landläufer! Ich kann's fast nicht glauben.«

»Für jemanden, der wie ein Rohling aussieht, hat er ein recht freundliches Gesicht.«

»Er hat keine der Merkmale, von denen ich gelesen habe.«

»Er ist riesig ... noch größer als Pop-Pop.«

Wie Peabo herausgefunden hatte, gehörte es zu den Merkmalen eines Landläufers, die Gedanken anderer hören zu können. Zumindest, bis jemand die vierte Stufe erreichte und seine Gedanken abschirmen konnte. Aber diese Mädchen waren jung und besaßen diese Fähigkeit noch nicht.

Und noch etwas fehlte ihnen: die blauen Augen und blonden Haare aller Blutmaiden. Die Schülerinnen in seiner Klasse hatten verschiedenste Haar- und Augenfarben wie die Leute, die er in der realen Welt kennengelernt hatte.

»Peabo, was kannst du mir über das Erste Zeitalter sagen?«

Die Blutmaid, die vor der Klasse stand, sah ihn eindringlich an. Er spürte, wie sich schlagartig alle Augen auf ihn richteten, und er fühlte sich in die Grundschule zurückversetzt. Keine angenehme Erinnerung.

»Es ... es war vor langer Zeit?« Peabo verzog das Gesicht zu einer Grimasse, da er genau wusste, wie lahm seine Antwort war.

»Das stimmt.« Die Lehrerin lächelte freundlich und richtete die Aufmerksamkeit auf eine andere Schülerin. »Carolyn, bitte sag mir, was du über das Erste Zeitalter weißt.«

Das dunkelhaarige Mädchen stand auf. »Das Erste Zeitalter

hat den Anbeginn der Zeit selbst gekennzeichnet. Damals hat es uns noch nicht gegeben. Götter sind auf der Welt gewandelt, in der wir leben. Wir wissen nicht viel über den Beginn und die Mitte, aber in der Spätphase des Ersten Zeitalters gab es seltsame, gefährliche Kräfte, und die Götter haben Krieg gegeneinander geführt. Schließlich kam es zu einem Krieg, der die anderen beendet und die Götter gezwungen hat, das Land zu verlassen und sich auf andere Ebenen zurückzuziehen. Es war eine äußerst gefährliche Zeit für unsere Vorfahren, und sie hat zu Dunkelheit und Chaos geführt. Aber auch zur Ankunft des Königs, der aus den Wirren und der Zerstörung schließlich Frieden geschmiedet hat.«

Verblüfft stellte Peabo fest, dass dieses Mädchen ihm gerade mehr über die Geschichte dieser Welt beigebracht hatte, als er bisher in all seiner Zeit in diesem fremden Land erfahren hatte. Götter, die auf der Welt wandelten? Seltsame Kräfte? Er fragte sich, was als »seltsam« bei einem Volk galt, das mit keiner Wimper zuckte, wenn jemand magisch geheilt oder auch in eine untote Kreatur verwandelt wurde.

»Sehr gut, Carolyn«, lobte die Lehrerin. »Heute widmen wir uns dem wahren Beginn. Zu der Zeit gab es auf dieser Welt noch gar nichts außer drei unsterblichen Geistern: Dunkelheit, Chaos und Ordnung. Kann mir jemand sagen, was aus Chaos geworden ist?«

Ein halbes Dutzend Hände schossen in die Höhe. Die Lehrerin zeigte auf eines der Mädchen, das prompt aufsprang und das Wort ergriff. »Das Chaos hat sich in die dunkle und die helle Seite seiner selbst aufgespalten. In die Zwillingsgötter.«

Die Lehrerin nickte. »Das ist richtig.«

Ein anderes Mädchen hob die Hand und wurde aufgerufen. »Woher wissen wir das alles, obwohl es so lange zurückliegt?«

Die Lehrerin lächelte. »Wir haben Aufzeichnungen über die

Mätzchen der Zwillingsgötter von Tafeln aus dem Ersten Zeitalter, die den großen Krieg überlebt haben. Und von der Dunkelheit wissen wir, weil sie in den Chroniken des ersten Landläufers erwähnt wird, des Gründers dieser heiligen Türme.«

Die Mädchen warfen alle einen Blick auf Peabo und fragten sich vermutlich dasselbe wie er: *Was bedeutet es überhaupt, ein Landläufer zu sein?* In Wirklichkeit hatte er keine Ahnung, was ihn von anderen unterschied – abgesehen von einigen äußerlichen Merkmalen seiner Haut. Und selbst sie verschleierte derzeit ein Trank, den er vor der Ankunft im Turm eingenommen hatte.

Ihm wurde bewusst, dass er die Lehrerin kurz ausgeblendet hatte, die weitersprach, während sie zwischen den Tischen der Schülerinnen umherging. Obwohl sie schon einige Jahre auf dem Buckel zu haben schien, bewegte sie sich anmutig und geräuschlos. Man merkte der Frau ihr Alter nicht an. »... und so wurde die Dunkelheit auf einer entfernten Ebene eingekerkert, auf der sie unsere Welt nicht mehr beeinflussen konnte. Die Zwillingsgötter sind in dem Krieg gestorben, der das Erste Zeitalter beendet hat.«

Peabo hob die Hand. »Du hast gesagt, die Götter waren unsterblich. Wie konnten die Zwillingsgötter dann sterben?«

Wieder lächelte die Lehrerin. »Eine ausgezeichnete Frage, und ich sollte meine Worte wohl vorsichtiger wählen. Tatsächlich wissen wir nicht mit Sicherheit, ob die Zwillingsgötter umgekommen sind. Aber wir wissen, dass seit dem Ende des Ersten Zeitalters niemand mehr Verbindung mit einem der beiden aufnehmen konnte. Streng genommen ist ihr Schicksal unbekannt.«

Peabo schwieg. Er glaubte nicht an Götter. In seinem anderen Leben war er nie besonders religiös gewesen, und er hatte nicht vor, in diesem damit anzufangen. Allerdings hatte er inzwischen gelernt, nichts in dieser Welt als selbstverständlich anzunehmen. Es mochte keine »Götter« geben, doch für ihn bestand kein

Zweifel daran, dass sich diese Legenden auf etwas sehr Reales bezogen. Etwas womöglich Unbegreifliches und wahrscheinlich Gefährliches.

»Somit verbleibt noch der Namenlose«, sagte die Lehrerin, und Peabos Augen weiteten sich. Von dieser Gestalt hatte er bereits mehrfach gehört, auch wenn sie keinen Namen besaß.

»Der Namenlose ist die Gottheit, die für Ordnung und Gleichheit in allem steht. Im Großen Krieg war er derjenige, der beiseitegetreten ist, als seine Brüder von dieser Welt verstoßen wurden. Und obwohl am Ende auch er auf eine andere Ebene verbannt wurde, beeinflusst er die Leute bis zum heutigen Tag.«

Peabo hob die Hand.

»Ja, Landläufer?«

»Ich habe gesehen, wie jemand mit dem Namenlosen Verbindung aufnehmen konnte – indem er Nachrichten in Sand geschrieben hat. Wie ist das möglich?«

»Ausgezeichnete Frage.« Der Blick der Lehrerin wanderte durch das Klassenzimmer. »Kennt jemand die Antwort auf die Frage des Landläufers?«

Ringsum ausdruckslose Mienen.

Die Lehrerin wandte sich wieder Peabo zu. »Ich nehme an, es war ein Priester, den du dabei beobachtet hast, richtig?«

»Ja.«

»Das *Wie* ist schwer zu erklären ... oder auch nur zu verstehen. Aber ich kann dir sagen, dass so etwas nur mit außerordentlichen Fähigkeiten und umfassender Ausbildung möglich ist.«

»Hat schon jemand versucht, sich auf die gleiche Weise mit den anderen Göttern zu verständigen?«, hakte Peabo nach.

»Oh, versucht auf jeden Fall. Aber immer erfolglos. Wie gesagt, Chaos und Dunkelheit sind entweder tot – oder welches Schicksal auch immer Unsterbliche ereilt. Oder sie wurden auf andere Daseinsebenen verbannt, die wir nicht erreichen können.

Zumindest steht es so in den alten Aufzeichnungen geschrieben.«

Als die Lehrerin die Schülerinnen aufforderte, ihre Geschichtsbücher aufzuschlagen, dachte Peabo darüber nach, was er gerade erfahren hatte. Was unter dem Strich nicht viel war. Er war nur widerwillig an diesen Ort gekommen, weil die Frauen im Turm angeblich die Einzigen waren, die wussten, wie sich sein Leben retten ließ. Und doch wussten sie in vielerlei Hinsicht nicht wesentlich mehr als er.

Aber nicht nur das beunruhigte ihn. Auch Nicoles Warnung ging ihm durch den Kopf: *»Gib nicht zu, dass du mit mir gepaart bist. So bist du da drin sicherer.«*

Wovor genau muss ich eigentlich sicherer sein?, fragte sich Peabo. Bisher schienen der Ort und die Leute darin recht nett zu sein, doch er hatte das nagende Gefühl, dass es dabei eine dunkle Kehrseite gab.

Während Leena geduldig wartete, saß die Schulleiterin an ihrem Schreibtisch und blätterte in einem Stapel Papier, ohne die andere Frau eines Blickes zu würdigen. Für Leena verkörperte Ariandelle ein Rätsel. Niemand kannte ihren Hintergrund oder wusste auch nur, wie alt sie war. Sehr wohl jedoch wusste man, dass sie mit Stufe 20 zu den mächtigsten Leuten im Land gehörte. Gut möglich, dass außer dem König höchstpersönlich überhaupt niemand an sie heranreichte.

Dabei war Leena selbst ziemlich mächtig. Die meisten Maiden schlossen die Ausbildung im Turm auf Stufe 7 ab und steigen nur selten weiter auf – in der Regel wurden sie mit jemand mehr oder weniger Einflussreichem gepaart, für den die größte Gefahr darin bestand, sich an Papier zu schneiden oder sich den

Wanst zu vollzuschlagen. Leena hingegen hatte einen anderen Weg eingeschlagen. Den Großteil ihres Lebens hatte sie als eine der Meuchlerinnen in Diensten des Königs verbracht. Und unzählige Opfer hatten durch ihre geschickten Hände ihr Ende gefunden. Durch das Meer von Blut, das sie vergossen hatte, konnte sie sich mehrere Stufen hocharbeiten. Mittlerweile stand sie im Alter von 40 Jahren bei Stufe 13, womit sie die ranghöchste Vollstreckerin in der Turmanlage verkörperte.

Und immer noch fehlten ihr volle sieben Stufen auf die Schulleiterin. Stufe 20 erschien ihr undenkbar. Wie lange es gedauert haben musste, dorthin zu gelangen, überstieg Leenas Vorstellungskraft. Jede Stufe war schwieriger zu erreichen als die davor. Leena hatte fünf Jahre gebraucht, um von Stufe 12 auf 13 vorzurücken. Wenn sie ehrlich sein wollte, rechnete sie nicht damit, je Stufe 14 zu erreichen, und sie konnte sich nicht ansatzweise vorstellen, welche Kräfte damit einhergehen könnten. Die Schulleiterin strotzte dauerhaft vor unterschwelliger Energie.

Endlich schaute Ariandelle von ihrer Arbeit auf und nahm ihre Besucherin zur Kenntnis. Wenn die Frau lächelte, ließ ihr altersloses Gesicht nicht mal den Ansatz von Falten erkennen.

»Ist sie bereit dafür, womit ich sie beauftragen werde?«, fragte die Schulleiterin.

Leena war sich nicht sicher, ob die Frau es laut aussprechen wollte. Sicherheitshalber nickte sie.

Ariandelle schloss die Augen. »Ich muss zugeben, als sich der Prälat des Namenlosen an mich gewandt und mir mitgeteilt hat, dass ein Landläufer auf dieser Welt wandelt und todkrank ist, dachte ich zuerst, er hätte den Verstand verloren. Seit dem Ersten Zeitalter ist niemand mehr einem Landläufer in Fleisch und Blut begegnet. Aber hier ist er. Und er ist in der Tat krank.«

Darin waren sie sich alle einig. Die Krankheit des Landläufers schien eine stärkere Form von etwas zu sein, das alle Blutmaiden erlebten. Wenn sich die Fähigkeiten in einer jungen Maid zum ersten Mal regten, bekam sie Träume davon, sie einzusetzen – Träume, die zu einer Besessenheit wurden, zu einem nagenden quälenden Hunger. Das war unangenehm, aber verkraftbar – ein Anreiz, der Maiden dazu anspornte, ihr Potenzial auszuschöpfen.

Aber beim Landläufer schienen die schädlichen Folgen des Antriebs wesentlich stärker zu sein. So stark, dass sie unerträgliche Kopfschmerzen verursachten ... und vielleicht letztlich sogar den Tod.

»Das Gerät, mit dem wir ihn behandeln sollten ...«, begann Leena. »Hat es ihn geheilt?« Leena wusste, dass die Schulleiterin die Geheimnisse des uralten Geräts im ältesten Archiv entdeckt hatte. Allerdings wusste sie nicht, um welche Geheimnisse es sich handelte.

»Ich fürchte nein. Er nutzt eine Magie aus dem Ersten Zeitalter, etwas namens Magnetresonanz, um den Druck im Kopf des Landläufers zu lindern. Aber die Wirkung ist nur vorübergehend.«

»Also wird er wieder zu bluten anfangen?«

»Letzten Endes ja. Erst Kopfschmerzen, dann Blutungen, gefolgt von Bewusstlosigkeit und schließlich dem Tod. Das Gerät verschafft ihm nur einen Aufschub – Zeit, in der wir eine dauerhafte Lösung finden müssen. Wir müssen den Landläufer ermutigen, seine Fähigkeiten zu nutzen, welche es auch sein mögen.«

»Also wissen wir es gar nicht?«, fragte Leena.

Ariandelles Gesichtsausdruck wurde zerknirscht. »Nein. Fast alle Aufzeichnungen über die Landläufer wurden während des Kriegs der Götter zerstört. Wir wissen so gut wie nichts darüber, wozu diese Kreatur fähig ist.« Die Schulleiterin beugte sich vor und bedachte Leena mit einem strengen Blick. »Aber du, Leena, wirst es herausfinden. Deine Aufgabe besteht darin, herauszufinden, welche Kräfte in ihm schlummern ... und ihn zu ermutigen, sie zu benutzen. Setz dafür ein, was immer an Mitteln nötig ist.

Wenn er dabei beschädigt wird, haben wir Heilerinnen dafür. Wir müssen die Natur dieses Landläufers verstehen. Er ist entscheidend dafür, zu erfahren, was am Ende des Ersten Zeitalters wirklich geschehen ist.«

Leena lächelte. »Ja, Schulleiterin. Ich verstehe.« Nach einer Pause fügte sie hinzu: »Glaubst du, dass er eine Gefahr für uns ist?«

Ariandelle schüttelte den Kopf. »Seine Ausbildung ist noch die eines Kinds, gerade mal Stufe 5. Wozu auch immer er fähig sein mag, der Ausbildungskragen wird es bändigen.«

KAPITEL DREI

Peabo entfuhr ein spitzer Aufschrei, als ein Stromstoß vom Türknauf auf ihn übersprang. Er warf Eileen einen anklagenden Blick zu.

Die Frau wirkte völlig unbeeindruckt von seinem Schmerz. »Jetzt weißt du, was passiert, wenn du eine Tür zu öffnen versuchst, für die dein Kragen nicht vorgesehen ist.« Sie zeigte auf die nächste Tür im Gang. »*Diese* Tür führt zu deiner Kammer.«

Peabos Blick feuerte Dolche auf sie ab, während er die kribbelnde Faust öffnete und schloss. Der Stromschlag war alles andere als komisch gewesen – keine zumutbare Art, jemandem eine Lektion zu erteilen. Hätte jemand damals bei der Armee versucht, solchen Scheiß mit ihm abzuziehen, er hätte den Scherzbold in den nächsten Staat geprügelt.

Er ging zur nächsten Tür, zögerte jedoch, den Türknauf zu berühren.

»Du hast nichts zu befürchten«, sagte Eileen. »Du hast deine Lektion schon gelernt.«

Aber Peabo war nicht bereit, ihr so einfach wieder zu vertrauen. Er schnippte leicht mit dem Finger gegen den Türknauf. Erst, als er nichts spürte, überwand er sich, den Knauf fest zu ergreifen. Er drehte ihn und öffnete die Tür. Dahinter kam ein kleines Schlafzimmer zum Vorschein.

Er wandte sich über die Schulter an Eileen. »Wie lange muss ich hierbleiben?«

»Kann ich nicht sagen. Das hängt davon ab, was die Schulleiterin herausfindet. Aber ich weiß, dass die Krankheit, die dich hergebracht hat, wieder und wieder über dich kommen wird, wenn sie nicht richtig geheilt wird. Du kannst dich darauf verlassen, dass wir deine Zeit hier sinnvoll gestalten. Wir bieten dir alle Ausbildungsmöglichkeiten, die zu unserem Aufgabenbereich gehören. Aber jetzt empfehle ich dir, dich erst mal auszuruhen.«

Nachdem Eileen gegangen war, begutachtete Peabo das ihm zugewiesene Quartier. Es erwies sich als schlicht. Zwei Einzelbetten, eigentlich eher Pritschen, eine davon mit ordentlich gefalteten Decken ausgestattet. Eine Truhe am Fußende enthielt mehrere Kleidungsstücke, alle in seiner Größe. Und darunter entdeckte er sein in der Scheide steckendes Schwert. Auch wenn es ihm gegen diese Frauen nichts nützen würde. Zweifellos würden sie ihn locker überwältigen, bevor er die Klinge auch nur ziehen könnte.

Als er die Hand um den vertrauten Griff der Waffe legte, ertönte eine brummige Stimme in seinem Kopf.

»*Wo bist du gewesen, Erbsenhirn? In einer Truhe rumzuliegen und auf dich zu warten, ist fast genauso öd wie deine lahmarschigen Versuche, witzig zu sein.*«

Peabo ignorierte die Beleidigungen des Schwerts. So merkwürdig es sich anfühlte, es sich einzugestehen: Er hatte diese raue Stimme vermisst. Dieses Schwert, das er vor ein paar Monaten erworben hatte, war überaus selten. Es war von einer Intelligenz durchwirkt, die irgendwie Peabos Gedächtnis durchwühlt und die

Persönlichkeit von Max Decker angenommen hatte, seines Sergeants bei der Grundausbildung vor vielen Jahren. Obwohl der Mann damals der totale Arsch gewesen war, fühlte es sich beruhigend an, die vertraute Stimme im Kopf zu hören.

»Tut mir leid, Kumpel. Ich war eine Zeit lang ziemlich krank. Bin gerade erst wieder auf dem Weg der Besserung.« Er ließ die Klinge durch die Luft zischen und verspürte plötzlich das Verlangen nach einem Übungskampf.

Das Schwert empfand genauso. »*Lass uns Streit suchen gehen und jemanden zum Bluten bringen. Mir ist nach Action.*«

Peabo grinste. »Mal sehen, was ich tun kann.«

Er schnallte sich das Schwert an die Hüfte und trat hinaus in den Flur. Als er zurückging, stieß er auf die Tür zum Verlassen des Turms und hatte den Metallring zum Öffnen bereits ergriffen, bevor er an das Risiko eines Stromschlags dachte. Zum Glück bekam er diesmal keinen, und er trat hinaus in den großen Hof.

Die Schatten wurden bereits länger, die Sonne sank auf den Horizont zu. Er ging auf den südwestlichen Turm zu, wo laut Eileen der Nahkampfunterricht stattfand. Wie zuvor überprüfte er den Türknauf mit einem Schnipsen, bevor er ihn fest ergriff. Zwar bekam er keinen Stromschlag, aber er spürte ein Kribbeln in dem Kragen um seinen Hals. Eileen hatte gesagt, dass er bei manchen Türen als Schlüssel diente, bei anderen nicht. Für Peabo fühlte es sich an, als hätte man sich auf dieser Welt eine magische Version integrierter RFID-Sicherheitschips einfallen lassen und seinen Kragen damit ausgestattet.

Er öffnete die Tür und betrat den Turm. Zu seiner Überraschung erwies sich das Erdgeschoss als völlig leer. Nur ein runder Raum mit einem Durchmesser von etwa 15 Metern und einer Wendeltreppe auf der anderen Seite. An den Wänden hingen in gleichmäßigen Abständen Laternen an Halterungen aus Metall.

»Hallo?«, rief er.

Wenige Sekunden später meldete sich die Stimme eines Mannes von oben. »*Wenn du reden willst, komm hier rauf. Ich werde nicht über drei Stockwerke hinwegbrüllen.*«

Peabo stieg die Treppe in den ersten Stock hinauf, der eine beeindruckend vielfältige Sammlung von Rüstungen und Waffen enthielt. Sie schimmerten durch das reflektierte Licht der Laternen. Einige wiesen auch ein eigenes Leuchten auf wie sein Schwert – vermutlich ein Zeichen dafür, dass sie magisch aufgewertet waren.

»*Wenn du was von meiner Zeit willst, beeilst du dich besser. Ich bin gerade dabei, zusammenzupacken und für heute Schluss zu machen.*«

Peabo setzte den Weg die Treppe hinauf zur nächsten Ebene fort. Auch dort strotzte es vor Rüstungen und Waffen. Aber während das erste Stockwerk durch schimmernde Ordnung bestach, herrschte im zweiten ein heilloses Durcheinander. Auf nahezu jedem Quadratzentimeter freier Fläche türmten sich wackelige Stapel verschiedener Gegenstände in unterschiedlichen Stadien der Verwahrlosung. Genug, um eine kleine Armee mittelalterlicher Soldaten auszurüsten.

Die Stimme von vorhin ertönte irgendwo auf der anderen Seite der Stapel. »*Folge einfach dem Weg. Und wenn du weißt, was gut für dich ist, rührst du nichts an.*«

Peabo schlängelte sich vorsichtig durch die instabil wirkenden Türme. Der Weg mündete bald in einen freien Raum auf der anderen Seite, wo er schließlich auf den Besitzer der Stimme stieß. Ein schrumpeliger alter Mann mit den buschigsten weißen Augenbrauen, die Peabo je gesehen hatte, saß an einer stabilen Werkbank, auf der eine Vielzahl fremdartiger Werkzeuge verstreut lag. Der Mann begutachtete gerade einen Dolch. Neben seinem Ellbogen stand ein Fläschchen mit etwas, das wie tausend gefangene Leuchtkäfer schimmerte.

»Du musst der Landläufer sein«, sagte der alte Mann und schaute auf.

»Woher weißt du das?«

Der Mann verdrehte die Augen. »Eine selten dumme Frage. Du konntest in den Turm, also ist das um deinen Hals wohl ein Ausbildungskragen. Obwohl du eindeutig keine Frau bist. Und es ist kein Geheimnis, dass ein sogenannter Landläufer im Turm der Weisen eingetroffen ist.« Mit gerunzelter Stirn musterte er Peabo. »Du siehst nicht so aus, wie dich die Geschichten beschreiben. Andererseits sind die Geschichten wahrscheinlich alles bloß Lügen aus dem Ersten Zeitalter.«

»Wie beschreiben mich denn die Geschichten?«, fragte Peabo.

»Angeblich soll deine Haut eine blitzförmige Maserung haben. So was seh ich nicht an dir, Junge.« Der Mann zeigte auf einen Stuhl am anderen Ende der Werkbank. »Nimm Platz. Ich kriege einen steifen Nacken davon, zu dir aufzuschauen.«

Peabo fühlte sich auf Anhieb wohl in der Gesellschaft dieses alten, unverblümten Mannes. Die Augen des Mannes funkelten vor Intelligenz, und der Werkstatt nach zu urteilen, kannte er sich eindeutig mit Waffen und Rüstungen aus. Er nutzte die Gelegenheit, löste Max von seinem Gürtel und legte das Schwert auf den Tisch.

»Ich nehme an, du weißt so einiges über verzauberte Gegenstände. Was kannst du mir über mein Schwert sagen.«

Ohne einen Blick auf die Waffe zu werfen, erwiderte der Mann: »Wie kommst du darauf, dass es verzaubert ist?«

»Na ja ...« Peabo zögerte. Es fühlte sich schräg an, die Wahrheit laut auszusprechen. »Es spricht mit mir. In meinem Kopf. Ich würde sagen, das ist ein ziemlich sicheres Zeichen dafür, dass es sich um kein gewöhnliches Schwert handelt.«

Der alte Mann schaute von der Arbeit auf. Seine buschigen Augenbrauen schossen zum zerzausten Haar empor. Sein Blick wanderte die Länge der Klinge entlang. Als er nach dem Heft griff, erschien ein bläulich-weißer Schimmer zwischen seiner Hand und dem Schwert.

»Ja, in der Tat.« Der Mann nickte anerkennend. »Es ist eindeutig verzaubert. Und an eine einzige Person gebunden.«

»Was bedeutet das?«

»Was das bedeutet? Es bedeutet, solange der Besitzer lebt, wird es sich gegen jeden anderen wehren, der es zu berühren versucht.«

»Wehren? Wie? Mit einem magischen Blitzschlag oder so?«

Der Mann schüttelte den Kopf, holte eine Spule mit Kupferdraht hervor und schnitt ein Stück davon ab. »Wie kommst du an einen solchen Gegenstand, ohne irgendetwas über seine Natur zu wissen?«

Peabo öffnete den Mund zum Antworten, entschied jedoch spontan, die Wahrheit ein wenig zu beugen. Nach Nicoles Warnung war er sich nicht sicher, wie viel er über seine Vergangenheit preisgeben sollte.

»Ich hab's einfach gefunden«, behauptete er.

Der Mann schien damit zufrieden zu sein, jedenfalls hakte er nicht weiter nach. Er befestigte ein Ende des Kupferdrahts an einer altmodischen Waage, zog sich ein Paar dicke Handschuhe an und berührte mit dem anderen Ende des Drahts den Knauf des Schwerts. Kaum stellte der Draht den Kontakt her, ertönte ein Summen, das an das Geräusch eines Transformators erinnerte.

Sofort senkte sich eine Seite der Waage, als wäre ein schwerer Gegenstand darauf gelandet.

Der alte Mann begann, die andere Seite mit Gewichten zu beschweren. Mit einem nach dem anderen, dennoch rührte sich die Waage nicht. Erst nach einer ganzen Weile gerieten die Arme der Waage endlich in Bewegung.

»Was soll das werden?«, fragte Peabo.

»Wonach sieht's denn aus? Ich bestimme, womit dieses Schwert durchwirkt wurde.« Er fügte kleinere Gewichte hinzu, bis er die beiden Seiten der Waage schließlich wieder ausgeglichen hatte.

Er sah Peabo mit einem breiten Lächeln an. »Ein solches Schwert herzustellen, bedarf eines vertrackten Vorgangs. Zuerst braucht man einen Schmied, der es schmiedet. Und wenn man es richtig machen will, nimmt man dafür keinen fahrenden Handwerker aus irgendeinem Dorf, von dem noch niemand je gehört hat. Man will einen Meister seines Fachs. Dann braucht man jemanden wie mich, einen Beschwörer, der Lebensessenzen beeinflussen und in den Schmiedevorgang einbauen kann. Und selbst, wenn sowohl der Schmied als auch der Beschwörer kundig sind, gibt es keine Gewähr dafür, dass der Zauber erfolgreich wird. Aber wenn er gelingt ...« Der alte Mann grinste. »Dann erhält man einen Gegenstand, der so viel mehr ist als das Metall, aus dem er geschmiedet wurde.«

Er löste den Draht vom Heft, und die beschwerte Seite der Waage sauste wuchtig nach unten. Nachdem er die Gewichte einen Moment lang betrachtet hatte, richtete er den Blick eindringlich auf Peabo.

»Du hattest großes Glück, eine solche Waffe zu finden. Die Essenz, mit der dieses Schwert durchwirkt wurde, ist sehr mächtig.«

Nach wie vor mit Handschuhen ergriff er einen Brocken, der wie ein klarer Quarz aussah, und drückte ihn gegen die Klinge. Der Kristall leuchtete fast blendend weiß auf.

»Faszinierend!«, murmelte der alte Mann. Er schaute wieder zu Peabo auf. »Du hast gesagt, das Schwert verständigt sich in deinem Kopf mit dir. Meinst du damit, dass du Gefühle von ihm empfängst? Oder spricht es tatsächlich in vollständigen Sätzen mit dir?«

»Es nimmt kein Blatt vor den Mund, wenn es mir mitteilt, was es denkt, falls Sie das wissen wollen.«

Der runzlige alte Mann zog die Handschuhe aus und fuhr sich mit den Fingern durch den zottigen weißen Bart. »Also, ich kann hier so viel sagen: Meinen Messungen nach wurde es mit der Lebensessenz eines Wesens der Stufe 9 verzaubert.«

»Wesen?«, hakte Peabo nach. »Soll das heißen, was auch immer mit mir spricht, könnte eine Ratte gewesen sein?«

»Wohl kaum eine Ratte«, entgegnete der Mann höhnisch. »Ich sagte Stufe 9. Und die Essenz muss von einem Wesen mit hoher Intelligenz stammen. Das ist ein Grund, warum empfindungsfähige Gegenstände so selten sind.«

Peabo hatte eben erst das Konzept der Stufen bei ihm und anderen Personen begriffen – über die von Tieren hatte er sich wirklich noch nicht den Kopf zerbrochen. Das Monsterhandbuch gab für jede Kreatur eine numerische Bewertung der Widerstandsfähigkeit an, und plötzlich kam ihm der Gedanke, dass sie ihren Stufen entsprechen könnte. Ratten eine 1, ein Oger eine 4. Eine 9 wäre definitiv etwas Furchterregendes.

»Kannst du herausfinden, mit der Essenz welches Wesens mein Schwert durchwirkt ist?«, fragte Peabo.

Der alte Mann zuckte mit den Schultern. »Ich fürchte, das kann ich nicht messen. Es könnten mehrere Kreaturen sein. Aber ich habe die Gesinnung der Essenz überprüft, und sie scheint sicher zu sein.«

»Sicher? Was heißt das?«

»Eigentlich nicht viel, weil es selten vorkommt und töricht wäre, einen Gegenstand mit der Essenz eines wirklich gefährlichen Wesens zu durchwirken. Aber wäre in ein Schwert beispielsweise die Essenz eines Dämons eingearbeitet ... dann würde das Schwert mit Sicherheit versuchen, den Willen seines Besitzers zu kapern.«

Peabo gefiel nicht, wie sich das anhörte. Es klang wie etwas aus einem Albtraum.

»Aber obwohl ich mir nicht sicher sein kann«, fuhr der alte Mann fort, »halte ich die Essenz von einem von zwei Wesen am wahrscheinlichsten bei dieser Waffe: entweder die eines Bronzedrachen oder die eines Silberdrachen. Eher Ersteres. Aber beide sind überaus mächtige Kreaturen.«

Peabo legte die Hand auf den Griff. Noch bevor er Max eine Frage stellen konnte, brummte das Schwert: »*Du kannst dem Turmsklaven sagen, dass er mit beidem schief gewickelt ist.*«

Der alte Mann sah Peabo an. Das reflektierte Licht brachte seine blauen Augen zum Funkeln. »Hat die Waffe gerade mit dir gesprochen?«

»Ja. Sie behauptet, du liegst mit den Drachen falsch.«

»Aha!« Er grinste breit. »Dann ist es zweifellos ein Schedu. Eine weitere Kreatur, die man auf dieser Daseinsebene selten antrifft.«

Auch ein Wesen dieses Namens hatte Peabo im Monsterhandbuch gesehen. Die dazugehörige Zeichnung hatte ihn an einen fliegenden Zentauren erinnert.

»Wirkt sich die Art der Kreatur darauf aus, was der Gegenstand kann?«, fragte er.

»Nicht unbedingt, aber es ist durchaus möglich«, erwiderte der alte Mann. »In seltenen Fällen bleiben Erinnerungen des toten Wesens erhalten. Wenn dem so ist, kann der Besitzer eines solchen Gegenstands unverhofft Einblicke in das Leben der Kreatur erhalten. Ein Schedu verbringt einen Großteil seines Daseins damit, in unserer Ebene zu erscheinen und aus ihr zu verschwinden. Wenn also Erinnerungen davon erhalten geblieben sind ... tja, dann könnte dein Schwert einige Tricks in der Scheide haben, die ihm selbst nicht bewusst sind.«

Während Peabo die Vorstellung eines zwischen Daseinsebenen wechselnden, mit der Stimme eines Armeeausbilders sprechenden Schwerts zu verarbeiten versuchte, stand der alte Mann auf und streckte sich.

»Danke, dass du mir einen so faszinierenden Gegenstand vorbeigebracht hast. Aber ich fürchte, wenn ich jetzt nicht gehe, glaubt meine liebe Frau, ich bin irgendwo unterwegs tot umgekippt. Und wenn ich zu spät zum Abendessen komme, bringt sie mich vielleicht selbst um. Wenn dein Kragen nicht wäre, würde ich dich und dein Schwert zu mir einladen.«

»Mein Kragen?« Instinktiv hob Peabo die Hände an das Metall um seinen Hals.

»Natürlich. Damit kannst du die Turmanlage nicht verlassen. Jedenfalls nicht, wenn du den Kopf auf den Schultern behalten willst. Hat man dir das nicht gesagt?«

Als Peabo von dem alten Mann die Treppe hinunter und aus dem Turm gescheucht wurde, fragte er sich unwillkürlich:

Bin ich ein Patient? Oder ein Gefangener?

KAPITEL VIER

Als Peabo wieder den Hauptturm betrat, folgte er seiner Nase in Richtung der Gerüche von Gewürzen und verkohltem Fleisch. Er brauchte nicht lang, um einen Raum zu finden, in dem Tische und Bänke wie aus einem Park standen und für vielleicht hundert Personen Platz boten. Im Augenblick jedoch waren sie verwaist. Offenbar keine übliche Zeit zum Essen.

Er ging an den Tischen vorbei zu einem Ausgabebereich wie in einer Kantine. Eine Frau mit rosigen Wangen schaute vom Gemüseschneiden auf und schenkte ihm ein zahnlückiges Lächeln. »Na, hallo. Du musst der Landläufer sein, von dem ich überall höre. Bist du es?«

Peabo erwiderte das Lächeln. »Ja. Mein Name ist Peabo. Ich bin wohl zu früh zum Abendessen dran, was?«

»Ja, bist du. Dauert noch ein Weilchen, bis wir servieren. Aber du siehst mir nach einem hungrigen, strammen Mann aus. Ich richte dir etwas. Wonach steht dir der Sinn?«

Peabo zuckte mit den Schultern. »Ich weiß ja nicht mal, was ihr da habt. Was kannst du empfehlen?«

Eine Frau, die ein Stück entfernt in einem riesigen Kessel rührte, rief herüber. »Ich hab etwas für dich, Süßer.« Sie öffnete einen Ofen. Was zum Vorschein kam, sah wie eine Reihe von Brathähnchen an einem Drehspieß aus.

Die Frau, die ihn zuerst begrüßt hatte, lächelte breit. »Ja, das ist eine gute Wahl, Landläufer. Und von mir kriegst du eine Ladung gebratenes Gemüse dazu.«

Innerhalb von zwei Minuten saß Peabo an einem der Tische, mit einem Teller voll Wildhuhn, einer Art Kartoffelpüree und Soße sowie gedünsteten Pilzen. Während er aß, hörte er in der Ferne eine Glocke läuten. Kurz darauf strömten Schülerinnen in den Speisesaal – alles Mädchen im Alter von etwa acht bis 18 Jahren. Peabo beobachtete sie belustigt. Er mochte sich in einer anderen Welt befinden, aber die Schülerinnen stellten sich für ihre Mahlzeit genauso an wie er damals in ihrem Alter. Manche Dinge blieben unverändert, egal, in welcher Welt man sich befand.

Er wandte die Aufmerksamkeit wieder seinem Essen zu, das köstlich schmeckte. Die Haut des Vogels erwies sich als knusprig, als er durch sie schnitt, das dunkle Fleisch erinnerte ihn eher an Rind als an Huhn. Das »Kartoffelpüree« bestand vermutlich eher aus irgendeinem faden Wurzelgemüse, war aber mit reichlich Sahne und Butter zubereitet worden. Und die Textur der Pilze ähnelte Portobello-Pilzen, nur saftiger und mit deutlichem Karamellaroma.

Peabo ging so im Essen auf, dass es eine Weile dauerte, bis er mitbekam, was sich mittlerweile zugetragen hatte. Sämtliche Schülerinnen hatten ihre Plätze eingenommen und jeden Tisch im Speisesaal besetzt – nur seinen nicht. Er aß nach wie vor allein.

Hatten sie solche Angst vor ihm? Oder lag es an irgendeiner gesellschaftlichen Konvention, von der er nichts wusste?

Als er sich umsah, kam ein blondes Mädchen in den Saal gerannt. Die junge Frau sah zerzaust aus und hatte eine verfärbte, geschwollene Wange. Vermutlich kam sie gerade von der Kampfausbildung. Und offensichtlich zu spät. Nachdem sie sich Essen geholt hatte, suchte sie den Saal nach einem freien Platz ab. Dabei wanderte ihr Blick mehrmals an Peabo vorbei, als wäre sein Tisch nicht vorhanden. Erst, als sie sich damit abfinden musste, dass es keine anderen freien Plätze gab, setzte sie sich zu ihm – so weit wie möglich entfernt und ohne jeden Blickkontakt.

Aus der Nähe erkannte Peabo, dass es sich bei dem Bluterguss auf der Wange nicht um den einzigen handelte. Weitere übersäten ihre Arme. Und in ihren Augen glitzerten unvergossene Tränen.

Die junge Frau war geschlagen worden.

Peabo versuchte, in ihre Gedanken einzudringen, empfing jedoch nichts. Anscheinend war ihre Ausbildung bereits weit fortgeschritten. Sie hatte wohl eine höhere Stufe als er erreicht.

Er entschied, es mit einer zwanglosen Unterhaltung zu versuchen.

»Ich finde das Abendessen heute richtig lecker«, begann er. »Ist es immer so gut?«

Die junge Frau verschluckte sich beinah. Kurz spähte sie zu ihm, schaute gleich wieder weg und wischte sich die Tränen ab. »Ich soll nicht mit dir reden.«

Sie sprach es in gedämpftem Ton aus. Dann richtete sie den Blick prompt wieder auf ihren Teller und aß weiter. Sie war hochrot angelaufen. Peabo musste nicht ihre Gedanken lesen, um zu wissen, dass sie gerade betete, er würde sie nicht noch mal anreden.

Deshalb also mieden ihn alle. Man hatte sie angewiesen, nicht mit ihm zu sprechen. Aber warum?

Peabo konzentrierte sich auf die jüngeren Mädchen im Saal. Sie waren noch offen genug, dass er Einblick in ihre Köpfe erlangen konnte. Die Gedanken der meisten kreisten um ihre Mahlzeiten oder ihren Unterricht. Andere dachten an zu Hause.

Viele fürchteten sich ein wenig vor den anstehenden Prüfungen, was nachvollziehbar war. Gedanken über sich selbst schnappte er nicht auf.

Aber ihm fiel etwas Eigenartiges auf. Während die älteren Mädchen alle blondes Haar, blaue Augen und blasse Haut hatten – genau wie Nicole und sämtliche erwachsenen Frauen, die er hier gesehen hatte –, wiesen die jüngeren eine Vielzahl von Farben auf. Braunes Haar, schwarzes Haar, rotes Haar. Die Schattierungen der Haut reichten von rosig bis kohlrabenschwarz.

Plötzlich fiel Peabo etwas ein, das Nicole vor langer Zeit zu ihm gesagt hatte.

»*Bei der Ausbildung wurde mein Körper bestimmten ... Behandlungen unterzogen. Dadurch werden Blutmaiden gefeit gegen die Wirkung der meisten Zauber und Gifte. Und sie sind auch der Grund, warum wir keine Kinder bekommen können.*«

Offenbar veränderten diese Behandlungen auch das Aussehen.

Wie konnte das sein? War es ungefährlich? Hatten sich diese armen Mädchen alle freiwillig dafür gemeldet? Unwillkürlich geriet Peabo ins Grübeln.

»Landläufer, bist du mit dem Essen fertig?«

Als Peabo aufschaute, stellte er fest, dass Leena – die Vollstreckerin, die er vorhin kennengelernt hatte – hinter ihn getreten war.

»Ja. Ich bin fertig. Es war köstlich.«

»Gut. Wir gehen in den Ausbildungsraum. Ich habe eine besondere Übung für dich.«

Peabo wollte seinen Teller aufheben, als er aufstand, aber Leena bedeutete ihm, ihn zurückzulassen. »Darum kümmert sich Scarlett.« Sie zeigte auf die junge Frau mit den Blutergüssen, die gehorsam nickte. Dann marschierte Leena mit forschen Schritten los und ließ Peabo keine andere Wahl, als ihr hastig zu folgen.

Die Frau war es eindeutig daran gewöhnt, Befehle zu erteilen.

Peabo wurde zurückgeschleudert, als Leena ihm ins Gesicht schlug. Sie hatte ihn so schnell und unerwartet mit der offenen Hand getroffen, als wäre sie durch Magie direkt an seiner Wange erschienen.

Unheimlich schnell.

Er hatte schon erlebt, wie schier unmöglich schnell sich Nicole bewegen konnte, doch selbst sie hielt dem Vergleich mit Leena nicht stand. Diese Frau musste eine höhere Stufe als alle haben, die ihm bisher untergekommen waren.

Sie befanden sich im ersten Stock des Hauptturms in einem leeren Raum, der offenbar für Übungskämpfe gedacht war. Peabo freute sich nicht darauf, was bevorstand. Er mochte stärker sein, aber er wusste, dass sich ein Kraftvorteil leicht durch überlegene Geschwindigkeit ausgleichen ließ. Und so schnell, wie sich Leena gezeigt hatte, würde ein Kampf zwischen ihnen wie eine Auseinandersetzung einer Erwachsenen mit einem Kleinkind ausfallen.

»Welche Fähigkeiten besitzt du, Landläufer?«, fragte Leena.

Peabo zögerte. »Ich ... ich weiß nicht, was du meinst.«

»Sie haben die geschichtlichen Aufzeichnungen gelesen. Die Leute im Ersten Zeitalter hatten Angst vor der Macht des Landläufers. Was ist das für eine Macht, die so gefürchtet wurde?«

In Wirklichkeit wusste Peabo sehr wenig über die Geschichte dieser Welt. Und so etwas wie »Macht« hatte er nur ein einziges Mal erfahren, kurz nachdem er den Vampir namens Lord Dvorak getötet hatte. Dadurch war er eine Stufe aufgestiegen. Das Erlebnis hatte sich ihm ins Gedächtnis gebrannt. Damals hatte er irgendwie das Licht manipuliert, es in seine einzelnen Wellenlängen zerlegt, diese miteinander verwoben und zum Tanzen gebracht.

Und er hatte keine Ahnung, wie er es gemacht hatte. Seither

hatte er es wieder versucht, unzählige Male, allerdings ohne den geringsten Erfolg.

Aber er hatte nicht vor, Leena etwas davon zu erzählen. Seine Instinkte rieten ihm, ihr nicht zu trauen. Niemandem an diesem Ort.

»Ich besitze keine Macht, von der ich weiß.«

Leena verengte die Augen und trat näher. »Du lügst.« Ihr bedrohlicher Ton sträubte Peabo die Nackenhaare. »Du besitzt sehr wohl Macht – irgendeine Fähigkeit, die daran geknüpft ist, wer und was du bist. Und wir glauben, dass diese Macht der Schlüssel zu deiner Genesung ist. Ich soll dir dabei helfen, herauszufinden, worin sie besteht, damit du geheilt werden kannst.«

Bevor Peabo reagieren konnte, traf ihn Leenas Faust mit einem Aufwärtshaken, der seinen Kopf zurückschnellen ließ.

Er schmeckte Blut.

Leena begann, ihn zu umkreisen, und fuhr in seelenruhigen, nüchternen Ton fort, als hätte sie ihm nicht gerade ins Gesicht geschlagen.

»Wir setzen bestimmte Techniken ein, wenn jemand Schwierigkeiten dabei hat, seine angeborenen Fähigkeiten zum Ausdruck zu bringen. Sie zielen wirkungsvoll darauf ab, eine Reaktion zum Kampf oder zur Flucht auszulösen.« Ansatzlos versetzte sie Peabo einen so harten Stoß, dass sie ihn beinah von den Füßen riss. »Und Flucht wird keine Möglichkeit sein, so viel kann ich dir versprechen.«

Peabo spuckte einen Pfropfen Blut auf den Boden, rollte die Schultern und nahm Bereitschaftshaltung ein. Wenn diese Frau einen Kampf wollte, dann sollte sie einen bekommen.

Leena musterte ihn von oben bis unten und nickte. »Greif mich an, Landläufer. Das willst du doch. Ich gestehe dir einen Treffer zu.«

Peabo trat in Reichweite. Sein Körper kribbelte vom Adrenalinschub in seinem Blutkreislauf. In seiner Welt besaß er einen schwarzen Gürtel im dritten Dan, nachdem er fast 20 Jahre lang Karate trainiert hatte. Wenn sie ihm nur einen Treffer zugestand, musste er ihn bestmöglich nutzen.

Ansatzlos führte er einen schnellen Rückwärtstritt aus der Drehung aus. Aber als er wieder fest auf beiden Beinen stand, hatte er gar nichts getroffen. Schneller, als es eigentlich möglich sein sollte, war Leena außer Reichweite zurückgewichen.

»Ist das schon alles, was du kannst?«, stichelte sie. Dann reckte sie das Kinn vor und tippte mit einem Finger darauf. »Komm schon, Großer. Schlag mich.«

Peabo holte tief Luft und stieß sie wieder aus. Sie köderte ihn. Daran bestand kein Zweifel.

Explosiv entfesselte er eine Gerade auf ihre Körpermitte.

Die Frau machte sich nicht mal die Mühe, ihn abzublocken oder auszuweichen.

Sie traf ihn einfach zuerst.

Bevor sein Schlag landen konnte, krachte ihre Faust seitlich gegen seinen Unterkiefer. Noch dazu mit solcher Wucht, dass er spürte, wie irgendetwas brach. Bevor er wusste, wie ihm geschah, lag er auf dem Rücken und hustete Blut, während dieses sadistische Frauenzimmer mit verächtlicher Miene über ihm aufragte.

»Das reicht vorerst«, entschied sie. »Wir machen morgen weiter.«

Damit bückte sie sich, drosch ihm die Faust erneut gegen die Kieferpartie, und alles wurde dunkel.

KAPITEL FÜNF

Peabo erwachte, als jemand an die Tür seiner Kammer klopfte. Er setzte sich im Bett auf, zuckte zusammen, weil er mit Schmerzen rechnete, und war aufrichtig überrascht, dass ihm nichts fehlte. Sein Kiefer fühlte sich etwas wund an, und er zitterte leicht, aber er entdeckte keine richtigen Verletzungen von den Schlägen, die er am Vortag eingesteckt hatte. Jemand musste ihn zurück in seine Kammer gebracht, gesäubert und geheilt haben.

Klopf, klopf, klopf.

»Einen Moment«, rief Peabo durch die Tür.

Er holte sich frische Kleidung aus der Truhe am Fußende des Betts und zog sich rasch an, bevor er die Tür öffnete.

Draußen wartete Eileen. Sie wirkte genauso mürrisch und gereizt wie bei ihrer ersten Begegnung. Aus irgendeinem Grund zauberte der Anblick ein Lächeln in sein Gesicht, und er konnte nicht widerstehen, die Frau kurz zu umarmen. Sie starrte ihn hochgezogener Augenbraue an.

»Ist schön, dich wiederzusehen, Eileen.«

Sie trat einen Schritt zurück und reichte ihm einen Zettel. »Dein Stundenplan.«

Er überflog die Aufstellung. Als Erstes stand für den Tag naturwissenschaftlicher Unterricht auf dem Programm. Das klang interessant. Die Naturwissenschaft in dieser Welt war ... anders. Beim letzten Punkt hingegen stöhnte er innerlich.

Einheit mit Vollstreckerin Leena. Hauptturm. Erster Stock. Übungsraum C.

»Dein erster Kurs beginnt demnächst, und noch davor endet die Frühstücksausgabe«, sagte Eileen. »Ich schlage also vor, du setzt dich in Bewegung.«

Damit wandte sie sich zum Gehen, aber Peabo hielt sie mit einer Hand auf der Schulter zurück. Als sie mit vernichtendem Blick auf seine Finger starrte, ließ er sie sofort los.

»Entschuldigung, ich ... ich habe nur eine kurze Frage über den Kragen.« Er berührte das Metall um seinen Hals. »Du hast gesagt, er wirkt wie ein Schlüssel für einige Türen der Anlage. Aber jemand anders hat gemeint, er hindert mich auch daran, das Turmgelände zu verlassen. Und dass er ... dass er mich umbringen könnte, wenn ich es versuche. Stimmt das?«

Die Frau lachte kurz, bevor sie prompt wieder ihre mürrische Miene aufsetzte. »Der Kragen wird dich nicht umbringen. Aber ja, er hindert dich daran, zu gehen.«

»Und ... was würde passieren? Mal angenommen, ich schlafwandle und übertrete versehentlich eine Grenze ...«

»Du würdest feststellen, dass du nicht weitergehen kannst«, sagte Eileen. »Die Mädchen, die hier lernen, verpflichten sich, ihre Ausbildung bis zum Ende durchzuziehen. Bis dahin gibt es kein Gehen für sie. Deine Lage ist offensichtlich anders. Du bleibst zu deiner eigenen Sicherheit hier, weil dein Zustand dich umbringt, wenn er nicht richtig behandelt wird. Aber da du Gast im Turm bist, musst du laut Protokoll wie jede Schülerin behandelt werden.«

Wieder wandte sie sich zum Gehen, also feuerte Peabo seine nächste Frage schnell ab. »Warum ist es den anderen nicht erlaubt, im Speisesaal mit mir zu reden?«

»Nicht erlaubt?« Eileen wirkte aufrichtig überrascht. »Ich könnte mir vorstellen, dass die Mädchen nur zu gern mit jemandem von außerhalb reden würden, da die meisten von ihnen seit Jahren nicht mehr außerhalb dieser Türme waren.« Sie bedachte ihn mit einer Miene, die sie wahrscheinlich für ein mitfühlendes Lächeln hielt. »Vielleicht solltest du mit der Schulleiterin reden. Ariandelle bestimmt die Regeln innerhalb der Turmanlage. Aber jetzt bist du spät dran. Falls du noch weitere Fragen an mich hast, mein Arbeitszimmer ist im zweiten Stock dieses Turms.«

Damit drehte sie sich um und marschierte den Gang hinunter davon. Peabo verstand den Wink und eilte los zum Speisesaal – und zu einem Tag voll Unterricht.

Peabo fand sich in einem Klassenzimmer voll mit jungen Mädchen wieder – wahrscheinlich nicht älter als zwölf. Zum Glück hatte jemand einen Tisch samt Stuhl in Erwachsenengröße in den vorderen Bereich des Raums gestellt. Sonst hätte es keinen Sitzplatz gegeben, in den er sich hätte zwängen können.

Die Mädchen sprachen nicht mit ihm, aber während sie auf den Beginn des Unterrichts warteten, hörte er ihre Gedanken so deutlich, als sprächen sie laut.

»*Warum können wir nicht mit ihm reden? Er scheint nicht gefährlich zu sein.*«

»Ich frage mich, ob er schon mit jemandem gepaart ist. Er ist riesig, aber er hat ein freundliches Gesicht.«

»Ich frage mich, ob er noch krank ist.«

Die Lehrerin schnippte mit den Fingern, um den Unterricht zu beginnen. »Heute fahren wir mit Dingen fort, die wir mit den Augen nicht sehen können. Wer kann mir sagen, welche zwei Arten der Webkunst es gibt?«

Tatsächlich kannte Peabo die Antwort. Der Begriff *Weben* wurde in dieser Welt für etwas verwendet, was er als Magie betrachtete. Genau wie einige der Mädchen zeigte er auf.

Die Lehrerin zeigte mit einem Lächeln auf ihn. »Peabo, ich würde zu gern deine Antwort hören.«

»Die zwei ...«, begann er, doch die Lehrerin fiel ihm ins Wort.

»Wer in dieser Klasse eine Antwort gibt, muss aufstehen und so deutlich sprechen, dass die anderen es hören können.«

Peabo stemmte sich auf die Beine. »Die zwei Arten beim Weben sind das Heilen und das Leiten. Beim Heilen bezieht der Heiler oder die Heilerin Energie aus dem Inneren und richtet sie gebündelt woandershin. Beim Leiten wird Energie von außerhalb des Körpers des Leiters oder der Leiterin gebündelt und beeinflusst.«

Die Lehrerin nickte anerkennend. »Sehr gut. Du kannst dich setzen.«

Kaum hatte Peabo Platz genommen, hob er wieder die Hand.

»Ja, Peabo?«

»Darf ich zu meiner Wortmeldung eine Frage stellen?«

»Bitte.«

»Ich habe zwar nie eine der beiden Fähigkeiten selbst angewendet, aber ich habe dabei zugesehen. Also, selbst wenn Leiter äußere Energie verwenden, müssen sie nicht auch etwas von ihrer eigenen Energie einsetzen, um die von außen zu beeinflussen?«

Die Lehrerin nickte. »Ausgezeichnete Frage. Und du hast

völlig recht. Die Ausübung jeder Webkunst erfordert Anstrengung seitens der Weberin oder des Webers. Das wird deutlich, wenn Leiter eine Menge Kraft gegen einen Feind einsetzen. Obwohl die gesamte genutzte Kraft von außerhalb ihres Körpers stammt, werden sie am Ende erschöpft sein. Und das ist eine wunderbare Überleitung zu dem Thema, das ich heute mit euch allen besprechen möchte. Kann mir jemand sagen, wie die Energie *aussieht*, die jemand bei Einsatz der Webkunst benutzt?«

Sie rief ein Mädchen auf, dessen Hand in die Höhe schoss. Die Kleine stand auf. Sie hatte rabenschwarzes Haar, allerdings mit blonden Ansätzen. Peabo fragte sich, ob sie unlängst den von Nicole erwähnten »Behandlungen« unterzogen worden war.

»Die Energie ist unsichtbar«, sagte das Mädchen.

»Und warum ist das so, Kailey?«

Das Mädchen blickte mehrere Sekunden lang auf die Füße hinab. Als Kailey aufschaute, glänzten ihre Augen feucht vor Tränen, und sie wirkte verängstigt. »Ich ... ich bin mir nicht sicher.«

Die Lehrerin ging zu ihr und umarmte sie. »Ist schon gut, Kailey. Das wird noch.«

Peabo hatte keine Ahnung, was vor sich ging, aber die Gedanken der anderen Mädchen verrieten es ihm.

»Wird Vollstreckerin Clara sie wegschicken?«

»Warum meldet sie sich zum Antworten, wenn sie sich nicht sicher ist?«

»Bitte, bitte, bitte schickt sie nicht weg. Sie macht gerade die Veränderung durch, das hat sie wahrscheinlich verwirrt. Bei mir steht die Veränderung nächste Woche an. Bitte, Namenloser, bewahre mich vor einem solchen Fehler.«

Ein einziger Fehler konnte zur Folge haben, dass ein Mädchen rausgeworfen wurde? So, wie Nicole es beschrieben hatte, war das Auswahlverfahren für die Aufnahme in den Turm brutal.

Wahrscheinlich bekäme man einfacher einen Studienplatz in Harvard. Und dennoch: Konnte man wirklich alles verlieren, nur weil man eine einzige Antwort in einem beliebigen Kurs nicht kannte?

Peabo hatte bereits gesehen, was mit Mädchen geschah, die es nicht durch die Ausbildung schafften: Sie wurden auf Auktionen verkauft.

Er spürte die inneren Qualen des Mädchens, als wären sie seine eigenen, und sie brachen ihm das Herz. Peabo wünschte, er könnte sie davor beschützen, was passieren würde. Dabei war die Antwort, die sie nicht kannte, so einfach. *Die Energie ist wahrscheinlich zu gering, um sie zu sehen,* dachte er.

Kailey schnappte nach Luft, dann drehte sie den Kopf und starrte Peabo mit blutunterlaufenen Augen an. Als sie das Wort ergriff, zitterte ihre Stimme.

»Vielleicht ... vielleicht ist die Energie zu gering, um sie zu sehen?«

Die Lehrerin nahm Kaileys Gesicht in die Hände und lächelte. »Sehr gut, junge Dame. Sehr gut.« Sie deutete auf den Stuhl des Mädchens. »Setz dich.«

Die Spannung im Raum löste sich abrupt auf, und Peabo hörte die erleichterten Gedanken der anderen Mädchen.

»*Ich hab noch nie erlebt, dass jemand so kurz vor dem Rausschmiss gestanden hat!*«

»*Das war so beängstigend. Die arme Kailey meldet sich wahrscheinlich nie wieder freiwillig zum Beantworten einer Frage.*«

Peabo erwiderte eindringlich den Blick der Kleinen, die neugierig zu ihm herüberschaute. Hatte sie ihn irgendwie die Antwort denken gehört?

Anscheinend, denn als sie sich die Tränen von den Wangen wischte, bildeten ihre Lippen: *Danke.*

Peabo war fassungslos. Hatte er dem Mädchen tatsächlich seine Gedanken übermittelt? Sicher, mit Nicole hatte er das ständig gemacht, aber sie beide waren ja gepaart, womit eine mentale Verbindung einherging. Dieses Mädchen hingegen war eine völlig Fremde ... und hatte ihn anscheinend trotzdem gehört. Je mehr er vor seinem geistigen Auge wiederholte, was sich gerade ereignet hatte, desto überzeugter wurde er davon.

Peabo erinnerte sich an einen Vorfall, der sich vor einigen Monaten ereignet hatte. Damals waren Nicole und er in einem Wald, und er hatte eine Warnung von den halb empfindungsfähigen Bäumen gehört. Nicole behauptete, das hätte nicht möglich sein sollen. Und doch war es geschehen. Soeben hatte es sich wiederholt, aber umgekehrt – er hatte den Bäumen etwas übermittelt.

Hatte es etwas damit zu tun, dass er ein Landläufer war?

Die Lehrerin setzte den Unterricht fort. »Kailey hat recht: Die Energie ist zu gering, um sie mit bloßem Auge zu sehen. Trotzdem ist sie vorhanden.« Sie drehte sich der Tafel hinter ihr zu und begann, Bilder zu zeichnen – die zu Peabos Überraschung an Darstellungen erinnerten, die er aus dem Chemieunterricht in der Schule kannte. Zwar benutzte sie Wörter, die er noch nie gehört hatte, aber als sie damit die Bilder beschriftete, wusste er genau, wovon sie sprach.

Es war unglaublich. Er befand sich in einer völlig neuen Welt, tatsächlich sogar in einem völlig anderen Universum. In dem es Magie gab. Aber Peabo hatte inzwischen festgestellt, dass viele wissenschaftliche Elemente, die er von zu Hause kannte, auch hier existierten. Er musste nur ein paar Worte übersetzen, dann ergab alles, was die Lehrerin sagte, einen Sinn.

»Alles, was man sehen oder anfassen kann, tatsächlich alles, was existiert, besteht letztlich aus Atomen – den kleinsten Einheiten der Materie. Die verschiedenen Zusammensetzungen von Atomen ergeben unterschiedliche Elemente und somit auch unterschiedliche Energiemengen. Je nach ihrer Form tragen sie dazu bei, alles in unserer Welt zu erschaffen.«

Die Frau benutzte zwar nicht das Wort »Atom«, aber Peabo übersetzte es so für sich. Und die Zeichnung an der Tafel bestand aus den bekannten Hüllen um einen zentralen Kern. Grundlegende Chemie.

Schon bald lenkte sie die Diskussion wieder auf das Konzept der Energie beim Weben. »Unser Körper bezieht seine Energie aus diesen winzigen Bausteinen. Wenn wir essen, wird die in der Nahrung gespeicherte Energie dafür verwendet, unsere Körper anzutreiben, uns warm zu halten ... und um Energie beim Weben zu beeinflussen. Wir speichern diese Energie in unserem Körper zur späteren Nutzung. Aber das ist nicht der einzige Ort, an dem wir Webenergien speichern können.«

Sie hielt einen kleinen Kristall hoch, etwa so groß wie ein Finger. »Das ist ein Webkristall.« Dann griff sie in die Tasche und holte einen zweiten Kristall heraus, der dem ersten sehr ähnlich sah – nur leuchtete er hell. »Klasse, der Unterschied zwischen diesen beiden Kristallen ist, dass der leuchtende mit Energie durchwirkt wurde. Ein Webkristall kann beim Weben entstehende Energie einfangen und speichern, damit sie zu einem späteren Zeitpunkt genutzt werden kann.«

Mehrere Hände schossen in die Luft, und die Lehrerin zeigte auf ein Mädchen.

»Wie kommt die Energie in den Kristall?«, fragte die Schülerin.

»Nur eine sehr besondere Art von Weberinnen oder Webern kann Energie in einen Webkristall leiten«, erklärte die Lehrerin. »Heiler und Heilerinnen arbeiten ähnlich. Nur geben sie die Energie an das Ziel ab, während Kristallweber die Energie in den Kristall übertragen.«

Peabo hob die Hand.

»Ja, Peabo.«

»Könnten Heiler demnach, wenn sie außergewöhnlich viele Verletzungen heilen wollen – mehr, als sie normalerweise könnten –, die Energie des Kristalls als Ergänzung anzapfen? Ist das die Idee dahinter?«

Die Lehrerin nickte. »Haargenau.«

»Und wie verbreitet sind Kristallweber?«

»Leider sind sie ausgesprochen selten. Heilweber sind am weitesten verbreitet. Es gibt etwa dreimal so viele wie Leiter. Bei Frauen besteht ein noch größeres Ungleichgewicht: Fast 90 Prozent von uns besitzen Heilfähigkeiten, nur etwa zehn Prozent sind Leiterinnen. Bei den Männern ist das Verhältnis lediglich 60 zu 40, allerdings immer noch zugunsten der Heilfähigkeiten. Die Mädchen hier wissen bereits, dass niemand beides beherrscht.

Aber Kristallwebern ist recht eigen. Tatsächlich haben wir in der gesamten Turmanlage nur einen einzigen Kristallweber. Die meiste Zeit verbringt er im Südostturm, wo er geschmiedete Gegenstände mit Essenzen durchwirkt.«

Peabos Augen wurden groß. Sie meinte den alten Mann, der mit ihm über sein Schwert Max gesprochen hatte.

Die Lehrerin fuhr fort. »In einigen der größeren Städte findet man mehr, aber man schätzt, dass es insgesamt nicht mehr als ein paar Dutzend Kristallweber gibt. Dadurch sind solche Edelsteine ausgesprochen selten – und sehr wertvoll.«

Peabo hob noch einmal die Hand, und die Lehrerin lächelte. »Das ist deine letzte Frage, Peabo. Wir müssen auch mit dem Unterricht vorankommen.«

»Tut mir leid. Ich frage mich nur, wie viel Energie in einem Kristall gespeichert werden kann. Eine unendliche Menge? Lässt sich feststellen, wie viel Energie in einem Kristall steckt? Wird er heller oder schwerer oder so, wenn er stärker aufgeladen ist?«

»Ich merke schon, du besitzt ein natürliches Interesse an Wissenschaft, was mich freut. Was du wissen willst, wird heute noch in den Hallen des Königs erforscht. Aber ich kann dir sagen, dass es mit dem Messen des Verhältnisses von Materie zu Energie zu tun hat.«

Sie drehte sich der Tafel zu und schrieb eine lange, komplexe Gleichung auf. Dann lächelte sie die Klasse an und sagte: »Keine Sorge, Mädchen. Ihr müsst das nicht wissen, um in den nächsten Abschnitt eurer Ausbildung aufzusteigen. Aber es könnte wissenswert für diejenigen unter euch sein, die sich dem Gebiet der Forschung verschreiben wollen.«

Sie öffnete eine Schublade ihres Schreibtischs und holte eine gewöhnliche Stecknadel hervor. »Nehmen wir diese Nadel«, sagte sie. »Ihr Gewicht ist sehr gering. In der Gleichung auf der Tafel habe ich mit dem ungefähren Gewicht dieser Nadel begonnen und es in eine andere Maßeinheit umgerechnet, die ihr vielleicht kennt: die Kraft, die ein Pferd ausüben kann. Wenn ihr schon mal versucht habt, ein Pferd zurückzuhalten, dann wisst ihr, wie stark diese Tiere sind. Und dennoch: Wenn wir diese winzige Nadel in reine Energie umwandeln, entspricht das Ergebnis der Energiemenge, die ein Pferd benötigt, um einen Wagen über 3.000 Jahre lang zu ziehen.«

Mehrere Schülerinnen der Klasse schnappten nach Luft, während sich Peabos Gedanken überschlugen. Die Worte der Lehrerin und die von ihr an die Tafel geschriebene Gleichung ähnelten äußerst stark Einsteins berühmtester Gleichung über das Verhältnis von Energie zu Materie.

»Peabo, um deine Frage zu beantworten: Die Energiemenge, die ein einziger Webkristall speichern kann, ist viel, viel größer, als du und ich es uns je vorstellen könnten. Wenn es eine Obergrenze dafür gibt, dann eine, die niemand je erreichen könnte. Wie man die in einem Kristall enthaltene Energiemenge bestimmt, müsste ich erst nachlesen. Ich kann dir sagen, dass sich das Gewicht zumindest theoretisch verändern würde. Aber aus praktischer Sicht wahrscheinlich nicht messbar. Der Unterschied wäre entschieden zu gering.«

Peabo dachte fieberhaft nach, als ihm die Lehrerin ein Reservebuch von ihrem Tisch reichte und die Klasse ersuchte, es auf einer bestimmten Seite aufzuschlagen.

Wenn sich der Edelstein als Batterie für Magie verwenden ließ, konnte sich das als entscheidender Vorteil in kritischen Situationen erweisen.

Er hatte bisher nur ein einziges Mal etwas eingesetzt, das einer Webtechnik ähnelte, damals, als er sich vor Fürst Dvoraks Männer verborgen hatte. Allein davon war er völlig ausgelaugt gewesen. Und er hatte gesehen, wie müde Nicole jedes Mal geworden war, nachdem sie ihn geheilt hatte. Wenn ein Edelstein dafür verwendet werden konnte, diese Erschöpfung zu vermeiden und vielleicht noch mehr ermöglichte, konnte ein solches Hilfsmittel buchstäblich lebensrettend sein.

Als er das Lehrbuch aufschlug, verdrängte er die Gedanken an magische Batterien vorläufig. Im Augenblick hatte er vordringlichere Sorgen.

Er legte sich die Hand in den Nacken und verzog das Gesicht. Das wunde Gefühl kehrte zurück. Das war das erste Anzeichen vor den Kopfschmerzen und danach dem unvermeidlichen Nasenbluten gewesen. Was immer die Vollstreckerinnen getan hatten, um seine Schmerzen zu lindern, es ließ bereits nach.

Er musste ein Heilmittel finden. Sonst würde ihn dieses Gebrechen am Ende umbringen, was immer es sein mochte.

KAPITEL SECHS

Peabos Schädel pochte, und sein Nacken fühlte sich steif an. Er drehte den Kopf nach rechts, bis er ein Knacken in der Wirbelsäule spürte, dann nach links. Dadurch lockerten sich zwar die Verspannungen ein wenig, nicht jedoch seine Beklommenheit. Er hatte es wieder mit Vollstreckerin Leena zu tun, und mittlerweile graute ihm vor den Einheiten mit ihr.

Sie befanden sich in demselben leeren Raum wie immer. Irgendeine bedauernswerte Schülerin musste damit beauftragt sein, jeden Tag sauber zu machen, denn die weißen Wände aus Stein wiesen nie Rückstände von seinem Blut auf – von dem er jedes Mal mehr vergoss, als er zugeben wollte.

Obwohl die Frau einen Kopf kleiner und nur halb so schwer war wie er – ihre Geschwindigkeit wog beides mehr als auf. Sie konnte ihm buchstäblich ankündigen, dass sie ihm auf die linke Wange schlagen würde, trotzdem gelang es ihm nicht, die Hand schnell genug hochzureißen, um den Angriff abzuwehren.

Und zurückzuschlagen ... Selbst wenn er es gewollt hätte, es wäre ihm niemals gelungen.

Wenn Leena ihm die Hand harmlos auf die Schulter legte, musste er jedes Mal alle Selbstbeherrschung aufbieten, um nicht zusammenzuzucken oder zurückzuschrecken.

»Peabo, es mag dir so vorkommen, als täte ich das nur, um dich in den Wahnsinn zu treiben, aber ich kann dir versichern, ich habe einen guten Grund dafür. Du verhinderst unterbewusst, dass sich deine Fähigkeiten entfalten. Aber wir müssen sie freisetzen, um dich zu heilen. Wie fühlst du dich? Haben die Kopfschmerzen wieder angefangen?«

Peabo nickte. Vor einer Woche hatte es mit dem steifen Nacken begonnen, und seither war es zunehmend schlimmer geworden. Er wusste, dass er bald wieder unter lähmender Migräne mit teilweiser Beeinträchtigung seiner Sicht leiden würde. Danach würde das Nasenbluten folgen.

Leena tätschelte ihm die Wange, und diesmal zuckte er tatsächlich zusammen. »Dich zu verprügeln, war zwar unterhaltsam, nur hat es leider deine Fähigkeiten nicht freigesetzt. Lass uns also einen anderen Ansatz versuchen. Ich möchte, dass du mich angreifst. Vielleicht trägt das dazu bei, deine innere Sperre zu lockern.«

Dazu musste sie Peabo nicht zweimal auffordern. Er entfesselte einen Schlag direkt auf das Gesicht der Frau. Zu seiner Überraschung berührte er tatsächlich ihre Nase – wenn auch nur knapp –, als sie zurückwich.

Sie lachte gackernd und winkte ihn mit gekrümmtem Finger näher. »Komm schon, Großer.«

Peabo trat nach ihr, verfehlte sie aber natürlich. Er rückte weiter vor, benutzte dabei eine schnelle Abfolge von Schlägen, Tritten und Beinfegern. Sogar einen frontalen Ansturm versuchte er, um sie zu Boden zu ringen.

Ihm gelang keine weitere Berührung. Dabei verfehlte er sie stets nur knapp, als wäre Leena nicht danach, weiter als nötig auszuweichen. Für Peabo fühlte es sich wie blanker Hohn an.

Trotzdem setzte er weiter nach. Leena unternahm keinen Gegenangriff. Nach etwa fünf Minuten war Peabo verschwitzt und atemlos. Er krümmte sich vornüber und stützte die Hände auf die Knie.

Leena kam näher. »Du musst weiter ...«

Peabo griff mit einem Aufwärtshaken an, der die Frau mit voller Wucht am Kinn traf. Sie taumelte einige Schritte zurück. Seitlich am Mund lief ihr ein Rinnsal Blut hinab.

Er hatte sie getroffen. Und es fühlte sich gut an.

Leena schien das anders zu empfinden. Sie wischte sich das Gesicht ab, betrachtete das Blut an ihren Fingerspitzen und heulte vor Wut auf. Peabo spürte, wie sie ihm ins Gesicht schlug, bevor er auch nur mitbekam, dass sie sich bewegte. Sein Kopf wurde zur Seite geschleudert. Bevor er zu einem Gegenschlag ausholen konnte, versetzte sie ihm einen Tritt gegen die Kieferpartie. Der Raum neigte sich. Ehe er wusste, wie ihm geschah, starrte er an die Decke.

Aber Leena war noch nicht fertig. Sie entfesselte einen weiteren Tritt – diesmal zwischen seine Beine. Die plötzlichen Schmerzen, die ihm wie ein Stromschlag in den Leib fuhren, krampften seine Muskeln zusammen. Als ihn der nächste Tritt im Gesicht traf, hörte er Knochen knacken.

Alles wurde grau. Irgendwann stellte er fest, dass die Angriffe geendet hatten. Hatte er das Bewusstsein verloren? Es musste so sein, denn er hörte eine Frauenstimme im Raum, und es war nicht die von Leena.

»Schaden scheint nur deine Zunge davongetragen zu haben. Die Heilung sollte innerhalb einer Stunde voll eintreten. Iss nur vorher nichts. Wie hat er es überhaupt geschafft, dich zu treffen?«

»Dieses Tier hat mich angegriffen, als ich nicht hingesehen habe«, antwortete Leena mit knurrendem Unterton.

Lügnerin, dachte Peabo. *Ich hab dich in einem fairen Kampf erwischt.*

»Sieht so aus, als hättest du ihm im Gegenzug eine ganz schöne Lektion erteilt. Soll er auch geheilt werden?«

Ein längeres Schweigen trat ein, bevor Leena antwortete. »Wenn's nach mir ginge, könnte er den Rest seines Lebens als unfruchtbare, entstellte Laune der Natur fristen. Aber Ariandelle glaubt, sie kann etwas aus ihm herausholen. Also tu, was du tun musst. Aber nicht mehr.«

Ihre Schritte entfernten sich, und eine Tür wurde mit einem Knall zugeschlagen. Dann spürte Peabo, dass jemand neben ihm kniete. Ein warmes Gefühl breitete sich unterhalb seiner Taille aus, und er spürte erneut das volle Ausmaß der Schmerzen seiner Verletzung. Unwillkürlich schrie er auf und rollte sich in Embryonalstellung ein. Schweiß brach ihm am gesamten Körper aus.

An der Stelle schlug er die Augen auf und musste feststellen, dass er nichts sehen konnte.

»Beruhig dich«, sagte die Heilerin. »Das wird schon wieder.«

Er spürte ihre kühle Hand auf der Stirn, dann flutete ein Anflug von Hitze sein Gesicht. Lichtblitze erschienen im Grau vor seinen Augen, und er nahm das Gesicht einer älteren Frau über sich wahr.

Eileen.

Sie legte ihm die Hand auf den Mund und forderte ihn auf, still zu sein.

»Ganz ruhig. Ich verspreche dir, du wirst wieder gesund.«

Ihre Hand leuchtete weiß, und als ihre Wärme durch seinen Kopf bis in den Nacken drang, fühlte und hörte er, wie sich Knochen knackend wieder an ihren Platz fügten.

Eileen arbeitete noch zehn Minuten lang an ihm, untersuchte

ihn von Kopf bis Fuß und vergewisserte sich, dass er keine weiteren Verletzungen erlitten hatte. Erst, als sie fertig war, erlaubte sie ihm, sich aufzusetzen.

Geheilt hin, geheilt her, er hatte immer noch starke Schmerzen. Allein beim Aufsitzen rasten sie aus seiner Leistengegend in beide Richtungen, sowohl die Beine hinunter als auch hinauf in die Brust.

»Was du spürst, sind Phantomschmerzen von deinen Verletzungen. Sie werden verblassen.« Eileen reichte ihm ein feuchtes Handtuch. »Mach dein Gesicht sauber – du bist über und über voll Blut. Dann steh auf und beweg dich ein bisschen. Ich will mich vergewissern, dass ich nichts übersehen habe.«

Peabo wischte sich das getrocknete Blut aus dem Gesicht. Ein Großteil davon schien aus seinem rechten Ohr zu stammen. Er verstand genug von Medizin, um zu wissen, dass Blutungen aus den Ohren nur bei traumatischen Hirnverletzungen auftraten, außer bei einem geplatzten Trommelfell. Und das schien nicht der Fall zu sein, da er einwandfrei hören konnte. Diese Erkenntnis ließ Wut in ihm aufsteigen. Dieses Weib hätte ihn um ein Haar umgebracht.

Er atmete tief ein, stieß die Luft langsam aus und versuchte, sein rasendes Herz zu beruhigen.

Eileen sah ihm in die Augen. »Und? Hast du noch andere Schmerzen, von denen ich wissen sollte?«

Peabo spürte nach wie vor die im Unterleib, allerdings bereits weniger heftig. »Ich glaube, es ist alles in Ordnung«, sagte er. Instinktiv wollte er die ältere Frau umarmen, bremste sich jedoch und ließ die Arme sinken. »Ich hab gehört, was sie gesagt hat. Darüber, dass du nur das Notwendigste machen sollst. Danke, Eileen. Ich werde dir deine Hilfe nie vergessen.«

Eileens mürrische Miene wurde noch finsterer. »Ich arbeite nicht für Leena, sondern für die Schulleiterin. Aber du hast Glück, dass ich Dienst hatte. Am besten dankst du mir, indem du meine Dienste künftig nicht mehr brauchst.« Sie deutete zur Tür. »Und jetzt geh. Bei der Schwere deiner Verletzungen musst du dich für die vollständige Heilung ausruhen.«

Peabo dankte ihr erneut, bevor er sich behutsam umdrehte und den Übungsraum verließ. Auf dem Weg durch den Korridor gingen ihm Leenas Worte durch den Kopf.

Wenn's nach mir ginge, könnte er den Rest seines Lebens als unfruchtbare, entstellte Laune der Natur fristen.

Peabo konnte sich an niemanden in seinem Leben erinnern, den er je aufrichtig gehasst hatte. Selbst, wenn er im Krieg getötet hatte, waren damit keine starken Emotionen einhergegangen. Er hatte es getan, um seine Teamkameraden, sein Land oder beide zu verteidigen. Es war nie persönlich gewesen.

Das schon. In ihm loderte rasender Hass auf die Frau, die ihn beinah umgebracht hätte.

Er wusste, dass es eine ungesunde Emotion war. Und beim Gedanken an ihre nächste Begegnung beschlich ihn eine vage Beklommenheit. Angesichts der Ereignisse dieses Tags hatte er keine Ahnung, was sich dabei abspielen würde.

Er war noch auf dem Weg aus dem Turm, als er eine Frau weinen hörte. Die Geräusche klangen nah. Peabo blieb stehen und sah sich suchend im Flur um. Als er eine Tür entdeckte, die einen Spalt offenstand, steckte er den Kopf hinein.

Dahinter befand sich ein Schulungsraum ähnlich dem, den er gerade verlassen hatte. In der hintersten Ecke stand eine große junge Blondine. Sie hatte die Stirn an die Wand gelehnt und die Arme um sich geschlungen.

Sie weite nicht nur, sie schluchzte herzergreifend.

»Alles in Ordnung?«, fragte Peabo.

Die junge Frau wirbelte zu ihm herum. Sie blutete aus der Nase, und ein Auge verfärbte sich gerade. Trotzdem erkannte er sie auf Anhieb. Es handelte sich um die junge Frau mit den Blutergüssen, die an jenem ersten Tag im Speisesaal bei ihm gesessen hatte.

»Scarlett?« Besorgt ging er auf sie zu.

»Es tut mir leid«, sagte sie. »Du solltest mich nicht so sehen.« Trotz ihrer Worte wandte sie sich nicht ab. Ebenso wenig hörte sie auf zu weinen.

Ohne nachzudenken, legte Peabo die Arme um sie. Scarlett erwiderte die Geste, vergrub das blutige Gesicht an seinem Hemd und heulte.

»Ist das von der Ausbildung?«, fragte er, als ihr Schluchzen ein wenig nachließ.

Sie nickte an seiner Schulter.

Nicole hatte ihm zwar erzählt, dass die Ausbildung im Turm brutal gewesen war, allerdings hatte sie immer nur allgemein darüber gesprochen. Mittlerweile entstand für ihn ein klareres Bild davon, was sie durchgemacht hatte – und warum sie nicht darüber reden wollte.

Scarlett zog sich von ihm zurück und wischte sich das Gesicht ab. »Bitte sag niemandem, dass du mich so gesehen hast«, bat sie. Dann schnappte sie sich ein Handtuch und rannte aus dem Raum.

Peabo starrte ihr hinterher und versuchte, den Wert der Ausbildung dieser jungen Frauen gegen die Misshandlungen abzuwägen, die sie erdulden mussten. Und alles nur, um eine so genannte Blutmaid zu werden.

Brutale Ausbildung war für ihn kein Fremdwort. Er hatte die Qualifikation und die damit verbundene Hölle durchgemacht, die man überstehen musste, um in die Special Forces der Army aufgenommen zu werden. Aber das hatte er für ein hehres Ziel in Kauf genommen. Mehr noch, es war immer sein Traum gewesen. Etwas für sein Land zu tun. Etwas zu bewirken. Empfanden diese Mädchen genauso? Verfolgten sie ein hehres Ziel? Und waren sie überhaupt alt genug, um eine solche Verpflichtung einzugehen?

Worauf genau sie auch aus waren, sie brachten sich dafür praktisch um. Und mit einem einzigen harmlosen Fehler konnte ihnen alles entrissen werden.

Er atmete tief durch, verließ den Raum und setzte den Weg zum Ausgang des Turms fort. Unterwegs spürte er wieder die Phantomschmerzen in der Leistengegend. Phantomschmerzen hin oder her, sie *taten weh*. Und je mehr er darüber nachdachte, was geschehen war, desto mehr wirkte es sich körperlich auf ihn aus. Ihm wurde übel, und er musste einen Schmerzensschrei unterdrücken, als er kurz dachte, seine Männlichkeit würde zerreißen.

Fühlte sich so eine posttraumatische Belastungsstörung an?

Bei zwei Einsätzen in Afghanistan und einem im Irak war er nie verletzt worden, ebenso wenig hatte er je psychisch unter den Erinnerungen an einige wirklich schreckliche Szenen gelitten. Aber er ahnte, dass die Erinnerungen an diesen Tag eine ganze Weile heimsuchen würden.

Und schlimmer noch, er würde sich erneut mit dieser Frau auseinandersetzen müssen.

Am nächsten Tag nach dem Mittagessen, das er wie immer allein einnahm, hatte er ein paar Stunden Zeit bis zum nächsten Kurs. Peabo beschloss, die Zeit für eine Erkundung zu nutzen. Er war noch nicht im nordwestlichen Turm gewesen, dem Gebäude für exakte Naturwissenschaften, also ging er dorthin zuerst. Erleichterung durchströmte ihn, als er den Türknauf drehen konnte, ohne einen Schlag zu bekommen.

Im Inneren stieß er auf einen Mann mittleren Alters mit Brille an einem Schreibtisch. »Kann ich dir helfen?«

Peabo wusste zunächst nicht, was er erwidern sollte. Schließlich entschied er sich für die Wahrheit. »Ich weiß nicht. Ich ... ich hatte gerade ein bisschen Zeit und wollte sehen, was in diesem Turm ist. Darf ich das?«

Der Mann grinste. »Ich wüsste nicht, was dagegenspricht. Du musst der Landläufer sein. Peabo, richtig?«

Peabo erwiderte das Lächeln des Mannes. »Ja. Das bin ich.« Er schüttelte dem Mann die Hand. Trotz der geringen Körpergröße erwies sich der Griff des Unbekannten als stark.

»Freut mich, dich endlich kennenzulernen«, sagte der Mann. »Ich habe in den alten Texten über Landläufer gelesen. Aber bis ich von deiner Ankunft erfahren habe, hätte ich mir nie vorstellen können, dass ich mal einem begegnen würde.« Er deutete mit dem Kopf auf Peabos Arm. »Du hast sogar die Blitzmaserung, wie die Bücher sie beschreiben. Nur kommt sie mir sehr blass vor.«

Überrascht stellte Peabo fest, dass die Maserung tatsächlich allmählich zurückkehrte. »Ah, ja. Normalerweise ist sie nicht so schwach. Bevor ich hier angekommen bin, habe ich einen Trank eingenommen, der sie verdeckt hat. Ich glaube, die Wirkung lässt allmählich nach.«

Der Mann nickte. »Natürlich, ich verstehe. Du wolltest reisen, ohne als der erkannt zu werden, der du bist. Tja, da du schon mal hier bist, soll ich dich herumführen?«

»Das wäre großartig. Das heißt, wenn du Zeit hast, äh ...«

»Nenn mich einfach Binäro.«

»Binäro? Ein ungewöhnlicher Name. Für mich zumindest. Obwohl ich nicht vom Festland stamme. Offensichtlich.«

»Ist eigentlich eher ein Spitzname. So was wie eine Anspielung auf das Erste Zeitalter.«

Ohne weitere Erklärung führte Binäro seinen Gast in den ersten Stock, der beinah wie ein Museum aussah. Überall standen

Tische verteilt, jeweils mit einer Ansammlung beschrifteter Gegenstände.

»In diesem Stockwerk«, sagte Binäro, »haben wir, was die Leute im Ersten Zeitalter als ›Haushaltswaren‹ bezeichnet haben.«

Peabo näherte sich dem vordersten Tisch. Was sich darauf befand, erinnerte verblüffend an einen Standmixer. Tatsächlich schien er beinah identisch mit dem Modell von KitchenAid zu sein, das seine Mutter zu Hause hatte, als er noch ein Kind war. Was um alles in der Welt hatte das zu bedeuten?

Er ließ den Blick über die anderen Tische wandern und entdeckte noch etwas, das sein Interesse weckte. »Warum ist der Haken da drüben?«, fragte er.

»Welcher Haken?« Binäro schaute verwirrt drein. »Ich weiß nicht, was du meinst.«

»Warte, ich zeige es dir.« Peabo ging zum anderen Tisch, holte den Haken und brachte ihn zum Mixer. »Dieses Teil gehört hierhin«, erklärte er und setzte den Knethaken in den Mixer ein.

»Woher hast du das gewusst?«, fragte Binäro.

»Oh, ich weiß, wofür das hier benutzt wurde. Meine Mutter ...«

Als er Binäros verdatterte Miene bemerkte, verstummte er abrupt. Es wäre vermutlich besser, nicht zu viel über seine ungewöhnliche Vergangenheit zu verraten.

»Ich meine, mich zu erinnern, von so etwas schon mal gehört zu haben. Von meiner Mutter. Sie hat das eine oder andere über Geschichte gewusst. Dieses Gerät hat man in Haushalten zum Mischen von Zutaten verwendet. Und dieser Haken hat dazu gedient, Teig zu kneten. Du weißt schon, um Brot zu backen.«

Der kleine Mann starrte mit geradezu ehrfürchtigem Blick auf den Knethaken. »*Erstaunlich*. Das hätte ich nie vermutet. Brotbacken! Damit!« Kopfschüttelnd schaute er zu Peabo auf. »Wenn du solche Geschichten gehört hast, musst du mir *alles* erzählen. Gibt es hier sonst noch etwas, das du erkennst?«

Peabo lachte. Er hatte damit gerechnet, dass dieser Mann *ihn* über das Erste Zeitalter aufklären würde. Stattdessen mimte Peabo den Lehrer.

Er ging zwischen den Tischreihen hindurch. Vereinzelt erkannte er simple Gegenstände: einen verrosteten verstellbaren Schraubenschlüssel, die Überreste irgendeines Motors, etwas, das nach einem kaputten Motherboard aussah. Das Wort *kaputt* beschrieb eine ganze Menge der Gegenstände. Und nicht selten handelte es sich nur um Teile, um Überreste von etwas Größerem.

Nur ergab das keinen Sinn. Das Erste Zeitalter lag viele Tausende Jahre zurück. Wie konnte es sein, dass es damals eine weitaus fortgeschrittenere Technologie gegeben hatte als in der derzeitigen Welt? Konnte eine Gesellschaft wirklich alles vergessen, was sie einst gewusst hatte? So sehr, dass simple Alltagsgegenstände zu geheimnisvollen Artefakten verkamen?

»Und?«, fragte Binäro aufgeregt. »Erkennst du noch etwas?«

Peabo entschied sich für Vorsicht. »Ich fürchte nein«, log Peabo. »Tut mir leid. Aber vielleicht kannst du mir sagen, was du über diese Gegenstände weißt. Wo wurden sie gefunden?«

Binäro wirkte enttäuscht, schien sich aber eine Spur wohler damit zu fühlen, wieder in die Rolle des Fachmanns zu schlüpfen. »Die Gegenstände in diesem Stockwerk hat man bei einer archäologischen Ausgrabung im Norden gefunden. Sie stammen aus einem Haus, das irgendwie von den großen Erdbeben und der Verwüstung am Ende des Ersten Zeitalters verschont geblieben ist. Deshalb wissen wir, dass es Haushaltswaren sind, obwohl wir in vielen Fällen ihren Zweck noch nicht kennen. Wie bei dem Haken zum Brotbacken.« Darüber schüttelte er erneut den Kopf, bevor er Peabo bedeutete, ihm zur Treppe zu folgen. »Im zweiten Stock gibt es noch viel mehr zu sehen. Diese Gegenstände stammen aus einem Bunker, der die Leute vor den Angriffen schützen sollte, die das Ende des Ersten Zeitalters verursacht haben.«

»Kannst du mir mehr darüber erzählen?«, fragte Peabo. »Was genau ist am Ende des Ersten Zeitalters passiert? Mir ist schon klar, dass es einen Krieg gegeben hat, aber zwischen wem?«

Binäro gab einen missmutigen Laut von sich. »Es ist bedauerlich, dass die Geschichte in den Schulen nicht so behandelt wird, wie es sein sollte. Das Erste Zeitalter hat mit dem sogenannten Krieg der Götter geendet. Natürlich hast du schon vom Namenlosen gehört. Allerdings gab es damals auch noch andere Götter, nämlich die Zwillingsgötter, auch bekannt als die Dunklen. Sie und ihre Anhänger haben die Getreuen des Namenlosen angegriffen und damit den großen Krieg ausgelöst.«

Peabo dachte daran zurück, was er im Geschichtsunterricht hier im Turm über die Zwillingsgötter erfahren hatte. Und daran, was Nicole ihm vor langer Zeit über die Dunklen erzählt hatte – dass sie bösartig waren und zu den schlimmsten ihrer Art gehörten.

Schließlich erreichten sie den zweiten Stock, der für Peabo wie eine Mischung aus einem Museum und einem Arsenal aussah. Bei den ausgestellten »Artefakten« handelte es sich überwiegend um Waffen. Um futuristische Waffen, zumindest aus Peabos Sicht. Ihm am nächsten befand sich etwas, das wie ein Plasmagewehr aus der Serie *Buck Rogers* anmutete. Kein Magazin für Patronen, dafür lag daneben eine Art Batterie. Zumindest hielt Peabo es dafür. Obwohl sie offensichtlich vor langer Zeit zerstört worden war, passte sie unübersehbar in den hinteren Teil des Gewehrkolbens.

Binäro bemerkte, wie Peabo das Gewehr begutachtete, und stellte sich neben ihn. »Ich habe Unterlagen aus dem Ersten Zeitalter gefunden, in denen das als *Ionenimpulskanone* bezeichnet wird. Ich weiß zwar nicht, was das bedeutet, und die Konstruktion entzieht sich unserem Verständnis, aber laut den Hinweisen in den Archiven wurde es wohl gegen etwas eingesetzt, das sich *Elektronik* nennt.«

Peabo musste ein Lächeln unterdrücken. Was der Mann beschrieb, entsprach einer Technologie, die auf der Erde nur theoretisch existiert hatte. Eine Ionenkanone diente dazu, einen Strahl geladener Ionen nicht auf eine Person, sondern auf ein Objekt mit Elektronik abzufeuern – ein Fahrzeug, einen Computer, ein Kraftwerk oder Sonstiges, das durch einen Stromstoß beschädigt werden konnte. Im Wesentlichen sandte die Kanone einen zielgerichteten elektromagnetischen Impuls aus, der Elektronik lahmlegte.

Peabo war alles andere als ein Experte auf dem Gebiet. Dennoch stellte es einen unwiderlegbaren Beweis dafür dar, dass die Bevölkerung dieses Planeten früher mindestens so fortschrittlich war wie die Menschen auf der Erde, wenn nicht sogar fortschrittlicher.

Bináro führte Peabo quer durch den Raum zu einem Tisch, auf dem zwei Geräte der Größe von Laptops standen. Daneben lag ein Stapel vergilbtes, bedrucktes Papier.

»Hier haben wir etwas namens *Computer*.« Bináro zeigte auf die beiden halb geschmolzenen Teile aus Metall und Kunststoff. »Darüber wissen wir nur, dass sie sehr mächtig waren und im Ersten Zeitalter vieles gesteuert haben.« Er zeigte auf das Papier. »Das ist in der Sprache geschrieben, die Computer benutzen. Ich arbeite seit vielen Jahren daran, es zu entschlüsseln. Im Ersten Zeitalter hat man die Sprache als ... binär bezeichnet.« Er zwinkerte.

Peabo lächelte. »Und daher dein Name.«

»Genau.«

Auf dem Ausdruck befand sich eine endlose Abfolge von

Nullen und Einsen. Peabo hatte am College ein paar grundlegende Computerkurse belegt. Gerade genug, um zu wissen, dass sämtliche Anweisungen eines Computers aus den Zuständen ein und aus bestanden, dargestellt durch Einsen und Nullen.

Während Binäro den Ausdruck zum wahrscheinlich tausendsten Mal betrachtete, wanderte Peabo weiter und ließ den Blick über die restlichen Artefakte wandern. Abrupt hielt er inne, als er eine Granate entdeckte.

Ein Metallgegenstand der Größe eines Baseballs, auf einer Seite mit einem sogenannten Schalthebel ausgestattet, der als Sicherheitsvorrichtung diente. Oben an dem Hebel befand sich ein Metallstift mit einem Ring. Nicht nur eindeutig eine Granate, wahrscheinlich war sie auch noch scharf.

Und nach all der Zeit vermutlich instabil.

Die Karte auf dem Tisch wies keine Beschriftung auf. Binäro hatte wohl keine Ahnung, worum es sich handelte.

Peabo begann, zurückzuweichen. »Binäro, du versuchst doch nicht, irgendwas von den Sachen *zu benutzen*, oder?«

»Natürlich nicht. Ich beobachte nur und lese. Ich bin Kurator. Warum fragst du?«

»Ich bin bloß besorgt, dass einige dieser Dinge gefährlich sein könnten. Ich möchte ja nicht, dass du einen Unfall erleidest.«

Binäro lachte. »Kein Grund zur Sorge. Ich befasse mich schon seit vielen, vielen Jahren mit Artefakten aus dem Ersten Zeitalter. Ich weiß, dass man vorsichtig damit umgehen muss. Aber ich bin immer interessiert daran, mehr zu erfahren. Falls du noch mehr Geschichten über das Erste Zeitalter gehört hast wie die über den Brotmacher ...«

»Dann lasse sie es dich auf jeden Fall wissen. Ich bin dir wirklich dankbar, dass du dir die Zeit genommen hast, mir das alles zu zeigen.«

»Es war mir ein Vergnügen. Du bist herzlich eingeladen, mich jederzeit wieder zu besuchen.«

»Das werde ich auf jeden Fall.«

Als Peabo die Treppe zurück hinunterstieg und den Turm verließ, schüttelte er den Kopf. Er war neugieriger denn je, was es mit der Geschichte dieses Planeten auf sich hatte. Auf der Erde gab es Beispiele für Gesellschaften, die jahrhundertelang stagniert hatten – beispielsweise Europa im finsteren Mittelalter. Aber Peabo fiel kein einziges Beispiel für einen so drastischen Rückschritt ein, dass in Bausch und Bogen alles in Vergessenheit geraten war. Vielleicht nach dem Brand der Bibliothek von Alexandria? Peabo war kein Historiker, deshalb konnte er sich nicht sicher sein.

Ebenso überraschend fand er, dass diese Welt in ihrem Ersten Zeitalter der Erde so ähnlich gewesen war. Häuser mit Geräten und Strom. Computer. Fortschrittliche Waffen.

Plötzlich verspürte er den Drang, eine Bibliothek aufzusuchen. An diesem Ort musste es eine geben.

Aber das würde warten müssen. Zuerst musste er woandershin.

Er hatte eine Besprechung mit der Schulleiterin.

KAPITEL SIEBEN

Für Peabo bestand kein Zweifel daran, dass er inzwischen tot gewesen wäre, hätte man ihn nicht zum Turm der Weisen gebracht. Sein Leben wäre vorbei gewesen, wenn die Schulleiterin nicht gewusst hätte, wie man ihn behandeln musste. Er verdankte ihr sein Leben. Trotzdem bereitete die Frau ihm nach wie vor Unbehagen. Vielleicht lag es an dem weißen Schimmer, den sie abstrahlte, als wäre sie in eine heilige Aura gehüllt. Wie ein Engel. Aber ein gefährlicher.

Doch trotz des Unbehagens hüllte ihn die Stimme der Frau in einen flauschigen Kokon, der in ihm den eigenartigen Zwang auslöste, allem zuzustimmen, was sie von sich gab. Hätte sie ihm gesagt, oben wäre unten und unten oben, er wäre versucht gewesen, ihr zu glauben.

»Peabo, du musst verstehen, dass du zu deiner eigenen Sicherheit hier bist. Wir versuchen, dir zu helfen.«

Peabo spürte, wie sich eine Gänsehaut über seinen gesamten Körper ausbreitete.

Nimm an, was ich dir sage. Glaub mir.

Er geriet in Versuchung, genau das zu tun. Also holte er tief Luft und konzentrierte sich auf die pochenden Schmerzen in seinem Schädel. »Diese Frau. Leena. Sie hätte mich fast umgebracht.«

Ariandelle bedachte ihn mit einem abwägenden Blick. »Du siehst mir nicht verletzt aus.«

Es geht dir gut. Beruhig dich. In diesen Mauern bist du in Sicherheit.

Peabo spürte die unsichtbaren Wellen der Beeinflussung, die von der Frau auf der anderen Seite des Schreibtischs ausgingen. Die Erkenntnis ließ heiße Wut in ihm keimen, und er konzentrierte sich darauf, schürte diese Flamme.

»Jetzt bin ich nicht mehr verletzt. Aber nur dank der Heilung, die ich danach erhalten habe.«

Ariandelle bedachte ihn mit einem wohlwollenden Lächeln. »Leena erfüllt lediglich die Aufgabe, die ich ihr gestellt habe – zu deinem Vorteil. Sie versucht, dir zu helfen, die Sperren in deinem Geist zu überwinden. Und sie versteht ihr Handwerk sehr gut. Aber wenn du mit ihrer Vorgehensweise nicht einverstanden bist, rede ich mit ihr. Vielleicht finden wir andere Wege. Ich habe dem Prälaten des Namenlosen versprochen, dass du gesund bleibst, solange du dich in der Obhut des Turms der Weisen befindest, und ich habe vor, dieses Versprechen zu halten.«

Vertrau mir. Glaub mir, was ich sage.

Trotz der beruhigenden Stimme und des herzlichen Lächelns hatte die Frau etwas an sich, das in Peabos Kopf sämtliche Alarmsirenen schrillen ließ. Vielleicht log sie nicht unbedingt, aber er war überzeugt davon, dass sie ihm auch nicht die volle Wahrheit auftischte. Allerdings stand für ihn fest, dass er keine weiteren Antworten aus ihr herausbekommen würde. Jedenfalls nicht an diesem Tag.

Er stand auf. »Danke für deine Zeit, Schulleiterin. Ich weiß zu schätzen, dass du mir zugehört hast.«

»Jederzeit, Peabo. Denk daran, wir versuchen nur, dir zu helfen.«

Auf dem Weg zurück zu seiner Kammer ließ sich Peabo das Gespräch noch einmal durch den Kopf gehen. Er hatte keine Lüge gespürt, als Ariandelle gesagt hatte, die Frauen des Turms der Weisen wollten ihm helfen. Und die Wahrheit sah so aus, dass er sie brauchte. Diesmal wurden seine Kopfschmerzen schneller schlimmer als beim letzten Mal.

Er hoffte nur, man würde bald ein Heilmittel für ihn finden. Er wollte nicht länger als unbedingt nötig an diesem Ort bleiben.

Peabo wartete mit pochendem Schädel im Übungsraum im zweiten Stock auf Leena. Er saß mit geschlossenen Augen im Schneidersitz da und versuchte, die Schmerzen auszublenden, indem er sich auf seine anderen Sinne konzentrierte.

Obwohl er tief atmete, nahm er keinerlei Gerüche wahr. Nur ein steriles Nichts. Fühlte sich seltsam an, dass ein Raum nach überhaupt nichts roch. Er war kein Geologe, dennoch wusste er, dass Stein ein gewisses Maß an Porosität aufwies. Im Verlauf der Zeit hätte er zumindest etwas von den Gerüchen der in diesem Raum blutenden, schwitzenden und sich übergebenden Personen absorbiert haben müssen. Aber vielleicht funktionierte Geologie in dieser Welt anders. Peabo notierte sich die Frage in Gedanken für den Naturwissenschaftsunterricht.

Plötzlich spürte er etwas außerhalb des Raums. Er sprang auf, als Leena eintrat. Diesmal trug sie nicht die übliche, unförmige Wollkleidung wie alle in der Turmanlage, sondern ein langes Oberteil, das die Beine bis zur Mitte der Oberschenkel nackt ließ.

Und sie lief barfuß. Als sie sich ihm mit einem verschmitzten Lächeln näherte, vermutete er, dass sie unter dem Oberteil nichts anhatte.

»Ich habe mit Ariandelle gesprochen«, verkündete Leena mit sinnlich rauchiger Stimme. »Es gibt eine Planänderung.« Sie kam auf ihn zu, legte ihm eine Hand auf die Brust und reichte ihm ein Fläschchen. »Trink das.«

Verhalten trat er einen Schritt zurück und schnupperte an der unverschlossenen Flasche. Der Inhalt roch widerlich. »Was ist das?«

Leena verringerte den Abstand erneut. Diesmal wanderte ihre Hand nicht auf seine Brust. Stattdessen versetzte sie ihm einen Klaps unter die Gürtellinie. »Das ist für dich«, brummte sie.

»Jetzt mal langsam.« Peabo stellte die Flasche auf den Boden. »Hör mal, ich weiß ja nicht, was Ariandelle dir erzählt hat, aber …«

Leena verpasste ihm mit der offenen Hand einen Schlag, der seinen Kopf zur Seite wippen ließ. »Glaubst du etwa, ich *will* das tun, du Missgeburt mit Blitzmaserung?« Aus dem Nichts versetzte sie ihm eine weitere Ohrfeige. »Ariandelle denkt, das könnte die Sperre in deinem Geist vielleicht lösen.« Sie zeigte auf die Flasche. »Jetzt trink das, du Hund.«

Peabo schüttelte den Kopf. »Auf keinen Fall.« Er konnte nicht fassen, dass sein Gespräch mit Ariandelle zu *diesem* Ergebnis geführt hatte.

Mit einer blitzschnellen Bewegung fegte Leena die Beine unter ihm weg. Mit einem gequälten Japsen landete er auf dem Rücken. Mit wutverzerrter Miene kauerte sie sich auf seine Brust, legte die Hände um seine Kehle und begann, ihn zu würgen.

Peabo verspürte einen Anflug von Angst. Er versuchte, sich zu wehren, aber seine Sicht schwand bereit, und er spürte, wie ihm schwarz vor Augen wurde.

»Du wertloses Stück Dreck«, spie Leena ihm knurrend entgegen. »Du wirst noch bereuen, wie beleidigend du ...«

Dann geschah schlagartig etwas. Zuerst spürte Peabo, wie sich in seinem Kopf abrupt etwas löste. Dann baute sich in seiner Brust ein Druck auf, bis er glaubte, jeden Moment zu explodieren.

Er atmete ein, doch nicht Luft füllte seine Lunge.

Er atmete aus.

Das Lichtgeschoss fuhr wie ein Laser in Leenas Mund – und schoss aus ihren Augen wieder hervor.

Sie brach auf Peabo zusammen, und im Raum herrschte pechschwarze Finsternis.

Peabo schob sich unter Leena hervor und rappelte sich auf die Beine. Sein Herz raste, als er durch die Dunkelheit stolperte und sich an der Wand entlangtastete, bis er die Tür fand.

Zum ersten Mal, so lange er zurückdenken konnte, verfiel er in hemmungslose Panik.

Ohne auf die Leute im Flur zu achten, stürmte er die Treppe hinunter, aus dem Turm und Richtung Norden. Als er gerade allmählich wieder klarer dachte, spürte er plötzlich einen Energiestoß, der von seinem Kragen ausging.

Seine Muskeln verkrampften sich abrupt, und er kippte mit dem Gesicht voraus bewusstlos in den Dreck.

»Aufwachen, Peabo.«

Nach Luft schnappend setzte sich Peabo jäh auf. Sein Herz drohte, ihm aus der Brust zu springen.

Eileen befand sich an seinem Bett und musterte ihn mit der vertrauten mürrischen Miene. »Wie fühlst du dich?«

Er rieb sich die Augen. »Ich ... Ganz gut, denke ich. Was ist passiert? Hab ich ...«

»Anscheinend hast du gestern Abend einen Durchbruch erzielt.«

Aber das hatte Peabo nicht gemeint. In sein geistiges Auge hatte sich der Anblick von Leenas verzerrtem Gesicht eingebrannt, als jenes Licht aus ihren Augenhöhlen schoss. »Ist sie ... tot?«

»Nicht mehr.« Ein verächtlicher Ausdruck trat in Eileens Züge. »Auf Anweisung der Schulleiterin wird sie woanders hingeschickt. Zu ihrer Sicherheit ebenso wie zu deiner.«

»Warte. Was meinst du damit, nicht mehr?« Peabo schwang die Füße auf den Boden und drehte sich der Heilerin zu.

»Die Vollstreckerin wurde wiedererweckt«, erklärte Eileen schlicht.

Peabo spürte, wie ihm die Kinnlade runterfiel. Magische Heilungen zu verdauen, war eine Sache. Wunden waren körperliche Schäden, und Schäden konnte man beheben, ob nur mit Magie oder ohne. Aber jemanden von den Toten zurückholen?

»Wiedererweckt von den Toten?«, fragte er. »Das ist unmöglich.«

»Wie kommst du darauf?«, fragte Eileen. »Solange jemandes Lebensessenz unbeansprucht bleibt, kann sie in den Körper zurückgeführt werden.«

»Hast du sie ins Leben zurückgeholt?«

Eileen nickte, und ihr mürrischer Gesichtsausdruck wich einem Ausdruck von Abscheu. »Ich habe getan, was mir aufgetragen wurde. Obwohl Leena meines Erachtens Glück hatte, dass ihre Lebensessenz unbeansprucht geblieben ist. Nachdem ich gehört hatte, was sie dir antun wollte, hat mich überrascht, dass du sie dir nicht genommen hast.«

Peabo schüttelte den Kopf. »Ich bin in Panik rausgerannt, noch bevor ich die Essenz aus ihrem Körper kommen gesehen habe.«

»Du bist ein anständiger Mann«, sagte Eileen und tätschelte ihm die Wange. »Aber ich rate dir dringend, selbst in Panik nicht noch einmal zu versuchen, aus der Turmanlage zu fliehen. Allem Anschein nach hast du nur ein paar Schrammen und Prellungen von deinem Sturz erlitten, es hätte aber auch schlimmer ausgehen können.«

Peabo bewegte die Arme hin und her. »Ich fühle mich gut.«

»Was ist mit den Kopfschmerzen?«

Peabo neigte den Kopf erst nach links, dann nach rechts und spürte nichts. Er lächelte. »Weg.«

»Ausgezeichnet. Dann hast du echte Fortschritte erzielt. Und jetzt sag mir ...« Die Heilerin beugte sich vor und verfiel in Flüsterton. »Was genau hast du mit der Frau gemacht? Solche Verletzungen habe ich noch nie zuvor gesehen.«

»Ehrlich, ich weiß es nicht. Sie hat mich gewürgt. Ich weiß noch, dass alles dunkel zu werden schien. Und ich dachte, ich würde das Bewusstsein verlieren, aber daran hat es wohl nicht gelegen. Dann hab ich gespürt, wie sich hier oben irgendwas abrupt gelöst hat.« Er tippte sich an die Schläfe. »Das Licht der Laternen ist erloschen, und irgendwie habe ich es auf Leena gebündelt.«

»Das erklärt, warum in den Laternen in dem Raum kein Brennstoff mehr war.« Die Heilerin stützte das Kinn auf die Hand und schürzte die Lippen. »Allerdings habe ich noch nie von einer solchen Webtechnik gehört. Sind wohl die Kräfte eines Landläufers.«

Peabo zuckte mit den Schultern. »Glaub mir, ich bin genauso verwirrt wie du.«

»Also, für deine Behandlung wirst du versuchen müssen, es zu verstehen. Die Schulleiterin möchte, dass ich dir beim Versuch helfe, dasselbe zu wiederholen – in einer entspannteren Umgebung.«

»Entspannter wäre gut«, meinte Peabo. Ein Schauder durchlief seinen Körper, als er sich erneut Leenas verzerrtes Gesicht ins Gedächtnis rief. Sie war bösartig, und der Gedanke, dass sie immer noch irgendwo herumlief, beunruhigte ihn – sehr sogar. »Wann fangen wir an?«

»Wie wär's mit sofort?« Sie stand auf und bedeutete ihm, ihr zu folgen. »Je früher du damit beginnst, desto schneller kannst du zurück zu deinem normalen Leben.«

Eileen führte Peabo mit einer Laterne in der Hand in einen abgedunkelten Raum im dritten Stock des Turms. In der Mitte der Kammer lag der Kadaver eines Schweins auf dem Boden. Neben dem Tier befand sich eine Reihe nicht angezündeter Laternen.

Eileen stellte ihre brennende Laterne neben die anderen auf den Boden und drehte sich Peabo zu. »Ich möchte, dass du versuchst, was du mit Leena gemacht hast, aber mit diesem Schwein.«

»Und wo wirst du sein?«

»Mach dir um mich keine Sorgen. Ich sehe aus der Ferne zu. Fang an, wann immer du willst.« Bevor Peabo etwas erwidern konnte, verschwand Eileen mit einem lauten Knall.

Unbehaglich starrte er auf die verwaiste Stelle, an der sie eben noch gestanden hatte. Was er gerade bezeugt hatte, hatte nicht an Geschwindigkeit gelegen wie Leenas Fähigkeit, ihn so schnell zu schlagen, dass er die Bewegungen ihrer Hand kaum mitbekam. Die Frau hatte sich buchstäblich in Luft aufgelöst. Aus wissenschaftlicher Sicht gab es dafür keine Erklärung, dennoch stand fest, dass es passiert war.

Ihm kam in den Sinn, dass der Knall vermutlich das Geräusch

der Luft war, die schlagartig an den zuvor von Eileen besetzten Raum geströmt war.

»Hör auf, vor dich hin zu träumen.«

Eileens Stimme. Und nicht in Peabos Kopf. Sie war ... gewissermaßen anwesend. Oder vielleicht gleichzeitig anwesend und auch nicht. Vielleicht irgendwie unsichtbar?

Peabo konzentrierte sich wieder auf die ihm gestellte Aufgabe. Er leerte den Kopf und bündelte alle Aufmerksamkeit auf die Laterne, stellte sich vor, wie sie erlosch und sich ihr Licht zu einer schwebenden Energiekugel verdichtete. Aber nachdem er zwei Minuten lang hingestarrt, den Körper bewegt und sich ausgemalt hatte, wie das Licht der Laterne das Schwein anzündete, fiel ihm nichts mehr ein, und er kam sich allmählich albern vor.

»Eileen? Irgendwelche Vorschläge? Ich bin kein Weber. Wie macht man seine Fähigkeiten überhaupt an?«

Nach einigen Sekunden Stille ertönte erneut die körperlose Stimme der Heilerin. *»Ich weiß nichts über deine Fähigkeiten. Aber beim Heilen beginnt es von innen. Schau in dich hinein. Schöpf aus dem Quell, den du für deine Fähigkeiten hältst. Und dann richtest du die Aufmerksamkeit damit nach außen.«*

Vor langer Zeit hatte Peabo von einem Kameraden bei der Armee gelernt, wie man meditierte. Der Mann hatte es zur Bewältigung seiner posttraumatischen Belastungsstörung getan. Damals hatte es bei Peabo nichts bewirkt. In späteren Jahren jedoch hatte er festgestellt, dass es ihm half, den Kopf freizubekommen und sich auf sein Studium zu konzentrieren. Vielleicht würde es ihm auch jetzt helfen.

Er schloss die Augen, verlangsamte mit einer Willensanstrengung seinen Herzschlag, atmete bewusst und gleichmäßig. Langsam rückten die Geräusche im Turm weit in den Hintergrund. Erst dann öffnete er die Augen wieder. Er beschloss, nicht das Licht anzusehen, sondern das Schwein.

Der ausgeweidete Kadaver wog bestimmt um die 90 Kilo. Wahrscheinlich stammte er aus der Speisekammer und war für eine zukünftige Mahlzeit vorgesehen.

Peabo holte tief Luft ... und das Licht flackerte.

Er atmete von der Magengrube bis zur Spitze des Zwerchfells ein und stellte sich vor, wie er Energie aus der Welt um ihn herum bezog.

Die Laterne flackerte kurz auf, bevor sie wieder trüber wurde. Peabo spürte, wie sich etwas in seiner Brust aufbaute. Und dann erschien ein schwaches Leuchten in der Luft zwischen ihm und dem Schwein.

Es fühlte sich beinah an, als hätte er mit einem anderen Paar Lungenflügel geatmet. Eine eher mentale als körperliche Atmung. Seine Haut kribbelte, die Härchen an seinem Körper richteten sich auf, als er mit diesen neuen Lungenflügeln in Richtung des Schweins ausatmete.

Das Licht schoss in den Kadaver hinein, und im Raum wurde es dunkel. Der Geruch von verbranntem Fleisch breitete sich aus.

»Ich hab's geschafft!«, rief Peabo.

Eine winzige leuchtende Kugel erschien, dann tauchte Eileen mit einem dumpfen Knall wieder aus der verborgenen Dimensionsblase auf, in die sie sich versetzt hatte. »Ja, sieht ganz so aus.« Sie wirkte belustigt.

Peabo eilte zu dem Schwein, um es zu untersuchen. Der Schaden war begrenzter als erwartet, präziser. Er hatte ein Loch in die Haut der Kreatur gebrannt, allerdings nicht größer als die Spitze seines Zeigefingers. Beinah so, als hätte er wie eine Lupe gewirkt, die Sonnenlicht auf einen kleinen Punkt konzentrierte. Nur hatte er es mit einer künstlichen Lichtquelle gemacht ... und ganz ohne Glas.

Eileen ordnete die fünf Laternen im Raum in einem Halbkreis auf der anderen Seite des Kadavers an. Dann wollte sie die Laterne anzünden, die zuvor gebrannt hatte. Aber obwohl der Feuerstein Funken schlug, entfachte der Docht nicht.

»Sie ist leer«, stellte sie fest, als sie die Laterne schüttelte. »Genau wie gestern.«

Sie zündete eine der anderen an und regelte die Flamme so, dass sie heller leuchtete als die vorherige Laterne. »Da du jetzt weißt, wie du es wiederholen kannst, wollen wir herausfinden, womit genau wir es zu tun haben. Leider sind die Aufzeichnungen aus dem Ersten Zeitalter über Webtechniken jeder Art sehr ungenau, und erst recht in Hinblick auf Landläufer. Die Schulleiterin höchstpersönlich hat die Archive durchforstet und konnte kaum etwas Nützliches finden. Es gibt zwar etliche Geschichten über die Kräfte eines Landläufers, aber sie sind alle vage und voll von Warnungen.«

Peabo nickte. »Verstehe. Ich bin selbst ein Verfechter wissenschaftlicher Vorgehensweisen. Was schlägst du als nächsten Schritt vor?«

»Zunächst mal will ich dir helfen, ein Mindestmaß an Kontrolle über deine Fähigkeiten zu erlangen. Versuchen wir es noch mal, aber diesmal möchte ich, dass du dich zurückhältst. Nimm nicht das *gesamte* Licht der Laterne, sondern nur ein bisschen davon. Eine Prise, wenn man so will. Dann zielst du damit wieder auf das Schwein.«

Peabo nickte, entfernte sich vom Kadaver und ließ sich wie zuvor im Schneidersitz nieder.

Eileen löschte die magische Leuchtkugel. Die Laterne verblieb als einzige Lichtquelle. Wieder verschwand sie mit einem Knall, und er hörte ihre körperlose Stimme sagen: »*Fang an.*«

Statt die Augen zu schließen, was in der realen Welt unpraktisch gewesen wäre, atmete Peabo langsamer und beruhigte sich, während er sich auf das Ziel konzentrierte. Diesmal spürte er das Kribbeln auf der Haut beim Einatmen fast sofort. Die Laterne flackerte und erlosch. Ein schillernder Lichtball raste auf das Schwein zu, bevor der Raum wieder in Dunkelheit gehüllt wurde.

Mit einem Knall kehrte Eileen zurück.

»Tut mir leid«, entschuldigte sich Peabo. »Ich hab versucht, mich zurückzuhalten.«

Eileen zündete eine weitere Laterne an und schaute zu Peabo. »Ist schon gut, versuch es einfach noch mal. Bemüh dich, so wenig wie möglich zu verwenden.«

Kaum war sie verschwunden, bündelte Peabo die Aufmerksamkeit erneut auf das Schwein.

Es lief genau wie beim Luftholen ab. Langsamer oder schneller zu atmen, war einfach. Ein teilweiser Atemzug hingegen erwies sich als schwieriger. Die nächsten drei Versuche lieferten alle dasselbe Ergebnis, was Peabo frustrierte. Und Eileen zeigte sich ratlos.

»Du hast gesagt, es ist, als würde man das Licht einatmen«, meinte sie. »Hast du schon versucht, die Atmung zu verlangsamen und auf halbem Weg anzuhalten?«

»Hab ich«, erwiderte Peabo. »Aber es ist schwer zu erklären. Es ist wohl eher so, als würde man versuchen, mitten im Blinzeln anzuhalten. Ich kriege einfach nicht raus, wie ich verhindern kann, dass ich die Laterne vollständig leere.«

Eileen runzelte die Stirn. »Versuchen wir etwas anderes.« Sie zeigte auf die magische Leuchtkugel, die jedes Mal erschien, wenn sie wieder auftauchte. »Mal sehen, ob deine Fähigkeit auch mit anderen Formen von Licht zurechtkommt.«

Peabo wurde unsicher. »Ich will nicht aus Versehen ...«

»Mir passiert nichts. Glaub mir, ich werde außerhalb deiner Reichweite sein.«

»Und du kannst das Licht trotzdem anlassen?«

Die Heilerin schaute zu der Kugel auf. »Tatsächlich habe ich das noch nie versucht. Mal sehen.« Mit dem üblichen Knall verschwand sie.

»Die Kugel ist noch da«, ließ Peabo sie wissen.

»Ich weiß, ich sehe es auch. Jetzt probiere deine Fähigkeit damit aus. Lass uns herausfinden, was passiert.«

Er leerte den Geist, konzentrierte sich erneut auf sein Ziel und atmete ein. Die Wirkung war verblüffend. Es fühlte sich an, als krabbelten tausend Ameisen über seine Haut, und im gesamten Raum gleißte bläulich-weißes Licht auf. Ein zerstörerischer Strahl fuhr in den Schweinekadaver und sprengte qualmende Fleischbrocken in alle Richtungen.

Dann trat schlagartig Dunkelheit ein.

Peabos Hände zitterten. »Was zum ...«

Er hörte den mittlerweile vertrauten Knall von Eileens Rückkehr. Darauf folgte der dumpfe Aufprall eines Körpers auf dem Boden.

»Eileen!« Peabo hastete in die Richtung des Geräuschs. »Eileen! Alles in Ordnung?«

Sie stöhnte. »Ich denke schon ...«

Blind tastete er umher, bis er etwas Weiches berührte. Sie schlug seine Hand weg und sagte mit matter Stimme: »Zünde die andere Laterne an.«

Peabo tastete sich zu den Laternen, fand eine und drückte auf den Anmachknopf, doch nichts geschah. Er probierte zwei weitere aus, bis er auf die stieß, die noch Öl enthielt. Als ihr Licht den Raum mit einem warmen Schimmer erhellte, eilte er zurück zu Eileen, die sich gerade aufsetzte und aussah, als müsste sie sich übergeben.

»Eileen, es tut mir so leid. Ich wollte nicht ...«

»Entschuldige dich nicht, du gefährlicher, gefährlicher

Mann.« Sie lächelte matt. »Du hast es ebenso wenig gewusst wie ich.«

»Was ist passiert?«, fragte Peabo. »Dein Licht war nicht mal so grell.«

Grummelnd schüttelte Eileen den Kopf. »Ich hätte es besser wissen müssen. Das war dumm.«

Plötzlich verstand Peabo. »Oh Mist. Genauso, wie ich die Laternen geleert habe. Habe ich dir ...«

»Die Energie entzogen? Ja.«

»Wirst du dich davon erholen?«

»Sagen wir einfach, für heute bin ich fertig. Ich muss mich ausruhen.« Als sie Peabos besorgten Blick bemerkte, schwenkte sie streng einen Finger. »Hör auf damit. Sieh mich nicht so an, und mach dir keine Vorwürfe. Das wird schon wieder. Wir haben es heute einfach ein bisschen übertrieben.«

Da sich sein Herzschlag allmählich beruhigte, setzte auch bei Peabo Müdigkeit ein. Was immer er getan hatte, es hatte auch von ihm einen Tribut gefordert.

»Tja, zwei Dinge haben wir immerhin herausgefunden«, meinte Eileen, als sie sich mit Peabos Hilfe vorsichtig aufrichtete.

»Was immer ich mache, es funktioniert nicht nur mit Laternenlicht«, sagte Peabo.

»Richtig, das ist ein Punkt. Und das andere ist, dass du Schwierigkeiten mit dem Abstufen hast.«

Peabo schmunzelte. »Eine höfliche Umschreibung. Ich würde eher sagen, ich habe null Kontrolle darüber.« Er streckte den Arm aus, damit sich Eileen auf ihn stützen konnte, und sie nahm das Angebot an.

»Ja, stimmt schon. Und das ist ein ernstes Problem, zumal du diese Fähigkeit anscheinend bei *jeder* Lichtquelle anwenden kannst. Stell dir nur vor, du wärst an einem sonnigen Tag draußen und würdest es dann versuchen.«

Peabo schluckte schwer, als er sich die Folgen ausmalte. Als er Eileen aus der Kammer und die Treppe hinunterhalf, konnte er an nichts anderes mehr denken. Auch wenn der wissenschaftliche Teil seines Verstands keine Erklärung fand, er wusste, was er gerade erlebt hatte. Es war echt. Und er musste lernen, es zu kontrollieren.

Eileen tätschelte seinen Arm. »Ich rede mit der Schulleiterin und bringe sie auf den neuesten Stand. Vielleicht hat sie ja irgendwelche Vorschläge. In der Zwischenzeit solltest du dich ausruhen. Und uns allen zuliebe solltest du nicht mit deiner neuen Fähigkeit herumspielen, bis wir eine sichere Vorgehensweise bestimmt haben.«

Peabo nickte. Er bemühte sich, nach außen ruhig und zuversichtlich zu wirken, innerlich jedoch war er einer Panik nah. Wenn er seine Fähigkeiten nicht nutzte, würden sie ihn letztlich umbringen. Allerdings hätte er durch ihren Einsatz beinah jemanden anderen getötet. Er fühlte sich in der Zwickmühle, und im Augenblick hätte er sich am liebsten übergeben.

KAPITEL ACHT

Peabo saß mit Eileen und der Schulleiterin in Ariandelles Büro. Er überflog ein Blatt Papier mit handschriftlichen Notizen von Ariandelle.

»Ist das wahr?«, fragte er an Eileen gewandt.

In ihrem abgehärmten Gesicht zeigte sich deutlich die nach wie vor anhaltende Erschöpfung. Sie hatten beide keine Gelegenheit bekommen, sich auszuruhen, bevor sie zur Schulleiterin gerufen worden waren. Trotzdem klang Eileens Stimme fest, als sie das Wort ergriff.

»Die Schulleiterin ist Gelehrte für Geschichte und Schriften des Ersten Zeitalters. Ich bin sicher, dass ihre Notizen zutreffend sind.«

Peabo las die Seite erneut.

Wie von der ersten Landläuferin vorhergesagt, kann das in einem Landläufer herrschende Chaos von äußeren Mittlern kontrolliert werden. Nur ein Mittler oder eine Mittlerin kann es zügeln. Land-

läufern ist das nicht möglich. Die Weise hat Anweisungen hinterlassen, empfangen von jenen, mit denen sie in Verbindung gestanden hat. Sie beschreiben, wie ein künftiger Landläufer mit einer Mittlerin gepaart werden kann. Nur so lässt sich die von der Weisen befürchtete Katastrophe im Fall eines Aufeinandertreffens mit Feinden verhindern.

»Die Weise – war sie die erste Landläuferin?«

Ariandelle nickte. »Und die Gründerin dieser Einrichtung.«

»Hat es seither andere Landläufer gegeben?«

»Keine richtigen. Es hat geisterhafte Bilder von Landläufern gegeben, die über die Trostlosen Ebenen gewandert sind. Aber soweit ich weiß, bist du der erste leibhaftige Landläufer seit dem Ende des Ersten Zeitalters. Dieser Abschnitt stammt aus den Archiven des Ersten Zeitalters im Keller.« Sie klopfte auf einen dicken Schmöker mit goldenem Einband. »Genauer gesagt aus diesem Buch, obwohl ich es übersetzen musste. Es gehört zu den wenigen unversehrten Aufzeichnungen, die wir aus der Zeit unmittelbar nach dem Zusammenbruch des Ersten Zeitalters haben.«

Eileen betrachtete das Buch voll Ehrfurcht. »Die Gelehrten, von denen dieses Buch stammt, haben gelebt, als die Weise noch durch dieses Land gewandelt ist.«

»Ich brauche also eine Mittlerin oder einen Mittler. Jemanden, der mir hilft, meine Fähigkeiten zu kontrollieren«, fasste Peabo zusammen. »Aber offensichtlich ist die erste Landläuferin ohne so etwas ausgekommen. Also soll ich das Versuchskaninchen für dieses geheime Verfahren werden?«

»Oh, es ist kein Geheimnis.« Ariandelle ließ ein herzliches Lachen vernehmen. »Das Verfahren wird seit Jahrtausenden ziemlich erfolgreich angewandt.«

Das verstand Peabo nicht. Er zeigte auf das goldene Buch. »Kann ich mal sehen, wo das da drin steht?«

Eileens Gesichtsausdruck wurde mürrischer als üblich. »Peabo, es ist in einer alten Sprache verfasst. Du hast ja gerade gehört, wie die Schulleiterin gesagt hat, dass sie es übersetzen musste.«

»Nein, ist schon gut«, schaltete sich Ariandelle ein. Sie zog weiße Leinenhandschuhe an, schlug das Buch auf und blätterte vorsichtig einige der steifen Seiten um. Sie schienen nicht aus Papier zu bestehen, sondern aus dicken Goldschichten. Kein Wunder, dass sie Tausende Jahren überlebt hatten. Gold gehörte zu den wenigen Elementen, die sich nicht im Verlauf der Jahre zersetzten. Natürlich wog das Buch dadurch wahrscheinlich um die 20 Kilo.

Als die Schulleiterin die Stelle fand, drehte sie das Buch zu Peabo herum. »Bitte atme nicht direkt darauf, Landläufer. Es gibt keine Kopien.«

Peabo stand auf und beugte sich über Ariandelles Schreibtisch. Als er den Text auf der Seite sah, musste er alle Selbstbeherrschung aufbieten, um nicht in ein nervöses Lachen auszubrechen.

Er hatte mit einem uralten Vorläufer der Runensprache gerechnet, die in dieser Welt die übliche Schriftform darstellte. Aber ... der Text war auf Englisch verfasst. Englisch *der Erde*. Die Sprache, mit der er aufgewachsen war.

Wie konnte das sein? Diese Welt befand sich nicht mal im selben Universum wie die Erde. Englisch sollte hier ein Ding der Unmöglichkeit sein. Andererseits war er schon davor auf unerwartete Überreste von Englisch in dieser Welt gestoßen. Und es war auch nicht alles auf Englisch. Ein Teil bestand aus einer Runenschrift, mit der er gar nichts anfangen konnte.

Ariandelle zeigte auf den von ihr übersetzten Abschnitt, und

Peabo konzentrierte sich darauf. Die Übersetzung der Schulleiterin war nicht exakt, aber das Wesentliche hatte sie erfasst:

Die erste Landläuferin hat vorhergesagt, dass sie etwas brauchte, um die in ihr keimende Kraft zu bändigen, doch es war zu spät. Die Fähigkeit, das Chaos zu bändigen, das mit dem Dasein als Landläufer verbunden zu sein schien, ließ sich nur durch Paarung mit jemandem erreichen, der die Fähigkeit besaß, die Elemente um sich herum zu weben. Sie erhielt Anweisungen, wie ein künftiger Landläufer mit einer Mittlerin gepaart werden kann.

Nur so lässt sich eine Katastrophe verhindern, falls es überhaupt ein nächstes Mal geben sollte.

Beim Wort »Paarung« sah Peabo unwillkürlich Nicoles Gesicht vor sich und verspürte eine plötzliche Sehnsucht, die ihm die Kehle zuschnürte.

Er überflog den Rest der Seite, konzentrierte sich auf die anderen Absätze in Englisch. Diesmal klangen die Worte seltsam modern. Ungefähr so, wie Peabo früher eine E-Mail geschrieben hätte.

Es ist bestätigt worden, dass der Landläufer aus dieser Existenzebene verschwunden ist. Die Kleriker des Namenlosen und der Dunklen haben den Verstand verloren.

Die Landläuferin hat das alles vorhergesagt. Sie sah die Katastrophe kommen. Sie wusste, dass sie keine Kontrolle haben würde, sobald sie angegriffen würde.

. . .

Der Prälat des Namenlosen behauptet, dass sein Meister nicht tot ist. Er hat mit dem Namenlosen kommuniziert, und sein Meister behauptet offenbar, dass die Zeit der Abrechnung kommt, wenn der nächste Landläufer eintrifft. Deshalb hat es sich die Kirche des Namenlosen zur Aufgabe gemacht, über die Trostlosen Ebenen zu wachen.

Die Prälatin der Dunklen ist wahnsinnig geworden. Sie spricht von der Ankunft der Wahren Dunkelheit. Niemand von uns weiß, was das bedeutet. Wir vermuten, dass die Kirche der Dunklen weiß, was diese sogenannte Wahre Dunkelheit ist, aber die weigern sich, mit jemandem von uns darüber zu sprechen. Bevor alles in die Luft geflogen ist und die Kommunikation mit den Dunklen abgeschnitten wurde, haben auch sie die Ankunft eines weiteren Landläufers vorausgesagt. Sie scheinen etwas dafür vorzubereiten. Und sie behaupten voll Überzeugung, dass es nächstes Mal ein Mann sein wird. Die Prälatin der Dunklen hat uns in einer ihrer Tiraden gewarnt: Wenn der Landläufer sein – uns völlig unbekanntes – Schicksal nicht innerhalb einer Generation nach seiner Ankunft erfüllt, wird wieder die Wahre Dunkelheit über das Land hereinbrechen. Wir gehen davon aus, dass es sich dabei um nichts Gutes handelt.

Die Prälatin hat den Überresten ihres Ordens Anweisungen erteilt. Sie sollen »den Sucher« vorbereiten. Wir wissen noch nicht, was das bedeutet. Jedenfalls soll dieser Sucher bereit sein, wenn der Landläufer zurückkehrt.

. . .

Das war alles an Englisch, was Peabo auf den beiden Seiten entdeckte.

Ariandelle sah ihn neugierig an. »So eingehend, wie du den Text betrachtest ... Kannst du ihn lesen?«

»Einiges davon«, antwortete Peabo und bereute es sofort. Er wollte nicht, dass diese Frau mehr als unbedingt nötig über ihn erfuhr.

Ihre Augenbrauen schossen in die Höhe. »Faszinierend.«

Peabo fügte rasch eine Klarstellung hinzu. »Ich will damit sagen, dass mir einige der Runen bekannt vorkommen. Ich habe versucht zu verstehen, was sie bedeuten.«

»Ah.« Die Schulleiterin nickte. »Nun, vielleicht kann ich dir eine Übersetzung der anderen Abschnitte beschaffen. Aber vorerst möchte ich mich darauf konzentrieren, dein Problem zu lösen.«

»Darüber wäre ich froh«, sagte Peabo. »Diese ›Paarung‹ mit einer Mittlerin ... wie läuft das genau?«

Die Schulleiterin öffnete eine Schublade ihres Schreibtisches und holte ein Röhrchen heraus, das einer chinesischen Fingerfalle ähnelte. Peabo erkannte sofort, worum es sich handelte – und was es bedeutete. Wieder erinnerte er sich an Nicoles letzte Warnung. *»Gib nicht zu, dass du mit mir gepaart bist. So bist du da drin sicherer.«*

Ariandelle hielt das Röhrchen hoch. »Dein Finger kommt hier an einem Ende rein, ein Finger der Mittlerin am anderen. Dann stellt die Vorrichtung einen ewigen Bund zwischen euch her.«

Das stimmte. So war es auch bei Nicole und ihm gewesen. Damals hatte er keine Ahnung gehabt, was er tat, aber es hatte ihm nicht geschadet. Abgesehen von der Fähigkeit, sich gegenseitig aufzuspüren, und einer starken telepathischen Verbindung gab es keine weiteren Auswirkungen.

Aber Nicole mochte er wenigstens. Er hatte keine besondere

Lust, zusätzlich mit jemand anderem gepaart zu werden. Allerdings fragte er sich, ob er dabei eine Wahl hatte.

Er sah Eileen an. »Würdest du meine Mittlerin werden?«

Schnell schüttelte Eileen den Kopf. »Nein. Ich bin schon mit jemandem gepaart. Man kann nicht mit mehreren Personen gepaart werden.«

Das würde ein Problem werden. Da er bereits mit Nicole gepaart war, konnte das Verfahren unmöglich funktionieren.

»Bist du dir sicher?«, fragte er.

Die Antwort kam von Ariandelle. »Wir sind uns sicher. Wenn man mit jemandem gepaart ist, hält das gemeinsame Band die Grenzen der Gefühle zwischen den beiden Personen aus, bis sie mit der Zeit gleichsam zu einer Einheit verschmelzen. Ich habe schon genug Blutmaiden erlebt, die ihren Gefährten verloren haben, und glaub mir, es ist ein verheerender Schlag für ihren Geist. Aber wir können für dich jemanden finden, der noch nicht gepaart ist. Vielleicht jemanden aus der Klasse der Fortgeschrittenen? Diese Mädchen sind bereits auf eine solche Paarung vorbereitet.«

»Was ist mit Scarlett?« Peabo platzte den Namen unüberlegt heraus.

Eileens Augen weiteten sich.

Plötzlich schoss Peabo Hitze ins Gesicht. »Oder vielleicht lieber nicht ...«

»Eine ausgezeichnete Wahl«, befand Ariandelle. »Eileen, kannst du sie holen gehen? Sie sollte im Südwestturm sein und Joanna beim Unterrichten helfen.«

Eileen ging nach einem knappen Nicken, und Peabo wandte sich wieder an Ariandelle.

»Du hast gesagt, das ist schon mal gemacht worden. Meinst du damit die Paarung, oder dass es bereits andere Mittler gegeben hat?«

»Ich meine beides«, erklärte Ariandelle. »Du bist nicht der Erste, der seine Webfähigkeiten nicht kontrollieren kann – obwohl du wesentlich gefährlicher bist als ein paar Funken, die beim Niesen in alle Richtungen sprühen. Blutmaiden werden in der Regel mit Leuten gepaart, die eine Mittlerin brauchen. Manchmal ist es ein Problem beim Weben, manchmal auch der Zwang, zu trinken oder sogar andere zu verletzen. Blutmaiden helfen dabei, schädliche Eigenschaften zu dämpfen.«

Bei ihr klang es so, als wachte eine Blutmaid über die Gedanken eines anderen und zügelte sie, bevor sie zu Handlungen werden konnten. Peabo fragte sich, ob Nicole das je bei ihm gemacht hatte.

Es dauerte nicht lang, bis sich die Tür öffnete und Scarlett allein eintrat. Offenbar fand Eileen, ihre Anwesenheit wäre nicht mehr erforderlich. Scarlett wirkte durch die bloße Gegenwart der Schulleiterin eingeschüchtert.

»Scarlett«, sagte Ariandelle, »bitte setz dich. Ich habe Neuigkeiten, die dich bestimmt freuen werden.«

Scarlett schaute nur kurz zu Peabo auf, bevor sie den Blick wieder schüchtern auf die Vorrichtung senkte, die ihr die Schulleiterin gereicht hatte. Sie betrachtete den Gegenstand und drehte ihn herum, bevor sie schließlich den Zeigefinger in ein Ende steckte. Dann presste sie die Lippen zusammen und sah Peabo in die Augen, als sie ihm das andere Ende des Röhrchens anbot.

Er merkte ihr an, wie nervös sie war – und mit gutem Grund. Sie beide wussten, welche Folgen dieser Akt hätte. Sie würden eine lebenslange Bindung eingehen, und Peabo ärgerte, dass die Schulleiterin dem armen Mädchen nicht einmal eine Wahl gelassen hatte.

Er selbst war aus einem anderen Grund nervös. Wie würde sich seine Paarung mit Nicole auf den Vorgang auswirken? Die Schulleiterin und Eileen hatten gesagt, es würde nicht funktionieren – aber was würde stattdessen passieren?

Nur gab es an dieser Stelle kein Zurück mehr. Nicht, ohne seine Paarung mit Nicole zu verraten, und sie hatte von ihm ausdrücklich verlangt, das nicht zu tun.

Peabo holte tief Luft und steckte den Zeigefinger ins andere Ende des Röhrchens.

Mit einem Klicken klemmte es sich um den Finger und stach in die Spitze. Das Röhrchen leuchtete auf. Wärme breitete sich über den Finger und die Hand durch seinen gesamten Arm aus.

Scarlett schnappte nach Luft, zog den Finger heraus und leckte das Blut von der Spitze ab. Peabo entfernte den Finger ebenfalls. Scarlett schnappte sich seine Hand, leckte über die Spitze seines Zeigefingers und drückte sich seine Hand an die Brust.

»Danke«, sagte sie.

Peabo konnte nur verlegen zurücklächeln.

»Tja, ich denke, Glückwünsche sind angebracht«, meinte Ariandelle. Die Schulleiterin klang erfreut. »Scarlett, wenn du willst, kannst du deine Sachen in Peabos Unterkunft bringen, er hat dort ein zweites Bett.«

Peabo versuchte, sich seine Überraschung nicht anmerken zu lassen. Gepaart zu sein, ließ sich nicht mit einer Ehe vergleichen, das wusste er. Mit Nicole war er seit etlichen Monaten zusammen, und er hatte sie nie umarmt oder geküsst – ironischerweise, obwohl er die gesamte Zeit über das Bett mit ihr geteilt hatte. Er fragte sich, warum es notwendig sein sollte, dass Scarlett in seine Unterkunft zog.

Die junge Frau sah die Schulleiterin unsicher an. »Ich soll Vollstreckerin Ivanka bei ihrem Webkurs für Fortgeschrittene helfen.« Sie umklammerte Peabos Hand mit festem, geradezu verzweifeltem Griff.

Ariandelle schwenkte wegwerfend die Hand. »Nicht mehr. Ich rede mit ihr. Und wenn du von nun an damit beschäftigt bist, Peabo bei seinem Problem zu helfen, wie ich es dir erklärt habe, dann sag einfach Bescheid. Ich sorge dafür, dass dir der verpasste Unterricht angerechnet wird.«

Damit deutete sie zur Tür. Anscheinend war alles gesagt und getan. Die frisch gepaarten Gefährten wurden ihres Weges geschickt.

Als sie aufstanden und das Arbeitszimmer der Schulleiterin verließen, hängte sich Scarlett bei Peabo ein.

»Lass uns in deine Kammer gehen, damit du dich ausruhen kannst«, schlug sie vor. »Während du schläfst, hole ich meine Sachen.«

»Dabei kann ich dir helfen.«

Scarletts Lachen erinnerte Peabo an ein Windspiel. Hell und luftig.

»Mach dich nicht lächerlich. Ich glaube kaum, dass meine Mitbewohnerin erfreut wäre, wenn du in ihrem Zimmer auftauchst.« Sie umklammerte seinen Arm fester und schaute zu ihm auf. »Außerdem hält sie wahrscheinlich gerade ein Nickerchen. Ich will nicht, dass du versehentlich eine andere Frau nackt siehst.«

Peabos Magen krampfte sich zusammen. Er wusste nicht recht, wie er in diese Lage geraten konnte. Aber er wusste, dass er irgendwann eine Menge Erklärungsbedarf haben würde. Sowohl gegenüber Scarlett *als auch* gegenüber Nicole.

KAPITEL NEUN

Peabo wachte erschrocken auf und spürte, wie Scarlett sich leicht bewegte, als sie den Arm über seine Brust schlang. »Es ist mitten in der Nacht. Schlaf weiter.«

Sein Herz raste, als ihm entschieden zu deutlich bewusst wurde, wie sich Scarletts warmer Körper an ihn drückte.

Er spähte zum anderen Bett. Sie hatte ihr zusammengefaltetes Bettzeug auf der Matratze abgelegt, aber eindeutig nicht dort geschlafen.

Seine Gedanken kehrten zurück zur ersten Nacht mit Nicole nach ihrer Paarung. Ähnlich wie diesmal war gar nicht darüber gesprochen worden – sie hatte sich einfach ausgezogen und neben ihn gelegt. So einfach war das. Es hatte eine Weile gedauert, sich an den Gedanken zu gewöhnen, dass er mit einer nackten Frau im Bett lag, die nicht seine feste Freundin war. Aber diesmal schien die Situation ein wenig anders zu sein.

Nicole und er hatten damals nur ein Bett zur Verfügung gehabt. Hier gab es ein zweites. Doch Scarlett schien andere Pläne zu haben.

Es war ihr gelungen, sich in seine linke Armbeuge zu schlängeln. Ihr Kopf ruhte auf seiner Schulter. »Alles in Ordnung?« Scarlett fasste über seine Brust und drückte ihn leicht mit einem Arm.

»Es geht mir gut. Ich hab wohl geschlafen, als du ins Zimmer gekommen bist.«

Mit müder Stimme meinte sie: »Wir brauchen beide etwas Schlaf. Der neue Tag bricht bald an.« Damit vergrub die junge Frau Gesicht an seiner Brust, und er spürte, wie sich ihr Körper an seinem entspannte.

Peabo legte den Kopf aufs Kissen zurück, und innerhalb einer Minute schnarchte Scarlett leise.

So hatte er sich den Verlauf seines Lebens nicht vorgestellt. Gestrandet in einem fremden Universum, mit dem Geist im Körper einer Art, die man seit grauer Vorzeit nicht mehr gesichtet hatte. Und nun auch noch mit zwei Frauen gepaart, die nichts voneinander wussten.

Er schmunzelte, als er sich vorstellte, wie enttäuscht seine Mutter vermutlich dreingeschaut hätte. Sein Vater hingegen, wäre er noch am Leben, hätte ihm eher heimlich hinter dem Rücken seiner Mutter den Daumen hoch gezeigt.

Trotz seines militärischen Hintergrunds kam Peabo in mancher Hinsicht mehr nach seiner Mutter als nach seinem Vater. Er war selbst enttäuscht von sich, dass es so weit gekommen war. Irgendwie hätte er gern geglaubt, dass Nicole aufgebracht sein würde, allerdings konnte er sich nicht sicher sein. In so vielerlei Hinsicht gab sie ihm Rätsel auf. Scarlett wiederum ... Sie war jünger und schien ihre Gefühle eher zu zeigen. Tatsächlich empfand er sie als ungewöhnlich emotional – eine Eigenschaft, die Nicole eindeutig fehlte.

Er schloss die Augen und seufzte. Wie dem auch sein mochte, eine der Frauen oder auch beide würden mit Sicherheit verärgert sein, doch Peabo wusste nicht, wie er seine aktuelle Lage hätte vermeiden können.

Er konzentrierte sich darauf, den Kopf zu leeren. Solche Sorgen mitten in der Nacht halfen ihm nicht weiter. Also bündelte er alle Aufmerksamkeit auf seine Atmung, bis er für den Rest der Nacht in Dunkelheit versank.

Peabo fühlte sich wie in einem Déjà-vu, als er im Schneidersitz im dritten Stock des Hauptturms saß und ein weiteres ausgeweidetes Schwein vor sich hatte. Insgesamt fünf Laternen befanden sich im Raum. Nur eine brannte. Dieser Versuch würde entweder ein peinlicher Fehler oder eine faszinierende Wende werden. Er drehte sich Scarlett zu, die neben ihm saß. »Kommt mir komisch vor, dass ich es nicht weiß, aber bist du Heilerin?«

Scarlett schüttelte den Kopf. »Ich gehöre zu den wenigen im Turm ohne Begabung dafür.« Lächelnd beugte sie sich vor und stieß mit der Schulter gegen seine. »Also tu lieber nichts, was zu viel Schaden anrichtet. Im Heilen bin ich nämlich echt nicht gut. In Ordnung?«

»Ich werd mich bemühen. Aber wenn uns nicht irgendeinen Durchbruch gelingt, wird es wahrscheinlich stockfinster werden.« Er zeigte zur Decke aus Stein. »Kannst du mit den Fingern wackeln und Licht anmachen, wenn wir es brauchen? Das mag überraschend klingen, aber ich hab keine Ahnung vom Weben und davon, wer was kann.«

»Oh, ist schon in Ordnung, wenn du das nicht weißt. Und ja, ich kann bei Bedarf für Licht sorgen. Mach dir keine Sorgen über irgendwas, das du nicht weißt, vor allem nicht, wenn's ums Weben geht. Das gehört zu den wenigen Dingen, in denen ich wirklich gut bin.« Sie legte ihm die Hand auf die Schulter und drückte sie leicht. »Außerdem gehören wir zusammen. Du kannst mich alles fragen.«

Peabo sah Scarlett an und war wie gebannt von ihrem aufrichtigen Gesichtsausdruck. Das Licht der Laterne tauchte sie in einen warmen Schein, der ihr das Aussehen eines Engels verlieh. Sein Magen krampfte sich zusammen, als ihn Schuldgefühle überkamen. Vor seinem geistigen Auge tauchte ein Bild seiner Mutter auf, die den Kopf schüttelte, um ihn daran zu erinnern, dass er nicht ehrlich zu der jungen Frau war.

Er zwang sich, den Blick von Scarlett zu lösen, und konzentrierte sich stattdessen auf den Kadaver des Schweins vor ihm. »Ich weiß, was ich tun muss, um die Energie des Lichts einzuatmen. Aber wie funktioniert das mit dir als Mittlerin? Muss ich irgendwas anders machen?«

Scarlett legte ihm die Hand aufs Knie. »Sag mir einfach, wann du anfangen willst, und ich kümmere mich darum, unsere Gedanken aufeinander abzustimmen. Ich habe das auch noch nie gemacht, aber man hat mir beigebracht, dass ich in der Lage sein sollte, dein Weben zu spüren und es entweder zu beenden oder zu verlangsamen.«

Peabo spähte zu ihr und stellte fest, dass sie die Augen geschlossen hatte und zu Boden blickte, als würde sie beten. »Was hat man dir darüber beigebracht? Ich meine, warum werden Blutmaiden überhaupt gepaart?«

»Wohl, um unseren Gefährten zu helfen. Das Beispiel, von dem die Vollstreckerinnen im Unterricht sprechen, liegt lange zurück. Es gab mal einen mächtigen Leiter, der einige der gefährlichsten Elemente beherrscht hat. Er konnte Blitze herbeirufen, obwohl kaum ein Wölkchen am Himmel war, oder Feuer praktisch nach Belieben aus dem Boden aufflammen lassen. Das Problem war, dass er nicht mehr aufhören konnte, wenn er erst angefangen hatte. Ähnlich wie das, was du mir über dich und die

Laterne beschrieben hast. Das ist Jahrhunderte her, aber mir wurde gesagt, dass man ihn mit einer Maid gepaart hat, die ihm helfen konnte, den unkontrollierten Einsatz seiner Fähigkeiten in den Griff zu bekommen. Von mir wird wohl erwartet, dasselbe bei dir zu versuchen.«

Peabo nickte. Ihre Geschichte entsprach im Wesentlichen den Aussagen der Schulleiterin. »Na schön, dann fange ich mal an. Bist du bereit?«

»Ja.« Ihre Stimme zitterte leicht, und sie verstärkte den Druck auf sein Knie.

Peabo legte die Hand auf ihre, konzentrierte sich auf sein Ziel und atmete ein.

Das Licht der Laterne flackerte, und er spürte auf Anhieb, dass etwas völlig anders war.

In seinem Kopf breitete sich ein seltsames Gefühl aus, ein leichter Druck, aber nicht unangenehm. Nur ein spürbarer Unterschied.

Davor war das Einsaugen der Energie kaum anders als das Einatmen von Luft. Ein ungehinderter Strom von der Laterne zu ihm. Nun jedoch spürte er eine Beschränkung. Beinah so, als würde er durch einen dünnen Strohhalm einatmen – und plötzlich gar nicht mehr.

Ein fingernagelgroßer Lichtball schwebte in der Luft, und Peabo stieß den Atem aus.

Ein nadelartiger Lichtstrahl schoss in das Schwein, und zum ersten Mal sah Peabo eine kleine Rauchwolke von der Haut des Kadavers aufsteigen.

Ein Lächeln breitete sich in seinem Gesicht aus, als das Licht der Laterne weiterströmte. »Du hast es geschafft!«

Scarlett öffnete die Augen und quiekte vor Freude. Sie hüpfte auf seinen Schoß und umarmte ihn innig. »Es hat geklappt! Genau, wie es beschrieben wurde.«

Peabo blinzelte und konnte kaum glauben, dass es tatsächlich so funktioniert hatte, wie er es sich schon beim ersten Versuch erhofft hatte. »Lass es uns noch mal machen.«

»In Ordnung«, stimmte Scarlett voll jugendlichem Überschwang zu. Nach wie vor auf seinem Schoß lehnte sie sich seitwärts an seine Brust und legte den Kopf auf seine Schulter. »Mach einfach, wenn du bereit bist. Gib mir keine Vorwarnung.«

Peabo schmunzelte und verlagerte die Haltung, machte es sich bequemer, während sie auf ihm saß. Dann konzentrierte er sich wieder auf das Ziel und spürte denselben Druck wie zuvor im Kopf. Was immer Scarlett tat, es wirkte deutlicher als beim ersten Mal. Es bestand kein Zweifel daran, dass sie irgendetwas in ihm beeinflusste.

Einen Moment lang beschlich ihn die Sorgen, sie könnte seine Gedanken lesen, aber er wischte die Bedenken weg. Nicole hatte ihm wiederholt versichert, sie könnte nicht lesen oder hören, was er dachte, sondern nur seine Gefühle oder Stimmungen wahrnehmen.

Andererseits hatte er Nicole auch nie so in seinen Kopf eindringen gespürt wie Scarlett gerade.

Er verdrängte die Gedanken, leerte den Kopf und atmete ein. Das Licht der Laterne flackerte, und sofort stockte sein energiesaugender Atemzug.

Während es sich zuvor angefühlt hatte, als würde er Luft durch einen dünnen Strohhalm einatmen, schien der Strohhalm diesmal plötzlich verstopft zu werden. Scarlett hatte ihn blockiert. In der Luft schwebte ein kleiner, gerade mal reiskorngroßer Lichtpunkt, den Peabo fasziniert anstarrte. Und dann atmete er aus.

Der winzige weiße Klecks schoss in das Schwein, ohne auch nur das kleinste Rauchwölkchen zu erzeugen.

Scarlett schlang die Arme um Peabo und drückte ihn fest. »Es klappt.«

»Besser, als ich es mir erhofft habe.« Peabo nickte. »Ist es für dich in Ordnung, wenn wir noch ein bisschen mit mehr als einer Laterne üben?«

»Klar, machen wir das.«

»Letztlich werden wir die Latte höherlegen und die Versuche draußen unternehmen müssen. Und wenn wir die Sache vollständig in den Griff bekommen, können wir weg von hier.«

Scarletts Rücken versteifte sich. »Ich habe noch drei Monate vor mir, bis ich meinen Abschluss machen kann.«

Peabo verspürte einen Anflug gemischter Gefühle, als sie ihm mit besorgter Miene in die Augen sah. Er wollte so schnell wie möglich weg von diesem Ort, aber er schuldete Scarlett etwas. Ohne sie konnte er nicht gehen. Er erwiderte ihre Umarmung und flüsterte: »Natürlich. Ich will noch einiges lernen, während ich hier bin. Drei Monate scheinen mir dafür gerade lang genug zu sein.«

Scarlett lehnte sich an seine Brust und flüsterte: »Danke.«

Dann hüpfte sie von seinem Schoß auf und begann, die Laternen nacheinander anzuzünden. Jede Menge Licht flutete den Raum. »Lass uns weiterüben.«

Sobald die letzte Laterne brannte, klopfte Peabo auf den Boden neben sich. Scarlett schenkte dem keine Beachtung und ließ sich stattdessen wieder auf seinem Schoß nieder.

Peabo grinste und schlang einen Arm um die Taille der jungen Frau. Sie war wirklich völlig anders gestrickt als Nicole.

»Hast du keine Kurse, zu denen du musst?« Peabo sah Scarlett mit einer tiefen Furche zwischen den Brauen an.

»Doch, schon.« Scarlett schnaubte, als er neben dem Ausgang

des Hauptturms stehen blieb. »Aber was ist, wenn du meine Hilfe brauchst?«

Peabo schüttelte den Kopf und schenkte ihr ein Lächeln. »Ich bin mir ziemlich sicher, dass ich keine Hilfe dabei brauche, einen Blick auf die Sachen aus dem Ersten Zeitalter im nordwestlichen Turm zu werfen.«

Sie ergriff seine Hand und hielt sie fest. »Ich weiß, dass du dabei keine Hilfe brauchst, aber ...«

»Hör mal, du hast Kurse, die du abschließen musst. Das hast du selbst gesagt. Und ich möchte nicht länger als nötig hierbleiben. Gibt es einen Grund, warum du die Kurse zu Ende bringen musst? Warum können wir nicht einfach sofort verschwinden?«

Scarletts Augen wurden groß, und sie schüttelte den Kopf. »Du hast wohl recht. Ich bin bloß albern.« Ihr Gesicht lief rot an. »Tut mir leid ...«

»Nein, im Ernst. Was hält dich davon ab, der Schulleiterin zu sagen, dass du gehen willst?«

Panik trat in Scarletts Züge, als sie erneut den Kopf schüttelte. »Ich muss noch Lektionen abschließen, und ich habe immer noch nicht Stufe 7 erreicht. Aber gleichzeitig möchte ich Zeit mit dir verbringen. Ich kann nicht ...«

Ihr Kinn begann zu beben, und Peabo zog sie in eine Umarmung. »Vergiss, dass ich gefragt habe. Es ist alles gut. Wir können bleiben, so lange es nötig ist.« Er nahm ihr Gesicht in die Hände und lächelte. »Lass uns einfach tun, was wir müssen. Danach haben wir den Rest unseres Lebens Zeit, uns zu überlegen, wie es weitergeht. In Ordnung?«

»In Ordnung.« Scarlett ließ kurz den Kopf hängen, dann schaute sie wieder zu ihm auf. »Ich will versuchen, nicht so ... keine Ahnung, nicht so besitzergreifend zu sein.« Damit wandte sie sich ab und eilte zur Treppe.

Peabo starrte ihr mit einem unbehaglichen Gefühl hinterher.

Scarlett verkörperte ein lebhaftes Bündel ständig umschlagender Gefühle. Was anstrengend war. Andererseits war sie noch jung, kaum achtzehn. Vielleicht war er als Teenager auch so gewesen. Er war noch keinen vollen Tag mit ihr gepaart, und schon brauchte er dringend Freiraum zum Verschnaufen. Ihre jugendliche Intensität war ein bisschen zu viel auf einmal für ihn.

Schließlich wandte er sich ab und verließ den Hauptturm. Statt nach Nordwesten zu gehen, steuerte er den südöstlichen Turm an.

Als er sich dem 15 Meter hohen Gebäude näherte, sichtete er den kleinen weißhaarigen Mann, zu dem er wollte. Er näherte sich aus Osten.

Peabo dachte wieder an den Metallkragen um seinen Hals. Zuvor hatte er daran herumgespielt. Es schien sich um einen nahtlosen Reif aus Metall zu handeln, ohne offensichtliche Möglichkeit, ihn abzunehmen. Und irgendwo zwischen Peabo und dem älteren Mann verlief eine unsichtbare Linie, die er nicht überschreiten konnte. Er war praktisch ein Gefangener, was ihn maßlos ärgerte. Umso mehr, da es den Grund, weshalb er ursprünglich hergekommen war, nicht mehr gab. Er war sich ziemlich sicher, dass er mittlerweile wusste, wie er die Kopfschmerzen im Griff behalten konnte.

Und wenn Scarlett ihm helfen konnte, seine Fähigkeiten zu bändigen, könnte Nicole es dann nicht auch?

Er schloss die Augen und spürte die Verbindung, die er sowohl mit Scarlett als auch mit Nicole unterhielt. Das gehörte zu den wenigen spürbaren Merkmalen der Paarungen. Wenn er die Augen schloss und sich konzentrierte, konnte er ihren Herzschlag wahrnehmen. Einen irgendwo hinter ihm, ganz in der Nähe im Hauptturm. Den anderen weit entfernt ... irgendwo unter der Erde, wahrscheinlich in Myrkheim.

Seine Paarung mit Scarlett hatte anscheinend nichts an seiner Verbindung zu Nicole geändert. Er war mit beiden gepaart, was auf seine Weise einen eigenen Kerker darstellte, den er sich selbst eingebrockt hatte.

»Landläufer!« Der alte Mann winkte, als er in Rufweite gelangte. Die Schritte beschleunigte er jedoch nicht. Er schlurfte vor sich hin wie viele Männer im fortgeschrittenen Alter.

Peabo winkte zurück und grüßte ihn, sobald er in sich in Unterhaltungsweite befand. »Wie geht es dir?«

Sie fassten sich gegenseitig an den Unterarmen.

»Gut für jemanden, der 80 Zeitenwechsel auf dem Buckel hat.« Er deutete zum Eingang des Turms. »Wolltest du zu mir?«

»Ganz recht.«

Er musterte Peabo von Kopf bis Fuß, dann zog er eine buschige Braue hoch. »Ich sehe dein Schwert nicht.«

»Richtig, das habe ich nicht mitgebracht.« Peabo spähte über die Schulter. Als er niemanden in der näheren Umgebung sah, drehte er sich wieder dem alten Mann zu. »Ich hab das Gerücht gehört, dass im Südostturm ein Kristallweber arbeitet.«

»Ach, wirklich?« Der alte Mann grinste. »Ja, ich hab auch gehört, dass sich der alte Grundle hier manchmal rumtreibt. Was willst du denn von dem alten Schlitzohr?«

Peabo senkte die Stimme zu einem Flüstern. »Von einer der Lehrerinnen weiß ich etwas über ... keine Ahnung, wie man sie nennt, diese Kristalle zum Speichern von ...«

»Man nennt sie Kraftkristalle.«

»Also, ich hab über diese Kraftkristalle nachgedacht und hätte ein paar Fragen an den Kristallweber.«

Der alte Mann streckte den Arm aus und verneigte sich. »Kristallweber Grundle zu deinen Diensten.« Er legte Peabo die Hand auf den Arm, ließ den Blick über das Turmgelände wandern und flüsterte: »Ich bin froh, dass du hier bist. Du und ich müssen reden. Kommt mit.«

KAPITEL ZEHN

Peabo folgte Grundle die Treppe in den zweiten Stock hinauf. Sie schlängelten sich durch die Stapel halbfertiger Rüstungen, vorbei an der Werkbank, wo der Mann Max untersucht hatte, und zu einer Nische mit einer Tür. Der alte Mann schloss sie auf, winkte Peabo hindurch und verriegelte die Tür hinter ihnen. Sie standen vor einer weiteren Treppe, und Peabo folgte Grundle, der sich für einen Achtzigjährigen diesmal recht flott bewegte. Im dritten Stock des Turms erreichten sie einen schwach erhellten Raum. Nur durch ein einziges Fenster mit Metalllamellen fiel etwas Sonnenlicht ein. »Ich hätte nicht gedacht ...«

»Still!«, herrschte Grundle ihn an. Er packte Peabo an den Armen und zog ihn in die Mitte des Raums. Der alte Mann krempelte die Ärmel hoch, und seine Hände begannen zu leuchten. Er bewegte sie kreisend die Wände entlang wie Danny Larusso in *Karate Kid*, als ihn sein Meister beim Autopolieren üben ließ.

Peabo beobachtete, wie der alte Mann einen Abschnitt der Wand nach dem anderen abzutasten schien. Nur wurde der Abschnitt, den Grundle abgeschlossen hatte, irgendwie verschwommen. Beinah so, als könnten Peabos Augen ihn nicht scharfstellen, wenn er hinschaute.

Grundle machte weiter, bis er den Effekt ringsum erschaffen hatte, sogar an der Treppe, von der sie gekommen waren. Dann kehrte er in die Mitte zurück, wo er Peabo gelassen hatte, allerdings leuchteten seine Arme mittlerweile von den Fingerspitzen bis zu den Ellbogen.

Als er die Handflächen zusammenführte, hörte Peabo plötzlich ein lautes, statisch klingendes Knistern.

Grundle atmete tief durch, bevor er beide Händen dramatisch von sich streckte. Das Leuchten floss aus seinen Armen ab und verteilte sich zu winzigen schimmernden Punkten um die Ränder des Raums. Das statische Knistern verstummte wie abgeschnitten. Schließlich wandte er sich Peabo zu und grinste. »Jetzt können wir uns unterhalten, ohne dass die Frauen etwas davon mitbekommen.«

Peabo betrachtete das Werk des Mannes mit großen Augen. Er hatte schon mal jemanden bei etwas Ähnlichem beobachtet. Damals hatte es dazu gedient, nicht belauscht zu werden. Nur diesen Trübungseffekt hatte Peabo noch nie zuvor gesehen. »Machst du dir Sorgen, dass die Schulleiterin uns nachspionieren könnte?«

»Sie ist hier die geringste unserer Sorgen.« Grundle ließ sich im Schneidersitz auf dem Boden nieder und bedeutete Peabo, es ihm gleichzutun. »Nein, ich glaube aufrichtig, dass sich die Frau bemüht, das Richtige für diejenigen in ihrer Obhut zu tun. Aber sie ist blind für die anderen. Jammerschade ... Ich bin seit über 50 Zeitenwechseln hier, und früher war es nicht so. Es ist fast so, als wäre eine Dunkelheit über einige der Frauen gekommen. Ich traue keiner von ihnen.« Er zeigte mit dem Finger auf Peabo. »Solltest du auch nicht. Deshalb bin ich froh, dass du hergekommen bist. Seit du damals gegangen bist, habe ich bereut, dass ich dich nicht vor den Gefahren in diesem Schlangennest gewarnt habe. Du darfst keiner dieser sogenannten Vollstreckerinnen trauen. Tatsächlich solltest du weg von hier.« Er zeigte auf den Metallkragen um Peabos Hals. »Leider besitze ich nicht die richtigen Webfähigkeiten, um dieses Ding von deinem Hals zu entfernen, sonst würde ich es tun. Für so etwas braucht es einen Leiter oder eine Leiterin mit genug Geschick, um das Metall zu durchtrennen, ohne dir den Kopf abzuschneiden. Ariandelle könnte es, aber ich vermute, dass du den Kragen ihr zu verdanken hast. Ich könnte zwar jemanden für dich auftreiben, allerdings gibt es wenige, die es wagen würden, es sich mit den Frauen aus dem Turm der Weisen zu verscherzen. Ihre Feinde neigen dazu, spurlos zu verschwinden.«

Peabo nickte. »Nennt man sie nicht deshalb Blutmaiden?«

»So ist es. Allesamt Meuchlerinnen. Selbst die scheinbar harmloseste dieser blonden jungen Frauen würde dich ohne jegliche Skrupel töten.« Er beugte sich vor und tätschelte Peabos Knie. »Jetzt habe ich mein Gewissen entlastet, indem ich dich hinlänglich gewarnt habe. Was wolltest du von diesem alten Kristallweber hier wissen?«

Peabo zog die Brauen zusammen und erwiderte: »Ich fürchte, das ist kompliziert.«

Der weißhaarige Mann lächelte. »Tja, dann fang am Beginn an. Wie bei den meisten guten Geschichten.«

Peabo erwiderte das Lächeln. »Das wäre dann wohl, als ich halb tot war und in den Turm der Weisen gebracht worden bin.«

Peabo beobachtete, wie der alte Mann an etwas an seiner Hüfte fingerte.

»Das verdammte Ding macht mir ständig Scherereien.«

Grundle fummelte an einem Knoten, bis es ihm endlich gelang, ihn zu lösen und den Lederbeutel zu öffnen. Er entnahm ihm zwei Kristalle, jeweils so groß wie Peabos Daumen. »Zufällig habe ich zwei Kraftkristalle zur Hand.«

Peabo starrte darauf und zeigte auf den, der schwach mit einem weißen Licht schimmerte. »Bedeutet das Leuchten, dass Energie darin gespeichert ist?«

»So ist es.« Grundle nickte. »Deiner Beschreibung nach hat deine Fähigkeit damit zu tun, die mit Licht verbundene Energie zu beeinflussen. Ist das eine zutreffende Zusammenfassung?«

Peabo nickte. »Ja. Aber ich frage mich ... Was, wenn ich mich mal in einer dunklen Höhle befinde. Nehmen wir an, irgendwo unter der Erde wie in Myrkheim, wo es weit und breit keine Lichtquelle gibt. Könnte ich einen Kraftkristall statt einer Lichtquelle benutzen?«

»Ich habe nicht die geringste Ahnung.« Grundle zuckte mit den Schultern. »Finden wir es heraus.« Der alte Mann legte die beiden Kristalle auf den Boden, stand auf und schloss die Jalousien.

Der Raum wurde in Dunkelheit getaucht. Peabo nahm nur noch den schwachen Schein eines der Kristalle wahr.

Das Licht reichte kaum aus, um Grundles schemenhafte Umrisse zu erkennen, als sich der alte Mann wieder auf dem Boden niederließ. »Du kannst beide Kristalle sehen, richtig?«

Peabo nickte.

»Du musst es sagen. Ich kann nicht sehen, ob du nickst oder den Kopf schüttelst.«

»Ja.«

Grundle räusperte sich. »Nur um das klarzustellen, dein Ziel ist der Kristall, der nicht leuchtet.«

»Moment, jetzt bin ich verwirrt. Wenn ich Energie auf etwas richte, wird es in der Regel beschädigt. Wirst du etwa tun, das die

Wirkung ändert, die ich auf den Kristall habe? Oder ist der Kristall selbst ungewöhnlich?«

»Gute Frage. Ein bisschen von beidem, mein junger Freund. Der Kristall ist nötig, weil die Energie durch seine Beschaffenheit geordnet in seiner Gitterstruktur untergebracht werden kann und dort verfügbar bleibt, bis sie abgerufen wird. Ich muss die von dir kommende Energie in eine strukturierte Form umwandeln, die der Kristall aufnehmen kann, ohne beschädigt zu werden.« Der alte Mann schob den leuchtenden Kristall in Peabos Richtung. »Nimm ihn ruhig in die Hand.«

Peabo hob den schimmernden Stein auf und betrachtete ihn. Für sein wissenschaftliches Denken ergab der Gedanke, dass eine bestimmte Substanz mit einer gewissen Energiemenge aufgeladen werden konnte, durchaus Sinn. Das Konzept glich dem einer Batterie, aber was genau Grundle dabei anstellte, überstieg Peabos Vorstellungskraft. Was gäbe er nicht alles für ein Oszilloskop oder eine andere Möglichkeit, um zu analysieren, was tatsächlich mit diesen sogenannten Energieströmen passierte. Allerdings befand sich das nächste Oszilloskop wahrscheinlich irgendwo in einem anderen Universum. Wieder etwas, das er einfach glauben musste, ohne wirklich zu verstehen, wie es funktionierte. »Also gut. Normalerweise atme ich das Licht gewissermaßen ein, von wo es auch stammt. Ein Edelstein wird sich wohl nicht so verwenden lassen. Vergiss nicht, ich habe noch nie einen aufgeladenen Kristall gesehen.«

Der alte Mann schnalzte mit der Zunge. »So seltsam es dir erscheinen mag, ich kann zwar die von jemandem genutzte Energie in einen Edelstein leiten, aber sie nicht herausholen. Ich habe es schon von anderen ähnlich wie von dir beschrieben gehört – dass sie die Energie gleichsam einatmen. Wenn ein Leiter aus der Umgebung Energie bezieht, wirkt er so auf sie ein, als würde er etwas Körperliches an sich ziehen – nur ist es für ihn kein körperlicher Vorgang. Verstehst du, was ich meine?«

»Ich denke schon. Für mich ist es so, als würde ich mit anderen Lungenflügeln atmen. Ich kann es wohl nur ausprobieren und abwarten, was passiert.«

»Ich bin bereit, wenn du es bist, junger Landläufer.«

»Also gut, los geht's.« Peabo hielt den einen Kristall in der Hand und konzentrierte sich auf den leeren auf dem Boden.

Er atmete ein. Die feinen Härchen an seinem Arm richteten sich auf, als er spürte, wie ein Energiestrom aus dem Edelstein in ihn floss. Diesmal jedoch bündelte sich die Energie nicht zu einem schillernden Lichtball, sondern brach als schimmernder Nebel aus ihm hervor und fiel auf den leeren Kristall.

Der begann zu leuchten, während der Schein des Kristalls in Peabos Hand erlosch.

»Es hat geklappt!«, stieß Peabo verblüfft hervor.

»Hast du etwas anderes erwartet?«, fragte Grundle.

Peabo schnappte nach Luft, als ihm ein neuer Gedanke kam. »Wenn du die von mir ausgehende Energie in einen Edelstein leiten kannst ... oh Mann!« Er schaute zum Fenster mit den Jalousien aus Metall. »Wenn wir Licht hereinlassen, ich es noch mal versuche und wir die Jalousie dann schließen, meinst du, das würde klappen?«

»Ich wüsste nicht, was dagegenspricht. Ist das etwas, das du kannst? Ungefiltertes Licht aus der Umgebung entnehmen und zu lenken?«

»Keine Ahnung.« Peabo zuckte zusammen. Ohne Scarlett, um eine mögliche Katastrophe zu verhindern, schien es eine dumme Idee zu sein. »Es könnte zu gefährlich sein.«

Grundle sprang auf und ging zum Fenster. Plötzlich wurde der Raum in Licht getaucht, als der alte Mann die Lamellen am Fenster verstellte. »Ich bin alt. Wahrscheinlich bekomme ich nie wieder die Gelegenheit, so etwas zu bezeugen. Versuchen wir es. Ich kann die Jalousien jederzeit schließen, falls ein Problem auftritt.«

Peabos Herz raste. Eine innere Stimme riet im lauthals brüllend von dem Versuch ab.

»Nur zu. Benutz den leeren Kristall als Ziel.« Grundle klang aufgeregt. »So kann ich die Energiemenge messen, die du aufnimmst. Fangen wir langsam an – ich schließe die Lamellen nach einem Herzschlag.« Der weißhaarige Mann trat vom Fenster weg, damit das Licht ungehindert in den Raum dringen konnte.

Peabos Herz fühlte sich an, als wollte es aus der Brust fliehen, während er ins nachmittägliche, hereinstrahlende Tageslicht starrte. »Weißt du, mein Problem ist, dass ich nicht aufhören kann, wenn ich mal angefangen habe ...«

»Ich hab's dir doch gesagt.« Grundle betätigte den Hebel der Lamellen. Prompt schlossen sich die Lamellen mit einem lauten Klacken. Als er den Hebel in die andere Richtung bewegte, strömte wieder Licht in die Kammer. »Ich werde sie sehr schnell schließen. Keine Sorge.«

Peabo biss die Zähne zusammen und nickte. »Ich denke, ich bin bereit.«

Grundle lächelte. »Ich auch. Los. Mal sehen, was ein Landläufer so kann.«

Peabo legte den leeren Kristall auf den Boden und wich mehrere Schritte zurück. Er brauchte einen Moment, um den Kopf zu leeren und sich auf den Kristall zu konzentrieren.

Das Licht verblasste in den Hintergrund. Der nahm nur noch den Kristall wahr, als er einatmete.

Alles schien sich zu verlangsamen, als ein Regenbogen verschiedenfarbiger Lichter in den Raum strömte. In Peabos Kopf spielte Phantommusik, und er hörte Stimmen in der Luft. Irgendwo in der Ferne schnappte er Nicole auf.

Ich kann ihn immer noch fühlen. Er lebt. Sie haben ihn noch nicht vernichtet. Brodie, was sollen wir tun? Glaubst du, sie werden ihn je gehen lassen?

Dann wurde alles weiß. Als Letztes bekam Peabo mit, wie der alte Mann erschrocken nach Luft schnappte.

Peabo spürte eine kühle Hand auf der Stirn und setzte sich abrupt auf. Grundle grinste von einem Ohr zum anderen. Er blinzelte heftig. Alles, woran er sich erinnern konnte, war ein grelles Licht. »Was ist passiert?«

»Die Wahrheit? Also, eben waren wir noch allein im dritten Stock des Turms, und im nächsten Moment konnte ich nichts mehr sehen, weil sich die Sonne vorübergehend in der Kammer breitgemacht hat. Zum Glück habe ich schnell die Lamellen geschlossen, und du bist ohnmächtig geworden.« Der alte Mann klopfte ihm auf die Schulter und lächelte immer noch breit. »Also, dieses Lichtspektakel werde ich nie vergessen.«

Peabo ließ den Blick durch den Raum wandern. »Was ist mit dem Kristall passiert? Wurde er zerstört?«

Der alte Mann hielt einen Lederbeutel hoch. Er wollte ihn gerade öffnen, bevor er es sich anders überlegte und ihn stattdessen Peabo reichte. »Mach du ihn auf. Aber ich warne dich, schütz lieber die Augen. So etwas habe ich in meinen achtzig Zeitenwechseln noch nie gesehen.«

Peabo schirmte die Augen ab, als er die Kordel des Beutels löste. Kaum hatte er den Beutel aufgezogen, strahlte ein blendendes Licht heraus. Er fasste hinein. In dem Moment, als er den Edelstein berührte, hielt die Welt an.

Ein Energiestoß raste seinen Arm hinauf, schoss ihm in die Brust und breitete sich durch seinen Körper aus.

Die Welt waberte leicht, als ihn das mittlerweile vertraute, euphorische Gefühl zum Schaudern brachte.

Und plötzlich fügte sich alles wieder an seinen Platz.

Die Zeit lief normal weiter, und Peabo fühlte sich rundum gestärkt.

Er war gerade eine Stufe aufgestiegen.

Normalerweise musste er dafür über einen längeren Zeitraum die Essenzen von Wesen einsammeln, die er getötet hatte. Aber mittlerweile wusste er, dass man gelegentlich auch durch andere Handlungen die nächsthöhere Stufe erreichen konnte.

Bisher war ihm das nur damals passiert, als er zum ersten Mal die Hand um Max' Griff gelegt hatte.

Grundle grinste. »Herzlichen Glückwunsch. Ich könnte mir vorstellen, das war gerade eine unerwartete Freude für dich.«

Peabo sah ihn mit überraschter Miene an. »War es so offensichtlich?«

Der alte Mann schmunzelte. »Wenn man so lange wie ich gelebt hat, erkennt man die Anzeichen. Welche Stufe bist du jetzt?«

»Sechs. Und du?«

Der Mann fuhr sich mit der Hand durch den widerspenstigen weißen Haarschopf. »Ich kann mich noch daran erinnern, als ich auf deiner Stufe war. Damals hatte ich noch schwarzes Haar. Aber ich habe Abenteuer vor langer Zeit aufgegeben, deshalb bin ich nur Stufe 10.«

»Nur?« Peabo lachte.

Der alte Mann zuckte mit den Schultern. »Du kommst von der Insel Dvorak. Dort verbringen die meisten ihre Zeit damit, im Dreck zu wühlen und Nahrung anzubauen. Hier auf dem Festland läuft es anders. Die vielen unerforschten Gebiete und die weitläufige Wildnis locken haufenweise abenteuerlustige Seelen an.

Höhere Stufen als bei einem gewöhnlichen Landwirt sind hier keine Seltenheit.«

Nicole hatte etwas Ähnliches gesagt. Peabo holte den Edelstein aus dem Beutel und musste die Augen zusammenkneifen, um auch nur in dessen Richtung schauen zu können. Das Licht erinnerte ihn an die Helligkeit, die von einem Lichtbogenschweißgerät ausging. Oder an einen direkten Blick in die Sonne. »Wie lange war das Fenster offen?«

»Nur einen Herzschlag lang, wie ich es angekündigt hatte.«

Peabo verstaute den Kristall wieder im Beutel und gab ihn Grundle zurück, der sofort abwinkte.

»Behalte ihn, aber versteckt. Ich habe nicht vor, mich in nächster Zeit auf Abenteuer zu begeben. Aber dir könnte so etwas nützlich sein.«

Peabos Augen weiteten sich, während er den Beutel in der Hand hielt. »Bist du sicher? Ich habe keine Möglichkeit, dir das zu vergelten ...«

»Pah!« Grundle schwenkte wegwerfend die Hand. »Ich habe dich zu etwas genötigt, wozu du nicht wirklich bereit warst. Das war kein feiner Zug von mir. Du bist jung und wahrscheinlich noch nicht bereit für deine Bestimmung. Jedenfalls bist du eindeutig noch nicht so weit, deine Macht voll auszuschöpfen. Aber ich bin überzeugt davon, das kommt noch. Dass ich die Möglichkeit hatte, die Fähigkeiten eines jungen Landläufers mit eigenen Augen zu bezeugen, ist mir Bezahlung genug. Jetzt habe ich eine Ahnung, wovor sich die Leute im Ersten Zeitalter gefürchtet haben müssen. Ich spüre Güte in dir, Peabo. Lass dich nicht von Leuten davon abbringen oder beeinflussen, die nicht dein Bestes im Sinn haben.«

Peabo verstaute den Beutel in einer Innentasche seines Hemds und schlug mit Grundle ein. »Vielen Dank für all das Wissen, das du mit mir geteilt hast.« Er klopfte auf den Beutel unter seinem

Hemd. »Und auch dafür. Ich bin sicher, dass ich den Stein irgendwann brauchen werde.«

»Landläufer, es war mir eine Freude, dich kennenzulernen.« Der alte Mann tätschelte Peabo die Brust. »Auch wenn du alles andere vergisst, was jemals jemand zu dir gesagt hat, merk dir zumindest das: Du bist das Licht in der Dunkelheit. Lass nicht zu, dass die Dunkelheit dein Licht verdirbt.«

KAPITEL ELF

Peabo fühlte sich angespannt, als Scarlett und er nachts den Hauptturm verließen. Weit und breit herrschte Dunkelheit. Von keinem der Türme ging Licht aus, denn der Hauptturm besaß keine Fenster, und die anderen Türme wurden nur tagsüber genutzt. Was sie vorhatten, war ein natürlicher nächster Schritt ihrer Tests. Dennoch fühlte er sich leicht nervös, als er den großen, grob behauenen Holzklotz in der Mitte des Hofes auf den Boden legte.

Scarlett setzte sich. Ihre Augen blitzten in der Dunkelheit beinah wie die einer Katze auf, als sie grinsend zu ihm aufschaute. »Das wird richtig interessant, meinst du nicht auch?«

Peabo bedeutete ihr, weiter weg zu rutschen. »Nicht so nah ran, wir wissen nicht, was passieren könnte.« Er ließ sich auf dem Boden nieder, etwa sechs Meter von seinem hölzernen Ziel entfernt. In Gedanken erlebte erneut die Explosion der Macht, die er in Grundles Turm erlebt hatte.

»Sei nicht so nervös.« Sie rutschte so nah zu ihm, dass sich ihre Knie berührten, dann legte sie die Hand auf seine. »Ich bin ja hier und achte darauf, dass nichts außer Kontrolle gerät. Außerdem ist es ziemlich dunkel. Ich kann mir also nicht vorstellen, dass es zu verrückt wird.«

Sie befanden sich ein gutes Stück vom nächsten Turm entfernt, und von anderen Leuten fehlte weit und breit jede Spur. Peabo schaute zum nächtlichen Himmel und entdeckte ein paar Sterne. Abgesehen von der aufgehenden Mondsichel war es eine ziemlich finstere Nacht. Er hatte sich nicht wohl dabei gefühlt, den aufgeladenen Kristall bei sich zu tragen, deshalb hatte er ihn stattdessen in seiner Unterkunft versteckt. Samt Lederbeutel war er gerade klein genug, um in Max' Scheide zu passen. Und von der wusste Peabo, dass sie jedem einen Schlag verpassen würde, der sie zu berühren versuchte. Er hoffte, damit würde der Kristall vor Neugierigen geschützt sein.

Peabo rollte mit den Schultern und entspannte den Nacken, als er sich auf das Experiment vorbereitete. »Also gut, fangen wir mit etwas Sicherem an. Mach die Sache mit dem Strohhalm für mich und unterbrich mich nach einem Herzschlag. Lass uns damit beginnen und sehen, was passiert. Ist das in Ordnung für dich?«

Mit nachdenklicher Miene schaute sie zu ihm auf. »Strohhalm? Ich nehme an, du meinst, ich soll deine Aufnahme von Licht verlangsamen, richtig?«

Er nickte. Peabo spürte diesen seltsamen Druck im Kopf, als Scarlett sich hineinschlängelte und vorbereitete. Anfangs war es nur ein Druck, aber es fühlte sich zunehmend wie Ranken an, die seinen Geist geradezu streichelten. Ein leicht unangenehmes Gefühl.

»Na schön. Ich bin bereit, wenn du es bist.«

Peabo starrte auf den großen Holzklotz am Boden. »In Ordnung, los geht's.«

Als er den Kopf leerte, nahm er zig winzige flimmernde Lichtpünktchen wahr, die zuvor nicht da gewesen waren.

Leuchtkäfer. Peabo konzentrierte sich auf sein Ziel, und seine Sinne weiteten sich. Er spürte, dass winzige Lichtquellen um ihn herum flackerten. Und hoch über ihm schwebte ein viel tieferes und größeres Reservoir von etwas, das er nicht sah, aber fühlte. Es handelte sich nicht um das reflektierte Licht der Mondsichel oder der Sterne. Irgendwo da oben spürte er etwas anderes ...

»Fängst du jetzt an?« Scarlett drückte leicht sein Knie.

Peabo nickte. Er atmete ein, und alles verlangsamte sich. Mehrere Dutzend kaum wahrnehmbare Lichtstreifen schossen aus allen Richtungen auf ihn zu, aber sie waren nichts im Vergleich zu dem sich aufbauenden Druck in seiner Brust.

Es war beinah wie ein Regenguss, als er eine Flut von unsichtbarer Energie spürte, die auf ihn niederging.

Durch seinen Geist hallten Geräusche, die ihn an das schrille Piepen eines Modems erinnerten. Inmitten des Lärms hörte er eine künstliche Stimme.

Zeitcode-Reaktivierung eingeleitet.
Relativistisch verstrichene Zeit seit letzter Kommunikation: 2.543.012 Sonnenzyklen.

Irgendeine dunkle Masse schwebte in der Luft. Winzige Lichtfunken sprühten willkürlich umher, und Peabos Herz raste, als er zunehmende Vibrationen der sich ausweitenden Masse spürte.

Es fühlte sich an, als krabbelten Ameisen überall auf seiner Haut, während die Kraft von oben stärker und stärker wurde.

Er warf einen Blick zu Scarlett. Sie hatte die Augen so weit aufgerissen wie noch nie und wirkte überfordert.

Obwohl er die Energie nicht sehen konnte, wusste er, dass sich zu viel für etwas so Nahes wie den Holzklotz angesammelt hatte.

Sein Blick wanderte an den Türmen vorbei und über den Wald hinaus. In der Ferne zeichneten sich schemenhaft die Umrisse eines zerklüfteten Berggipfels ab.

Ohne nachzudenken, zielte er und atmete aus.

In dem Moment spürte er, wie sich Scarletts Fähigkeiten an seine hefteten.

Allerdings zu spät.

Peabo spürte, wie die geballte Masse der Energie davonraste.

Die Wipfel einiger Bäume im Wald gingen in Flammen auf, und in der Ferne sah er einen Blitz.

Peabo starrte in die Dunkelheit, während er zu begreifen versuchte, was gerade geschehen war.

»Peabo? Ich verstehe nicht, was ...«

Der Boden vibrierte eine Sekunde lang, bevor plötzlich ein gewaltiger Donnerschlag ertönte.

Scarlett schnappte nach Luft, und Peabo wurde kreidebleich.

Hätte er diese Ladung auch nur irgendwo in der Nähe entfesselt, er hätte wahrscheinlich die gesamte Gegend dem Erdboden gleichgemacht.

Peabo bedachte Scarlett mit einem vorwurfsvollen Blick. »Du hast doch gesagt, du würdest mich sofort unterbrechen!«

»Hab ich auch!«, schoss Scarlett mit einem Anflug von Verärgerung zurück. »Was ist passiert? Ich weiß nur, dass du lange gebraucht hast, um anzufangen. Ich hab dich am Knie berührt, und auf einmal ist etwas passiert, das Schwingungen durch meinen Körper gejagt hat. Ich habe dich fast sofort aufgehalten.«

Die Tür zum Hauptturm öffnete sich, und Peabo erblickte Ariandelles leuchtende Gestalt am Eingang. Sie lege die Hände an den Mund und rief: »Hört sofort auf damit. Wir müssen reden.«

Scarlett runzelte die Stirn, als sie aufstand und Peabo die zierliche Hand entgegenstreckte.

Sie ließen den Holzklotz zurück und steuerten auf den Turm zu. Durch Peabos Körper raste Adrenalin, als hätte er gerade ein Feuergefecht hinter sich. Er hatte soeben eine vernichtende Menge Energie freigesetzt, und sein Verstand überschlug sich, als er über die Folgen nachdachte. Als er die verärgerte Miene der Schulleiterin bemerkte, beschlich ihn unwillkürlich das Gefühl, wie ein Schuljunge ins Büro der Direktorin beordert zu werden. Was nicht ganz unzutreffend war. Vermutlich würden seine Pläne damit beim Teufel sein.

War es ein Problem, wenn Scarlett ihm nicht helfen konnte, im Freien den Einsatz seiner Kräfte zu bändigen? In einer kontrollierten Umgebung konnte er seine Fähigkeiten gefahrlos nutzen, und damit könnte er zweifellos überleben. Aber irgendwann würde bloßes Überleben wahrscheinlich nicht mehr reichen. Und es würde nicht immer ein Berg in der Nähe sein, auf den er eine außer Kontrolle geratene Energiemenge ableiten könnte. Das Letzte, was er wollte, war eine Verzögerung seiner Abreise von diesem Ort.

Als sie sich dem Haupteingang näherten, starrte die Schulleiterin in Richtung des Bergs. Am Fuß der Formation zeichnete sich ein Brand ab.

Peabo zuckte zusammen und betete, dass sich niemand in der Gegend aufhielt.

Ariandelle bedeutete den beiden, einzutreten. »Reden wir darüber, was gerade passiert ist.«

Die Besprechung mit Ariandelle fiel harmloser aus als befürchtet. Sie wollte im Archiv im Keller weitere Nachforschungen anstellen und verbot Peabo und Scarlett vorläufig weitere Experimente, was er absolut nachvollziehen konnte. Er hoffte nur, ihre Nachforschungen würden nicht zu lange dauern.

Scarlett nahm sich die Sache sehr zu Herzen. Sie hatte das Gefühl, ihn im Stich gelassen zu haben, obwohl er beteuerte, dass es nicht stimmte. Sogar noch im Bett mit dem Gesicht an seinem Hals und dem Arm über seiner Brust zeigte sie sich untröstlich.

Zum Glück dauerte es nicht lange, bis sie sich in den Schlaf geweint hatte. Je emotionaler Scarlett wurde, desto mehr sehnte sich Peabo nach Nicoles nüchterner Persönlichkeit.

Während er im Bett lag, starrte er an die Decke, grübelte über das nächtliche Experiment nach und versuchte, schlau daraus zu werden.

Es hatte kaum sichtbares Licht geherrscht, das er anzapfen konnte. Aber offensichtlich hatte er eine gewaltige Menge von *etwas anderem* gebündelt.

Vielleicht etwas außerhalb des sichtbaren Lichtspektrums. Die meisten Leute dachten, Licht gäbe es nur im Bereich der Regenbogenfarben. Aber Licht war im Wesentlichen nichts anderes als ein Energiepaket und konnte Wellenlängen haben, die viel länger als Rot und viel kürzer als Violett waren.

Konnte sich dort draußen über ihm eine starke Quelle ultravioletter Wellen befunden haben? Vielleicht. Wenn es an diesem Ort einst so fortschrittliche Technologie gegeben hatte, kreisten hoch droben am Himmel vielleicht sogar Radio- oder Fernsehsatelliten. Plötzlich erstarrte Peabo, als eine Erinnerung von vorhin in seinem Kopf aufblitzte.

Zu dem Zeitpunkt war so viel auf einmal passiert, dass er es gar nicht richtig registriert hatte.

Zeitcode-Reaktivierung eingeleitet.

DER TURM DER WEISEN

Relativistisch verstrichene Zeit seit letzter Kommunikation: 2.543.012 Sonnenzyklen.

Ein Schauder durchlief ihn, als er sich ins Gedächtnis rief, was er dabei empfunden hatte. Er hatte keine Ahnung, wie er es hören konnte. Hatte er irgendeine Übertragungsfrequenz aus dem Orbit gesaugt und die Worte irgendwie im Kopf übersetzt?

Vielleicht.

Aber konnten sie wirklich bedeuten, was sie besagten?

Anscheinend hatte der Satellit im Orbit sein Aufschnappen der Signale als Kommunikation registriert. Zumindest vermutete er, dass es sich um einen Satelliten handelte.

Als gesichert konnte er gar nichts mehr annehmen.

Aber diese Meldung ... Sie ließ darauf schließen, dass zuletzt vor über zwei Millionen Jahren ein Signal empfangen wurde.

Die Zeitschiene dieser Welt war in seiner Vorstellung ziemlich verschwommen.

Als Nicole und Brodie – Hohepriester des Namenlosen – ihn zum Turm der Weisen gebracht hatten, war Peabo halb bewusstlos gewesen. Dennoch erinnerte er sich, gefragt zu haben, wie alt der Turm der Weisen war. Die Antwort war verblüffend und doch vage gewesen.

»*Das kann ich wirklich nicht sagen. Die Anlage stammt aus dem Ersten Zeitalter, also mindestens 100.000 Zeitenwechsel.*«

Wenn es da oben tatsächlich einen Satelliten gab, der vor zwei Millionen Jahren zuletzt von jemandem gehört hatte, lag das Erste Zeitalter zwischen 100.000 und 2.000.000 Jahre zurück. Eine ziemliche Spanne.

Er hatte keine Ahnung, was das alles bedeutete ... aber allmählich machte sich bei ihm Müdigkeit bemerkbar.

Peabos letzter wacher Gedanke war, ob man ihm vielleicht

erlauben würde, in den Archiven eigene Nachforschungen anzustellen.

Es fühlte sich an wie Schlangen, die sich durch seinen Kopf wanden und nach etwas suchten ... hungrige Schlangen, die unbedingt fressen mussten. Als sich Peabo benommen aufsetzte, spürte er, wie der allzu vertraute Druck von Scarletts geistigen Ranken nachließ und sich zurückzog.

Er blickte auf die großen Augen in ihrem Gesicht hinab und spürte, wie heißer Zorn in ihm aufstieg. »Was hast du gemacht?«

»Nichts«, sagte sie und strich mit den Fingern über seinen Rücken. »Du musst einen Albtraum gehabt haben. Es sind noch ein paar Stunden bis zur Morgendämmerung. Komm wieder her und leg dich zu mir.«

Als sie leicht an seinem Arm zog, legte er sich wieder hin und nahm von Kopf bis Fuß das Kribbeln von Adrenalin wahr.

Scarlett drückte sich mit der Vorderseite an ihn und schmiegte sich an seinen Hals. »Tut mir leid, dass ich gestern Nacht so durcheinander war.« Sie fuhr zart mit den Fingern über seine Brust und flüsterte: »Verzeihst du mir?«

»Ich hab dir schon gesagt, dass es nichts gibt, was ich dir verzeihen und was dir leidtun müsste. Es klappt nun mal nicht alles auf Anhieb.« Peabo versuchte, das Gefühl zu verdrängen, das er hatte, als sie durch seinen Kopf geschlichen war. Er schauderte, als er noch einmal das Gefühl von Schlangen erlebte, die in seinem Kopf nach etwas suchten.

»Ist dir kalt?« Scarlett rutschte noch näher und küsste seinen Hals.

»Lass uns schlafen«, flüsterte er, obwohl er wusste, dass er in der Nacht kein Auge mehr zutun würde.

Mit einem beinah schnurrenden Laut meinte Scarlett leise und sinnlich: »Weißt du, wir müssen nicht unbedingt schlafen.« Ihre Finger wanderten von seiner Brust über den Bauch hinab. Als sie seine Gürtellinie erreichte, packte Peabo ihre Hand.

»Nein«, platzte er lauter als beabsichtigt heraus. »Nicht jetzt ... Ich kann einfach nicht.«

Scarlett stützte sich auf einen Ellbogen und blickte mit besorgter Miene auf ihn herab. »Warum nicht? Sind es die Phantomschmerzen?«

Peabo legte die Stirn in Falten. »Wie meinst du das?« Sie wusste zwar, was Leena mit ihm gemacht hatte, allerdings hatte er ihr gegenüber nie Phantomschmerzen erwähnt.

Scarlett schwenkte den Blick von seinem Gesicht auf seine Brust. »Na ja, ich hab gehört, dass manche Verletzungen solche Schmerzen verursachen können.«

Sie log wie gedruckt.

Peabo biss die Zähne zusammen und schloss die Augen. Er hatte Lügen schon tausendfach durchschaut. Beim Militär hatte man ihm beigebracht, die Anzeichen zu erkennen. Warum belog sie ihn? Hatte sie ihm diese Erinnerung aus dem Kopf gerissen? Er hatte keine Ahnung, ob das möglich war. Als er die Augen öffnete und sie ansah, empfand er nur Enttäuschung. »Ja. Es sind die Schmerzen«, log auch er. »Ich bin sicher, sie legen sich bald.« Er schwang die Beine aus dem Bett.

»Was hast du vor?«, fragte Scarlett.

»Ich bin zu wach und brauche Bewegung. Ich gehe los und laufe Runden um den Hof.«

»Soll ich mitkommen?«

Peabo schüttelte den Kopf, während er sich anzog. »Nein, schlaf du ruhig. Außerdem werde ich eine ganze Weile unterwegs sein. Ich hab nämlich auch vor, im Nordwestturm einer Sache auf den Grund zu gehen. In der Zwischenzeit kannst du dich ruhig deinen Kursen widmen.«

Scarlett nickte. »Na schön, aber ich werde dich vermissen.«

Peabo winkte ihr zu und ging.

Als er den Hauptturm verließ und zu laufen anfing, wurde er das grausige Gefühl von Schlangen in seinem Kopf nicht los.

Er hatte keine Ahnung, was sie damit bezwecken wollte. Höchstwahrscheinlich war sie bloß neugierig – vielleicht war es das Pendant dieser Welt dazu, in jemandes Tagebuch zu linsen. Aber so oder so, es fühlte sich wie ein Verrat an, und er würde Zeit brauchen, um seine Wut darüber abzubauen.

Um die Gedanken davon abzulenken, blickte Peabo zurück auf das fehlgeschlagene Experiment. Wie konnte er so viel Energie praktisch schlagartig bündeln?

Zwar wusste er bereits, dass seine Zeitwahrnehmung völlig durcheinandergeriet, wenn er seine Fähigkeit nutzte, doch Grundle war es gelungen, die Lamellen am Fenster schnell genug zu schließen, um eine Katastrophe zu verhindern.

Nur war es dabei ein wenig anders gewesen. Grundle hatte jenen Kristall im Visier gehabt. Und der Kristall sah aus, als hätte er ein Stück der Sonne eingefangen. Also hatte Scarlett ihn vielleicht tatsächlich so schnell wie möglich gebremst.

Er seufzte, als er die erste Runde um die inneren Grenzen des Turmareals beendete.

Das Wissen, dass sie ihn belogen hatte, beunruhigte ihn. Es stellte alles andere in Frage.

Aber sie war jung. Gerade erst 18 Jahre alt geworden.

In dem Alter hatte auch er Dummheiten begangen.

Peabo verspürte eine wachsende Beklommenheit. Er würde sie damit konfrontieren, die Lüge aus ihr herausholen müssen, damit sie darüber reden konnten. Darin sah er die einzige Möglichkeit. Wahrscheinlich würde dabei viel geweint werden.

Aber vielleicht würde es besser laufen, wenn sie reinen Tisch gemacht hätten.

Er blickte nach Osten und bemerkte am Horizont einen schmalen Schimmer, der erahnen ließ, dass demnächst die Morgendämmerung einsetzen würde.

Seinen Plan für den Tag würde er erst dann beginnen, wenn er sicher sein konnte, dass sich Scarlett beim Unterricht befand. Das würde ihm einige ungestörte Zeit verschaffen.

Und die brauchte er für sein Vorhaben.

KAPITEL ZWÖLF

Während seines morgendlichen Laufs war Peabo in der Nähe der Blumenbeete auf einen einzelnen verwitterten Handschuh gestoßen, der ihn auf eine Idee gebracht hatte. Er gelang ihm knapp, die Hand in den steifen Handschuh zu zwängen. Dann testete er ihn an der Tür einer der Räume, die er nicht betreten durfte. Als er den Knauf berührte, spürte er nicht mal ein Kribbeln durch das Leder. Genau darauf hatte er gehofft.

Er warf einen Blick in einen nahen Gang und spürte, wie ihn ein Anflug von Besorgnis überkam. Am Ende des Flurs befand sich das Büro der Schulleiterin. Er wollte ihr auf keinen Fall einen Grund liefern, ihn in einen Frosch zu verwandeln oder zweizuteilen – oder wozu auch immer diese Frau fähig war.

Peabo ging den Flur entlang und klopfte an die Tür.

Nach einigen Sekunden Stille klopfte er abermals. Als er seine Pläne gerade über den Haufen werfen wollte, kam eine Vollstreckerin vorbei und sagte über die Schulter: »Die Schulleiterin ist heute nicht da. Du wirst morgen wiederkommen müssen.«

Ein Lächeln breitete sich in Peabos Zügen aus. »Perfekt.«

Er verließ den Flur, ging an mehreren Klassenzimmern vorbei und steuerte auf den Eingang des Hauptturms zu.

In den letzten Wochen hatte er erfahren, dass man ihn nur deshalb für Unterricht eingeteilt hatte, um ihn zu beschäftigen, damit er nicht bloß an die Wand starrte und dabei durchdrehte. Dementsprechend war er nicht verpflichtet, an irgendeiner Lehrveranstaltung teilzunehmen. Somit hatte er die perfekte Möglichkeit, die Winkel und Nischen der Turmanlage zu erkunden. In diesem Fall hatte er ein bestimmtes Ziel vor Augen.

Am Haupteingang drehte sich Peabo um und betrachtete die verschiedenen Gänge, die zu anderen Teilen im Erdgeschoss führten. Unter normalen Umständen würde er Suchraster einsetzen, um in einem begrenzten Areal etwas Verstecktes aufzuspüren, doch das war in diesem labyrinthartigen Turm mit seinen zahlreichen, kreuz und quer verlaufenden Gängen nahezu unmöglich. Die Klassenzimmer ließen sich einfach erkennen, weil jedes ein hohes Fenster in der Tür hatte. Die meisten anderen Räume wiesen eine eindeutige Nummerierung auf, die sie als Schülerinnenunterkünfte auswies.

Peabo entschied sich als Erstes für den Gang links. Er brauchte etwa 20 Minuten, um das gesamte Erdgeschoss zu erkunden. Dabei konnte er die Suche nach seinem Ziel auf eine von wenigen Türen eingrenzen, die weder zu einem Klassenzimmer noch zu einer Schülerinnenunterkunft zu führen schienen. Dazu gehörte die Tür zum Quartier der Schulleiterin, das er völlig ausschloss. Dort würde er den Kopf auf keinen Fall hineinstecken. Womöglich hatte sie dort eine Medusa versteckt, die jeden, der sich erdreistete, bei ihr einzudringen, in eine Statue verwandeln würde.

Die ersten beiden Türen, die er öffnete, entpuppten sich als Zugang zu Vorratsräumen, gefüllt mit Säcken voll Trockengut für die Küche. In einem anderen Raum stieß er auf Fässer, die stark den im Turm allgegenwärtigen Geruch von Blütenblättern verströmten. Sie wurden oft für Weihrauch und Seifenherstellung verwendet.

Es verblieb eine Tür, die sich von allen anderen unterschied. Zwar wies sie die gleichen Abmessungen wie alle auf, doch statt eines glatten Türknaufs besaß sie einen Hebelgriff und ein Schlüsselloch.

Natürlich war sie verriegelt, was seine Möglichkeiten einschränkte. Er wollte sich nicht unbedingt den Zorn Ariandelles oder der anderen hier arbeitenden Frauen zuziehen. Die Tür gewaltsam zu öffnen, würde vermutlich eine Menge Lärm verursachen und wohl kaum gut ankommen.

Er kniete sich hin, um den ungewöhnlichen Griff näher zu betrachten. In dieser Welt hatte er noch nie eine Tür mit einem Schloss gesehen. Normalerweise hielt nur ein Riegel an der Innenseite jemanden davon ab, ein Haus zu betreten. In der Turmanlage verhielt es sich anders.

Da die Blutmaiden im Ruf standen, blutrünstige Mörderinnen zu sein, würde niemand bei rechtem Verstand versuchen, an diesem Ort einzubrechen. Grundle hatte angedeutet, dass es überall Augen und Ohren gab. Wahrscheinlich liefen also auch hochrangige Blutmaiden als Wachen herum. Auch wenn Peabo sie noch nie gesehen hatte.

Das musste nichts bedeuten. Eileen hatte eindrucksvoll bewiesen, dass sie sich in Luft auflösen und gleichzeitig präsent bleiben konnte. Und wenn sie es konnte, dann mit Sicherheit auch andere.

Vielleicht beobachtete ihn in diesem Augenblick jemand und fragte sich, warum er sich dermaßen für diese Tür interessierte.

Er richtete sich auf und kehrte mit schnellen Schritten zum Hauptgang zurück. Ihm war eine Idee gekommen.

In den etwa sechs Wochen seines bisherigen Aufenthalts hatten ihm schon einige Türen einen Schlag verpasst. Keines der

Klassenzimmer schien eine solche Ladung aufzuweisen, was Peabo durchaus logisch fand. Dafür sämtliche Schlafzimmer. Und soweit es Peabo beurteilen konnte, erhielten nur die Schülerinnen und er Schläge. Die Lehrerinnen hingegen nie. Also hatte es in seinem Fall wohl etwas mit dem Kragen zu tun.

Er bog in einen anderen Gang und hörte die Geräusche von Geschirr, das gewaschen wurde.

Warum sollte eine Tür, die ihm vermutlich einen heftigen Schlag verpassen würde, wenn er sie berührte, ein Schloss aufweisen?

Weil offensichtlich nicht jeder Zugang zu dem Raum dahinter haben sollte. Auch keine anderen Vollstreckerinnen.

Etwas anderes ergab keinen Sinn.

Als Peabo den Speisesaal betrat, sah er keine der üblichen Arbeiterinnen an ihrem Platz. Es war etwa eine Stunde nach dem Frühstück. Das Küchenpersonal war mit Reinigen und den Vorbereitungen für die nächste Mahlzeit beschäftigt.

Lächelnd näherte er sich einem der Behälter, schnappte sich zwei Gabeln und schwenkte zum Ausgang.

Da er nun wusste, wohin er wollte, befand er sich im Nu wieder bei der Tür mit dem Hebelgriff.

Unterwegs hatte Peabo die Zinken der Gabeln so verbogen, dass er zwei dünne Metallstangen hatte.

Mit behandschuhten Fingern führte er eine davon in das Schlüsselloch ein und erkundete langsam das Innenleben des Schlossmechanismus.

Er spürte, wie sich etwas Metallisches am Ende des Lochs nach innen schob. Da er keinen Schlag abbekommen wollte, verrenkte er sich so, dass er den Druck mit der Hand aufrechterhielt, während er mit dem Knie den Hebel nach oben presste.

Der Hebel gab nach, und die Tür öffnete sich weit.

Peabo grinste. Es schien beinah zu einfach zu sein.

Er spähte in den Raum hinter der Tür und verspürte ein leichtes Triumphgefühl, als er eine nicht angezündete Laterne an der Wand entdeckte. Dahinter führte eine Treppe in Dunkelheit hinab.

»Volltreffer.«

Er zündete die Laterne an und schloss die Tür hinter sich.

Als er langsam die Treppe hinunterstieg, erinnerte ihn der Geruch von unten an den Lagerschuppen hinter dem Haus seiner Großeltern.

Ein Geruch, der ihn an Alter denken ließ. Die Luft wirkte muffig, als hätte diesen dunklen Keller schon lange niemand mehr betreten.

Als er weiter nach unten gelangte, veränderte sich der Geruch allmählich. Zwar erinnerte er Peabo immer noch nach an jenen Lagerschuppen, aber das Aroma alter Bücher mischte sich dazu. Genauer gesagt musste er an den Geruch der Carnegie Library in Washington, D. C. denken. Das alte Gebäude und die Bücher darin hatten eine unvergessliche olfaktorische Atmosphäre erschaffen, die aus seinem Gedächtnis auftauchte, als er durch den dunklen Eingang zum Keller trat.

Peabo hielt die Laterne hoch. So weit ihr Licht reichte, sah er nur Holzkisten. Jede der Kisten wies eine andere Kennzeichnung auf, was darauf hinwies, dass sie in irgendeiner Weise organisiert waren.

Eine schwindelerregende Anzahl Kisten mit verschiedensten Symbolen. Bei manchen Zeichen handelte es sich um das in dieser Welt verbreitete Runenalphabet, bei anderen um stilisierte Versionen englischer Buchstaben mit drei oder vier Stellen.

Der Keller glich einer regelrechten Lagerhalle voll Kisten. Er erinnerte Peabo an die letzte Szene aus *Jäger des verlorenen Schatzes*, in der die Bundeslade in ein riesiges Lagerhaus mit identisch aussehenden Kisten gerollt wird.

Aber er suchte nicht nach der Bundeslade. Tatsächlich hatte Peabo keine Ahnung, wonach er eigentlich suchte.

Als er den Hauptgang zwischen den drei Meter hohen Stapeln entlangging, entdeckte er nur noch mehr davon.

Auf dem Weg durch weitere Gänge hielt er Ausschau auf Anzeichen von Aktivitäten aus jüngster Vergangenheit.

»Woher hatte sie das goldene Buch?«, überlegte er laut, während er nach etwas suchte, das aussah, als könnte es unlängst geöffnet worden sein.

Nach etwa zehn Minuten gelangte er in einen Teil des Kellers, in dem sich anscheinend die ältesten Kisten befanden.

Sie waren etwas kleiner und wiesen alle eine dunkle Patina auf, vermutlich, weil sie über Jahrtausende der Luft ausgesetzt gewesen waren. Und jede wies einen eindeutigen alphanumerischen Code auf.

Der verriet Peabo zwar nichts über sie, aber zumindest waren die Gänge in absteigender Reihenfolge geordnet. Auf Kiste FB01 folgte FB02 und so weiter. Im nächsten Gang befanden sich die mit FA, und so setzte sich das Muster fort.

Als er in einen neuen Gang einbog, bemerkte er eine Reflexion des Laternenlichts auf einem Gegenstand aus Metall.

Schnell ging er darauf zu und entdeckte einen Klauenhammer auf einem der unteren Kistenstapel.

Als er den Hammer ergriff, stellte er fest, dass er auf einer teilweise aufgezwängten Kiste gelegen hatte.

Peabo stellte die Laterne ab und benutzte die Klaue des Hammers, um die Kiste aufzubrechen. Als er den Deckel abnahm und hineinspähte, wurden seine Augen groß.

Bücher mit goldenem Einband füllten die Kiste aus.

Peabo holte eines heraus. Ein Stöhnen entfuhr ihm, als er den etwa 20 Kilo schweren Schmöker behutsam auf eine andere Kiste legte.

Er schlug das Buch auf und lächelte, als er sich auf die erste geätzte Seite aus Gold konzentrierte. Sie wies den Titel in englischer Sprache auf.

Die Politik der Religion

Nicht unbedingt ein Thema, nach dem er suchte, aber da es in einer ihm vertrauten, in dieser Welt eigentlich nicht vorhandenen Sprache verfasst war, wurde es automatisch interessant für ihn.

Er blätterte weiter und stieß auf Schrift in modernen Runen.

»Original auf Papier, auf Blattgold archiviert.«

Peabo nickte. Irgendjemand hatte vor langer Zeit ein wahrscheinlich verfallendes Originaldokument auf etwas übertragen, das praktisch eine Ewigkeit überdauern würde. Er blätterte um und stellte fest, dass jede der goldenen Seiten etwa die Dicke einer zehnfachen Schicht Alufolie aufwies. Kein Wunder, dass dieses Buch so schwer war.

Da er wusste, dass er in Zukunft wohl keine Gelegenheit bekommen würde, an diesen Ort zurückzukehren, begann er, den Inhalt des Buchs so schnell wie möglich zu überfliegen.

Bisher hatte Peabo Bücher über politische Fraktionen, Landwirtschaftstechnik und andere Alltagsthemen überflogen, die alle zu einer überwiegenden Agrargesellschaft zu passen schienen.

Erst, als er eine weitere Kiste öffnete und auf ein Buch mit dem Titel »Gesellschaft im Niedergang« stieß, wusste er, dass er etwas aus einer Zeit kurz nach einem weltverändernden Ereignis las.

Beim Überfliegen des Buchs berührte ihn eine bestimmte Passage zutiefst.

Die Gesellschaft, in die ich hineingeboren wurde, ist mittlerweile vollständig verschwunden. Die Städte wurden während des großen Bombardements zerstört. Nichts konnte der Zerstörung entkommen. Diejenigen von uns, die den Konflikt zwischen den Fraktionen erkannt und beschlossen hatten, die feine Gesellschaft zu verlassen, haben als Einzige überlebt.

Die Wahnsinnigen haben sich schließlich gegenseitig umgebracht, und selbst die Götter sind verstummt und schämen sich dafür, was in ihrem Namen geschehen ist.

Mittlerweile spielt es keine Rolle mehr, ob man Anhänger des Namenlosen oder der Zwillinge ist – wir sterben alle in einer feindselig gewordenen Welt.

Seuchen wüten. Medikamente sind längst verbraucht oder bei Bränden vernichtet worden, und was übriggeblieben ist, hat schlichtweg seine Wirkung verloren.

Die Gesellschaft ist auf ihre niederen Instinkte zurückgesunken.

Aus den zerstörten Städten ist längst alles geplündert worden, was noch irgendwie brauchbar war. Nur Banditen und unvorstellbare, aus den Giften der Unterwelt erschaffene Kreaturen sieht man noch an den trostlosen Orten, die wir einst unser Zuhause genannt haben.

Wild zu jagen, ist die einzige Möglichkeit zu überleben. Die Leute essen Ratten, wühlen in der Erde nach essbaren Wurzeln, und wenn jemand sauberes Wasser findet, tötet er einen eher, als es mit jemandem zu teilen, den er nicht kennt.

Sogar der Wald ist feindselig geworden. Neulich habe ich von einem Jäger gehört, den die Wurzeln des Waldbodens umschlungen haben. Irgendwie wurde die untere Hälfte seines Körpers gefressen. Wie durch ein Wunder ist der Mann nicht verblutet und behauptet, ein Baum hätte ihn gefangen und halb gefressen. Mittlerweile weiß niemand mehr, was er noch glauben soll.

Die Welt liegt im Sterben, und ich bezweifle, dass jemals jemand die Worte lesen wird, die ich schreibe. Wenn es doch jemand zu sehen bekommt, soll derjenige wissen, dass Harold Cartwright sein Bestes gegeben hat. Und an den Gott, der sein Volk im Stich gelassen zu haben scheint: Ich glaube immer noch, dass du irgendwo bist und zusiehst. Bitte schick uns Hilfe, wir sind verzweifelt und am Ende unserer Kräfte.

Die Schilderung des Zeitzeugen jagte Peabo einen Schauder über den Rücken, als er sich vorstellte, wie der Verfasser das Ende der Welt erlebt haben musste.

Die Menschen bei ihm zu Hause würden wahrscheinlich ähnlich reagieren, wenn sie plötzlich alles verlören, was sie kannten. Peabo hatte eine militärische Ausbildung und war als Kind Pfadfinder gewesen. Daher wusste er, wie man im Wald überleben konnte, wenn es sein musste. Der Großteil der zivilisierten Welt jedoch war daran gewöhnt, alles fein verpackt und vorgefertigt zu bekommen. Für den Durchschnittsbürger wäre es praktisch unvorstellbar, selbst jagen, die Beute ausweiden, das Fleisch konservieren und die eigene Kleidung anfertigen zu müssen.

So musste es auch für die Bewohner dieser Welt gewesen sein ...

Plötzlich spürte Peabo ein Kribbeln im Nacken und einen Druck im Kopf.

Er schnappte sich die Laterne und kehrte in den Hauptgang zurück. Die feinen Härchen an seinen Armen richteten sich auf. Am anderen Ende des unterirdischen Raums sichtete er ein weiteres Licht.

»Peabo?«, rief eine Stimme durch den Keller.

Scarlett.

Er setzte sich in ihre Richtung in Bewegung. »Ja? Solltest du nicht beim Unterricht sein?«

»Warum bist du hier unten?«, rief sie durch die Dunkelheit, als sie ihrerseits in seine Richtung kam.

Peabo ereilte wieder das unangenehme Gefühl von sich windenden Schlangen in seinem Kopf. Scarlett trieb sich darin herum, suchte etwas. Ein Anflug von Zorn durchzuckte ihn, und er brüllte: »Verschwinde aus meinem Kopf!«

»Was meinst du?«

Sein gesamter Körper spannte sich an, als er ihr Umhertasten in seinem Geist spürte. »Ich kann dich da oben fühlen. Hör auf damit!«

Mittlerweile befand sie sich so nah, dass er sie deutlich sehen konnte. In ihren Augen lag etwas seltsam Raubtierhaftes ... »Ich tue das zu deinem Besten. Du hast hier unten nichts zu suchen.«

Zum ersten Mal, so lange er sich zurückerinnern konnte, explodierte Peabo vor Wut. »*Raus aus meinem Kopf! Sofort!*«, brüllte er über ihre telepathische Verbindung, die er bei ihr bisher noch nie benutzt hatte.

Scarletts Augen wurden groß, und sie wich zwei Schritte zurück. Ein Schimmer flammte um sie herum auf. Ihre Haut leuchtete, und das jugendliche Gesicht verwandelte sich in ein anderes. Dann kehrte blitzartig Scarletts Gesicht zurück, und ihre Haut wirkte wieder gewöhnlich.

Der Druck in Peabos Kopf ließ nach, und er brüllte: »Wer zum Teufel bist du?«

»Wie meinst du das?« Sie legte den Kopf schief und blinzelte unschuldig.

Als er einatmete, spürte er fast augenblicklich, wie sich Scarlett auf seine Fähigkeit stürzte. »Ich habe durch ... deine Fassade gesehen. Du bist keine Schülerin.«

»Du solltest nicht hier unten sein«, wiederholte sie. Scarletts Gesicht verformte sich, als sie die Illusion aufgab. Zurück blieb eine Frau mittleren Alters mit einem ähnlichen Schimmer wie Ariandelle. Lächelnd schüttelte sie den Kopf. Ein Hauch von Belustigung schlich sich in ihre Stimme. »Was sollen wir nur mit dir machen?«

Mit der Wut des Verrats im Bauch leerte Peabo seinen Geist und übermittelte durch ihre gegenseitige Verbindung: *Du wirst gar nichts machen.*

Als er sich gegen ihren Einfluss auf seine Fähigkeiten wehrte, spürte er, wie etwas in seinem Kopf zerriss.

Die Lichter ihrer Laternen, aus denen er Energie beziehen wollte, veränderten sich. Sie trennten sich in ein beinah regenbogenartiges Spektrum auf.

Als er einen wachsenden Druck im Kopf spürte, leuchteten auch die Kisten um ihn herum auf, jede mit einem eigenen Farbmuster. Instinktiv wusste er, dass es den Inhalt widerspiegelte. Alles um ihn herum präsentierte sich plötzlich mit einer eigenen farbigen Darstellung. Es fühlte sich an, als betrachtete er die Welt durch eine seltsame Wärmekamera, nur hatte es rein gar nichts mit Infrarot zu tun. Es handelte sich um weit mehr als Wärmesignaturen.

Fast so, als hätte er irgendeine Barriere durchbrochen und eine neue Fähigkeit entdeckt.

Der Druck in seinem Kopf steigerte sich, und es wurde offensichtlich, dass die Frau versuchte, irgendetwas bei ihm zu bewirken. Sie hatte die Stirn in tiefe Falten gelegt, und jeglicher Anschein von Freundlichkeit war verflogen.

Während er gegen ihre Unterdrückung seiner Fähigkeiten ankämpfte, trat er näher auf sie zu.

In dem Moment bemerkte Peabo goldene Fäden, die aus seiner Brust ragten.

Einer verlief nach Norden. Die andere schimmernde Ranke erstreckte sich direkt in Scarletts Brust.

Die Frau ergriff im Befehlston das Wort. »Du kommst jetzt mit mir nach oben.«

Peabo spürte, wie sich der Druck um seinen Kopf wie ein Eisenband zusammenzog. Was auch immer sie tat, es jagte Schmerzen in seinen Nacken und seine Schultern.

Während er sich gegen die Frau wehrte, bewegte er sich weiter auf sie zu. Er konzentrierte sich auf sie und atmete die wenige Energie aus, die er einsammeln konnte, bevor sie ihn blockiert hatte.

Unwillkürlich schnappte sie nach Luft, als die relativ harmlose Ladung Energie in sie einschlug.

Peabo atmete so tief und scharf ein, wie er konnte.

Die Laternen flackerten weniger als einen Wimpernschlag lang, bevor sie die Verbindung abrupt unterbrach.

Dennoch war es ihm gelungen, diesmal einen größeren Energieball anzusammeln.

Beim nächsten Schritt wären seine Knie beinah eingeknickt, während die Frau das Gesicht vor Anstrengung verzog.

Peabo fühlte und schmeckte einen Blutstropfen, der ihm aus der Nase lief.

Er konzentrierte sich so mit aller Macht, schob einen Finger unter den Metallkragen, den er seit seiner Ankunft trug, und zog daran, so fest er konnte, während er gleichzeitig ausatmete.

Mit aufflammender Hitze und einer Lichtexplosion zerbrach

der Kragen. Eine Hälfte flog über die nächstgelegene Kistenreihe, die andere landete mit einem schweren metallischen Scheppern auf dem Steinboden.

Er atmete ein, und fast sofort nahm er wieder die Umklammerung der Frau wahr.

»Du verschwendest deine Zeit.« Ihr zu einer Grimasse verzogenes Gesicht lief vor Anstrengung rot an. »Den Kragen brauchst du ohnehin nicht mehr. Wir haben einen sicheren Ort, um dich zu verwahren. Du wirst nie wieder Tageslicht sehen.«

Peabo stolperte und sank auf ein Knie, als sie den Griff um seinen Geist verstärkte.

Sie trat einen Schritt vor, als er sich auf sie konzentrierte.

Sein Herz raste. Instinktiv spürte er, dass ihm nur noch Sekunden blieben, dann wäre es für ihn wahrscheinlich vorbei. Er sah nur noch eine Chance.

Also bündelte er alle Aufmerksamkeit auf den schimmernden goldenen Strang, der sie mit ihm verband, und atmete aus.

Das kleine Energiebündel, das er zusammenkratzen konnte, raste in die übernatürliche Verbindung, löste eine Explosion bunter Funken aus und zersprengte den Faden zwischen ihnen.

Die Frau schrie gellend auf und sackte bewusstlos zusammen.

Der Druck in seinem Kopf verpuffte, und er heulte vor Wut auf. Sofort atmete er jedes Quäntchen Licht ein, das die beiden Laternen hervorbrachten.

Finsternis kehrte im Keller ein.

Während Peabos Herz raste und seine Wut unvermindert in ihm loderte, nahm er die Welt völlig anders wahr als noch vor fünf Minuten.

Jede Kiste wies eine eindeutige Signatur auf, die er als mehrfarbiges Leuchten wahrnahm.

Der Boden, die Decke, alles wirkte anders.

Eine kurze Weile starrte er auf den bewusstlosen Körper der

Frau. Ein kräftiger Tritt würde genügen, um sie als Bedrohung dauerhaft zu beseitigen. Es gab bereits irgendwo eine Blutmaid – Leena –, die ihn höchstwahrscheinlich tot sehen wollte. Konnte er sich eine weitere leisten?

Grundles Worte kamen ihm in den Sinn. »*Du bist das Licht in der Dunkelheit. Lass nicht zu, dass die Dunkelheit dein Licht verdirbt.*«

Peabo spuckte in Richtung der Frau aus, rannte zur Treppe und ließ die vermeintliche Scarlett in der Dunkelheit zurück.

Die Energie, die er in sich trug, knisterte hörbar und wartete ungeduldig darauf, freigesetzt zu werden.

Erst, als er sich der Treppe näherte, bemerkte er, dass die an Blitze erinnernde Maserung seiner Haut zu leuchten begonnen hatte.

War das ihr eigentlicher Zweck? Anzuzeigen, ob ein Landläufer geballte Energie in sich trug?

Als er den Keller verließ und die Tür einen Spalt offenließ, war ihm egal, wer ihn sehen könnte oder was diejenigen zu sagen hätten.

Einige Schülerinnen rissen die Augen bei seinem Anblick weit auf und machten prompt einen großen Bogen um ihn, als er an ihnen vorbeihastete.

In seiner Kammer hielt er nur kurz an, um sich Max' Scheide an die Hüfte zu schnallen. Er zog das Schwert heraus.

»*Wird auch verdammt noch mal Zeit, Erbsenhirn. Sind wir fertig mit dem Rattenloch hier?*«

»Aber so was von.«

Peabo holte den Beutel mit dem Kristall aus der Scheide, steckte ihn in die Innentasche seines Gewands und verließ den Raum zum letzten Mal.

Eine Vollstreckerin kam ihm im Flur aus der entgegengesetzten Richtung entgegen. Ihre Augen weiteten sich, und sie neigte den Kopf. »Im Namen der Zwillinge und derer, die vor ihnen gefallen sind, wünsche ich dir Frieden und Harmonie, Landläufer.«

Peabo marschierte weiter auf den Haupteingang des Turms zu. Kaum hatte er die Türen gesichtet, öffneten sie sich, und Ariandelles leuchtende Gestalt trat ein.

Abrupt blieb Peabo stehen und starrte sie an. Zuvor hatte er nur einen weißen Schimmer wahrgenommen, der von der Haut der Frau ausging. Nun jedoch sah er sie völlig anders. In dem weißen Schein rankten und drehten sich pulsierende rote und schwarze Schlieren.

Irgendetwas an dem Lichtspektakel kam ihm wie ein Schutzschild vor.

Um ihren Kopf schwebte ein buntes Muster, das ihn an die Kisten im Keller erinnerte. Eine einzigartige Unterschrift, die verriet, wer und was sie war. Peabo spürte, dass die Muster alle etwas bedeuten mussten. Wenn er ihre Eigenschaften verstünde, könnte er etwas über sie herausfinden. Allerdings hatte er keine Ahnung, was sie bedeuten konnten.

Ariandelle drehte sich ihm zu, ihre Lippen zu einer schmalen Linie zusammengepresst. Ihr Blick heftete sich auf das Schwert, das er in der Hand hielt. Sie grinste, bevor sie wieder Peabo ansah.

»Sie will mich umbringen!«, brüllte Max in seinem Kopf. »Lass mich sie ausweiden! Ich hacke ihre leuchtenden Eingeweide so klein, dass wir damit eine Spur von hier bis zum Speisesaal hinterlassen können.«

»Landläufer.« Ariandelles Stimme ertönte so laut und klar, als hätte sie einen unsichtbaren Lautsprecher in der Hand. Sie atmete tief ein und entfernte sich von den offenstehenden Türen. »Wie ich sehe, hast du deinen Kragen entfernt.« Sie nickte. »Wir *werden* uns wiedersehen.« Damit wandte sich die Schulleiterin um und verschwand in ihr Büro. Peabo blieb allein im Eingangsbereich des Hauptturms zurück.

»Die Lady kann dich nicht besonders leiden. Hast du ihr in die Gemüsesuppe gepisst oder so?«

»Halt die Klappe, Max.«

Peabo verließ den Hauptturm und nahm die Welt anders wahr als zuvor.

Überall strotzte es vor mehr Farben. Während er auf das andere Ende des Turmareals zusteuerte, entsandte er die Sinne.

Er spürte den vertrauten Herzschlag, der nicht sein eigener war, und Emotionen schnürten ihm die Kehle zu.

Sie war irgendwo da draußen, und sie lebte.

Peabo passte die Richtung an, visierte die an, aus der er sie am deutlichsten wahrnahm.

Als er sich dem Ende der Turmanlage näherte, bemerkte er auf dem Boden eine dunkel schimmernde Linie. Wahrscheinlich hatte sie etwas damit zu tun, was ihm früher Energieschläge verpasst hatte.

Er stieg darüber hinweg und lächelte, als sich Erleichterung in ihm ausbreitete.

Dann lief er Richtung Norden los.

Irgendwo dort hielt sich Nicole auf, und wenn er sich nicht irrte, war sie tief unter der Erde.

Vor ihm erstreckte sich ein dichter Wald. Irgendwie musste er es schaffen, die einzige Person zu finden, die ihm auf dieser Welt wirklich etwas bedeutete.

Er wusste zwar ungefähr, wo sie sich befand. Knifflig würde jedoch werden, den Eingang zu der unterirdischen Welt aufzuspüren, die von den Zwergen Myrkheim genannt wurde.

KAPITEL DREIZEHN

Peabo hatte knapp mehr als zwei Monate bei den Frauen im Turm der Weisen festgesessen. Und wenngleich er dort einige Erkenntnisse erlangt hatte, die anderswo vielleicht nicht zu bekommen gewesen wären, fühlte er sich von einer schweren Last befreit, als er den Ort hinter sich ließ. Dass Nicole und andere Frauen in einer derart bedrückenden Umgebung aufwachsen und überleben konnten, zeugte von ihrer Stärke. Er bedauerte nur, dass er den Inhalt des Kellers zurücklassen musste. Am liebsten hätte er seinen gesamten Aufenthalt dort damit verbracht, zu lesen und zu erfahren, was in der fernen Vergangenheit wirklich geschehen war.

Aber im Augenblick hatte er nur ein Ziel, nämlich Nicole zu finden. Danach würde er weitersehen. Nachdem er fast sechs Stunden lang nach Norden gestapft war, vermochte er nicht zu sagen, ob er Nicole stärker wahrnahm oder nicht. Die durch die Paarung zwischen ihnen entstandene Verbindung war nicht unbedingt präzise. Er konnte grob die Richtung erkennen und nah oder fern abschätzen, aber damit hatte es sich auch schon.

Allmählich wurde es dunkel im Wald. Er besaß zwar eine

hervorragende Nachtsicht – die sich durch den Aufstieg um eine weitere Stufe oder das Fallen der Blockade in seinem großen Kopf noch verbessert hatte. Trotzdem konnte es gefährlich sein, allein im Wald einzuschlafen.

Andererseits würde er auffallen wie ein bunter Hund, wenn er eine der Städte beträte. Als er das letzte Mal öffentlich unterwegs gewesen war, hatte er davor einen alchemistischen Trank eingenommen, der die tätowierungsähnliche Maserung an seinem Körper verdeckt hatte. So konnte er sich in der zivilisierten Welt bewegen, ohne angestarrt zu werden – und wichtiger noch, ohne seinen Aufenthaltsort zu verraten.

Allerdings war die Wirkung mittlerweile verflogen. Und da Peabo nach wie vor die Energie der Laternen in sich trug, leuchteten die blitzähnlichen Muster auf seiner Haut. Da er noch niemanden sonst mit einer leuchtenden Maserung gesehen hatte, war er sich ziemlich sicher, dass ihn höchstens ein Blinder nicht bemerken würde, wenn er in irgendeinem Dorf oder einer sonstigen Ortschaft herumliefe.

Aber er wollte die Energie nicht einfach freisetzen und vergeuden. Es war, als hätte man eine Pistole mit einer einzigen Patrone im Lager. Vielleicht nicht überragend nützlich, aber eine Kugel konnte ihm das Leben retten.

Und er hielt es für durchaus möglich, dass man aus dem Turm jemanden losschickte, um ihn aufzuspüren. Ariandelles Abschiedsbemerkung jedenfalls versprach, dass sie noch nicht fertig miteinander waren. Und das Letzte, was er wollte, war, sich noch einmal mit jenen Frauen auseinandersetzen zu müssen.

Somit blieb eigentlich nur der Wald, um sich vor neugierigen Blicken zu schützen.

Irgendwo hoch über ihm wehte der Wind durch das Geäst, und er hörte einen grollenden Laut.

Er schaute zu den Kiefern auf, die sich 60 Meter hoch in den

Himmel erstreckten, und tätschelte den Stamm eines nahen Baums. »Ich würde es als Gefallen betrachten, wenn ihr mich vor nahenden Gefahren warnen könntet.«

Er hörte das leise Rumoren der Bäume und wünschte, er könnte sie verstehen. Nicole und Brodie konnten mit ihnen sprechen, aber ...

Peabo legte die Hand auf Max' Griff, der prompt brüllte: »*Schwing die Hufe, Erbsenhirn, es kommt jemand!*«

Mit rasendem Herzen konzentrierte sich Peabo und erweiterte die Sinne, achtete auf Anzeichen von Gefahr und danach, woher sie kommen könnte.

Irgendwo zwischen Norden und Osten hörte Peabo ein Bellen und ein gewaltiges Krachen, gefolgt von einem gequälten Jaulen.

Wieder ertönte ein Rumoren, begleitet von den Geräuschen knackender Zweige und weiterem Bellen.

»*Verdammt noch mal, Erbsenhirn, schwing deinen Zuckerarsch in ein Versteck! Sofort! Verstehst du ihre Sprache nicht, oder was?*«

Abermals ächzten die Äste, und eine riesige Kiefer neben Peabo bewegte sich leicht. Die Rinde brach auf und offenbarte eine Öffnung, die in die Erde hinabführte.

»*Los, los, los, du Lahmarsch. Schwing die Hufe!*«

Peabo kroch in den Gang. Der Eingang schloss sich hinter ihm. Er blieb in völliger Dunkelheit zurück.

Während er sich darauf konzentrierte, seinen Herzschlag zu verlangsamen, hörte er in der Nähe das Knurren und Kratzen von Hunden.

Eines der Tiere jaulte vor Schmerz auf, als etwas Schweres auf den Boden krachte. Es stimmte ein klägliches Geheul an, als jemand in der Nähe schrie: »*Verdammt, erlegt den Wolf, bevor er noch Schlimmeres anlockt.*«

»*Achtung!*« Die Stimme eines anderen Mannes drang aus

einer anderen Richtung, als ein weiterer dumpfer Schlag mit einem schweren Knirschen niederging.

Peabo lauschte aufmerksam, wie der Wald lebendig wurde.

»*Razer! Oh Mist, ich hasse diesen Ort nach Sonnenuntergang. Hier spukt es überall!*«

Das Ächzen und Knarren der Bäume wirkte bedrohlich.

Peabo konnte zwar nicht sehen, was vor sich ging, aber die Geräusche wurden überhaupt nicht gedämpft. Es war, als stünde er mitten im Geschehen und könnte alles bezeugen.

Eine weiter entfernte Stimme rief: »*Die Wölfe sind dem Landläufer zu dem Baum da gefolgt!*«

»*Ist mir schnurzegal, was die Hexe im Turm gesagt hat.*« Die tiefe, kehlige Stimme klang, als befände sich der in unmittelbar neben Peabo. »*Zwei meiner Wölfe sind tot, und der Landläufer ist mit Sicherheit nicht unsichtbar geworden. Er ist uns durch die Maschen geschlüpft.*«

Nach einem weiteren lauten Krachen brüllte eine Stimme: »*Das Ding hätte mich um ein Haar am Kopf getroffen. Mir egal, wie viel die Hexe zu zahlen bereit ist. Wenn wir noch länger rumstehen und uns gegenseitig anglotzen, leben wir nicht lang genug, um etwas davon auszugeben.*«

»*Das reicht!*«, brüllte eine neue, dröhnende Stimme, in der Befehlsgewalt mitschwang. Jemand, der gewohnt war, seinen Willen durchzusetzen. »*Gehen wir. Ich berichte ihr, dass wir seine Fährte nicht finden konnten.*«

»*Was ist mit ihren Fellen? Wir können zehn Goldquader für jedes kriegen ...*«

Das nächste laute Knirschen ertönte nur wenige Schritte von Peabos Versteck entfernt.

»*Was beim Namenlosen denkst du dir eigentlich?*«, brüllte die gebieterische Stimme. »*Lass die verfluchten Viecher liegen. Das alles war reine Zeitverschwendung. Vielleicht helfen die Männer des Königs bei der Sache.«*

Peabo hörte, wie sich Schritte rasch entfernten. Er drückte die Hand gegen die Innenseite des Baums. »Danke, mein Freund. Ich wünschte, ich wüsste, wie ich es dir vergelten kann.«

Er legte die Hand auf Max' Griff, als er die riesige Kiefer rumoren spürte und hörte.

»*Holzi da drüben sagt, dass noch andere nach dir suchen. Er und seine Kumpels kümmern sich drum. Er will, dass du deinen Zuckerarsch nach unten schleppst und dir 'ne Mütze voll Schlaf genehmigst, solange du kannst. Er rumort es dir, wenn die Luft wieder rein ist.*«

Irgendwo in der Ferne hörte Peabo eine Frau schreien.

Eine Blutmaid?

Peabo folgte dem Gang weiter und gelangte zu einem lehmigen Fleckchen mit weicher Erde.

Er legte sich mit dem Rücken auf den überraschend trockenen, bequemen Boden und schloss die Augen.

Noch vor weniger als einem Jahr hatte er ein relativ normales Leben geführt. Und nun rettete ihm etwas die Haut, das sich nur als Ent beschreiben ließ. Er stand nicht besonders auf Fantasy-Kram, hatte in seiner Jugend eher über Cowboys und Indianer gelesen. Aber zumindest die *Herr der Ringe*-Filme hatte er gesehen.

Wie er in einer Welt landen konnte, in der es Ents wirklich gab, überstieg seinen Verstand. Jedenfalls wurden sie im Film als coole Gestalten dargestellt, die sich von ihren Feinden nichts gefallen ließen.

J. R. R. Tolkien hatte mit ihrer Beschreibung den Nagel auf den Kopf getroffen. Wie ihm das gelungen war, blieb ein weiteres Rätsel, das Peabo wohl nie lösen würde, aber vorerst ... gestattete er sich ein wenig Entspannung. Er verschmolz förmlich mit der vielleicht bequemsten Matratze, auf der er seit seiner Ankunft in dieser Welt geschlafen hatte.

Peabo erwachte durch das ächzende Geräusch der Entwarnung der Kiefer um ihn herum und kroch in die Dunkelheit des Walds hinauf. Er hatte mit einem heillosen Chaos gerechnet. Mit Kadavern von Wölfen und sonstigem Getier, das seiner Spur gefolgt sein könnte. Stattdessen lagen lediglich die größten Kiefernzapfen, die er je gesehen hatte, im Bereich um den Baum verstreut. Er hob einen auf, wog ihn mit der Hand und grinste in Richtung des nächsten Baums. »Ich hab mich schon gefragt, was gestern Abend auf unsere Besucher eingeprasselt ist. Das Ding muss mindestens fünf Kilo wiegen. Davon würde ich auch nicht getroffen werden wollen.« Er ließ den Kiefernzapfen wieder auf den Boden fallen und schmunzelte, bis er sich im Trab nach Norden in Bewegung setzte.

Es fühlte sich verrückt an, mit dem Wald zu reden, aber im Grunde genommen war sein gesamtes Leben verrückt geworden. Peabo gewöhnte sich allmählich zunehmend an den Gedanken, dass in dieser Welt so gut wie alles möglich zu sein schien.

Als er den Weg nach Norden fortsetzte, hörte er außer dem Knirschen der eigenen Schritte durch das Unterholz nur das Zirpen von Grillen. Die Landschaft wandelte sich im Verlauf seines Marsches stark. Dank seiner übernatürlich guten Nachtsicht hatte er nie ein Problem, das Gelände zu erkennen, und es wechselte von dichtem Moos und Gestrüpp hin zu sandigem und losem Untergrund.

Allerdings hatte er praktisch keine Möglichkeit, abzuschätzen, wie weit er bereits gereist war. Es gab keine Landschaftsmerkmale als Orientierungspunkte, und er war ständig von mehr oder weniger gleich aussehenden Bäumen umgeben. Ohne seine Fähigkeit, Nicoles allgemeine Richtung zu spüren, hätte er leicht im Kreis laufen können, ohne es zu bemerken.

Nachdem er etliche bewaldete Hügel und Täler hinter sich gelassen hatte, fing sein Magen zu knurren an, und er verlangsamte die Schritte, hielt Ausschau nach irgendetwas, das er als Waffe benutzen konnte. Unterwegs hatte er einige Kaninchen aufgescheucht. Unter den gegebenen Umständen fand er, sie könnten eine feine Mahlzeit abgeben.

Nach einigem Suchen fand Peabo einen fast vollkommen geraden Ast, ungefähr halb so dick wie sein Handgelenk und etwa anderthalb Meter lang.

Mit Max' Klinge entfernte er rasch die Blätter und Zweige davon, bevor er den so entstandenen Stock anspitzte.

Mit dem selbstgebastelten Speer in der Hand setzte Peabo den Weg langsam in dieselbe Richtung wie zuvor fort, allerdings mit geschärften Sinnen. Er hätte selbst ein Blatt auf dem Boden landen gehört.

Fast unmittelbar nach seiner Ankunft in dieser Welt hatte Peabo festgestellt, dass er die Gedanken der Leute hören konnte. Es handelte sich dabei um eine Art inhärente Übertragung, die von elektrischen Signalen im Gehirn ausging. Aus irgendeinem Grund besaßen Landläufer anscheinend die Fähigkeit, diese Übertragungen zu empfangen und zu verstehen. Zumindest bei Personen einer ausreichend niedrigen Stufe, was auf die meisten zutraf.

Das Konzept der Stufen hatte er anfangs als ausgesprochen merkwürdig empfunden. Mittlerweile jedoch betrachtete er es beinah wie militärische Ränge. Die überwiegende Mehrheit der Bürger hatte gar keinen Rang, stand praktisch auf Stufe 1, vergleichbar einem Rekruten beim Militär, der als Gefreiter anfing. Je höher die Stufe, desto schwieriger wurde es, weiter aufzusteigen. Stufe 4 schien die Schwelle zu sein, ab der die Leute ihre Übertragungen so blockierten, dass Peabo ihre Gedanken nicht mehr einfach belauschen konnte.

Bei Tieren verhielt es sich ähnlich.

Aber ihre Gedanken waren völlig anders, deshalb konnte er kaum behaupten, dass er wirklich verstand, was ihnen durch den Kopf ging. Soweit Peabos es nachvollziehen konnte, verständigten sich Tiere oft über eine Kombination von Gedanken, Gerüchen und visuellen Hinweisen miteinander. Nur manchmal schnappte er Teile davon auf. Was bedeutete, dass er es häufig bemerkte, wenn sich etwas in der Nähe aufhielt, viel mehr jedoch nicht.

Sein Geruchssinn reichte nicht aus, um ihre Witterung aufzunehmen. Aber wenn er genau hinhörte, konnte er oft Dinge aufschnappen, die ihm sonst entgangen wären.

Als Peabo über den lehmigen Boden ging, achtete er sorgfältig darauf, wo er die Füße platzierte. Kein Knacken von Stöcken auf dem Boden, kein Rascheln von Laub. Er glich einem Schatten im Wald auf der Suche nach ... Plötzlich erstarrte Peabo, als er etwas spürte.

Noch bevor er das Kaninchen vollständig erblickte, das keine zwei Meter von ihm entfernt seinen Weg kreuzte, warf er den Speer.

Ein klägliches, gequältes Quietschen ertönte, als die Waffe ihr Ziel traf. Peabo holte sich, was wahrscheinlich sein Frühstück werden würde.

Auf keinen Fall wollte er nachts ein Feuer anzünden, nicht mal ein kleines. Damit wäre er für Verfolger entschieden zu einfach auszumachen, obwohl er vermutete, dass er die meisten inzwischen abgeschüttelt hatte.

Eine weitere Eigenschaft eines Landläufers, die sich in seiner hier verbrachten Zeit schon mehrfach als nützlich erwiesen hatte:

seine Ausdauer. Es konnte wesentlich länger zügig laufen, als es ihm auf der Erde je möglich gewesen wäre. Tatsächlich hatte er seit dem Verlassen der großen Kiefer, die ihm Schutz geboten hatte, mehrere Stunden im Laufschritt zurückgelegt und fühlte sich überhaupt nicht außer Atem.

Peabo spießte das Kaninchen der Länge nach auf, hob es mit dem Ende des Speers auf, legte ihn sich über die Schulter und lief weiter in die Richtung, die er für Norden hielt.

Nach einer Weile trabte er den Hang eines sanften Hügels hinauf. Nach etwa zehn Minuten schien die Luft kühler zu werden, und der Wald war nicht mehr so dicht wie zuvor.

Peabo schaute nach rechts und sah die aufhellende Linie des Horizonts.

Die Morgendämmerung nahte.

Als er die klare, frische Luft einatmete, schnappte er Rauchgeruch auf. Wahrscheinlich gab es irgendwo in der Nähe eine Ortschaft.

Peabo setzte den Weg nach Norden fort. Schließlich gelangte er auf einen Abhang, wo der Wald wieder dichter wurde und er deshalb kaum weiter als 15 Meter sehen konnte. Trotzdem dauerte es nicht lange, bis sich Sonnenstrahlen durch das Blätterdach der Bäume kämpften und teilweise sogar den Boden erreichten.

Er verlangsamte die Schritte, bis er vollends stehen blieb. Der Geruch von Rauch wurde stärker, nur konnte er wegen der Windböen nicht genau feststellen, aus welcher Richtung er kam.

Peabo ließ sich auf dem Waldboden nieder und richtete einen Platz für sein kurzzeitiges Lager her.

Wenn er nicht erkennen konnte, woher der Rauch kam, würde es anderen auch nicht gelingen, solange er sein Feuer klein hielt.

Er musste sich um Frühstück kümmern.

Mühelos fand er ein paar Steine und trockenes Holz. Binnen

kürzester Zeit züngelten die ersten Flammen eines kleinen Lagerfeuers hoch.

Er schürte das Feuer weiter und wollte gerade anfangen, das Kaninchens zu braten, als sich ihm plötzlich die Nackenhaare sträubten.

Jemand befand sich in der Nähe. Die Gedanken empfing er nicht richtig, aber er spürte eine Gegenwart. Jemand litt Schmerzen.

Peabo stand auf und zog Max aus der Scheide.

»Was hast du vor, Erbsenhirn?«

Peabo drehte den Kopf und versuchte zu bestimmen, aus welcher Richtung das Gefühl von Schmerz stammte. Seine Wahrnehmung von Emotionen unterschied sich kaum davon, jemanden sprechen zu hören. Es handelte sich um eine Art Signal, das ausgestrahlt wurde, und er konnte es empfangen. Wer immer es sein mochte, schlief vielleicht oder war bewusstlos und sandte seine Gedanken unbewusst aus.

Und da Gedanken ähnlich wie Schall übertragen wurden, konnte die Entfernung nicht größer als die sein, über die man eine Stimme hören würde. Vorsichtig bewegte er sich Richtung Osten. Das Gefühl von Schmerz wurde stärker.

Sein Blick schwenkte leicht nach oben, und er bemerkte ein Seil, das von einem Baum hing.

Vorsichtig ging Peabo um eine große Ansammlung von Ranken herum. Er folgte dem Seil hinunter zum Waldboden. Abrupt hielt er inne, und seine Augen weiteten sich, als er die Quelle des Signals entdeckte.

Eine schwarze Katze hatte sich mit einer Pfote in einer Falle verfangen. Sofort wirbelte sie zu Peabo herum. Das Tier fauchte laut und starrte ihn mit blauen Augen vernichtend an, während es erneut versuchte, die Pfote aus der Metallfalle zu ziehen.

Das Geschöpf war größer als eine Hauskatze, aber nicht viel.

Dennoch könnte das Tier ihn mit diesen Krallen übel zerkratzen, während er versuchte, es zu befreien.

»He, Kumpel, ich will dir nichts tun.« Als er einen Schritt vortrat, jaulte die Katze auf und fletschte lange Zähne. Langsam näherte sich Peabo und gab dabei beruhigende Laute von sich. »Ist schon gut. Ich will dir nur helfen, dich zu befreien. Kannst du mich verstehen?«

Das Fell der Katze sträubte sich.

Offenbar nicht.

»Dumme Sache«, brummte Peabo, hob einen dicken, herabgefallenen Ast auf und hielt ihn vor sich. Gleichzeitig redete er weiter beschwichtigend auf das Tier ein und achtete auf eine ruhige Stimme, je näher er kam.

Die Katze saß wie eine Sphinx da und knurrte, allerdings nicht mehr so überzeugend wie zu Beginn.

Peabo streckte den Stock vor und versuchte, außer Reichweite des Tiers zu bleiben, falls es nach ihm krallen wollte, bevor er es befreite.

Die Falle ähnelte einer kleineren Version einer Bärenfalle. An jeder Seite der Fangbügel aus Metall, zwischen denen der Fuß der Katze feststeckte, befand sich ein Hebel.

Peabo gelang es, das Ende des Stocks auf einem der Hebel anzusetzen. Aber um die Fangbügel zu lösen, musste er auch auf den anderen Hebel drücken.

»Braves Fellknäuel. Ganz ruhig.« Er rückte näher zur Falle. Die Katze beobachtete jede seiner Bewegungen. Ihr Schwanz zuckte dabei. Peabo spannte den gesamten Körper an, als er sich streckte, bis sich seine Hand nur noch Zentimeter von der gefangenen Pfote des Tiers entfernt befand. Mit den Fingerspitzen gelang es ihm, auf den Metallhebel zu drücken. Die Fangbügel öffneten sich, und Peabo wich rasch zurück.

Mit wild pochendem Herzen rechnete er damit, dass die Katze in die entgegengesetzte Richtung die Flucht ergreifen würde.

Tat sie jedoch nicht.

Stattdessen rollte sie sich nur zur Seite und begann, sich fieberhaft die Pfote zu lecken, ohne sich an Peabos Gegenwart zu stören. Durch die Haltung des Tiers vermutete Peabo, dass es sich um einen Kater handelte.

Er schmunzelte nervös, als er sich kopfschüttelnd zurückzog. Was er getan hatte, war riskant und geradezu dumm gewesen, trotzdem fühlte es sich richtig an.

Mit schnellen Schritten kehrte er zum Feuer zurück, das zum Glück noch brannte. Er griff sich den Speer mit dem nach wie vor darauf aufgespießten Kaninchen.

Als er gerade beginnen wollte, das Fleisch zu braten, stellte er verdutzt fest, dass der schwarze Kater in sein Lager geschlendert kam. Durch das Fell des Tiers zeichneten sich deutlich die Rippen ab.

»Äh, hallo, Fellknäuel.« Peabo packte eines der Beine des Kaninchens, drückte auf das Gelenk, riss die Gliedmaße ab und warf sie dem Kater zu. »Hast du Hunger?«

Der Kater schaute mit eisblauen Augen zu Peabo auf, schnupperte an dem Stück Fleisch und begann, es zu verschlingen.

Peabo grinste, als er anfing, den Rest des Kaninchens über dem Lagerfeuer zu braten.

Das Geräusch knirschender Knochen wetteiferte mit dem Brutzeln des recht fetten Kaninchens auf dem Spieß um Aufmerksamkeit.

Peabo konzentrierte sich auf Nicoles Position, und obwohl er sich nicht sicher sein konnte, glaubte er, dass sie sich nicht mehr unter der Erde aufhielt.

Wenn dem so wäre, würde er es vielleicht einfacher, sie zu finden.

Probeweise knabberte er an einem verkohlten Stück des Kaninchenhinterlaufs. Ihn überraschte, wie gut es schmeckte, obwohl es noch nicht gar war.

Aber bei dem Hunger, den er verspürte, hätte er wahrscheinlich so gut wie alles gegessen.

Der Kater richtete sich auf, leckte sich die Pfote und rieb sich dann damit das Gesicht, um sich nach der Mahlzeit zu säubern.

»Fellknäuel, falls du noch da bist, wenn ich mit dem Essen fertig bin, lasse ich dir die Knochen hier. Die kannst du kauen, wenn ich weg bin. Denk nur dran, dich künftig von Fallen fernzuhalten.«

Der Kater schaute in seine Richtung, blinzelte und ließ sich erneut nieder wie eine Sphinx. In der Haltung starrte er auf das bratende Kaninchen, als würde er auf die versprochenen Knochen warten.

Peabo schaute zur Sonne auf und schätzte, dass ihm noch etwa zwölf Stunden Tageslicht blieben.

Als er sich auf seine Verbindung zu Nicole konzentrierte, fragte er sich, wie weit sie entfernt sein mochte. Vielleicht könnte er sie unmöglich erreichen, ohne sich ein Boot zu beschaffen oder anderen Leuten zu begegnen.

Peabo hob das Kaninchen von der flimmernden Hitze des Lagerfeuers, blies ein wenig auf den Hinterlauf und nahm dann einen großen, befriedigenden Bissen davon.

Es gab nur einen Weg, herauszufinden, wo Nicole war. Und dafür musste er seine Mahlzeit beenden und sich wieder auf den Weg machen.

KAPITEL VIERZEHN

Es war einige Stunden her, dass Peabo das Lagerfeuer gelöscht und den Kater herzhaft auf den versprochenen Knochen kauend zurückgelassen hatte. Als er den Weg fortsetzte, hatte sich Nicoles Richtung nicht geändert. Ein weiterer Beweis darauf, dass sie sich vermutlich weit entfernt befand. Gegen Mittag hörte er das Knacken eines Zweigs hinter sich. Sofort wirbelte herum und sah nach, worum es sich handelte. Obwohl sein Herz wild pochte und sein Körper von dem jähen Adrenalinstoß von Kopf bis Fuß kribbelte, begann er spontan zu lachen.

Etwas außer Atem von seinem langen Lauf stand er da und beobachtete, wie der große Kater über einen umgestürzten Baumstamm sprang und zu ihm schlenderte. Vor Peabo setzte er sich auf die Hinterbeine und sah ihn an, als wollte er sagen: *Warum bist du stehen geblieben?*

Vielleicht lag es am Licht oder einer Tücke seiner Erinnerung, jedenfalls kam ihm das Tier länger und massiger als vorhin vor. Größer sogar als ein Deutscher Schäferhund. Das Gewicht schätzte Peabo auf vielleicht knapp 50 Kilo.

Er wandte sich ab und setzte sich schneller als zuvor wieder in Bewegung. Peabo war sich nicht sicher, ob der Kater irgendwie auf ihn geprägt worden war oder ob er bloß einer wahrscheinlichen Futterquelle folgte. So oder so wäre es für sie beide das Beste, wenn er das Tier im Wald abschüttelte.

Allerdings trat dabei ein Problem auf.

Ganz gleich, wie schnell Peabo rannte, er wurde das vermaledeite Vieh nicht los. Es lief entweder neben ihm, hinter ihm oder manchmal sogar voraus, als wüsste es, wohin er wollte.

Deutlich nach Sonnenuntergang war Peabo gezwungen, die Schritte zu verlangsamen. Es war eine wolkenverhangene Nacht. Weder der Mond noch irgendwelche Sterne erhellten die Umgebung wenigstens ansatzweise.

Wahrscheinlich war es kurz vor Mitternacht, als Peabo letztlich spürte, wie ihm die Energie ausging. Er hatte ein weniger bewaldetes Gebiet erreicht, in dem eher dichtes Gestrüpp vorherrschte.

In der Ferne konnte er gerade noch die dunklen Umrisse einer Gebirgskette ausmachen, was Peabo zum Nachdenken brachte.

Da er mit der Geografie des Festlands nicht vertraut war, verriet ihm der Berg nichts. Er befand sich auf einer erhöhten Steppe und hatte einen guten Überblick über die Umgebung.

Die buchstäblich mitten im Nirgendwo lag. Keine Spur von Zivilisation, so weit das Auge reichte. Keine Lichter. Keine Gerüche, die auf Leute hinwiesen.

Peabo verspürte ein wachsendes Gefühl von Besorgnis, als ihm seine Sinne mitteilten, dass sich Nicole immer noch irgendwo im Norden aufhielt. Er könnte geradewegs auf einen unbezwingbaren Berg zusteuern. Oder vielleicht in ein Gebiet mit Kreaturen eindringen, die ihn am Stück verschlingen könnten.

Er hatte keine Ahnung, welche Gefahren in dieser Gegend

lauerten. Mehrere Leute hatten ihm gegenüber angedeutet, dass es auf dem Festland viele unerforschte Orte gab. Gefährliche Orte.

Womöglich befand er sich in einem Gebiet, in dem unbeschreibliche Monster in jedem Schatten lauerten, ohne dass er es wusste – und das wäre ein echtes Problem.

Peabo ging ein Stück weiter und gelangte zu einer natürlichen Lichtung, frei von Gestrüpp. In der Mitte befand sich ein riesiger Stein. Er ging darauf zu. Der Kater kreuzte seinen Weg und klatschte mit dem Schwanz gegen sein Bein, womit er ihn beinah zum Stolpern brachte.

Der Stein sah wie ein teilweise vergrabener Würfel aus. Die Kanten wirkten beinah glatt. Seine Seiten waren gerade, während die Oberseite rau aussah, als hätte der Stein früher höher aufgeragt und als wäre ein Teil davon abgebrochen. Als Peabo mit der Hand über die Oberfläche fuhr, schnappte er nach Luft.

Das war kein Stein.

Tatsächlich handelte es sich um ein Gemisch aus Kieseln und feinerem Material, verfestigt zu einer soliden Masse. Die Beschaffenheit fühlte sich eindeutig wie Beton an. Etwas, das es in dieser Welt noch nicht gab. Peabos Augen weiteten sich.

»Könnte das tatsächlich eine uralte Ruine aus dem Ersten Zeitalter sein?«

Der Kater sprang auf das Gebilde, miaute und ließ sich gemütlich nieder.

Sie befanden sich in einer für diesen Teil der Welt recht stattlichen Meereshöhe. Kälte lag in der Luft. Peabo sah den Kater an und schüttelte den Kopf. »Kann ich mich darauf verlassen, dass du keine Dummheiten anstellst, während ich ein bisschen zu schlafen versuche?«

Durch das schwarze Fell wurde das Tier vor dem dunklen Hintergrund beinah unsichtbar. Auf der Brust stach ein kleines, münzgroßes weißes Fellbüschel hervor, als der Kater aufschaute und ihn mit dem Kopf in die Brust stupste.

Als Peabo das Tier streicheln wollte, fauchte es und schrak zurück. »Entschuldige, Fellknäuel. Bist wohl nicht der verschmuste Typ. Schon kapiert.«

Der Boden war trocken, und zum Glück wehte kein Wind. Somit eignete sich das Plätzchen so gut wie jedes andere als Lager für die Nacht. Er spähte zu dem Kater, der sich erst die Pfote leckte und sich dann damit das Gesicht putzte. Hoffentlich würde es keine Probleme geben, aber nur für alle Fälle ...

Er zog Max aus der Scheide. Prompt meldete sich das Schwert knurrig in seinem Kopf zu Wort. »*Erbsenhirn, hast du dich schon wieder verlaufen? Wo zum Teufel sind wir?*«

»Ich hau mich kurz aufs Ohr. Könntest du mir wohl Bescheid geben, wenn du was siehst?«

»*Du bist ja echt ein selten dummer Hund, was? Hab ich vielleicht irgendwelche Augäpfel auf meiner Klinge? Seh ich für dich wie ein Wachhund aus? Erbsenhirn, ich seh nur das, was du siehst. Also, wenn du wissen willst, ob ich's fühlen kann, wenn irgendwas durch die Gegend kreucht, zum Beispiel dieses pelzige Etwas da, dann ja – ich kann dir einen Energiestoß verpassen und dich warnen. Aber identifizieren musst du's dann schon selbst.*«

Peabo schmunzelte, setzte sich auf den Boden und lehnte sich mit dem Rücken an den Betonklotz. Den Kater, der nach wie vor oben lag, konnte er nicht sehen. »He, Fellknäuel, ich mach jetzt ein bisschen Augenpflege. Wir fangen uns was zu essen, wenn ich aufwache, in Ordnung?«

Aus Westen kam eine kalte Brise auf, und Peabo verlagerte die Position so, dass der Betonklotz den Wind abhielt. Er fühlte sich von Kopf bis Fuß erledigt. Beim Laufen hatte er es nicht bemerkt, aber was er an Kalorien zu sich genommen hatte, war längst aufgebraucht, und sein Magen knurrte. »Ich hoffe, es wird nicht kälter. Die Nacht wird so schon elend genug.«

Peabo schlug die Beine übereinander, um Körperwärme zu sparen, und lehnte den Kopf an den Betonklotz zurück. Mit einer Hand um Max' Griff und der anderen in seinem Gewand versuchte er, ein wenig zu schlafen.

Er hörte einen dumpfen Laut, als der Kater zu Boden sprang, dann spürte er, wie das Tier ihn mit dem Kopf an der linken Schulter stupste.

Er drehte sich zur Seite und sah sich der großen Katze Auge in Auge gegenüber. Sitzend bemerkte er umso deutlicher, wie viel größer als gedacht das Tier war. Für ihn bestand kein Zweifel mehr daran, dass der Kater etwas Merkwürdiges an sich hatte. Er war seit dem letzten Morgen erneut gewachsen. Entweder war das in dieser Gegend normal oder etwas ziemlich Übles. »Was gibt's, Fellknäuel? Willst du nicht auch ein bisschen schlafen?«

Der Kater rieb mehrmals die Seite seines Gesichts an Peabos Schulter, lief vor ihm auf und ab und ließ sich dann auf die Seite plumpsen. Die Hälfte des Tiers landete auf seinem Schoß.

»Na schön. Wenn du darauf bestehst.«

Der Kater schob sich mit den Hinterbeinen vorwärts und rollte sich größtenteils auf Peabos Schoß ein.

Peabo beobachtete fasziniert, was das wilde Tier tat. Als Kind hatte er eine Katze gehabt, die sogar wie eine viel kleinere Version dieses Tiers ausgesehen hatte, aber sie war nicht der kuschelige Typ gewesen, hatte sich nie auf seinem Schoß niedergelassen. Neben ihm schon, aber nie auf ihm.

Dieses Tier war jedenfalls keine Hauskatze.

Es wog mittlerweile locker 50 Kilo. Aber zumindest würde sich Peabo durch die angenehme Körperwärme des Katers während der Nacht wohl kaum in ein Eis am Stiel verwandeln.

Er lehnte den Kopf wieder zurück an den Betonklotz und schloss die Augen. »Gute Nacht, Fellknäuel.«

Der Kater antwortete mit einer Mischung aus Knurren und Schnurren.

Irgendwie hatte Peabo einen vierbeinigen Begleiter gewonnen.

Peabo rappelte sich auf, als er das Geräusch brechender Äste hörte.

Als sich seine Hand auf Max' Heft legte, rief das Schwert in seinem Kopf: »*Oh verdammt. Deine Miezekatze bringt dir gerade 'ne Feldration aus der Hölle.*«

Peabo blinzelte, als die Sonne über den Horizont kletterte. Er sah sich um, hielt Ausschau danach, was das Schwert meinte. »Was um alles in der Welt meinst du ...« Dann jedoch sichtete Peabo das Hinterteil des Katers. Der Schwanz hob sich und wackelte vereinzelt, während das Tier etwas zog.

Die Muskeln unter dem Fell spannten sich an, und es knurrte. Was der Kater mit sich schleifte, konnte Peabo nicht sehen.

»*Hör auf, so viel nachzudenken, sonst platzt dir noch die hohle Birne. Geh und hilf dem verdammten Vieh, du Lahmarsch von einem Faultier.*«

Mit den Worten seines ehemaligen Ausbilders Max in den Ohren setzte sich Peabo in Bewegung. »Brauchst du Hilfe, Fellknäuel?«

Mit einem letzten Ruck hievte der Kater aus dem Unterholz den braunen Körper von etwas auf die Lichtung, das wie ein übergroßes Reh aussah.

»Heiliger Strohsack, das Vieh ist ja riesig!« Peabos erster Gedanke war, dass es wohl um die 300 Kilo wiegen musste. Der zweite war eher eine Erkenntnis: Dieser Kater war deutlich gefährlicher, als er ihm zugetraut hatte.

Das Tier hatte keine besondere Mühe damit, seine elchgroße Beute in die Mitte der Lichtung zu ziehen.

Peabo brauchte nur wenige Minuten, um ein kleines Lagerfeuer zu entfachen. Er schaute zu dem Kater hinüber. Mit Max in der Hand zeigte er auf das tote Tier und sagte: »Ich nehme ihm eine Keule ab, dann können wir daran richtig satt essen. In Ordnung?«

Der Kater starrte ihn einige Sekunden lang an, bevor er sich das Gesicht putzte.

Mit Max' Hilfe gelang es Peabo im Handumdrehen, den rechten Hinterlauf des Beutetiers zu entfernen. Allein dieser Brocken musste um die 50 Kilo wiegen.

Nachdem Peabo die Haut abgeschält hatte, schnitt er große Teile der Muskelmasse ab und warf etwas davon dem Kater zu, der sofort zu fressen begann.

Peabo sah sich nach Stöcken um, die dick genug waren, um sich als Spieße zu eignen. Als er keine fand, gab er es nach einer Weile auf und begnügte sich damit, einfach große Fleischstücke zum Braten an den Rand des Feuers zu legen.

Der Kater beobachtete ihn verwundert, als er das bratende Fleisch mit ein paar Zweigen von einer nahen Pflanze wendete. Schließlich miaute das Tier laut. »*Warum verbrennst du das Fleisch?*«

Peabo wollte gerade antworten, als plötzlich seine Augenbrauen zum Haaransatz hochschossen. Er starrte den Kater an. »Du kannst sprechen?« Das Tier hatte zwar nicht wirklich gesprochen, aber sein Verstand hatte die Laute, die es von sich gegeben hatte, erfolgreich übersetzt.

Der Katze sah ihn nur weiter mit seinen eisblauen Augen an.

»Die Antwort lautet, weil ich Fleisch ungern roh esse.«

Der Katze gähnte geräuschvoll und ließ darauf einen beinah trällernden Laut folgen. »*Roh schmeckt es aber besser.*«

Peabo schnitt ein Stück vom garen Fleisch ab, blies darauf und steckte es sich dann in den Mund. Er nahm den Kupfergeschmack von frisch geschlachtetem, weder gepökeltem noch gereiftem Wild wahr, aber es war saftig und nahrhaft. Peabo schnitt ein weiteres Stück ab und warf es in Richtung des Katers. »Hast du schon mal gebratenes Fleisch probiert? Vielleicht schmeckt es dir ja.« Unwillkürlich schüttelte er den Kopf und fragte sich, ob er verrückt geworden war. Er unterhielt sich mit einer Katze.

Das Tier schnupperte am gebratenen Fleisch und warf ihm einen finsteren Blick zu, als wollte es sagen: *Ist das sein Ernst?* Nach einem weiteren Schnüffeln gab der Kater einen Würgelaut von sich, als würde er gleich ein Haarknäuel erbrechen.

»Schon gut, schon gut. Iss es doch, wie du willst.« Peabo deutete auf den Rest des Beutetiers.

Der Kater schlenderte zu dem elchartigen Tier, zog es aus irgendeinem Grund näher zu Peabo und begann erst dann, daran zu nagen.

Nach etwa 20 Minuten hatte Peabo wahrscheinlich mindestens zwei Kilo Fleisch verschlungen. Beim Gedanken an einen weiteren Bissen wurde nun *ihm* zum Würgen zumute.

Während der Kater weiterhin eine verblüffende Menge in sich hineinstopfte, schaute Peabo in die Richtung, aus der er gekommen war. Hatte man aus dem Turm noch mehr Leute entsandt? Waren sie nach wie vor hinter ihm her?

Er überlegte gerade, wie viel von dem erlegten Tier sie mitnehmen sollten, als er etwas wahrnahm.

Der Kater musste es auch gespürt haben, denn er hörte zu fressen auf und schnupperte mit einem leisen Knurren.

»*Peabo?*«, flüsterte eine Stimme in seinem Kopf.

Peabo sprang vom Lagerfeuer auf und schaute nach Norden. Sein Herz raste, seine Kehle fühlte sich wie zugeschnürt an, als er die Gedanken entsandte. »*Nicole? Bist du das?*«

In dem Moment lugte Nicoles blonder Kopf durch das Unterholz an der Nordseite der Lichtung. Das Fell des Katers sträubte sich, als er ein warnendes Knurren vernehmen ließ und dann fauchte.

Nicoles Augen weiteten sich. Ohne nachzudenken, legte Peabo dem Tier die Hand auf den Kopf und sagte: »Schon gut, ich kenne sie. Das ist eine Freundin.«

Der Kater setzte sich auf die Hinterläufe und verstummte.

Peabo stürmte zu Nicole, und kaum hatte sie sich aus dem Dornengestrüpp befreit, zog er sie in eine mächtige Umarmung, hob sie von den Füßen, drehte sie im Kreis und vergrub das Gesicht an ihrem Hals. »Du hast mir mehr gefehlt, als du dir vorstellen kannst.«

Nicole erwiderte seine Umarmung und schlang die Beine um seine Taille, während sie beide den Geruch des anderen einatmeten.

Nach einer knappen Minute des Schweigens stellte Peabo sie wieder auf den Boden. Nicole musterte ihn, und ihre Augen wurden groß. »Beim Namenlosen, du leuchtest ja!«

»Tatsächlich?« Peabo blickte an sich hinab an und erkannte, was sie meinte. »Ach, du meinst, meine Maserung leuchtet.«

»Ja.« Nicole starrte ihn noch einige Sekunden an, dann lächelte sie und wischte ihm Tränen von den Wangen. »Wir haben so viel zu besprechen.« Sie schaute zu der riesigen Katze und deutete mit dem Daumen in die Richtung. »Was ist das?«

Die Frage überraschte Peabo. »Was meinst du? Ich bin doch der Neue in dieser Welt, schon vergessen?« Er bedeutete ihr, ihm zu folgen.

Nicole näherte sich dem Tier vorsichtig und sagte: »Was ich

damit meine, ist, dass ich so eine Kreatur noch nie gesehen habe. Es ist kein Verdrängertier, das merke ich daran, dass es keine Tentakel hat. Was ist es?«

Peabo blickte auf den Kater hinab und zuckte mit den Schultern. »Ich hab ihn in einer Falle gefangen gefunden und ihn befreit. Seitdem folgt er mir. Willst du damit sagen, dass es in dieser Welt keine Katzen oder Panther gibt?«

Nicole ging um den großen Kater herum und schüttelte den Kopf. »Mir ist nichts bekannt, was dieser Kreatur ähnelt. Bist du sicher, dass es ein Männchen ist?«

Peabo grinste und wurde ein wenig verlegen. »Also, genau hab ich nicht nachgesehen, ich hatte nur den Eindruck.« Er ging zum Hinterteil des Tiers und sagte: »Fellknäuel, kannst du mal aufstehen?«

Es kam der Aufforderung nach, ging hinüber zu den Überresten der elchartigen Beute und fraß weiter.

»Er ist wohl eher eine Sie.« Peabo zuckte mit den Schultern.

»Und du nennst sie Fellknäuel?« Nicole zog eine Augenbraue hoch und bedachte ihn mit diesem vertrauten Blick, der besagte, dass er eine kürzlich getroffene Entscheidung vielleicht noch mal überdenken sollte.

Er richtete die Aufmerksamkeit auf die Katze, die das Gesicht in Innereien vergraben hatte. »He, hast du einen Namen oder einen Wunsch, wie ich dich nennen soll?«

Die Katze schaute über die Schulter zu ihm. Blut tropfte von den Schnurrhaaren. »*Fellknäuel.*« Mit einem Knurren widmete sich das Tier wieder den Resten der Beute.

»Du verstehst sie?«, fragte Nicole.

Peabo gestikulierte vage. »Manchmal recht deutlich, andere Male weniger. Aber anscheinend möchte sie weiterhin Fellknäuel genannt werden.«

Nicole legte die Stirn in Falten. »Das ist kein besonders würdiger Name für ein so wunderschönes Geschöpf.«

Die Katze nieste laut, verspritzte überallhin Fleischbröckchen und stürzte sich dann prompt wieder auf ihre Mahlzeit.

Nicole hängte sich bei Peabo ein und drückte seinen Arm. »Wir haben viel nachzuholen, nur ist das nicht der richtige Ort dafür. Wir sind hier mitten in einem sehr gefährlichen und weitgehend unerforschten Gebiet. Wir müssen uns in Sicherheit bringen. Packen wir zusammen, was immer du hast, und dann marschieren wir los.«

Peabo schaute zu der Katze und versuchte, ihr seine Gedanken zu übermitteln. »*Wir müssen schnell los. Hier könnte es gefährlich sein. Bist du bereit?*«

Fellknäuel hob den Kopf und kam angetrabt. Der Bauch wirkte durch die schier unvorstellbare Menge an Fleisch, die sie verschlungen hatte, prall angeschwollen. Mit der Schulter stupste sie Peabo am Bein und ließ ein leises Grollen vernehmen. »*Ich bin bereit. Gehört die Frau uns?*«

Uns? Peabo hatte keine Ahnung, worauf die Katze damit hinauswollte. Er legte Nicole die Hand auf die Schulter. »Sie gehört zur Familie.«

»*Na gut.*« Fellknäuel begann zu schnurren und putzte sich das Gesicht.

Nicole starrte die Katze mit erstauntem Blick an. »Sie ist ein pflegliches Geschöpf, nicht wahr?«

Peabo lächelte. Für ihn war selbstverständlich, wie penibel Katzen auf ihre Pflege und Sauberkeit achteten. Es fühlte sich merkwürdig an, Nicole ausnahmsweise an Erfahrung voraus zu sein. »Also, wohin gehen wir?«

Nicole bedeutete ihm, ihr zu folgen, und brach nach Norden auf. »Zurück nach Myrkheim.«

KAPITEL FÜNFZEHN

»Wie bist du darauf gekommen, dich auf die Suche nach mir zu machen?«, fragte Peabo, als er sich unter den tiefhängenden Ästen einer ihm unbekannten Baumart hindurchduckte. Er hatte Mühe, mit Nicoles schnellen Schritten mitzuhalten.

»Vor ein paar Tagen hat sich etwas verändert. Ich habe dich plötzlich viel stärker wahrgenommen als seit unserer Trennung. Irgendetwas am Turm der Weisen oder seiner Umgebung hat unsere Verbindung wohl ... irgendwie gedämpft, besser kann ich es nicht beschreiben. Ich konnte dich zwar immer noch spüren, aber nur schwach. Sehr schwach. Und dann hatte ich auf einmal wieder das Gefühl, du wärst keine zehn Schritte von mir entfernt. Da wusste ich, dass irgendetwas Bedeutendes passiert sein musste.«

»Ich frage mich, ob das etwas mit dem zu tun hat, was den Ort umgibt und womit sie mich dort praktisch eingesperrt haben.«

»Haben sie dir einen Kragen angelegt?« Nicole schaute über die Schulter zurück, als sie sich unter einer Reihe von herabhängenden Ranken hindurchduckte. Sie erschauderte sichtlich. »Ich hätte es wissen müssen. Ich habe das Ding gehasst.«

Peabo schmunzelte und beobachtete, wie Fellknäuel einen nahen Hügel hinauf vorausrannte und oben auf sie wartete. »Ja, ich war auch nicht begeistert davon. Wenn ich könnte, würde ich der gesamten Turmanlage bei einer Google-Bewertung null Sterne geben.«

»Google-Bewertung? Müsste ich das verstehen?«

Er grinste, während sie beide den Hügel hinaufliefen. »Nein, ist bloß ein schlechter Scherz aus meiner Welt.«

Nicole stupste ihn mit der Schulter. »Aus deiner früheren Welt. Muss ich dich daran erinnern, dass jetzt das hier deine Welt ist? Du wirst sie ebenso wenig wieder los wie mich.«

Peabo schlang den Arm um Nicoles Taille und drückte sie leicht, während er nach Norden schaute. Er zeigte auf die Berge, die immer größer wurden. »Wie lange noch, bis wir unter die Erde gehen?«

»Wenn wir die Nacht durchmarschieren, sollten wir vor Sonnenaufgang dort sein ...«

Ein lauter Schrei durchbrach die relative Stille des späten Nachmittags.

Peabo richtete den Blick nach oben. Nicole zerrte an seinem Arm und rief: »Zurück zwischen die Bäume, das ist unsere einzige Chance!«

Die Katze raste ihnen voraus, führte sie den Hang hinunter. Als Peabo einen Blick über die Schulter warf, weiteten sich seine Augen. »Ist das ...« Hoch in der Luft erspähte er etwas, das direkt auf sie zuhielt und aussah, als hätte jemand den Schwanz eines Skorpions ans Hinterteil eines Drachens geklatscht. Es schien sich um eine Kreatur zu handeln, über die er etwas gelesen hatte und die man als Lindwurm bezeichnete.

»Peabo, lauf! Wir müssen in den Schutz der Bäume, sonst sind wir tot.«

Peabo raste mit voller Geschwindigkeit den Hügel hinunter. Nicole pflügte durch das Unterholz, hackte mit einem machetenähnlichen Messer eine Schneise. Die Bäume befanden sich noch einen knappen Kilometer entfernt. Wieder spähte Peabo über die Schulter. Die Kreatur holte schnell auf. »Nicole, wir schaffen es unmöglich rechtzeitig zu den Bäumen.«

Schlitternd kam er zum Stehen und ignorierte Nicoles Warnrufe, als er sich auf das nahende Ziel konzentrierte.

Peabo spürte eine plötzliche Entladung, als die geringe Energiemenge, die er in sich gespeichert hatte, aus seinem ausgestreckten Arm schoss.

An seinen Fingerspitzen wölbte sich Elektrizität und bildete eine kleine Kugel knisternder Energie, die sich schlagartig ausdehnte und der heranrasenden, wild mit den Flügeln schlagenden Kreatur entgegenrankte.

Der Lindwurm kreischte, als das Licht in ihn einschlug.

Die Bewegungen des Wesens gerieten ins Stocken, und es trudelte in der Luft.

Peabo sprintete hinter Nicole her. Hinter sich hörte er die Geräusche von flatterndem Leder, gefolgt von einem dumpfen Aufprall, als das Ungetüm auf dem Boden aufschlug. Ein Blick über die Schulter verriet, dass es sich höchstens 100 Meter hinter ihnen befand.

Nicole brüllte: »Wir wollen diesen Kampf nicht, lauf weiter!«

Die Kreatur war mindestens zehn Meter lang. Von einem unnatürlich verrenkten Flügel stieg Rauch auf.

Während Peabo hinter Nicole her rannte, versuchte er, sich daran zu erinnern, was er bei seinem kurzen Studium von Brodies Monsterhandbuch über die Kreatur erfahren hatte.

Das schien eine Ewigkeit her zu sein, aber als Peabo ein weiteres Kreischen hörte und der Boden vibrierte, musste er nicht noch einmal zurückschauen, um zu wissen, dass der Lindwurm sie zu Fuß verfolgte.

Diese Kreaturen waren mit Drachen verwandt, obwohl Peabo nicht glaubte, dass sie Feuer speien konnten. Andererseits wollte er in der Hinsicht weder seinem Gedächtnis noch der Genauigkeit eines Buchs trauen, das er vor Monaten nur überflogen hatte.

Unabhängig davon schienen die wahren Waffen des Ungetüms der Schwanz und das Gebiss zu sein. Der Schwanz enthielt ein tödliches Gift, und er war sich nicht sicher, ob dasselbe für die Zähne galt. Darüber hatte sich das Buch recht vage ausgedrückt.

Peabo raste in den Wald. Sofort musste er sich ducken und im Zickzack laufen, um nicht gegen einen Baum zu prallen oder von herabhängenden Ranken mit messerscharfen Dornen erwürgt zu werden.

Er hörte ein gewaltiges Krachen hinter sich und spähte über die Schulter. Der Lindwurm pflügte gerade in den Wald und stieß Bäume beiseite, als wären sie bestenfalls ein lästiges Hindernis, während er etwas jagte, das wohl sein Abendessen werden sollte.

»Das Vieh muss hungrig sein.« Nicole bremste schlitternd ab und bestätigte seine Vermutung. »Es wird uns weiter verfolgen.« Sie hob die rechte, weiß schimmernde Hand und berührte Peabo an der Schulter.

Er spürte, wie sich Wärme in seiner Brust und im Rest seines Körpers ausbreitete.

»So wird es hoffentlich schwieriger, dich zu erwischen. Denk nur daran, dich nicht vom Schwanz treffen zu lassen.« Sie konzentrierte sich, und ein schimmernder, scheinbar unkörperlich Kriegshammer erschien vor ihr.

Peabos Finger zuckten und er brummte: »Später müssen wir

uns darüber unterhalten, wie du mir dabei helfen kannst, meine Kräfte zu nutzen.«

Ein schwarzer Schemen raste an ihnen vorbei, als Fellknäuel herausfordernd brüllte. Peabo zog im selben Moment Max aus der Scheide.

»Wird auch verdammt noch mal Zeit, Grünschnabel. Womit haben wir's ... Heiliges Kanonenrohr, was ist das denn?«

Peabos Haut kribbelte, als er spürte, wie Adrenalin durch seinen Kreislauf strömte. Nicole und er traten im Gleichschritt vor, als sich der Lindwurm umdrehte und mit dem Schwanz mehrere Bäume fällte. Fellknäuel schlug die Zähne in den dicken, ledrigen Fortsatz und verbiss sich erbarmungslos darin.

Nicole entfesselte ihre schimmernde Waffe auf die drachenähnliche Kreatur und schlug ihr damit auf den Hinterkopf.

Peabo spürte, wie der Boden erzitterte, als der Lindwurm aufbrüllte und zu ihnen herumwirbelte. Die Katze blieb eisern in seinen Schwanz verbissen.

Der Hammer erschien in dem Augenblick vor Nicole, als das Ungetüm das Maul aufriss und den langen Hals in Nicoles Richtung reckte. Das Maul wirkte groß genug, um sie spielend in zwei Hälften zu beißen.

Als Nicole nach links sprang und dem Angriff gerade noch ausweichen konnte, schwang Peabo von der Seite Max auf das Gesicht der Kreatur.

Das Schwert traf sie knapp unter dem linken Auge. Peabo spürte und hörte ein Knirschen.

Blitzschnell schwenkte der Schädel zu ihm herum. Er konnte sich gerade noch zu Boden fallen lassen, bevor der Kopf über ihn hinwegfegte.

»Peabo!«, brüllte Nicole. Peabo gelang es, Max senkrecht hochzureißen, bevor der Lindwurm den Schädel auf ihn niedersausen ließ.

Peabo grunzte, als das Schwert nicht bloß eine, sondern zwei Knochenschichten durchdrang und es sich anfühlte, als lastete das Gewicht eines Elefanten auf ihm.

Nicoles Hammer krachte erneut gegen den Kopf der Kreatur und lenkte sie für eine Sekunde ab. Das genügte Peabo, um sich unter dem Kiefer des Ungetüms hervorzurollen, das zu Boden fiel und sich weiter auf Peabos Schwert pfählte.

Der Lindwurm bäumte sich auf und stieß durch das durchbohrte Maul gedämpftes Gebrüll aus.

Peabo rappelte sich auf die Beine und spürte, wie sich Raserei in ihm anbahnte. Er hatte keine andere Waffe, zumindest keine, die er einzusetzen wagte. Bei Tageslicht Energie einzuatmen, würde ihn mit Sicherheit überfordern. Plötzlich schwang die Kreatur den Kopf nach unten, wollte ihn auf Peabo herabsausen lassen wie einen Hammer auf einen Nagel.

Um Haaresbreite entging er dem Angriff durch einen Sprung zur Seite, bevor er das vielleicht Dümmste tat, was er tun konnte. Er sprang auf den Hinterkopf des Lindwurms und packte die beiden Wülste über den Augenhöhlen.

Das Ungetüm hielt kurz inne, offenbar überrumpelt von dem Manöver, und Peabo nutzte die Gelegenheit, um ihm die Faust ins linke Auge zu rammen.

Er spürte dampfende Flüssigkeit, die aus dem Kopf der Kreatur spritzte, als der Lindwurm spastisch zuckte und ihn mit den vorderen Klauen zu erreichen versuchte.

Peabo grinste, als das Vieh zappelte, um ihn abzuschütteln. Er klammerte sich fest, indem er die Beine gegen den Nacken des Ungetüms presste, und drosch die Faust in das andere Auge.

Diesmal gelang es ihm nicht auf Anhieb, die äußere Membran zu durchdringen, und die Kreatur spielte verrückt, als Peabo Furchen in die Oberfläche des ungeschützten Auges kratzte.

Als sich der Lindwurm wuchtig aufbäumte, wurde Peabo vom

Genick des Ungetüms geschleudert. Bevor er fallen konnte, gelang es ihm gerade noch, sich an Max' Heft festzuklammern.

»Was jetzt, Erbsenhirn? Das kommt davon, wenn man seine Waffe loslässt, Hirni.«

Ein weiterer Hammerschlag traf die Seite des Lindwurms, der in Nicoles Richtung herumwirbelte.

Nicoles Stimme hallte laut durch Peabos Kopf. *»Du hast ihm die Sicht geraubt, jetzt müssen wir nur noch ...«*

Der Lindwurm riss das Maul zu einem lauten Brüllen auf. Max rutschte dabei aus dem Unterkiefer und fiel zusammen mit Peabo drei Meter tief zu Boden.

Peabo landete, ohne sich zu verletzten, rollte sich wieder auf die Beine und fand sich in der Nähe des Hinterteils der Kreatur wieder.

Fellknäuel hatte den Schwanz in der Zwischenzeit halb durchgenagt, und Peabo holte grinsend mit Max aus.

Der Lindwurm brüllte wütend, wollte sich offenbar auf Nicole stürzen und bekam stattdessen einen Baum ins Maul. Max spürte Peabos Absicht und konnte sich einen Kommentar nicht verkneifen.

»Ich wusste ja immer, dass du auf Schwänze stehst. Siehst total danach aus, du tranige Tucke. Aber gut, lass es uns tun.«

Mit einem Anflug verzweifelter Kraft übermittelte Peabo eine mentale Warnung an Fellknäuel, und die Katze wich zurück. Kaum befand sie sich außerhalb der Gefahrenzone, hieb er das Schwert in die tiefe Furche, die Fellknäuel genagt hatte. Sein gesamter Arm vibrierte, als die Waffe knirschend durch Knochen drang, mit einem hörbaren Schnappen durch Sehnen fuhr, das restliche Fleisch zerfetzte und den Schwanz des Lindwurms abtrennte.

Die Kreatur brüllte so laut, dass die Schallwellen Blätter von den nächstgelegenen Bäumen fegten.

Als ein weiterer Treffer des Hammers seitlich gegen den Kopf folgte, wurde der Lindwurm herumgeschleudert, und bevor Peabo reagieren konnte, sprang Fellknäuel los und biss von unten in die Kehle des Monsters.

Es schüttelte sich heftig, als eimerweise Blut hervorsprudelte. Die Katze hatte sich mit den Krallen und Fängen tief in den Lindwurm verbissen und ließ nicht los.

Es dauerte keine halbe Minute, bis das Ungetüm zur Seite kippte, noch einmal erschauderte und sich nicht mehr rührte.

Peabo wischte sich Reste der Augapfelmasse von den Händen und schaute mit einem schiefen Grinsen zu Nicole. »Das war irre.«

»Alles in Ordnung?«, rief sie, als sie den schimmernden Kriegshammer auflöste.

»Es geht mir gut.«

Ein großer, schimmernder Klumpen Essenz stieg aus dem Kadaver des Lindwurms auf und schwebte auf Peabo zu.

Diese Essenzen waren in dieser Welt der Schlüssel zu so vielem. Als der Klecks näherkam und Peabo ihn schließlich berührte, spürte Peabo nur leicht, dass sich etwas vollzogen hatte. Lebensessenzen von Kreaturen aufzunehmen, die er eigenhändig tötete oder bei deren Tötung er half, war der entscheidend dafür, in die nächste Stufe vorzurücken. Jeder Aufstieg zog entweder eine Verbesserung einer bestehenden Fähigkeit nach sich oder erschloss ihm sogar eine neue.

Und da er erst unlängst eine Stufe aufgestiegen war, würde es bis zum nächsten Mal wohl noch eine Weile dauern. Je höher die Stufe, desto aufwendiger wurde es, die nächste zu erreichen.

Als Nicole nach Luft schnappte, schaute er zu ihr hinüber.

Sie lächelte und hatte die Augen weit aufgerissen. »Bist du gerade eine Stufe aufgestiegen?«

Sie nickte.

»Stufe 8?«

Wieder nickte sie, dann kam sie auf ihn zu. Ihre Hände leuchteten bereits. Nicole begann mit seinem Kopf und ließ die Hände langsam zu seiner Brust nach unten wandern.

Er spürte, wie sich Wärme in ihm ausbreitete und sich mit einem Ruck etwas zusammenfügte. »Autsch! Das hatte ich gar nicht bemerkt.«

Die große schwarze Katze näherte sich ihm, schaute mit ihren eisblauen Augen zu ihm auf und ließ ein Knurren vernehmen. »*In der Nähe sind noch andere, schlimmere Gefahren. Wir sollten weiter.*«

Peabo verzog das Gesicht zu einer Grimasse und wollte sich nicht mal ausmalen, was noch schlimmer sein könnte. »Fellknäuel hat gerade gesagt, dass in der Nähe noch schlimmere Kreaturen und wir verschwinden müssen.«

Nicole nickte, schaute zum Himmel, um sich zu orientieren, und zeigte nach Norden. »Es sind nur noch etwa fünf Stunden in die Richtung. Vor morgen früh sind wir da.«

Die drei rannten nach Norden los, und innerhalb einer Stunde ging die Sonne unter.

Trotzdem wurden sie nicht langsamer. Fellknäuel schien irgendwie zu spüren, wohin Nicole wollte, denn die Katze übernahm die Führung, während sie durch eine Mischung aus Wald und Ebene liefen.

Selbst in der Dunkelheit konnte Peabo die zunehmend näheren Berge vor ihnen erkennen.

Einmal scherte Fellknäuel scharf nach links aus und übermittelte ohne einen Mucks in Peabos Kopf: »*Gefahr vor uns. Wir umgehen sie.*«

Peabo gab die Botschaft gedanklich an Nicole weiter, die leicht die Stirn runzelte.

»Auf was für ein Wesen haben wir uns da eingelassen? Woher weiß das Tier, dass Gefahr droht?«

»Wahrscheinlich kann Fellknäuel es wittern.« Er wusste, dass Hunde ausgesprochen gute Nasen besaßen. Also vielleicht auch Katzen.

Eine Weile bewegten sie sich nach Westen, bevor sie wieder nach Norden schwenkten.

Etwa 20 Minuten nach dem Umweg ertönte irgendwo weit hinter ihnen ein lautes, unheimliches Geheul.

Peabo richtete die Gedanken an Nicole. *»Was um alles in der Welt war das?«*

Sie schüttelte den Kopf. *»Das willst du nicht wissen. Jedenfalls fühlt es sich nach einer untoten Kreatur an, und nach keiner kleinen.«*

Fellknäuel sprang über einige umgestürzte Bäume. Die Zweibeiner mussten außen herumlaufen. *»Was für eine untote Kreatur? Schlimmer als ein Vampir?«*

»Ich bin mir nicht sicher, aber es hat sich wie etwas aus einer anderen Daseinsebene angehört. Vielleicht ein Geist. Vielleicht etwas noch Schlimmeres. Jedenfalls besitzt es keinen Geruch, und wir wollen uns lieber nicht damit anlegen.«

Kein Geruch? Peabo starrte die Katze an, die sie nach Norden führte. Er richtete die Gedanken auf sie: *»Fellknäuel, was bist du?«*

»Das habe ich vergessen«, antwortete sie, ohne zu zögern.

»Woher weißt du, wohin wir müssen?«

»Ich habe das Bild von ihr. Sie gehört doch zu uns, oder? Familie. Oder ist es ein falscher Ort?«

»Nein, es ist in Ordnung. Da bin ich mir sicher.« Peabos Augen weiteten sich vor Verblüffung darüber, als wie selbstverständlich die Katze es betrachtete, Bilder in den Köpfen anderer

zu sehen. Fellknäuel war eindeutig nicht irgendeine Katze, aber was war sie?

Mittlerweile hatten sie eine offene Ebene erreicht, die sie als Letztes von den steilen Felswänden einer gewaltigen Gebirgskette trennte.

Während sie den Weg fortsetzten, warf Peabo immer wieder besorgte Blicke zu Nicole. »*Sollen wir langsamer gehen? Du siehst erschöpft aus.*«

Sie schüttelte den Kopf. »*Wir sind fast da. Ausruhen können wir uns beim ersten Unterschlupf.*«

Peabo verspürte einen Energieschub, als er etwa einen Kilometer vor ihnen einen dunklen Fleck am Fuß der Felswand entdeckte. Er zeigte hin und richtete die Gedanken an Nicole. »*Ist er das?*«

Sie nickte.

Als sie näher hingelangten, wurde die Katze langsamer und hielt vor der Felswand an, etwa 15 Meter rechts des Tunneleingangs.

Peabo legte verwirrt die Stirn in Falten, als auch Nicole den offensichtlichen Eingang mied.

Mit leuchtender Hand drückte sie sie gegen den Stein der Felswand, der den Schimmer zu absorbieren schien. Die Umrisse einer Tür erschienen. Nicole winkte Peabo zu sich. Die Katze ging auf die Tür aus Stein zu und *durch sie hindurch*.

Er folgte dem Beispiel der Katze. Nicole eilte hinter ihm her und versiegelte, was immer sie gerade durchquert hatten.

Er drehte sich ihr zu und flüsterte: »Ist diese Tür ein Trugbild?«

»Nein. Sie ist echt. Aber wie die Kleriker des Namenlosen können wir einige auserwählte Orte betreten, die anderen nicht zugänglich sind.«

Peabo folgte Nicole in einen Tunnel, der nach wenigen Metern in eine Kammer mündete. Sie erinnerte ihn stark an jene, in die Brodie ihn ursprünglich gebracht hatte.

Der etwa sechs mal neun Meter große Raum enthielt zwei Strohmatratzen, eine Truhe und ein schimmerndes Feuer, in dem irgendein Pilz verbrannte.

Nicole zeigte auf die Matratzen und verkündete: »Hier sind wir sicher. Ruhen wir uns aus. Morgen gehen wir tiefer in die Höhlen.«

Die Vertrautheit des Unterschlupfs vermittelte Peabo ein seltsames Gefühl der Behaglichkeit. Als er sich auf eine der Matratzen legte, zog Nicole eine Decke aus der Truhe und warf sie ihm zu.

Die Katze hüpfte auf sein Bett und legte sich quer über seine Beine, schnupperte ein paar Mal, senkte den Kopf auf seinen Oberschenkel und schloss die Augen.

»Gute Nacht, Fellknäuel.«

Nicole war auf der anderen Matratze zusammengesunken und atmete schwer, sobald sie die Augen geschlossen hatte.

Peabo bemerkte einen eigenartigen Wandteppich an der Wand. Ohne dass es ihm jemand sagen musste, ahnte er, dass es sich um einen Durchgang aus dem Unterschlupf handelte.

Wenn er darauf drückte, würde er ihm vermutlich fest erscheinen. Aber mit dem Hokuspokus, mit dem der Namenlose sowohl Brodie als auch Nicole ausgestattet hatte, würden sie morgen früh wohl einfach durch ihn hindurchgelangen.

Er schloss die Augen und überlegte, was der nächste Tag bringen mochte.

Bei seinem ersten Ausflug in die unterirdische Welt namens Myrkheim hatte man ihm erzählt, wie gefährlich manche Bereiche sein konnten. Und in Anbetracht der verrückten Kreaturen draußen vor der Zuflucht konnte er nur vermuten, dass sie sich nicht in der Nähe der sicheren Gefilde befanden.

Bevor sie diesen sicheren Unterschlupf verließen, würde er sich mit Nicole zusammensetzen und mit ihr darüber reden müssen, was sich im Turm der Weisen ereignet hatte.

Peabo brauchte ihre Hilfe.

KAPITEL SECHZEHN

»Nein, ich scherze nicht.« Peabo sah Nicole stirnrunzelnd an, als sie im Schneidersitz auf den Matratzen saßen und sich gegenseitig anstarrten, während der große Kopf der Katze auf seinem Schoß ruhte. »Diese Verrückte hat mich fast zu Tode geprügelt, weil sie herausfinden wollte, wie ich meine Fähigkeiten als Landläufer nutzen kann. Geendet hat es damit, dass ich mit jemandem gepaart wurde, der mich jetzt wahrscheinlich umbringen will.«

Nicole beugte sich vor. Die Furchen zwischen ihren Augenbrauen vertiefte sich. »Warte, bevor wir uns deinen Fähigkeiten als Landläufer zuwenden. Willst du damit sagen, du hast tatsächlich eine deiner Ausbilderinnen umgebracht und bist dann mit einer anderen gepaart worden?«

Peabo seufzte. Bei der Erinnerung an die Schmerzen, die er durch Leena erlitten hatte, zuckte er zusammen – insbesondere bei der Erinnerung an ihre fiesen Tritte. Posttraumatische Belastungsstörungen gab es eindeutig. Bei mehreren Einsätzen in Afghanistan und im Irak war er davon verschont geblieben, doch der Aufenthalt im Turm der Weisen hatte sie ihm beschert.

»Leena war die Frau, die mich wüst verprügelt hat und mich dann gewaltsam verführen wollte ...«

»Du meinst vergewaltigen?«

Bei dem Begriff verzog er das Gesicht zu einer Grimasse. »Überspringen wir das einfach. Belassen wir es dabei, dass sie mich wenig später stattdessen erwürgen wollte, mir dabei hier oben« – er tippte sich an die Schläfe – »irgendetwas zerrissen ist, und ich ein Loch in das Miststück gebrannt habe. Die andere Frau habe ich erst für eine Schülerin gehalten, aber damit wurde ich wohl reingelegt. Sie schien sich schwerzutun, hat verängstigt gewirkt, und ich hab mich total davon blenden lassen. So sehr, dass ich Ariandelle gegenüber sogar selbst Scarlett ins Spiel gebracht habe. Sie hielt meine Wahl sofort für eine wunderbare Idee. Da hätten bei mir eigentlich schon alle Alarmglocken läuten müssen. Ich hab nicht mitgedacht.«

»Nein, sie schleusen oft falsche Schülerinnen in die Klassen der Oberstufe, um die anderen Schülerinnen zu überwachen. Man kann dort niemandem trauen.« Nicole schaute angewidert drein. Sie musste es wissen, immerhin hatte sie die Ausbildung im Turm der Weisen abgeschlossen.

»Jedenfalls hat die Paarung genau so funktioniert, wie sie sollte. Denke ich. Scarlett sollte mir dabei helfen, den Einsatz meiner Kräfte zu kontrollieren, und es hat funktioniert. Nur war das Spiel aus, als sie zu weit gegangen ist, in meinem Kopf herumgewühlt hat und mir am Ende ein Licht aufgegangen ist. Ich konnte ihre Verbindung zu mir sehen, also hab ich sie durchtrennt.«

»Du hast was?« Nicoles Augenbrauen schossen praktisch bis zum Haaransatz hoch. »Warte. Leena war also nicht diejenige, mit der du gepaart warst, sondern die andere. Und du hast die Paarung mit der aufgelöst, die du nicht umgebracht hast. Ich hätte nicht gedacht, dass so etwas möglich ist.«

Peabo zuckte mit den Schultern. »Irgendwie habe ich es hinbekommen. Tatsächlich war es sogar ziemlich einfach. Aber dabei ist sie ohnmächtig geworden. Das hat mir die Flucht aus dem Turm ermöglicht. Was letztlich dazu geführt hat, dass ich jetzt hier bei dir bin.« Er seufzte. »Wahrscheinlich laufen irgendwo zwei Blutmaiden herum, die mich tot sehen wollen, also brauche ich deine Hilfe.«

Nicole grinste. »Es gibt wahrscheinlich mehr als nur die beiden, die dich tot sehen wollen, glaub mir. Ich habe mit einigen Gelehrten in Vulkania Nachforschungen angestellt. Was ich dabei über Landläufer herausfinden konnte, war furchteinflößend. Ariandelle und die anderen haben wahrscheinlich eine Heidenangst davor, wozu du fähig bist, und wollen dich deshalb entweder ausschalten oder irgendwie kontrollieren.«

Peabo runzelte die Stirn, als er sich beide Bilder von Scarlett in Gedächtnis rief, als unschuldiges Mädchen und als ältere, leuchtende Frau, die ihn versklaven wollte. »Die junge Frau, die sich als Schülerin ausgegeben hat ... Sie hat in Wirklichkeit völlig anders ausgesehen. Können das alle Blutmaiden?«

Nicole schüttelte den Kopf. »Nein, das ist eine ziemlich seltene Fähigkeit. Sie muss eine Leiterin mit besonderer Begabung für Trugbilder sein.«

»Also könnte sie sich wie alles Mögliche aussehen lassen?«

»Nicht wie alles Mögliche, würde ich sagen. Aber ich bin keine Fachfrau. Meiner Einschätzung nach kann sie wahrscheinlich die meisten Personen und deren Stimmen nachahmen. Wie der Hauträuber, dem wir begegnet sind.«

Peabo schauderte. Der Hauträuber, von dem sie sprach, hatte ihm seine eigene Mutter vorgegaukelt. Kurz danach musste er ihn töten. »Vielleicht ist es übertrieben, aber lass uns doch sicherheitshalber ein geheimes Wort zwischen uns vereinbaren, mit dem wir uns gegenseitig vergewissern können, dass wir auch wir sind. Wie wär's mit ›Twinkie‹?«

Nicole bedachte ihn mit jenem Blick, der andeutete, dass er wieder mal etwas Dummes von sich gegeben hatte. »Wahrscheinlich will ich nicht mal wissen, was das Wort bedeutet. Aber egal, wir beide brauchen uns keine Sorgen zu machen, dass uns jemand mit einem Trugbild des anderen täuschen könnte.«

»Wie meinst du das?«

»Wir sind gepaart.« Sie zeigte auf ihn. »Ich kann dein Herz von überall her hören. Wenn ich die Augen schließe, sehe ich, in welche Richtung ich muss, um zu dir zu gelangen. Ich habe mir deinen Geruch eingeprägt. Mich könnte unmöglich jemand täuschen. Und sie wissen es ja nicht, richtig? Dass wir gepaart sind, meine ich.«

Er schüttelte den Kopf.

»Gut. Und offensichtlich sollte dasselbe umgekehrt auch für dich gelten.«

Peabo zuckte zusammen, als er seinen Logikfehler erkannte. Wenigstens konnte er sich immer darauf verlassen, dass Nicole ihn schonungslos auf Patzer hinwies. Sie hatte völlig recht. »Stimmt, tut mir leid. Das war *wirklich* dumm.«

Peabo schob die Katze von seinem Schoß, ging zu Nicole hinüber, setzte sich neben sie und sah ihr in die Augen. »Du musst in meinen Kopf und mir helfen, das zu kontrollieren, was ich bin.«

Nicole schaute ernst drein. »Ich glaube, dir ist nicht bewusst, worum du mich damit bittest.« Eine Weile starrte sie schweigend auf ihren Schoß, bevor sie seinem Blick wieder begegnete. »Das ist etwas zutiefst Intimes zwischen zwei Leuten. Es entsteht ein Band, das ... tiefer ist als nur ... Na ja, jedenfalls ist es etwas sehr Ernstes.« Sie holte tief Luft und nickte. »Na schön, ich mache es. Aber bevor wir irgendetwas tun, musst du mir sagen, was du über den Einsatz deiner Kräfte weißt. Bevor ich dir helfen kann, muss ich mehr darüber erfahren, was ich tun muss.«

Peabo zögerte, als ihm dämmerte, was sie mit dem Band meinte. Nicole hatte vor ihm einen anderen Gefährten gehabt, und er wusste, wie sehr sie unter dessen Tod gelitten hatte. Schuldgefühle überkamen ihn, weil er sie bedrängte, nur wusste er keine andere Möglichkeit. Er stählte sich gegen seine aufkommende Beklommenheit und versuchte, seiner Stimme einen unbeschwerten, nüchternen Klang zu verleihen. »Es ist eigentlich ganz einfach. Alles scheint irgendwie auf Licht zu beruhen. Wenn ich mich in einem dunklen Raum befinde, in dem nur eine Laterne leuchtet, kann ich die Energie des Lichts einatmen. Das Problem ist nur, dass ich nicht kontrollieren kann, wie viel ich aufnehme.«

»Das verstehe ich nicht. So viel Licht gibt eine Laterne doch nicht ab.«

»Schon, aber das Öl in einer Laterne reicht in der Regel für ein, zwei Tage. Jetzt stell dir vor, ich sauge in einem Herzschlag die Lichtmenge ein, die diese Laterne in zwei Tagen abgeben würde. Bei etwas Einfachem wie einer Laterne ist es trotzdem keine allzu große Sache. Die Menge an Öl, die auf einmal verbrannt werden kann, ist genauso begrenzt wie die Energiemenge, die auf mich übergeht. Als Scarlett in meinem Kopf war, konnte sie beeinflussen, wie schnell ich die Energie eingeatmet habe und es sogar ganz unterbrechen.«

Nicole verengte die Augen. »Das war bei einer Laterne. Und wie sieht es bei Tageslicht aus? Was passiert dann?«

Peabo schaute verdutzt drein, dann lachte er und tastete an seinem Hosenbund nach dem darunter versteckten Beutel. »Kaum zu fassen, dass ich das völlig vergessen habe. Ich war bei Grundle …«

»Oh, der ist immer noch dort?« Nicoles Augen wurden groß, und sie lächelte. »Er ist ein so bezaubernder alter Mann. Einer der wenigen Schätze dort. Keine Ahnung, wie er es mit diesen Frauen aushält.«

»Na, jedenfalls habe ich mich gegen Ende meines Aufenthalts länger mit ihm unterhalten, und er hat mir sehr geholfen. Er hat mich auch vor den Frauen dort gewarnt. Aber er hat gemeint, Ariandelle wäre nicht ausschließlich schlecht. Zumindest war sie es in der Vergangenheit nicht.« Peabo holte den Beutel hervor und zog die Kordel auf. Weißes Licht strömte heraus. »Jedenfalls habe ich mit ihm meine Kräfte bei Tageslicht ausprobiert. Er konnte zwar nicht beeinflussen, wie schnell ich die Energie von Tageslicht eingeatmet habe, aber indem er die Jalousien nach kaum einem Herzschlag geschlossen hat, konnte er mich vom Licht abschneiden.« Peabo holte den gleißenden Kristall heraus. »Das war das Ergebnis. Hätte ich daran gedacht, hätte ich die gespeicherte Energie gegen den Lindwurm einsetzen und ihn vielleicht auf einen Schlag ausschalten können. Mit dem Kristall in der Hand würde ich nichts einatmen, sondern nur seine Energie freisetzen. Aber war wohl gut, dass ich es nicht getan habe. Falls wir in der Dunkelheit in eine Notlage geraten, kann ich den Kristall zumindest einmal als Energiequelle benutzen.«

»Steck ihn weg.« Mit zusammengekniffenen Augen und abgewandtem Kopf bedeutete Nicole ihm, den Kristall wegzunehmen. Er strahlte wirklich unglaublich hell.

Peabo verstaute ihn wieder im Beutel und diesen an seinem Versteck unter seinem Hosenbund. »Kennst du noch andere Kristallweber wie Grundle?«

»Nein, nicht persönlich. Aber danach können wir Brodie oder andere in Vulkania fragen.« Sie zeigte auf seinen Hosenbund, wo er den Kristall versteckt hatte. »Du hast also in einem Herzschlag so viel Energie von außen aufgenommen?«

»Ja, aber ich bin dabei ohnmächtig geworden. Es war anscheinend zu schnell zu viel, obwohl es Grundle auf so kurze Zeit begrenzt hat. Entweder muss ich eine deutlich höhere Stufe erreichen, um Tageslicht nutzen zu können, oder ich brauche jemanden, der verlangsamt, wie schnell ich das Licht um mich herum aufnehme.« Er legte die Hand auf Nicoles Knie und drückte es. »Und da kommst du ins Spiel. Ich hab keine Ahnung, was ich in dieser Welt tun soll, oder warum es Landläufer überhaupt gibt. Aber wenn ich aus einem bestimmten Grund hier bin, hat es wahrscheinlich mit meiner Fähigkeit zu tun. Im Augenblick weiß ich nur, dass ich sie beherrschen kann, aber nur mit deiner Hilfe.«

Nicole ergriff Peabos Hand, drückte sie und wandte sich dem schimmernden Feuer zu, in dem getrocknete Pilze brannten. »Ich versuche es, mehr kann ich nicht versprechen. Sollen wir damit anfangen?« Sie zeigte auf das Feuer in der Mitte der Kammer.

Er nickte. »Klingt gut. Ich bin bereit, wann immer du willst. Sag einfach Bescheid.«

»Lass mich in deinen Geist sehen, dann versuche ich zu begrenzen, wie viel du aufnimmst, sofern ich es kann.« Nicole drückte Peabos Hand erneut und ließ sie los. »Ich sage es dir, wenn es losgehen kann.«

Sofort spürte Peabo einen vertrauten Druck im Kopf und lächelte. Sie befand sich darin. Das Gefühl änderte sich nach ein paar Sekunden, und er bekam Gänsehaut, als sich etwas, das sich nur als warme, beruhigende Liebkosung beschreiben ließ, durch seinen gesamten Körper ausbreitete. Überhaupt nicht unangenehm. Vielmehr fühlte es sich wie eine langsame Umarmung von Kopf bis Fuß an.

»Ich bin bereit.«

Peabo konzentrierte sich auf den Schein der Pilze im Feuer und atmete ein.

Fast sofort verdunkelte sich die Kammer, und Peabo spürte, wie sich der Energiestrom wie durch einen Strohhalm zu einem Rinnsal verringerte. Er bezog ihn noch immer aus dem Feuer und konnte sogar zum ersten Mal sehen, wie winzige Ranken schillernder Farben aus der Glut in ihn strömten.

Nicoles Augen wurden groß.

Die Pilze waren fast vollständig verschwunden, schlagartig von den Flammen verzehrt.

Nicole flüsterte: »Versuch, dich zurückzuhalten.«

Peabo bemühte sich, den schmalen Energiestrom vom Feuer zu unterbrechen.

Es funktionierte nicht. Es war, als würde sein Atemzug eine bestimmte Menge benötigen und könnte nicht vorher beendet werden.

Peabo konnte nur beobachten, wie die Energie in ihn strömte und hatte keine Ahnung, wie er es unterbrechen sollte. Das Ausatmen würde ein Problem werden, weil er nicht wusste, ob er damit irgendetwas in Brand setzen würde. Was in einem geschlossenen Raum alles andere als gut wäre.

Hilflos starrte er auf den Strom, während er versuchte, ihn zu beenden, doch es war, als wollte er einen Arm schwenken, den er nicht hatte. Peabo hatte keine Ahnung, wie er aufhören sollte.

Erst, als die letzten Reste der Pilze zu Asche zerfielen, brach der Energiestrom ab, und die Kammer wurde in Dunkelheit getaucht.

Peabo spürte, wie sich Nicole bewegte. Dann erschien ein flackerndes Licht in einer Laterne, die sie aus der Nähe des Wandbehangs holte.

Sie sah ihn an und lächelte. »Das war ziemlich schnell. Ich war zwar bereit, habe aber nicht damit gerechnet, dass dein sogenannter Atemzug so rasant sein würde. Das müssen wir noch üben.«

Peabo lächelte. »Es war genau, wie ich gesagt habe, nicht wahr?«

Nicole setzte sich zurück auf die Matratze und strich mit den Fingern über Peabos Arm. »Deine Maserung leuchtet wieder.«

Er betrachtete seine Arme. »Hatte sie denn damit aufgehört?«

Sie nickte. »Nach deinem Angriff auf den Lindwurm. Ich vermute, deine Maserung ist eine Art Anzeige dafür, ob du Energie gespeichert hast oder nicht. Ich war in den Archiven von Vulkania gerade auf ein Buch über die Maserung von Landläufern gestoßen, habe aber alles stehen und liegen gelassen und bin losgeeilt, bevor ich viel davon lesen konnte.«

»Warum?«

»Na ja, ich hatte bemerkt, dass mit dir irgendwas passiert war, durch das es sich angefühlt hat, als wärst du ganz in meiner Nähe. Also bin ich sofort losgerannt, um dich zu suchen.«

Peabo grinste. »Ich hoffe, sie nehmen dir nicht den Bibliotheksausweis ab, weil du Unordnung hinterlassen hast. Ich meine, mich zu erinnern, dass du bei unserem letzten Besuch einer Bibliothek einen ganzen Tisch mit aufgeschlagenen Büchern bedeckt hast.«

Nicole stand auf und erwiderte sein Lächeln. »Scherz nicht darüber. Die Gelehrten im Archiv dort gehen alle auf Stufe 20 zu, sind schon ewig in den unteren Ebenen und würden nicht zögern, einen grün und blau zu prügeln, wenn man die Ordnung ihrer Bücher durcheinanderbringt. Dieses Archiv ist das älteste, das es außerhalb des Turms der Weisen gibt.«

Peabo folgte Nicoles Beispiel und stand auf. Die Katze hüpfte vom Bett und setzte sich neben ihn. »Also, wohin jetzt?«

Nicole deutete zu dem Wandbehang. »Wir haben noch etwa einen Tagesmarsch vor uns, bevor wir die Randgebiete von Vulkania erreichen. Wir müssen zwangsläufig ein paar Nebenwege nehmen und die Haupttunnel meiden. Ariandelle hat überall Augen und Ohren, also müssen wir dich vor möglichen Spitzeln schützen, bis wir dich an einem sicheren Ort haben. Und so, wie deine Maserung leuchtet, bezweifle ich offen gestanden, dass der Trank noch einmal wirken würde. Wir müssen uns wohl etwas anderes einfallen lassen.«

Peabo nickte. »In Ordnung, lass uns aufbrechen.«

Nicole hob die Hand. »Warte kurz. Ich muss erst noch schnell die Pilze ersetzen, die du in Asche verwandelt hast. Der Vorrat hätte eigentlich eine volle Woche reichen sollen, und du hast ihn« – sie schnippte mit den Fingern – »einfach so aufgebraucht.«

Bevor Peabo etwas erwidern konnte, eilte sie durch den Wandteppich. Fünf Minuten später kam sie zurück, fegte die Asche in einen Eimer und legte zehn Zentimeter dicke Platten aus verdichteten Pilzen in die Feuerstelle. Peabo hatte einen Pilz dieser Art schon einmal gesehen. Er sah mehr wie Holz aus als die essbaren Sorten, die von den Zwergen für Eintöpfe verwendet wurden.

Nicole bedeutete ihm, ihr zu folgen.

Peabo und Fellknäuel schritten durch den vorübergehend durchlässigen Wandteppich hinter Nicole her.

Die Laterne ließen sie zurück, weil die Tunnel von den Sporen eines Pilzes erhellt wurden, die schwaches, aber ausreichendes Licht abgaben.

Peabos Magen knurrte, doch er wappnete sich dafür, noch eine Weile hungern zu müssen. Die karge Umgebung von Myrkheim war kein Ort, der vor Nahrung strotzte.

Es würde ein langer Marsch werden.

Peabo war Nicole mittlerweile einen gefühlten halben Tag lang gefolgt. Fast die gesamte Zeit waren sie in demselben gewundenen Tunnel geblieben, in dem er nur knapp aufrecht gehen konnte. Die geringe Breite ließ es nicht zu, nebeneinander zu marschieren. Unterwegs stießen sie gelegentlich auf einen Wandteppich und bogen durch ihn ab, was sich jedes Mal anfühlte, als würden sie umkehren. Peabo übermittelte Nicole seine Gedanken: »*Wie kommt es, dass es diesen Tunnel überhaupt gibt? Im Vergleich zu den Hauptgängen, durch die wir vorher gereist sind, kommt er mir ziemlich ebenmäßig vor.*«

»Den haben vor vielen Jahrhunderten die Anhänger des Namenlosen gegraben.« Sie warf einen Blick über die Schulter und lächelte ihn an. »*Wir haben Glück, dass sie nicht erst in jüngerer Zeit erschaffen wurden. In den ältesten Archiven steht nämlich, dass die ersten Zwerge ursprünglich Oberweltler waren, die nach Myrkheim gegangen sind, um sich vor den Kriegen des Ersten Zeitalters zu verstecken. Hätten die späteren Zwerge diese Gänge gegraben, müsstest du ständig gebückt laufen, und mir würde es kaum besser ergehen.*«

»*Wie weit noch bis zum nächsten Halt?*«

Bevor Nicole antworten konnte, erstarrten sie beide, als der Tunnel unter ihren Füßen erbebte. Das Geräusch von krachendem Stein hallte laut durch den Gang.

Fellknäuel fauchte. »*In der Nähe sind andere.*«

»*Äh, Nicole, die Katze hat gerade gesagt, dass in der Nähe noch andere sind.*«

Eine Staubwolke wallte ihnen entgegen. Beide bedeckten mit ihren Gewändern das Gesicht, als Nicole weiterging. »Bevor du fragst: Ich habe keine Ahnung, was das war.«

»*Ich bin zwar kein Experte, aber es hat sich nach einem Einsturz angehört.*«

»Das hoffe ich nicht.«

Peabo folgte Nicole durch den Staub, der sich langsam setzte. Nach etwa 100 Metern verzog er beim Anblick des völlig blockierten Tunnels das Gesicht.

Nicole hielt inne, begutachtete den Schaden und schüttelte den

Kopf. »*Das kommt selten, aber doch vor. Wir müssen umkehren und die Stelle umgehen.*«

Sie marschierten etwa einen halben Kilometer zurück, bis Nicole auf einen Wandbehang zeigte, insbesondere auf ein rotes Quadrat rechts oben daran. »*Das weist auf einen ungeschützten Bereich hin. Ich bin mir nicht sicher, wo wir landen werden. Wir gehen hinaus, rennen zum nächsten versteckten Durchgang, durchqueren ihn und hoffen, dass wir dann am Einsturz vorbei sind.*« Nicole sah die Katze und Peabo an. »Seid ihr beide bereit?« Sie sprach die Worte laut aus.

Peabo sah die Katze an. Das Tier verstand die Frage offensichtlich, denn es nickte. »Bereit.«

Mit einer Handbewegung brachte sie den Wandbehang zum Schimmern. Peabo wusste, dass er von da an für einige Sekunden durchlässig war.

Sie eilten hindurch und wurden von Kampfgeräuschen empfangen.

KAPITEL SIEBZEHN

Der Kupfergeruch von Blut hing in der Luft, als ein Flammenstrahl aus einer mehrköpfigen Kreatur mit langem Hals hervorschoss. Peabo erstarrte beim Anblick des unerwarteten Gemetzels, und alles schien sich auf Zeitlupentempo zu verlangsamen. Vor ihm befand sich eine riesige, mindestens 15 Meter hohe Höhle. Hunderte Kreaturen zu seiner Linken stießen schrille Kampfrufe aus, die von Hunderten anderen zu seiner Rechten mit markerschütterndem Gebrüll beantwortet wurden.

Peabo erkannte auf Anhieb drei Arten von Kreaturen: Kobolde links, Orks rechts und eine zehnköpfige Hydra, die sechs Meter hoch aufragte und mit jedem ihrer Köpfe nach Feinden schnappte.

Die beiden verfeindeten Gruppen brüllten sich gegenseitig an, und das riesige Monster tobte zwischen ihnen. Zwei Köpfe der Hydra hingen schlaff auf den Boden, doch plötzlich wuchsen vier weitere aus dem Körper der riesigen Kreatur. Sofort hielten die leuchtenden Augen Ausschau nach Zielen.

Nicoles Stimme hallte laut durch Peabos Kopf. *»Zurück!«*

Doch in dem Moment bemerkten zwei der neuen Köpfe Peabo und seine Gefährten und spien zwei knisternde Flammenstöße in ihre Richtung.

Ohne zu überlegen, atmete Peabo ein, und schlagartig veränderte sich alles.

Energieströme rasten aus allen Richtungen auf Peabo zu, und er spürte Nicoles Berührung in seinem Geist. Zwar verlangsamte sie nichts, aber sie war da und ... beobachtete.

Die lodernde Spucke der Hydra verwandelte sich abrupt in Aschewolken, als die Tröpfchen im Bruchteil einer Sekunde verbrannten und in Energie umgewandelt wurden. Peabo saugte sie ein, erstrahlte und erhellte die sonst so düstere Welt von Myrkheim wie ein Leuchtfeuer.

Die flammenden Trümmer brennender Wagen auf beiden Seiten erloschen innerhalb eines Wimpernschlags, während weiterhin Energieströme in Peabos Richtung flogen.

Sogar der Schimmer der Pilzsporen in der gesamten Höhle verpuffte, als sich von ihnen unzählige hauchdünne Energiefäden zu Peabo rankten.

Sein Körper bebte vor absorbierter Energie. So viel hatte er noch nie zuvor aufgenommen. Als zwei Köpfe der Hydra in seine Richtung schnellten, bemerkte er, dass außerdem von beiden Seiten etliche Pfeile in seine Richtung zielten. Es schien kein Entrinnen zu geben. Er richtete die geballte Aufmerksamkeit auf die Gesamtheit des Kampfgeschehens.

Und atmete aus.

Eine zischende Energiefontäne schoss in Form von blendendem Licht in praktisch alle Richtungen aus ihm hervor.

Peabos Lichtangriff erfasste die beiden auf ihn zustürzenden Köpfe der Hydra, und die gesamte Kreatur zuckte krampfhaft. Alle Köpfe peitschten hin und her, während weißglühendes Licht aus ihren Mäulern und Augen strömte.

Die heranrasenden Pfeile verbrannten im Flug, während die sengende Hitze und das reinigende Licht der wahren Macht des Landläufers die gesamte Höhle flutete.

Das Gebrüll verstummte.

Als Geräusche verblieben nur das Knistern von erhitzten Knorpeln und das dumpfe Aufschlagen von fallenden Körpern auf dem Boden.

Plötzlich schossen vom anderen Ende der Höhle drei grelle Strahlen tödlicher Flammen von drei dunklen Gestalten weg.

Instinktiv atmete Peabo ein. Gleichzeitig raste aus einer anderen Richtung ein weiteres gleißendes Licht auf ihn zu, das stark einem Blitz ähnelte.

Sowohl die Flammen als auch der Blitz erloschen augenblicklich, und Peabo schlug mental dorthin zurück, von wo die Angriffe ausgegangen waren.

Er spürte den Feind mehr, als dass er irgendetwas sehen konnte. Das grelle, aus ihm hervorbrechende Licht hatte eine beinah regenbogenartige Färbung.

Was er zuvor als Weiß wahrgenommen hatte, spaltete sich in unzählige Fäden unterschiedlichster Schattierungen auf, die erst in Kombination Weiß ergaben. Und jeden Lichtstrahl begleitete ein einzigartiger Ton, was Peabo vorher noch nie gehört hatte.

Das Licht schwenkte, schien seinen Zielen scheinbar eigenständig zu folgen und erfasste schließlich vier verschiedene Leiter, in Peabos Augen Zauberer. Trotz einer Art Schutzschild um zwei der Gestalten durchdrang das Licht jeden von ihnen und schoss wieder aus ihnen hervor. Eine laute Schockwelle dröhnte durch die Höhle, als vier Körper vor der schieren Menge an Energie explodierten.

Peabos Knie knickten ein, und Nicole fing ihn auf, als er rückwärtsfiel.

Erschöpfung beschrieb nicht mal ansatzweise, was er

empfand. Aus ihm schien etwas abgeflossen zu sein, von dem er nicht wusste, ob er es je zurückerlangen könnte.

Nicole brüllte etwas, doch er konnte sie nicht hören.

Sein Geist fühlte sich wie betäubt an. Der Geruch von verkohltem Fleisch hing durchdringend in der Luft, und das einzige in der Höhle verbliebende Licht ging von Nicole aus. Es reichte kaum, um einen Umkreis von 15 Metern zu erhellen.

Peabos Zunge und Rachen fühlten sich wie mit Asche beschichtet an, und ihm war übel.

War das der Zweck eines Landläufers? Massenvernichtung?

Als Nicole ihr Licht über einen Teil des Schlachtfelds schweben ließ, sah er das Ausmaß des Gemetzels und erschauderte.

Plötzlich klickte etwas, und er hörte Nicoles schwere Atmung und das Geräusch schnell entschwindender Schritte.

»Peabo? Bist du bei mir?« Sie schüttelte ihn, brüllte ihn praktisch an.

Als seine Sinne immer deutlicher zurückkehrten, nickte er. »Bin ich bewusstlos geworden?«

»Nein ... Oder vielleicht doch. Du hattest die Augen offen, warst aber nicht ansprechbar. Ich glaube, wir sind außer Gefahr.«

»Was sind das für Schritte, die ich höre?«

Nicole schüttelte den Kopf. »Ich würde mal sagen, dass alle Überlebenden die Flucht ergriffen haben. Was ich ihnen nicht verdenken kann.«

Peabo schnappte nach Luft, als die gesamte Höhle von unzähligen schimmernd aufsteigenden Essenzen erhellt wurde.

Die Überreste derer, die er getötet hatte.

»Beim Namenlosen, so was habe ich noch nie gesehen!« Nicoles Augen wurden groß.

Peabo sah sie verwirrt an. »Du siehst etwas?«

»Essenzen. Überall.«

Die schimmernden Kleckse der Lebensessenz, vielleicht sogar die Seelen der toten Kreaturen, trieben langsam auf ihn zu. »Ich dachte, nur wer eine Kreatur tötet, sieht ihre Essenz.«

Nicole zuckte mit den Schultern. »Ich hatte dich genau im Auge, während es passiert ist. Durch meine Gegenwart in deinem Kopf wird mir wohl mehr zugeschrieben, als mir zusteht.«

Die ersten Essenzen strömten auf ihn zu, und das damit verbundene Kribbeln ließ sich mit keinem vergleichen, das er je zuvor erlebt hatte. Normalerweise empfand er beim Absorbieren einer Essenz kaum etwas, höchstens ein leichtes Prickeln, wenn er genau darauf achtete. Allerdings hatte er auch noch nie viele Wesen auf einmal getötet. Er wurde geradezu bombardiert von Essenzen.

Nicole schnappte nach Luft, als sich das Kribbeln zu einem Crescendo steigerte und ihn über eine Schwelle katapultierte. Er stieg eine Stufe auf, und immer noch strömten die Essenzen heran. Als er zu Nicole spähte, merkte er ihr an, dass auch sie die nächsthöhere Stufe erreicht hatte.

Ihre Hände zitterten, und sie lächelte matt. »Ich hätte nie gedacht, dass ich den Tag erlebe, an dem ich die Stufe 9 erreiche.«

Und immer noch strömten die Essenzen, Hunderte, vielleicht sogar knapp tausend. Als die letzte in ihn fuhr, verspürte er eine weitere Welle ... Die Zeit schien stillzustehen, als er völlig neuartige Geräusche und Empfindungen wahrnahm.

Die hauchdünne Verbindung zwischen Nicole und ihm schillerte heller, als er sie je zuvor gesehen hatte. Fellknäuel peitschte nervös mit dem Schwanz hin und her, während sie in die Dunkelheit knurrte. Auch sie strahlte mit einem übernatürlichen Licht, das er noch nie an ihr gesehen hatte.

Und während er sie anstarrte, konnte er ihre Gedanken so deutlich hören, als wäre er in ihren Kopf gekrochen.

Er war auf Stufe 8. Was er vor ein paar Monaten noch für unvorstellbar gehalten hatte.

Trotz der Dunkelheit in der Höhle konnte er alles darin erkennen, was ihm zuvor nicht möglich gewesen war.

Er betrachtete das volle Ausmaß dessen, was er angerichtet hatte, beugte sich vor und erbracht seinen gesamten Mageninhalt auf den kiesigen Boden.

Nicole massierte ihm mit der Hand den Rücken, während er fast eine Minute lang weiterwürgte.

Er spürte das stumme Mitgefühl, das von ihr ausging, und schaffte es nur mit Müh und Not, seine Gefühle im Griff zu behalten.

»*Peabo, ich weiß, das ist viel zu verdauen. Ist es sogar für mich. Trotzdem müssen wir weiter. Hier ist es nicht sicher.*«

Er wischte sich den Mund ab, nickte und antwortete mental. »*Tut mir leid. Damit hab ich nur einfach nicht gerechnet. Verschwinden wir.*«

Nicole packte ihn am Oberarm und führte ihn und Fellknäuel durch die in der Höhle verstreuten Leichen zum nächsten verborgenen Durchgang.

Trotz der Erschöpfung, die er nur wenige Augenblicke zuvor verspürt hatte, fühlte sich Peabo plötzlich stärker und schneller, als er es je für möglich gehalten hätte.

Es gab noch so viel an dieser Welt, seiner Reise und darüber, wer er war, das er auskosten wollte. Er wollte alles langsam erkunden, doch er schien ständig auf der Flucht zu sein und fortwährend von einem Ort zum nächsten zu hetzen.

Würde das in dieser Welt je enden? Da die Blutmaiden insbesondere ihn und seine feindselige Umgebung praktisch alles tot sehen wollte, standen die Aussichten dafür nicht gut.

Peabo starrte auf das Feuer der Pilzplatten im Unterschlupf und stellte fest, dass irgendetwas daran anders war. Er sah Nicole an und zeigte auf die Flammen. »Hat sich an den Pilzen was geändert? Ich sehe andere Farben, als ich es gewohnt bin.«

Nicole schüttelte den Kopf. »Nicht, dass ich wüsste.« Sie konzentrierte sich auf das Feuer, dann zuckte sie mit den Schultern. »Ich habe nicht den Eindruck, dass irgendetwas ungewöhnlich ist.«

»Ich sehe einen regenbogenähnlichen Schimmer um das Licht herum. Nicht besonders ausgeprägt, trotzdem anders als sonst. Kann das an meiner neuen Stufe liegen?«

»Möglich«, bestätigte Nicole. »Ich habe noch nie von jemandem gehört, der in einer Woche um zwei Stufen aufgestiegen ist, geschweige denn in einem Moment. Und schon gar nicht über Stufe 5. Vielleicht ist das eine Nebenwirkung. Ich weiß es schlichtweg nicht. Offen gestanden kann ich selbst kaum fassen, dass ich jetzt auf Stufe 9 bin. Ich werde lernen und üben müssen, aber ich sollte zu einigen der Dinge in der Lage sein, die wir bei Brodie im Kampf gegen Dvorak gesehen haben.«

»Wie das mit den Flammen?«

Sie nickte.

»Dabei fällt mir etwas ein, worüber wir vielleicht schon früher hätten reden sollen. Was immer du mit Licht macht, tu es nicht, während ich meine Fertigkeit benutze. Im Turm haben wir das probiert. Die Frau, die auch Heilerin war, hätte beinah das Bewusstsein verloren, weil ich ihr durch das von ihr abgestrahlte Licht wohl die gesamte Energie entzogen habe.«

Nicoles Augen wurden groß. »Das ist eine erstaunlich mächtige Fähigkeit. Du bist wahrscheinlich der schlimmste Albtraum aller Weberinnen und Weber. Und du hast gerade bewiesen, dass du unheimlich schnell einatmen und angreifen kannst.« Ihr Blick wurde unscharf, und sie richtete ihn an die Decke. »Kein Wunder, dass der Landläufer in den Geschichtsbüchern so häufig erwähnt wird. So, wie du die Nutzung von Licht beherrschst, ist nicht schwer vorstellbar, dass unter deiner sengenden Sense aus Licht ganze Armeen fallen würden.«

Peabo legte sich im Unterschlupf, der beinah identisch mit dem vorigen war, auf eine der Matratzen. »Wie weit noch, bis wir Zivilisation erreichen?«

»Noch ein paar Stunden, mehr nicht. Ich kann deinen Magen knurren hören. Sobald wir dort sind, treiben wir etwas zu essen auf.«

Peabo wandte sich an die Katze, die wie beim letzten Mal quer über seinen Beinen lag. »Du könntest wohl auch einen Happen vertragen, was, Fellknäuel?«

Die Katze öffnete das Maul mit einem dramatischen Gähnen. Zehn Zentimeter lange Fänge reflektierten schimmernd den Schein des Feuers. *»Ich fresse dann, wenn es etwas gibt.«*

Peabo legte den Kopf auf die Matratze und schaute zu dem Stapel zusätzlicher Pilzplatten auf der anderen Seite des Unterschlupfs. »Ist es in Ordnung, wenn ich bei unserem Aufbruch die Reste der Energie des Lagerfeuers einatme? Ganz ohne Ladung in mir fühle ich mich fast nackt.«

»Ist es, aber wir müssen uns mit Brodie und einigen anderen beraten, sobald wir in der Stadt sind. Ich vermute, der Alchemistentrank wird nicht helfen, dich zu tarnen, wenn du leuchtest. Das könnte ein echtes Problem werden. Keine Ahnung, was Ariandelle im Schilde führt, aber wenn sie Schwierigkeiten machen will, kann die Frau gefährlicher sein als jede andere, die dir je untergekommen ist.«

»Na ja, wenn sie eine Leiterin ist, würde ich meinen, sie ...«

»Nicht übermütig werden, Peabo. Nicht bei jedem Angriff ist eine Lichtquelle im Spiel. Was, wenn es ihr gelingt, dich zu verhexen? Oder wenn sie eine Giftwolke aussendet, um dich zu ersticken? Oder sogar einen Felshang über dir zum Einsturz bringt? Unterschätze nie deine Gegner oder glaube, du hättest die Oberhand. Schlaf jetzt ein bisschen, denn ich habe keine Ahnung, was los sein wird, wenn wir die Stadt erreichen. Jedenfalls haben wir morgen mit Sicherheit einen sehr langen Tag vor uns.«

»Verstanden.« Peabo nickte. Er erinnerte sich an das seltsame Zwangsgefühl, das von der Schulleiterin ausgegangen war. Wahrscheinlich versuchte Ariandelle dabei nicht mal, irgendetwas zu bewirken ... Also wollte er sich lieber nicht vorstellen, wozu sie fähig sein könnte, wenn sie wütend war. Er schloss die Augen und nahm noch intensiver wahr, wie anders sich die Dinge also noch vor wenigen Tagen anfühlten.

Obwohl sie sich in einem versteckten, abgelegenen Tunnel befanden, nahm er das kaum merkliche Kratzen von Krallen auf Fels wahr. Irgendwo draußen kroch irgendetwas herum. Die Schwingungen verrieten ihm, dass es sich um etwas ziemlich Massiges handeln musste, mit dem er sich wahrscheinlich lieber nicht anlegen wollte.

Gut, es war ihm gelungen, eine kleine Armee auszulöschen, die versucht hatte, Feuer und Magie gegen ihn einzusetzen. Das schien der Idealfall zu sein. Trotzdem hatte er dabei wohl Glück gehabt, dass die Schlacht letztlich zu seinen Gunsten ausgegangen war. Und wenn es sich um eine gewöhnliche Kreatur wie einen Oger oder ein anderes unter der Erde lebendes Ungetüm handelte, würde es nicht annähernd so einfach.

Während sein Verstand vor Sorgen keine Ruhe fand, streckte Fellknäuel eine faustgroße Pfote aus und legte sie auf seine Brust. *»Die Frau, die zu uns gehört, hat recht. Schlaf jetzt.«*

Peabo betrachtete die Katze an, deren Wange auf seinem Oberschenkel ruhte. Er runzelte die Stirn. Das Tier war wesentlich intelligenter, als er zunächst vermutet hatte. Ihre Begegnung konnte unmöglich ein Zufall gewesen sein. Aber was sonst?

Glaubte er etwa, Fellknäuel hätte die Sache mit der Falle absichtlich eingefädelt? Nein, auf keinen Fall. Und dennoch, das Tier hatte etwas sehr Merkwürdiges an sich. Bisher verhielt sie sich fast wie ein pelziger Schutzengel an seiner Seite. Aber was, wenn ...

Nein. Er war paranoid. Peabo schloss die Augen und atmete mehrmals tief durch. Allmählich beruhigte sich sein Geist, und die Welt versank in Schwärze.

KAPITEL ACHTZEHN

Peabo trat durch den schimmernden Wandteppich und spürte, wie sich durch eine plötzliche Veränderung des Luftdrucks seine Ohren verschlossen. Der Geruch von feuchtem Stein und das Echo entfernter Stimmen begrüßten ihn, als Nicole sie alle durch einen kurzen Durchgang führte, bevor sie auf eine der Hauptreiserouten Myrkheims gelangten.

Nicole bog nach rechts und nickte knapp. »Wir sind da. Erinnerst du dich überhaupt daran, wie wir durch diese Stadt gekommen sind?«

Peabo stand vor einem atemberaubend großen Tunnel, der als unterirdische Hauptverkehrsader diente und ursprünglich eine uralte Magmaröhre gewesen sein musste. Mindestens 60 Meter breit und 15 Meter hoch. Selbst mit modernem Gerät wäre es praktisch unmöglich gewesen, einen so großen Tunnel zu erschaffen. Als sie sich den Außengrenzen von Vulkania näherten, bemerkte er zwei große Lagerfeuer, die auf beiden Seiten des Tunnels brannten, und schüttelte den Kopf. »Ich muss wirklich ziemlich weggetreten gewesen sein. An diesen Ort kann ich mich überhaupt nicht erinnern.«

Nicole legte ihm die Hand auf die linke Schulter und drückte sie. »Du warst den Großteil der Reise mal halb bei Bewusstsein und dann wieder nicht. Ich war mir nicht sicher, ob du es überhaupt bis zum Turm der Weisen schaffen würdest.«

Neben den etwa sechs Metern von den Höhlenwänden entfernten Feuern befanden sich jeweils um die zehn Zwergensoldaten.

Ungefähr 100 Meter vor ihnen lag der riesige Eingang nach Vulkania. Zu beiden Seiten des Portals ragten zwei zwölf Meter hohe Statuen wie Wächter aus Granit auf. Sie stellten stolze, kräftig gebaute Zwerge dar, jeweils mit zwei gewaltigen Hämmern im Anschlag. Unter ihren wachsamen Blicken gingen Dutzende Zwerge in eine riesige, anscheinend direkt aus dem Fels gehauene Stadt.

Ein Trupp Zwergensoldaten näherte sich im Gleichschritt und blieb vor den dreien stehen. Die Männer und eine Frau wirkten alle, als wäre mit ihnen nicht zu scherzen.

Der Anführer trug einen Gurt voll funkelnder Dolche quer über die Brust und zwei schimmernde Streitkolben an den Hüften. Sein Blick übersprang Nicole und heftete sich auf Peabo und die Riesenkatze, deren Schwanz unruhig wedelte.

Peabo übermittelte dem Tier einen Gedanken. *»Greif niemanden an, außer Nicole oder ich tun es.«*

Fellknäuel öffnete weit das Maul, entblößte ihre Zähne und gab ein lautes Gähnen von sich. *»Die sind keine Bedrohung.«*

Man musste dem Anführer der Zwerge zugutehalten, dass er beim furchterregenden Gähnen der großen Katze nur leicht die Augen weitete und den Blick auf Peabo schwenkte. Nachdem er ihn kurz von oben bis unten gemustert hatte, schlug er die gepanzerten Hacken zusammen, nahm stramme Haltung ein und schlug sich mit der Faust auf die Brust. »Landläufer, es freut mich zu sehen, dass du heil angekommen bist. Ich gehöre zur Sicherheitsgarde von Vulkania. Der Prälat des Namenlosen hat mich beauftragt, dich zu sicheren Gemächern der Kirche zu geleiten, bis wir Vorkehrungen für deinen Schutz treffen können.« Der Anführer warf einem der Zwerge zu seiner Linken einen Blick zu, und die Hände des Mannes begannen zu leuchten.

»Moment mal.« Peabo sträubten sich die Nackenhaare. »Was macht er da?«

Nicole legte Peabo die Hand auf die Schulter. »Schon gut.«

»Damit wird vorübergehend die Sicht anderer getrübt«, erklärte der Zwerg mit den leuchtenden Händen mit nasaler, hoher Stimme.

Peabo bemerkte eine Reihe von golden funkelnden Fäden, die aus den Händen des kleinen Mannes sprossen. Fast sofort rasten die Fäden um die kleine Versammlung herum und woben etwas, das für ihn wie ein schillerndes Spinnennetz aussah.

Während es entstand, nahm Peabo ein seltsames zirpendes Geräusch wahr. Beinah so, als erschüfe eine unsichtbare Spinne den vorübergehenden Schutzschirm um sie herum.

Er übermittelte einen Gedanken an Nicole. *»Was machen diese Fäden?«*

»Fäden?«, gab sie zurück und bedachte ihn mit einem fragenden Blick. *»Welche Fäden?«*

Welche Fäden? Konnte nur er sie sehen? Bevor er weiter darüber nachdenken konnte, endeten das Weben und das Geräusch. Die Fäden bauschten sich zu einer mächtigen Wand aus grauem Nebel, die sie vollständig umhüllte.

Irgendwo in der Ferne hörte Peabo mehrere Leute grummeln, die offensichtlich von den Schwaden erfasst wurden, die sich in dem unterirdischen Gang ausbreiteten.

»Beim Namenlosen, warnt doch andere gefälligst, wenn ihr so was macht ...«

»Heda! Ich gehe hier!«

Peabo und Nicole wurden Stoffbündel gereicht. Der Anführer zeigte darauf und sagte in entschuldigendem Ton: »Bitte zieht das an. Es wird helfen, euch vor neugierigen Blicken zu verbergen, bis wir uns in den Mauern der Kirche in Sicherheit befinden.«

Peabo faltete das Bündel auseinander. Es entpuppte sich als langes Gewand aus einem hauchdünnen Stoff, der seltsam schimmerte, beinah wie ein Spiegel. Rasch schlüpfte er hinein und japste, als er seinen mit einem Ärmel bedeckten Arm betrachtete. Statt des Stoffs sah er ein leicht verzerrtes Bild dessen, was sich auf der anderen Seite des Arms befand. Fast, aber nicht ganz so, als wäre sein Arm unsichtbar.

»Moment mal.« Nicole deutete auf die Nebelwand um sie herum, beugte sich näher zum Anführer des Trupps und fragte leise: »Was ist hier los? Gibt es schon eine Sicherheitsbedrohung?«

»Wir haben zwei frisch eingetroffene Blutmaiden unter Beobachtung.« Der Anführer des Trupps sprach mit leiser Stimme und bestätigte damit eine von Peabos Befürchtungen. Anscheinend waren Ariandelle und die anderen in jenem verfluchten Turm der Weisen noch nicht fertig mit ihm. »Sie sind nur Stunden vor euch eingetroffen. Und wegen dem Vertrag, den wir mit dem Turm der Weisen haben, können wir sie nicht ohne Grund vertreiben.«

Als Nicole ihr Gewand anlegte, zeigte einer der Soldaten auf die Katze. »Was ist mit d-dieser Kreatur? Soll ich versuchen, sie zu tarnen?«

Der Anführer schaute zu Peabo auf. »Es wäre besser, wenn niemand von euch gesehen wird. Henry kann das Tier vorübergehend unsichtbar machen, sofern nicht die Gefahr besteht, dass es ...«

Peabo blickte zu Fellknäuel hinab. Die Katze begegnete seinem Blick und gab ein leises Knurren von sich.

»*Ich habe keine Einwände.*«

Peabo nickte Henry zu. »Sie ist damit einverstanden.«

»Das war eine Zustimmung?« Henrys Augen weiteten sich. Er richtete die linke Hand auf die Katze.

Wieder sprossen goldene Fäden von seinen Fingern. In Sekundenschnelle hüllten sie Fellknäuel in einen leuchtenden, hauchdünnen Kokon, den offenbar nur Peabo sehen konnte.

Ebenso schnell löste sich das Geflecht auf, fiel zu Boden und verschwand mit einem Zischeln.

Der Zwergenbeschwörer schaute verdutzt zwischen seiner Hand und der Katze hin und her. »Sie hat dem Zauber irgendwie widerstanden.«

Der Anführer des Trupps runzelte die Stirn. »Dein ... tut mir leid, ich weiß nicht, wie ich deine Begleiterin nennen soll ...«

Fellknäuel fauchte, und ihr Fell richtete sich auf. »*Gefahr naht.*«

Die Zwerge starrten das zornige Tier mit großen Augen an und wichen alle einen Schritt zurück.

Peabo flüsterte eine Warnung: »Sie wittert Gefahr in der Nähe.«

Mit einer zackigen Geste der flachen Hand, die anscheinend alle Offiziere gemein hatten, zeigte der Truppenführer auf Henry: »Schaff sie hier weg. *Sofort.*«

Eine Frauenstimme rief von der anderen Seite des Nebels. »*Peabo! Ich weiß, dass du hier irgendwo bist.*«

»Wir müssen uns berühren.« Henry nahm Nicole und Peabo an der Hand. Der gesamte Körper des Mannes begann zu leuchten. Der Schein breitete sich durch seine Berührung aus, und Peabo verspürte ein seltsames Kribbeln.

»Du kannst dich in diesem Nebel nicht vor mir verstecken, du Narr!«

Die Stimme der Frau jagte ihm einen Schauder über den Rücken. Dann verpuffte der Nebel mit einem dumpfen Knall.

Der Boden erbebte heftig. Geschrei ertönte aus allen Richtungen, als einige Umstehende das Gleichgewicht verloren und zu Boden geschleudert wurden.

Henry nickte der Katze zu, aber sie sprang davon, als ein weißer Blitz die unterirdische Welt erfüllte.

Nach einem verwirrenden Rausch aus Farben und Geräuschen erschienen Peabo, Nicole und der Zwergenbeschwörer in einem dunklen Gang aus Stein, gerade hoch genug, dass Peabo aufrecht stehen konnte.

»Folgt mir«, rief Henry und rannte den düsteren Tunnel entlang los.

Peabos Mut sank, als er sich umsah und von Fellknäuel jede Spur fehlte. *»Beeilung!«* Nicoles eindringlicher Gedanke schoss ihm durch den Kopf, als sie an seinem Arm zerrte. Dann rannten sie beide hinter dem überraschend schnellen Zwerg her.

Irgendwo in der Ferne ertönte Glockengeläut, das Peabo an eine Feuerwache erinnerte. *»Was ist das für ein Geräusch?«*, übermittelte er Nicole.

»Wahrscheinlich ein Sicherheitsalarm«, dachte sie zurück. *»Normalerweise dient er auf dieser Ebene von Myrkheim der Warnung der Stadt vor einem Angriff irgendeine Kreatur. Aber ich glaube, in dem Fall hat mindestens eine Blutmaid irgendwie deine Anwesenheit am Eingang entdeckt.«*

Der Zwerg blieb am Ende des Tunnels stehen und schaute über die Schulter. Als sie sich ihm näherten, fing er wieder zu leuchten an. »Haltet euch beide an meinen Armen fest, duckt euch und lasst nicht los, während wir den Platz vor uns überqueren. Ich errichte gerade einen vor Magie schützenden Schild um mich herum. Wenn ihr nah genug seid, schützt er auch euch.«

Wovor?, fragte sich Peabo. Aber er schwieg und hielt sich an dem kleinen Mann fest. Fast sofort knisterte die Luft vor Energie und verschwamm. Dann folgte ein lautes Knacken, und etwas, das für Peabo wie eine durchsichtige Blase aussah, erschien um ihre kleine Gruppe herum. Es erwies sich tatsächlich als ziemlich beengt. Sein Kopf hätte oben hinausgeragt, wenn er sich aufgerichtet hätte.

Mit schnellen Schritten begannen sie, einen runden Platz mit einem Durchmesser von vielleicht 400 Metern zu überqueren.

Kunstvolle Gebäude säumten die Ränder des Platzes, viele davon größer als alles, was er auf der Dvorak-Insel gesehen hatte, wo sein unwahrscheinliches Abenteuer begonnen hatte.

Es wimmelte von Leuten, alle irgendwohin unterwegs, fast ausschließlich Zwerge.

Nur die wenigsten schenkten Peabos Gruppe unterwegs Beachtung, wohl hauptsächlich wegen der Gewänder, die Nicole und er trugen. Er spürte nur gelegentlich einen Blick in ihre Richtung, meist kurz, nachdem sie jemandem passiert hatten.

Wie sollte man auch sonst auf etwas reagieren, das man nur als verschwommenen Schemen wahrgenommen hatte? Wahrscheinlich zweifelten die Leute an ihrer Sehkraft.

Als sie sich dem Ende des Platzes näherten, erschienen mehrere Leute am Eingangstor eines weitläufigen, verzierten Gebäudes. Tatsächlich handelte es sich um kein einzelnes Bauwerk, sondern um einen Komplex aus mehreren, die alle so aussahen, als wären sie präzise aus dem Gestein gehauen worden.

Zwei Dinge jedoch erregten Peabos Aufmerksamkeit: Die gesamte Mauer um die Anlage schimmerte mit einer weißen, beinah blendenden Aura, und der Mann, der am weit offenen Tor stand, strahlte denselben übernatürlichen Schein ab wie Ariandelle.

Kaum hatten sie die äußere Schwelle des Geländes überschritten, verpuffte der Schutzschild des Zwergenbeschwörers, und Henry atmete hörbar auf.

Peabo richtete sich zu voller Größe auf und überragte alle außer Nicole, als ein vertrautes Gesicht auf ihn zueilte. Die beiden schlugen ein. »Brodie! Wie schön, dich wiederzusehen.«

Der Zwerg grinste und klopfte ihm auf die Schulter. »Du bist in vielerlei Hinsicht gewachsen, Peabo. Allmählich siehst du aus wie der Landläufer, zu dem das Schicksal dich machen will.«

»Noch nicht, Brodie. Unser Landläufer hat nach wie vor einen langen Weg vor sich«, ergriff der Zwerg mit der schimmernden Aura in herzlichem Ton das Wort. »Er ist noch nicht so weit. Aber mit genug Zeit können wir hoffen, dass rückgängig gemacht werden kann, was geschehen ist. Hohepriester, warum stellst du uns nicht vor?«

Brodie räusperte sich und deutete auf Peabo. »Prälat des Namenlosen, ich habe die Ehre, dir einen Mann vorzustellen, mit dem du schon gesprochen hast, wenn auch aus der Ferne. Das ist Peabo, ein wahrer Landläufer, wie ihn die Geschichten voraussagen.« Er zeigte auf den Prälaten. »Peabo, das ist der Prälat des Namenlosen, das Oberhaupt unserer Kirche. Er hat als Erster unseres Ordens die Mittel wiederentdeckt, um sich mit dem Namenlosen zu verständigen.«

Peabo erinnerte sich einige Monate zurück. Damals hatte er bezeugt, wie Brodie etwas, das einem Ouija-Brett ähnelte, aus Sand errichtet hatte. Zu dem Zeitpunkt erschien es ihm verrückt, mit einer höheren Macht zu kommunizieren und tatsächlich Antworten zu erhalten. Aber nach allem, was Peabo seither erlebt hatte, konnte er nur staunend die kleine leuchtende Gestalt vor ihm betrachten.

Der Prälat trat vor und musterte Peabo von oben bis unten.

Peabo legte sein spiegelartiges Gewand ab, und der Mann schmunzelte. »Das hättest du für mich nicht tun müssen. Ich kann dich so sehen, wie du wirklich bist.«

»Das Tarngewand dient mehr dazu, sich den Blicken der Allgemeinheit zu entziehen«, erklärte Brodie. »Damit nicht zu viele deine Ankunft bezeugen und Gerüchte darüber verbreiten können.«

Der Prälat lächelte. »Ich glaube, der Ochse ist schon aus dem Stall.«

Der Prälat sah jung aus, jünger als Brodie, der graue Strähnen im dunklen Bart und Haar hatte.

Plötzlich schrie jemand auf dem Platz. Peabo wirbelte herum und rechnete mit dem Schlimmsten.

In der Ferne näherte sich etwas Dunkles.

Nach weiterem Gebrüll befahl Brodie: »Schließt die Tore!«

»Nein!«, rief Peabo und trat näher zum Rand des Kirchengeländes. »Ich kenne diese Kreatur.«

Die dunkle Gestalt trottete auf ihn zu, und Peabo konnte sich ein Lächeln nicht verkneifen, als Fellknäuel auf ihn zusteuerte.

»Was um alles in der Welt ist das?«, fragte Brodie.

Die anderen wichen einige Schritte zurück, als sich Fellknäuel dem offenen Tor näherte und vor der Barriere hinhockte.

Peabo schauderte, als er die blutverschmierte Schnauze der Katze bemerkte.

Die eisblauen Augen der Riesenkatze betrachteten den schimmernden Prälaten.

»In all meinen Jahren habe ich so etwas noch nie erlebt«, sagte der Prälat im Flüsterton. Er wandte sich an Brodie. »Das

Wesen hat in meinem Geist gesprochen und um Erlaubnis gebeten, einzutreten.«

Peabo sandte seine Gedanken an die Katze. »*Woher stammt das Blut?*« Vor seinem geistigen Auge sah er die albtraumhaften Bilder von toten Zwergen, die den Weg säumten, auf dem Fellknäuel hergekommen war.

»*Da war Gefahr. Eine Frau ist weg, die andere beseitigt.*«

Peabo wandte sich an das Oberhaupt der Kirche des Namenlosen. »Ich glaube, die Katze hat eine der Blutmaiden getötet. Dieses Tier ist so etwas wie mein Beschützer.«

»Ein Beschützer?«, fragten Brodie und der Prälat wie aus einer Kehle.

Peabo zuckte mit den Schultern, und Nicole nickte bestätigend. »Die Kreatur war schon bei Peabo, bevor ich in der Oberwelt zu ihm gestoßen bin. Sie hat uns den ganzen Weg begleitet, auch durch die versteckten Gänge, und sie hat sich so verhalten, wie Peabo es gesagt hat. Mehr kann ich aus erster Hand nicht sagen.«

Alle sahen den Prälaten an, der mit der großen Katze um die Wette zu starren schien.

Schließlich blinzelte der Prälat und winkte Fellknäuel näher. »Als Beschützer des Landläufers wird dir vorübergehend Asyl im Reich des Namenlosen gewährt.«

Fellknäuel stand auf und setzte sich in Bewegung. Peabo hörte ein zischendes Geräusch, als die Katze die schimmernde Barriere überquerte. Sie fühlte sich beinah wie ein elektrischer Lichtbogen an. Aber im Gegensatz zu den anderen Zaubern, die Peabo an diesem Tag erlebt hatte, wies dieser keine goldenen Fäden oder sonstigen visuellen Anzeichen auf.

Nur ein leises Summen war auf dem Gelände zu hören. Fast so, als wäre ein Kraftwerk in der Nähe, in dem viel latente Energie schlummerte, die nur darauf wartete, genutzt zu werden.

Als sich die Tore zu schließen begannen, bedeutete der Prälat allen, ihm zu folgen, als er auf eine große Kapelle zusteuerte. Obwohl sich das Gebäude so tief unter der Erde befand, besaß es sogar einen hohen Turm aus Stein. »Bevor wir etwas unternehmen, sollten wir herausfinden, was heute wirklich passiert ist. Wenn es sich um abtrünnige Blutmaiden handelt, ist das eine Sache. Aber wenn der Turm selbst auf Kampf aus ist, stehen wir vielleicht an der Schwelle zu einem Krieg.«

KAPITEL NEUNZEHN

Peabo betrachtete mit großen Augen einen leuchtenden Verständigungsring auf dem Schreibtisch in einer der inneren Kammern der Kirche. Bis auf einen Schreibtisch, hinter dem Brodie saß, und zwei Stühlen, auf denen Nicole und Peabo gegenüber dem Hohepriester Platz genommen hatten, war der Raum leer. Fellknäuel lag ausgestreckt zu Peabos Füßen. »Der Leichnam wird hierhergebracht? Kannst du uns sonst noch etwas darüber sagen, was vorgefallen ist?«

Der Verständigungsring leuchtete bläulich-weiß, ein Zeichen für eine aktive Verbindung zu einem gekoppelten Gegenstück. Er hatte einen solchen Ring bisher nur ein einziges Mal in dieser Welt gesehen. Aber er wusste, dass diese Ringe denselben Zweck wie eine direkte Gegensprechanlage erfüllten. Dieses Exemplar war offensichtlich mit jemandem am vorderen Tor verbunden.

Aus dem Ring ertönte eine raue Stimme. »*Landläufer, so ist es. Ihre sterblichen Überreste sind auf einer Trage unterwegs zu euch. Ich bin nur ein Torwächter, deshalb kann ich nicht mehr dazu sagen. Der Truppenführer, der gegen die Blutmaiden gekämpft hat, bringt die Leiche zu euch. Kann ich sonst noch etwas tun?«*

»Das ist alles, Tarek«, gab Brodie mit geübter Endgültigkeit zurück. »Wir warten auf die Ankunft der Trage. Gib Bescheid, falls du etwas über die zweite Blutmaid erfährst.«

»Ja, Herr.«

Brodie drückte mit zwei Fingern auf die Seiten des Rings. Das bläulich-weiße Licht verschwand, und die Verbindung wurde beendet. Er sah Peabo an. »Berichten zufolge sind heute drei Leute am Eingang gestorben, die Blutmaid nicht mitgerechnet. Ich bin sehr gespannt, ob du die Frau kennst, die gestorben ist.«

Peabo schnappte nach Luft, als er sich unverhofft an die vertraute Stimme von vorhin erinnerte.

»Peabo! Ich weiß, dass du hier irgendwo bist. Du kannst dich in diesem Nebel nicht vor mir verstecken, du Narr!«

»Eine der Frauen ist auf jeden Fall jemand, den ich aus dem Turm kenne ...«

»Woher weißt du das?«, fragte Brodie und sah ihn überrascht an.

»Ich habe ihre Stimme erkannt. Sie hat meinen Namen gerufen und gemeint, ich könnte mich nicht vor ihr verstecken. Das war jemand, der sich Scarlett genannt hat. Keine Ahnung, ob das ihr richtiger Name war, denn alles andere, was sie mir erzählt hat, war gelogen.« Unwillkürlich verkrampfte Peabo die Kieferpartie, als er an seine Zeit mit ihr zurückdachte. »Sie hat am Ende versucht, meinen Verstand zu übernehmen. Sie hatte sich als Schülerin ausgegeben ...«

»Wie?«, fragten Nicole und Brodie gleichzeitig.

»Sie hat jung ausgesehen. Und hatte blaue Flecke von Schlägen. Ich ... ich war ein Idiot.«

Nicole sah Brodie an. »Eine Trugweberin?«

Brodie nickte. »Um den Zauber dauerhaft aufrechtzuerhalten, muss die Frau auf einer hohen Stufe gewesen sein ...« Er wandte sich an Peabo. »Hast du ein Zimmer mit ihr geteilt?«

Er nickte.

»Also hat sie auch beim Schlafen nicht anders ausgesehen?«

»Für mich hat sie im Schlaf unverändert ausgesehen, und wir waren nur Zentimeter voneinander entfernt. Ich war restlos überzeugt. Erst am Ende habe ich die Täuschung durchschaut, aber ... da war es schon vorbei.«

Brodie presste die Lippen zu einer schmalen Linie zusammen. »Peabo, mir ist klar, dass du das nicht weißt, aber Nekromantie ist eine verbotene Kunst und wird erbarmungslos im Keim erstickt, wenn sie entdeckt wird. Eine Trugweberin ... ist anders, verkörpert jedoch denselben Ärger. Ich habe Gerüchte gehört, dass der König besondere Meuchler einsetzt, die Trugweber sind. Nur hat bisher niemand je Beweise dafür vorgelegt. Eigentlich sind Trugweber geächtet, allerdings sind die entsprechenden Regeln schwer durchzusetzen. Wenn jemand in der Lage ist, ein beliebiges Aussehen anzunehmen, die wahrgenommene Wirklichkeit zu beeinflussen, Massentäuschung zu bewirken, Schleier über die Natur auszubreiten ...«

»Langsam, Brodie. Du sprichst in Rätseln. Ich hab keine Ahnung, wovon du da redest.«

Nicole drehte sich ihm zu. »Peabo, es ist ganz einfach. Stell dir vor, dein Feind kann wie jede beliebige Person aussehen. Wie der Hauträuber, dem du begegnet bist, nur ist eine Trugweberin viel schlimmer. Sie könnte dir eine flache Straße vorgaukeln, obwohl in Wirklichkeit ein Abgrund vor dir liegt. Sie könnte so gut wie alle Sicherheitsvorkehrungen überwinden, ohne sich auch nur anstrengen zu müssen. Eine Trugweberin kann ein Albtraum sein.«

Peabo verzog das Gesicht, als er an das Gefühl zurückdachte, dass ihn überkommen war, als sie seinen Geist kapern wollte. »Was bedeutet es, wenn jemand leuchtet?«

»Leuchtet?« Eine von Brodies Augenbrauen kroch hoch. »Wie meinst du das?«

»Na ja ... Ariandelle, der Prälat und diese Trugweberin, nachdem ihr Bann gebrochen war – sie alle schienen zu leuchten ...« Peabo konnte Nicole und Brodie an den Gesichtern ablesen, dass sie es nicht sehen konnten. »Zumindest schienen sie für *mich* zu leuchten.«

»Interessant.« Brodie fuhr sich mit den Fingern durch den Bart. »Von so etwas habe ich noch nie gelesen. Aber vielleicht ist das eine Fähigkeit von Landläufern, die einfach nicht gut dokumentiert ist. Die einzige Gemeinsamkeit zwischen Ariandelle – einer Leiterin, also einer Weberin äußerer Kräfte – und dem Prälaten, einem Heiler, ist die, dass beide auf einer hohen Stufe stehen.«

»Wie hoch?«

»Ich glaube, der Prälat ist Stufe 23.«

Peabos schaute fassungslos drein, weil ihm die Zahl ganz und gar unmöglich vorkam.

»Bei Ariandelle bin ich mir nicht sicher, aber wohl mindestens Stufe 19. Und bei deiner Trugweberin bestätigt allein ihr Leuchten, was du gesagt hast. Um zu vollbringen, was du beschrieben hast, reicht eine mittlere Stufe nicht annähernd. Man müsste schon mindestens Stufe 12 haben, um einen dauerhaften Trugbann zu erzeugen – der sich sogar aus nächster Nähe und im Schlaf nicht durchschauen lässt.«

Ein Klopfen ertönte, und die Tür wurde geöffnet. Das Gesicht des Truppenführers von vorhin lugte herein. »Hohepriester, darf ich mit meiner Fracht eintreten?«

»Komm rein.« Brodie stand auf. Die anderen folgten seinem Beispiel.

Peabo beobachtete, wie ein Wagen mit einem blutverschmierten Laken über der Ladung in den Raum gerollt wurde.

Der Truppenführer beugte sich vor und wollte das Laken entfernen, aber Brodie hob die Hand. »Warte. Erzähl mir zuerst, was am Stadteingang passiert ist.«

Peabo verspürte ein schlechtes Gewissen, als ihm der Zustand des Soldaten auffiel. Die rechte Gesichtshälfte des Truppführers war fast völlig unbehaart. Was an Haaren geblieben war, hatte sich zu einem krausen Gewirr eingerollt – so gut wie sicher durch die Einwirkung von Flammen. Der Truppenführer nahm bequeme Haltung ein und ergriff das Wort.

»Nachdem sich Henry mit unseren Schützlingen weggezaubert hatte, wurden wir sofort von einem gewaltigen Feuerball und einem Hagel von Giftpfeilen angegriffen. Einer der Pfeile hat unseren Schutz durchdrungen und Jenkins erwischt. Er war mit Sauerampferextrakt versetzt.«

Nicole zuckte zusammen und lieferte Peabo in Gedanken eine Erklärung. *»Sauerampferextrakt zerstört Gewebe und sorgt dafür, dass jemand nicht wiederbelebt werden kann.«*

Der Truppenführer zeigte auf die Katze, die aufrecht neben Peabo saß. »Die ... Begleiterin des Landläufers hat sich dem Kampf angeschlossen. Genau wie die anderen anwesenden Torwächter. Eine der Blutmaiden hat sich in Luft aufgelöst, und wir konnten sie selbst mit Hellsicht nicht aufspüren. Die andere ...« Er tätschelte die Trage. »Es ist schnell und heftig abgelaufen. Zum Glück waren wir dort, denn diese Frauen haben gekämpft wie Dämonen.« Er warf einen Blick zu Peabo. »Trotz aller sagenumwobenen Kräfte eines Landläufers, ich weiß nicht, wie der Kampf ausgegangen wäre, wenn sie dich unvorbereitet überrumpelt hätten.«

Brodie nickte. »Und was ist mit Jenkins?«

Der Truppenführer seufzte. »Sie hat die Wiedererweckung nicht überlebt.«

Brodie legte dem Soldaten die Hand auf die Schulter. »Möge der Namenlose sie bei sich behalten und in Ewigkeit über sie wachen.« Er zeigte auf die Trage und nickte. »Lass uns mal sehen, was wir hier haben.«

Der Soldat zog kurzerhand das Laken weg, und Peabo starrte auf das von blutverschmierten blonden Haaren umrahmte Gesicht. Leblose blaue Augen starrten ihn blicklos an. Im Gesicht der Frau war ein Ausdruck der Überraschung erstarrt, und es ließ sich nicht übersehen, warum. Ihr war die Kehle herausgerissen worden.

Peabo schaute zu Fellknäuel, die seinen Blick erwiderte und schnurrte. »*Sie war eine Gefahr für uns.*«

Nicole bewegte die Fingerspitzen über Peabos Rücken auf und ab. »Kennst du sie?«

Er nickte. »Das ist Leena.«

»Die Frau, die dich gefoltert hat?«

Peabo nickte erneut. »Schon komisch. Ich hätte gedacht, ich würde einen Freudentanz hinlegen, wenn ich sie endgültig tot sehe. Aber ich empfinde gar nichts.«

»Das ist gut, Peabo. Wer Hass in sich trägt, verleiht anderen nur Macht über sich.« Brodie bedeutete allen, zurückzutreten. »Mal sehen, was sie zu sagen hat.«

»*Was?*«, entfuhr es Peabo, als er sich vorstellte, wie die Frau ohne Kehle – erneut – wiedererweckt wurde.

»Keine Sorge, Landläufer. Sie ist viel zu gefährlich, um sie am Leben zu lassen.« Brodie zwinkerte ihm zu. »Sieh zu. Hoffentlich erfahren wir, was sie hergeführt hat.«

»*Er wird mit ihrem Geist sprechen*«, übermittelte Nicole zu

Peabo. »*Der Geist kann gezwungen werden, Fragen wahrheitsgemäß zu beantworten. Zumindest für kurze Zeit nach dem Tod des Körpers.*«

Brodie hielt die Hände über Leenas Leichnam, und sie begannen zu leuchten.

Peabo starrte wie gebannt hin. Diese Lektion lernte er wieder und wieder: Kaum dachte er, endlich durchschaut zu haben, was in dieser Welt möglich war und was nicht, da wurde er wieder mal eines Besseren belehrt.

Peabo *hörte* die Kräfte, die der kleine Mann einsetzte. Die Luft knisterte vor Energie.

Die Lautstärke des für ihn wie statische Elektrizität klingenden Geräuschs schwoll innerhalb von Sekunden ohrenbetäubend an.

Dann riss es abrupt ab, und Stille breitete sich aus.

Eine weiß schimmernde Kugel stieg aus der Leiche auf. Sie sah beinah wie Lebensessenz aus, die Peabo schon so oft gesehen hatte, nur wirkte sie fast durchsichtig.

Brodies Stimme klang entfernt und doch kraftvoll. »Bist du aus einem bestimmten Grund nach Vulkania gekommen?«

»*Ja.*« Es war Leenas Stimme, aber auch sie klang weit entfernt, als würde Brodie mit Leenas Geist auf einer anderen Daseinsebene sprechen, von der Peabo sie gerade noch hören konnte.

»Wer war dein Ziel?«

»*Der Landläufer.*«

»Wolltest du dem Landläufer etwas antun.«

»*Ja.*«

»Hat dich jemand geschickt?«

»*Ja.*«

»Jemand im Turm der Weisen?«

»*Nein.*«

Die gespenstische Antwort überraschte alle.

»Wer hat dich geschickt, um dem Landläufer etwas anzutun?«

Die schimmernde Kugel mit Leenas Geist verfärbte sich tiefschwarz, und mit einem widerhallenden Knall wurde der Raum schlagartig in erstickende Dunkelheit gehüllt.

Peabo spürte, wie körperlose Finger seine Kehle zudrückten, während aus allen Richtungen ein irres Gelächter ertönte.

Röchelnd bewegte sich Peabo dorthin, wo er die Tür vermutete. Dabei stellte er fest, dass er keinen Körper besaß.

Er erstickte, nahm aber weder sich selbst noch andere oder die Zeit wahr, während er in dem nicht enden wollenden Lachen einer Wahnsinnigen trieb.

Hatte er plötzlich den Verstand verloren?

War er tot?

Wenn er keinen Körper hatte, warum fühlte es sich dann so an, als würde er nach Luft schnappen?

Während er gegen die Dunkelheit ankämpfte, wurden seine Gedanken zunehmend verworrener.

Das Gesicht seiner Mutter blitzte vor seinem geistigen Auge auf ... aber er konnte sich nicht an die Details erinnern. Ihre Züge bildeten einen verschwommenen Fleck, einen vergessenen Gedanken.

Er versuchte, an die anderen im Raum zu denken, aber die Erinnerung an sie war wie weggebrannt. Aus seinem Geist floss alles ab, was er besessen hatte, alles, was ihn ausgemacht hatte.

Würde ihn in der Dunkelheit jemand finden?

Es wurde kalt.

So musste der Tod in Wirklichkeit sein ... ein Nichts.

Man wurde zu nichts.

Plötzlich erschien in der Ferne ein winziger Lichtpunkt.

So unheimlich weit weg, aber wenigstens etwas ...

Peabo versuchte, ihn zu erreichen, und durch das Lachen hindurch hörte er Worte.

Jemandes Worte, die durch seine Brust vibrierten.

»Bei der Macht des Namenlosen, hinfort.«

Das Licht schien ein wenig größer zu werden. Mittlerweile hatte es vielleicht die Größe eines Radiergummis, doch er konnte es einfach nicht erreichen.

»Bei der Macht des Namenlosen, hinfort.«

Und wieder schwoll das Licht an, diesmal auf die Größe seiner Faust. Er streckte sich dem Licht entgegen und hörte erneut: »Bei der Macht des Namenlosen, hinfort.«

Peabo hievte sich vorwärts, fiel auf den Boden und schnappte nach Luft.

Die Dunkelheit verschwand.

Die anderen wiesen alle denselben Zustand auf wie er, abgesehen von der Katze, die unbeeinträchtigt zu sein schien.

Und an der Tür stand der Prälat und strahlte eine heilige Aura aus, die alles übertraf, was Peabo seit seiner Ankunft in dieser Welt gesehen hatte.

Das Oberhaupt der Kirche schwenkte eine Hand und ließ eine sengende Flammensäule auf Leenas Körper niedergehen. Alle stoben auseinander, als die Temperatur im Raum drastisch anstieg.

Innerhalb einer Minute blieben von der Leiche und der Trage nur noch Asche und ein paar zerfetzte Stoffreste übrig.

Der Prälat wandte sich an Brodie, als sich der Hohepriester blass und erschüttert auf die Beine rappelte. »Was genau ist gerade in diesem Raum passiert?«

Brodie erklärte, was er getan hatte, und Nicole fragte: »Hat ein Dämon von ihr Besitz ergriffen? Sogar im Tod?«

Der Prälat schüttelte den Kopf. »Das war kein Dämon. Kein solches Wesen könnte die Schutzbanne dieses Orts überwinden. Ich weiß nicht, was es war ...« Er wandte sich an Peabo. »Landläufer, solange du hier bist, droht große Gefahr. Sowohl für uns als auch für dich. Wir müssen uns Antworten beschaffen. Und ich fürchte, die sind nur in Myrkheim-Stadt zu finden.«

»Das Orakel?«, fragte Brodie.

Der Prälat nickte. »Ich werde ein paar Tage brauchen, um die richtige Gruppe zusammenzustellen. Bis dahin wiederholst du das nicht noch einmal, haben wir uns verstanden?«

Peabo bemerkte, dass Brodies Hände zitterten, als er zustimmend nickte. Zum ersten Mal, seit er den Hohepriester kannte, erlebte er den Mann verunsichert.

Was auch immer gerade passiert war, es lag weit jenseits von Peabos Horizont. »Entschuldigung, aber wer oder was ist ein Orakel?«

Der Prälat presste die Lippen zusammen. »Einfach ausgedrückt, stehen Orakel mit jemandem in Verbindung, der die Zukunft, die Vergangenheit und die Gegenwart mit untrüglicher Klarheit sieht. Bei seltenen Gelegenheiten lässt sich durch das Orakel etwas sehen, das uns vielleicht alle betrifft. Dies könnte ein solcher Zeitpunkt sein.« Er tätschelte Peabo den Arm, bevor er den Raum verließ.

Kaum war der Prälat gegangen, schickte Brodie den Truppenführer weg, holte tief Luft und schaute zwischen Peabo und Nicole hin und her. »Da draußen ist immer noch eine Blutmaid, und wir müssen davon ausgehen, dass die beiden mit demselben Auftrag entsandt worden sind. Auf dem Weg nach Myrkheim-Stadt könnt ihr es euch nicht leisten, einen bekannten Feind vom Kaliber einer Trugweberin auf den Fersen zu haben. Bevor ihr nach Myrkheim-Stadt aufbrecht ...«

»Du kommst nicht mit?«, fragte Peabo dazwischen.

Brodie schüttelte den Kopf. »Das mag dich verblüffen, aber meine Stufe ist nicht hoch genug, um auf dieser Reise nützlich zu sein.« Peabo schaute verdutzt drein, als der Hohepriester auf

Nicole zeigte. »Sie wird dich nur begleiten, weil ihr beide gepaart seid. Außerdem wird sie deine Schwächen durch ihre Stärken ergänzen. Aber so oder so müssen wir die bekannte, noch vorhandene Bedrohung beseitigen.« Er verengte die Augen zu Schlitzen, als er den Blick auf Peabo heftete. »Und irgendwie ist diese Bedrohung in der Lage, dich aufzuspüren. Hast du irgendeine Ahnung, wie?«

»Ich schon«, antwortete Nicole.

»Und wie?« Brodie forderte sie mit einer Handbewegung auf, damit herauszurücken.

»Peabo war mit der Trugweberin gepaart.«

Brodies Augen wurden groß. »Oh Mist.«

KAPITEL ZWANZIG

»Manche Dinge, die ich bei anderen sehe, betrachte ich wohl als selbstverständlich.« Peabo zuckte mit den Schultern.

Brodie bedachte ihn mit einem schiefen Grinsen, während sie im Schneidersitz auf dem Boden einer der sogenannten sicheren Kammern der Kirche kauerten. »Ich habe noch nie davon gehört, dass eine Paarung aufgehoben wurde, ohne dass einer der Beteiligten gestorben ist, das kann ich dir versichern. Jetzt beschreib mir noch mal, was du zwischen Nicole und dir siehst.«

Peabo blickte hinab. Für ihn war es so offensichtlich, es schien unfassbar, dass niemand sonst es sehen konnte. Nicht mal Nicole. Er berührte sich am Brustbein und sagte: »Von hier aus sehe ich einen goldenen, durchsichtigen Schleier.« Er schwenkte die Hand hindurch, dann folgte er dem Verlauf und zeigte auf Nicole. »Ich kann ihn nicht berühren oder so, aber er erstreckt sich zur selben Stelle an Nicoles Brust.«

Mit gerunzelter Stirn rutschte Brodie näher und fuhr mit der Hand durch die Paarungsverbindung zwischen Peabo und Nicole. »Und du hast deine Fähigkeit benutzt, um die Verbindung zu dieser anderen Blutmaid zu trennen? Einfach so?« Er schnippte mit den Fingern.

»Ja. Normalerweise konzentriere ich meine Energie auf ein festes Ziel. Aber in dem Fall war es die Verbindung. Viel hatte ich zu dem Zeitpunkt nicht zur Verfügung, trotzdem hat es gereicht, um die Verbindung zu zerreißen.« Die Szene lief seinem Kopf ab. »Als mein Angriff den Faden getroffen hat, ist er zu Funken in allen Regenbogenfarben explodiert. Die Frau hat aufgeschrien und das Bewusstsein verloren.«

Brodie atmete scharf ein. Seine Augen weiteten sich. »Ich frage mich, ob du Dinge auf verschiedenen Daseinsebenen siehst.«

»Oh, das ist brillant!« Nicole schnappte nach Luft. »Und wir wissen ja, dass manchmal Bilder von anderen Ebenen durchdringen können. Ein Geist beispielsweise befindet sich gleichzeitig auf der körperlichen und ätherischen Ebene. Wenn Peabo tatsächlich Dinge auf einer anderen Ebene sehen kann, wäre nur logisch, dass er Dinge dort auch angreifen kann.«

»Moment.« Peabo verlangte mit einer Geste eine Auszeit. »Ich dachte, die ätherische Ebene wäre kein echter Ort. Du hast uns einen Trank gegeben, der die Schwingungen unserer Zellen so verändert hat, dass ... oh!« Plötzlich begriff er. »Jetzt versteh ich, was du damit sagen willst. Wenn etwas mit einer anderen Frequenz schwingt, wirkt es zwar unsichtbar, ist aber in Wirklichkeit da. So wie wir, als wir den Trank eingenommen und uns dann in Dvoraks Burg geschlichen haben. Wenn also die Energie einer Paarung irgendwie auf einer anderen Frequenz liegt, können die meisten Menschen sie nicht sehen. Aber ich schon. Nur früher konnte ich es nicht ...«

»Du solltest mittlerweile wissen, dass sich deine Fähigkeiten mit jedem Aufstieg in eine neue Stufe verbessern«, erklärte Brodie. » Die Stufen sind für jeden anders. Mein jüngster

Aufstieg auf Stufe 10 hat mir einige Rätsel aufgegeben, an denen ich immer noch arbeite. Und Nicole hat bestimmt mit Ähnlichem zu kämpfen, so schnell, wie sie aufgestiegen ist. Du, mein lieber Landläufer, erlebst lediglich die Veränderungen, die man eben erfährt, wenn man in den Stufen vorrückt, nur scheinen sie bei dir heftiger zu sein als bei den meisten. Aber das erklärt nicht, warum die Frau, mit der du die Paarung gekappt hast, dich immer noch aufspüren kann. Siehst du deine Verbindung zu Nicole im Dunklen besser?«

Peabo zuckte mit den Schultern. »Weiß nicht, ich habe wohl nie darauf geachtet.«

Mit einem Wimpernschlag löschte Brodie das über ihnen schwebende Licht und tauchte den Raum in Finsternis. »Kannst du die Verbindung noch sehen?«

»Ja.« Ohne Ablenkung durch andere Lichtquellen konnte Peabo den goldenen, in der Dunkelheit hell schimmernden, zu Nicole verlaufenden Faden deutlich erkennen. »Das ist interessant. Das Leuchten scheint heller zu sein, zeigt aber nichts in dieser Welt. Eigentlich sollte es genügen, um wenigstens Nicoles Umrisse auszumachen. Aber ich sehe an ihrem Platz nur durchgehende Schwärze.«

»Also ...«

»Moment!« Peabo legte den Kopf schief und starrte konzentriert in Nicoles Richtung. »Ich sehe noch einen Faden! So dünn, dass man ihn selbst im Dunklen kaum erkennt, aber er ist vorhanden.« Er verlief ungefähr zwei Handbreiten über der anderen Verbindung. »Ich glaube, der andere Faden verbindet ... Natürlich, er verbindet unseren Geist miteinander.«

»Du hast gesagt, du hast einen Faden zu der Frau durchtrennt.« Nicoles Stimme klang aufgeregt. »Kannst du den anderen zu ihr sehen?«

»Ich suche gerade danach.« Peabo starrte in die Dunkelheit,

drehte langsam den Kopf, hielt Ausschau nach einem Anzeichen von ... Plötzlich schnappte er nach Luft. »Ich sehe ihn!« Er betrachtete den Faden in der Dunkelheit und spürte, wie Wut in ihm aufstieg.

»Kannst du sie spüren?«, fragte Brodie. »Wenn sie dich spüren kann, gibt es keinen Grund, warum du den Spieß nicht umdrehen könntest.«

»Sollte er das verbliebene Band nicht einfach durchtrennen?« In Nicoles Stimme schwang ein schneidender Ton mit.

»Nein. Noch nicht. Peabo ... kannst du sie aufspüren?«

Obwohl es ohnehin dunkel war, schloss Peabo die Augen, als würde er meditieren. Angestrengt versuchte er, sie zu spüren. »Ich gebe mir Mühe, aber es ist schwer. Mit Nicole so nah bei mir ist es, als würde ich versuchen, einen brennenden Grashalm vor einem lodernden Lagerfeuer zu sehen.«

So empfand er es. Durch die Paarung hatte er über seine Verbindung mit Nicole immer zwei Dinge gespürt, wenn er sich konzentrierte: zum einen ihren Herzschlag, zum anderen ihren Aufenthaltsort. Ihren Herzschlag nahm er stärker wahr, lauter, wenn man so wollte. Er erregte in der Regel seine Aufmerksamkeit und ermöglichte es ihm, Nicole zu finden.

Aber bei Scarlett hatte er die Verbindung zu ihrem Herzschlag durchtrennt. Und als er den Geist entsandte, war es so, als würde er Sandkörner durchsieben, um das richtige zu finden ...

»Hab sie!« Peabo öffnete die Augen und spürte den Impuls ihrer Anwesenheit entlang der hauchdünnen Leitung. Fast so, als spielte man Dosentelefon. »Ich kann sie durch die Verbindung spüren, aber sehr schwach ... Nicole ist so viel deutlicher, dass sie den anderen Impuls beinah überdeckt.«

Das Licht über Brodie erschien wieder, und er fragte: »Da du jetzt weißt, wonach du suchen musst, kannst du die Verbindung noch sehen?«

Peabo hielt dieses Gefühl eines Bewusstseins fest, das sich als einzelner Strang eines durchscheinenden goldenen Geflechts in die Ferne erstreckte. Er zeigte zur Tür. »Sie ist in der Richtung, aber anscheinend sehr weit weg.«

Es klopfte an der Tür, und als sie aufschwang, standen drei Männer in Rüstungen davor, keiner größer als etwas mehr als einen Meter. Beim vordersten verlief eine runzlige Narbe über die rechte Wange bis in seinen dichten roten Bart. Als er das Wort ergriff, hörten sich seine Stimmbänder wie mit Sandpapier bearbeitet an. »Hohepriester, wir sind da.«

Der Mann leuchtete genau wie Ariandelle und der Prälat.

Brodie sprang auf die Beine und runzelte die Stirn. »Menkins, was machst du hier? Du solltest nicht im Dienst sein. Beim Namenlosen, du bist in Trauer um deine Schwester.«

Mit verkniffener Miene trat der Soldat einen Schritt vor. »Jenkins war meine Zwillingsschwester. Ich will eine Gelegenheit, sie zu rächen.« Er spuckte auf den Boden und verzog das Gesicht zu einer Grimasse. »Tod durch Gift, die Waffe eines Feiglings. Das lasse ich nicht auf sich beruhen.«

Nicole übermittelte Peabo: »*Menkins ist ein legendärer Paladin des Namenlosen.*«

»Paladin?« Peabo fragte sich, ob der Begriff hier dasselbe bedeutete wie in den Geschichten, die er zu Hause gelesen hatte. So etwas wie ein heiliger Ritter? Der kleine Mann sah nicht danach aus.

»*Betrachte ihn als heiligen Streiter.*«

Vermutung bestätigt.

»*Als Blutmaid bin ich ausgebildete Meuchlerin und kann auch heilen. Er kann heilen und allen Berichten zufolge wie ein Besessener kämpfen. Ich habe gehört, dass er vor ein paar Jahren von einem ganzen Stamm von Orks angegriffen wurde. Er hat über 100 getötet, bevor sie die Flucht ergriffen haben. Die einzige*

Verletzung, die er davongetragen hat, war ein Splitter von einem seiner Streitkolben, weil der Griff im Kampf gebrochen ist.«

Brodie schnalzte mit der Zunge und schüttelte den Kopf. »Na schön.« Er gab Peabo ein Zeichen. »Das ist Peabo, ein waschechter, lebender Landläufer wie aus all den Geschichten, die wir als Kinder gehört haben.«

Peabo und Nicole standen auf. Der Soldat richtete den Blick auf den Landläufer und grinste.

Brodie fuhr fort: »Peabo, das ist Menkins ...«

»Schön, dich endlich richtig kennenzulernen, Junge.« Menkins trat mit schweren Schritten vor, und sie fassten sich gegenseitig an den Unterarmen. »Du erlebst ein ganz schönes Abenteuer, was?« Der Soldat grinste so breit, dass sich die Zähne durch den roten Bart abzeichneten.

Unwillkürlich lächelte auch Peabo den kantigen Soldaten an. »Mir kommt es so vor, als würde an jeder Ecke eine neue Überraschung lauern.«

»Ist das nicht immer so?« Menkins lachte grölend und klopfte ihm auf den Rücken.

Brodie gab Nicole ein Zeichen. »Unser Landläufer ist mit Nicole gepaart. Sie wird ihn begleiten, wohin auch immer er geht.«

Menkins verlagerte die Aufmerksamkeit auf die große Frau. Sie streckte die Hand aus, doch statt sie am Unterarm zu ergreifen, sank der ruppige Soldat auf ein Knie, nahm zart ihre Fingerspitzen in die Hand und hauchte einen Kuss darauf. »Ist mir ein Vergnügen, jemanden kennenzulernen, der so bezaubernd und zugleich tödlich ist. Eine wahre Blutmaid ist wunderschön anzusehen und furchterregend, wen man ihr begegnet.«

Zu Peabos Verblüffung errötete Nicole und schenkte dem vor ihr knienden Mann ein herzliches Lächeln.

Menkins stand auf, streckte sich zu seiner vollen Größe von

etwa 1,20 Metern und grinste. »Die Haare und die Augen verraten es.« Er wandte sich Peabo, zeigte mit dem Daumen auf Nicole und zwinkerte. »Junge, mit der Frau hast du sicher alle Hände voll zu tun.«

Dann verlagerte der Soldat den Blick auf die Katze, ging in die Hocke und schnupperte. »Du bist nicht, was du zu sein scheinst, oder?«

Peabo zog erstaunt die Augenbrauen hoch, als er sah, wie sich Fellknäuel vorbeugte und den Kopf an Menkins Wange rieb.

»Du kennst diese Kreatur?«, fragte Brodie.

Menkins stand auf und schüttelte den Kopf. »Nein. Aber irgendetwas an ihr fühlt sich vertraut an. Das ist nicht ihr natürlicher Zustand, nur weiß ich nicht, was sie in Wirklichkeit sein könnte.« Er legte die Stirn in Falten, während er die blauäugige Katze betrachtete. »Doch, ich kenne sie, nur habe ich irgendwie vergessen, warum oder woher.«

Brodie wandte sich mit besorgter Miene an Peabo. »Wo genau hast du sie gefunden?«

Peabo öffnete den Mund ... und stockte plötzlich. »Das ist merkwürdig. Ich erinnere mich, dass es irgendwo in den Wäldern war ... aber ich kann mir nicht ins Gedächtnis rufen, wo oder wie.« Er drehte sich Nicole zu.

»Sieh mich nicht an.« Sie zuckte mit den Schultern. »Ich habe keine Ahnung, wo du sie gefunden hast.«

Brodie fuhr sich mit den Fingern durch den Bart und schüttelte den Kopf. »Na schön. Es spielt wohl keine Rolle.« Er tätschelte Peabos Arm und wandte sich an Menkins. »Unser Landläufer kann die allgemeine Richtung feststellen, in der sich die Trugweberin aufhält.« Er warf einen Blick zu Peabo. »Ist sie immer noch weit weg?«

Peabo konzentrierte sich kurz, bevor er nickte. »Ich denke schon.«

Menkins klatschte mit einem metallischen Scheppern in die Hände. »Tja, damit steht es fest. Zuerst besorgen wir uns etwas zu essen. Danach spüren wir die Mörderin meiner Schwester auf.«

Peabo saß in einem belebten Lokal mitten in Vulkania. Mit ihm befanden sich nur Menkins und Nicole am Tisch. Zwei weitere Soldaten hielten am Eingang Wache. Mit Erlaubnis des Prälaten durfte er ohne Tarngewand in die Stadt, was großartig war. Er zog es vor, sich nicht verstecken zu müssen, allerdings erntete er reichlich neugierige Blicke.

Großgewachsene Leute kamen häufig genug vor, um keine allzu große Aufmerksamkeit zu erregen, aber die leuchtende Maserung auf seiner Haut ließ sich in der recht düsteren Umgebung des Lokals nicht übersehen. Mittlerweile hatte er ein gutes Gespür dafür entwickelt, wann ihn jemand ansah. Merkwürdig fand er, dass Menkins fast genauso viel Aufmerksamkeit auf sich zog. Nicole hatte offenbar nicht übertrieben damit, dass der Zwerg in der Gegend als Legende galt.

Eine winzige Kellnerin kam an den Tisch und begrüßte sie alle mit einem breiten Lächeln. Sie wandte sich an Nicole und erkundigte sich: »Was darf's sein?«

Nicole warf noch einmal einen Blick auf die Speisekarte, bevor sie antwortete: »Rustikal gebratenen Purpurwurm mit eingelegtem Feuerrettich.«

Die Kellnerin kritzelte auf einen Notizblock. »Und zu trinken?«

»Ein Bier.«

»Haben wir bitter, süß und mit Kürbiswürze.«

»Kürbiswürze klingt gut. Das nehme ich.« Nicole klang dabei überraschend begeistert.

Peabo musterte Nicole und fragte sich, was es mit Frauen und Kürbisspezialitäten auf sich hatte. Auch seine Mutter hatte dafür geschwärmt.

Als sich die Kellnerin Menkins zuwandte, wurden ihre Augen groß, und sie begann zu stammeln. »Und du, H-Herr?«

Menkins kratzte sich am Kinn und nickte. »Ich nehme dasselbe wie die Blutmaid, aber nicht dieses Kürbisgebräu. Ich mag mein Bier bitter. Danke.«

Nicole beugte sich über den Tisch und zog den legendären Streiter auf. »Was denn? Glaubst du, dass du dich in eine Frau verwandelst, wenn du so was trinkst und feststellst, dass es dir schmeckt?«

Der Zwerg grinste sie verschmitzt an. »Kannst mich ruhig altmodisch nennen. Aber Kürbiswürze ... igitt!« Er drehte sich der Kellnerin zu und deutete mit dem Daumen zum Eingang. »Ich habe zwei Freunde, die da drüben Wache halten. Kannst du auch ihnen etwas bringen? Was immer ihr habt, das sie mit einer Hand an der Waffe essen können.«

Die Kellnerin nickte und kritzelte erneut auf ihrem Notizblock. »Mit zwei gebratenen Riesenfroschschenkel sollte das klappen.« Schließlich wandte sie sich an Peabo und lief dabei rot an. »Und du, mein Lieber? Was kann ich für dich tun?«

Peabo überflog noch einmal die Speisekarte und schüttelte den Kopf. »Da drin finde ich nichts, aber habt ihr scharfen Pilzeintopf?«

»Natürlich. Wie *scharf* möchtest du ihn?« Lächelnd beugte sie sich näher.

Peabo grinste. »Mittelscharf, würde ich sagen. Und ich nehme auch ein bitteres Bier.«

Die wohl gerade mal einen Meter große Kellnerin lehnte sich noch näher. Ihr Busen drohte, aus dem Oberteil zu wippen, als sie sagte: »Weißt du ... bei mir zu Hause habe ich hervorragendes süßes Bier, falls du später am Abend noch Zeit hast.«

Die Katze lag wie eine Sphinx unter dem Tisch und ließ ein kleines Knurren vernehmen. *»Sie ist läufig. Nimm dich in Acht.«*

Um ein Haar hätte Peabo geprustet. Hüstelnd versuchte er, nicht über den unerwarteten Kommentar der Katze zu lachen, die es wahrscheinlich todernst meinte. Ohne auf das Angebot einzugehen, zeigte er auf Fellknäuel und fragte: »Habt ihr auch etwas Rohes für sie?«

Die Kellnerin, die das Tier bis dahin nicht bemerkt hatte, gab einen erschrockenen Laut von sich, wich mit entsetzter Miene drei Schritte zurück und schaute zwischen ihm und Fellknäuel hin und her. »Was ist ... Äh, j-ja, ich kann etwas bringen. Wäre ein ganzer roher Schinken recht?«

»Das geht.« Fellknäuel schnurrte.

Peabo nickte.

Die Kellnerin achtete tunlichst darauf, der Katze nicht zu nah zu kommen, als sie sich vorbeugte und einen Zettel auf den Tisch legte. »Das macht zwei Goldquader und vier Silberquader für die Getränke und die Mahlzeiten. Und noch einen Goldquader für den Schinken und die Riesenfroschschenkel.«

»Behalte den Rest.« Nicole schob vier Goldquader über den Tisch. Die Kellnerin steckte sie ein und ging. Als Menkins den Mund öffnete, sagte Nicole schnell: »Der Hohepriester hat mir Geld für unsere Verpflegung mitgegeben.«

Der Zwergenkrieger nickte und schaute zu Peabo. »Und? Ist sie noch weit entfernt?«

Peabo nickte. »Seit wir die Kirche verlassen haben, achte ich auf Scarletts Aufenthaltsort. Interessant ist, dass ich sie leichter wahrnehmen konnte, kaum dass wir hinaus auf den Platz getreten waren.«

Nicole stupste ihn mit dem Ellbogen in die Rippen. »Ich hab

dir ja gesagt, dass es mir mit dir genauso ergangen ist, als du im Turm warst. Zuerst konnte ich dich nur sehr schwach wahrnehmen, und dann dachte ich auf einmal, du wärst praktisch neben mir, so viel stärker wurde es. Vergiss nur nicht: Wenn du sie so deutlich spüren kannst, dann kann sie es umgekehrt auch.«

»Ist mir nur allzu bewusst.« Peabo hatte keine Ahnung, wo Norden oder eine der anderen Himmelsrichtungen lag, aber er deutete vage in Richtung der hinteren Ecke des Lokals. »Sie ist irgendwo da lang und ein bisschen tiefer. Vielleicht auf einer niedrigeren Ebene?«

»Möglich.« Menkins nickte. »Wir werden es bald herausfinden, das kann ich dir versichern.«

Die Kellnerin kam mit den Getränken und dem Essen zurück, begleitet von einem Kellner mit einem großen Tablett, auf dem ein um die zehn Kilo schwerer, roher Schinken lag. Etwas bang spähte er unter den Tisch, bevor er das Tablett abstellte und mit dem Fuß in Richtung der Katze schob, die laut zu schnurren anfing. Die Kellnerin und ihr Begleiter suchten rasch das Weite.

Peabo schnupperte an seinem Eintopf. Der würzige, deftige Geruch ließ ihm das Wasser im Mund zusammenlaufen. Doch bevor Peabo davon probieren konnte, zog Nicole die Schüssel von ihm weg, tauchte ihren Löffel hinein und kostete zuerst.

Er grinste, als er Nicole dabei beobachtete, wozu Blutmaiden offensichtlich ausgebildet wurden: Essen auf Gift zu überprüfen. »Und du bist sicher, dass du gefeit gegen Gift bist?«

Sie verdrehte die Augen, griff nach seinem Bier, trank einen ausgiebigen Schluck davon, ließ es im Mund kreisen und schluckte schließlich.

Erst danach schob sie sein Essen und sein Getränk zurück zu ihm. »Kein Gift«, verkündete sie. »Und es schmeckt ziemlich gut. Iss, bevor es kalt wird.«

Peabo tätschelte unter dem Tisch Nicoles Bein, und sie

rempelte ihn verspielt mit der Schulter. Näher kamen sie öffentlichen Zuneigungsbekundungen nie.

Das laute Knacken eines Knochens drang unter dem Tisch hervor, als sich Fellknäuel über ihr Essen hermachte.

Menkins deutete auf die Teller auf dem Tisch. »Esst, bevor es kalt wird. Wir müssen eine verräterische Hexe jagen und erledigen.«

KAPITEL EINUNDZWANZIG

Peabo spürte Nicole in seinem Kopf, als die kleine Gruppe der Soldaten einen Abhang zu einer niedrigeren Ebene von Myrkheim hinabging, die direkt unter der Stadt Vulkania lag.

»*Ich bin für dich da, falls du mich brauchst. Aber ich halte dich beim Einsatz deiner Fähigkeiten nur dann zurück, wenn du es verlangst oder wenn du davon überwältigt zu werden drohst.*«

»*Danke*«, übermittelte er ihr zurück. Nicoles Gedanken hallten in Peabos Kopf wider. Durch ihre leichte Berührung und die persönliche Verbindung zwischen ihnen, fühlte sich ihre Gegenwart dort oben völlig natürlich an. Ganz im Gegensatz dazu, was er im Turm erlebt hatte.

Ihre derzeitige Umgebung ließ sich nicht mit der zivilisierten Stadt Vulkania vergleichen. Sie befanden sich in großen, düsteren Gängen, erhellt nur von einigen der natürlich leuchtenden Pilze, die in dieser unterirdischen Welt allgegenwärtig zu sein schienen. Die Luft roch wegen der mangelnden Zirkulation etwas muffig, und von den Wänden tropfte Kondenswasser, das sich zu Pfützen auf dem Boden sammelte.

Als sie sich einer Kreuzung näherten, ließ Menkins die Gruppe anhalten und wandte sich an Peabo. »Landläufer, wo ist sie? Befindet sie sich auf der gleichen Ebene wie wir?«

Peabo konzentrierte sich. Obwohl er auch mit geschlossenen Augen zu sagen vermochte, in welcher Richtung sich die Trugweberin aufhielt, starrte er nach vorn und suchte nach dem fast unsichtbaren Faden. Er hatte Pläne dafür, was er im richtigen Moment tun wollte. Und dafür musste er diese so flüchtige Verbindung präzise aufspüren können.

Peabo nahm den Faden zwischen seinem Geist und ihrem zunehmend deutlicher wahr, seit er ihn entdeckt hatte. Er pulsierte rhythmisch vor Energie, beinah wie ein Herzschlag. Peabo stellte es sich ähnlich wie ein EEG vor, das Hirnströme in Form von elektrischen Signalen erkannte und aufzeichnete. Er fragte sich, ob es möglich wäre, den Geist über diese Verbindung zu entsenden und ihre Gedanken zu hören ... und wenn *er* es könnte, ob es *ihr* dann auch möglich wäre.

Peabo hob die Hand und deutete auf eine entfernte, zerklüftete Felswand zu seiner Linken. Dort verschwand der Faden im Gestein. »Die Trugweberin ist in der Richtung. Ich spüre, dass sie näher als zuvor und anscheinend mittlerweile auf der gleichen Ebene ist.«

Menkins' Hand leuchtete, als er sie alle nacheinander an der Schulter berührte. Nur die Katze übersprang er.

Als er die schwieligen Finger auf Peabos Schulter senkte, ging Wärme von der Stelle aus. Das Gefühl strömte erst in Peabos Brust, dann durch den Rest seines Körpers.

»*Es segnet uns*«, erklärte Nicole. »*So werden wir schwieriger zu treffen und weniger anfällig für etwaige Zauber der Trugweberin sein.*«

Der Soldat wandte sich an Nicole. »Blutmaid, besitzt du die Gabe der Hellsicht?«

Sie nickte. »Aber ich bin mir nicht sicher, wie lange ich sie durchgehend aufrechterhalten kann.« Nicole legte die Hand auf Peabos Arm und erklärte ihm: »Hellsicht ist die Fähigkeit, Trugbanne jeder Art zu durchschauen. Das kann ich nicht ständig. Ich muss es ähnlich wie meine Heilkräfte heraufbeschwören.«

Fellknäuel knurrte tief in der Brust. *Ich kann spüren, wenn etwas Unnatürliches in der Nähe ist.«*

Peabo ging in die Hocke und sah der Katze ins Gesicht. »Bist du eine Weberin in Katzengestalt? Kannst du Trugbanne durchschauen?«

Die Katze stupste Peabo mit dem Kopf in die Brust und schnurrte. *»Auf mich wirken sich Trugbanne und ähnliche Zauber nicht aus. Und ich kann sie wittern.«*

Peabo schaute auf. Er sah, dass die anderen ihn anstarrten, während er sich mit Fellknäuel unterhielt. Er lächelte. »Wie sich gerade herausgestellt hat, kann sie es Trugbanne spüren.«

»Hervorragend.« Menkins nickte und drehte sich wieder Nicole zu. »Wenn die Kreatur dem Landläufer sagt, dass wir es mit Trugbannen zu tun haben, dann setz deine Hellsicht ein. Du musst uns sagen, was echt ist und was nicht.« Er zeigte auf die beiden anderen Zwergensoldaten, die wie Zwillinge aussahen. »Jasper und Gips, ihr achtet auf die Warnung. Wenn sie kommt, will ich, dass einer von euch die Magie auflöst und der andere die Zeit für uns alle dehnt.«

»Die beiden sind offensichtlich irgendwelche Leiter«, übermittelte Nicole zu Peabo. *»Magie aufzulösen, ist im Wesentlichen der Versuch, etwas von einem Leiter Erschaffenes aufzuheben, in diesem Fall einen Trugbann. Durch die Dehnung der Zeit vergeht sie für uns scheinbar langsamer. Im Grunde verkürzt sich dadurch unsere Reaktionszeit, und wir greifen schneller an. Die Wirkung beider Zauber ist zeitlich und räumlich begrenzt.«*

Das über Menkins schwebende Licht wurde heller und schien,

die Schatten aus allen Ecken und Winkeln zu vertreiben. »Also gut, Waffen ziehen. Ich gehe voraus. Landläufer, du folgst unmittelbar hinter mir und weist mir den Weg. Wenn wir vorsichtig und klug vorgehen, sollte es nicht lange dauern.«

Peabo zuckte zusammen. Immer, wenn jemand so sprach, schien es im Gegenteil zu enden. Er zog Max aus der Scheide.

»Wird auch verdammt noch mal Zeit, Erbsenhirn. Vergiss nicht die wichtigste Regel im Kampf: Es gibt keine Regeln. Dieses Miststück verdient, was immer es kriegt. Zögere bloß nicht, mich in sie zu rammen.«

Nicole zog ihrerseits ein schimmerndes Kurzschwert, das sie aus der Waffenkammer der Kirche entliehen hatte. Es schien zu knistern, als sie es probehalber durch die Luft schwang.

Peabo atmete tief durch, während sie den Weg durch die Tunnel fortsetzten.

Etwa zehn Minuten lang folgten sie langsam einem gewundenen Gang, bis sie auf eine Kreuzung von drei Tunneln stießen. Als Menkins ihn ansah, zeigte Peabo auf den linken Gang, und die Gruppe betrat ihn.

Das schillernde Licht schwebte und wippte knapp unter der Decke, immer über Menkins. An manchen Stellen war der Gang nur wenig höher als Peabo, und er musste den Blick von der strahlenden Kugel abwenden, weil es sich sonst anfühlte, als starrte er direkt in die Sonne.

Unterwegs spürte Peabo eindeutig, dass sie sich der Trugweberin näherten. Als er sie schließlich beinah so deutlich wahrnahm wie Nicole, tippte er Menkins auf die Schulter. Der kleine Mann schaute ihn an, und Peabo flüsterte: »Wir sind ihr jetzt sehr nah.«

Menkins drehte sich den Zwillingen zu und bedeutete ihnen, sich bereitzuhalten. Sofort überzog die beiden ein Schimmer wie eine zweite Haut. Eine Art Schutzschild?

Das Geräusch von tropfendem Wasser hatte sie auf dieser

Ebene ständig begleitet, aber es schien lauter geworden zu sein. Irgendwie verstärkt.

Sie gelangten zu einer weiteren Dreierkreuzung, und Fellknäul sträubte sich das Fell. Sie fauchte laut.

Sofort heftete Peabo die Aufmerksamkeit auf die beiden höchstens anderthalb Meter voneinander getrennten Tunnel vor ihnen. Trotz des hellen, schwebenden Lichts über Menkins reichten die Schatten tief in beide hinein, aber der rechts wirkte besonders ungewöhnlich dunkel.

Menkins zeigte auf die Gänge. Er trat einen Schritt zurück und flüsterte: »Blutmaid, was siehst du?«

Einen Moment lang leuchteten Nicoles Augen weiß auf, danach schimmerten sie so wie die einer Katze. »Der Tunnel rechts ist mit Dunkelheit verhext. Ich kann durch sie hindurchsehen, aber der Gang beschreibt eine Kurve nach rechts, deshalb kann ich hinter dem Eingang nicht viel erkennen.«

»*Schnappen wir sie uns!*«, brüllte Max voller Vorfreude in Peabos Kopf.

Menkins hatte indes seine beiden leuchtenden Streitkolben gezückt. Er gab einem der Zwillinge ein Zeichen und deutete auf den finsteren Tunnel.

Peabo konnte nicht unterscheiden, wer von beiden Jasper und wer Gips war. Jedenfalls richtete Zwilling 1 eine leuchtende Hand auf den Tunnel, während Zwilling 2 beide leuchtende Arme von sich streckte und sich der Gruppe zudrehte. Irgendwo im Tunnel ertönte ein knackender Laut, und Peabo spürte, wie ihn ein seltsames Kribbeln überkam. Die Luft erschien ihm beim Atmen irgendwie dicker. Wurde die Zeit gerade gedehnt?

Menkins näherte sich dem Tunnel.

Fast sofort schmetterte ein Chor ohrenbetäubender Schreie aus dem Tunnel. Alle, sogar der abgebrühte Krieger, zuckten zusammen, als sich das schrille Kreischen in ihre Schädel bohrte.

Und plötzlich hörte Peabo nichts mehr.

Waren die Schallwellen so stark gewesen, dass er taub geworden war?

Alle wanden sich, und Menkins stürmte mit zu einer Grimasse verzogenem Gesicht in den Tunnel, griff darin irgendetwas an.

Plötzlich erschütterte Peabo das nur allzu vertraute Gefühl, wie sich jemand um seinen Geist heftete und ihn quetschte.

Scarlett.

Aber es war anders als im Turm. Damals war Scarlett nicht wirklich wütend gewesen. Frustriert vielleicht, aber nun ... nun bekam er den rasenden Zorn der Frau zu spüren. Als er davon überwältigt wurde, erschlafften seine Arme gefühllos, und er ließ sein Schwert fallen. Peabo sackte auf die Knie, während er versuchte, die Kontrolle der Frau abzuschütteln, deren Hass er sogar durch ihre hauchdünne Verbindung zwischen ihnen fühlte.

Plötzlich breitete sich undurchdringlicher Nebel in der Kammer aus.

Am Rand seines Geists nahm er wahr, wie Nicole ihm helfen wollte.

So sehr er gegen Scarletts Zugriff ankämpfte, die Wahnsinnige erwies sich als zu stark.

Dann sauste etwas an seinem linken Ohr vorbei.

Ein Pfeil?

Peabo spürte, wie sich Scarletts Krallen tiefer in seinen Geist bohrten.

Dann lichtete sich der Nebel, und Peabo hörte, wie Menkins brüllte: »Kreischer hasse ich fast genauso sehr wie Trugweberinnen. Zeig dich, du bösartiges Miststück!«

Der Soldat schnappte nach Luft.

»Nein!«, brüllte Menkins mit einem Ausdruck des Grauens in den Augen. Er schaute zum Rest der Gruppe zurück und schrie: »Rennt um euer Leben, ich halte ihn auf!«

Der muskelbepackte Krieger stellte sich ... etwas Undefinierbarem in den Weg und rief: »Brangromuth, der Unheilige, ich kenne dich! Dämon, du kannst nicht aus deiner Gefangenschaft entkommen sein!«

Einer der Zwillinge stand wie gelähmt da, der andere sank auf den Boden, schlang die Arme um sich und fing zu weinen an.

Peabo lag mittlerweile ausgestreckt da, hatte keine Kontrolle mehr über seine Gliedmaßen und kämpfte nur noch darum, bei Bewusstsein zu bleiben, während er sich immer noch gegen den eisernen Zugriff der anderen Blutmaid wehrte.

Bilder aus seiner Vergangenheit rasten an seinem geistigen Auge vorbei, als sich die Frau tiefer und tiefer in seine Gedanken grub.

Er hörte Nicoles Stimme. »Menkins! Da ist kein Dämon!«

Jemand rief: »Lauft! Lasst mein Opfer nicht umsonst sein!«

Irgendwo in der Nähe brüllte Fellknäuel.

Peabo schmeckte Blut. Es tropfte von seiner Nase auf den Boden.

Er lag im Sterben.

Peabo konnte zwar kaum noch denken, aber er spürte, dass es so gut wie vorbei war.

Dann berührte ihn jemand.

Er spürte Wärme und ein Kribbeln, als Nicole die Arme um ihn schlang und ihn heilte, während sie den Kopf an seinen drückte.

Außerdem nahm er wahr, wie sie versuchte, ihm bei dem in seinem Kopf tobenden Kampf zu helfen.

Peabo schloss die Augen und fühlte zwei Präsenzen in der Dunkelheit. Die in seiner unmittelbaren Nähe leuchtete weiß und warm, und irgendwo nicht weit entfernt spürte er ein dunkles Gegenstück.

Dunkler als die Schwärze der Nacht. Falls es so etwas wie

unendliches Schwarz gab, dann befand es sich auf der anderen Seite jenes goldenen Fadens.

Er umarmte das Weiß, und einen Moment lang empfing er Nicoles Gedanken, ihre Erinnerungen, ihre verlorene Liebe und eine neue, die mit Peabo erwacht war.

Als der Angriff auf ihn ins Stocken geriet, stemmte er sich mit allem dagegen, was noch in ihm steckte.

Der dünne Faden, der ihn mit jener Dunkelheit verband, zerbarst zu einem Sprühnebel bunter Funken, und schlagartig konnte er wieder normal sehen.

Ein wutentbrannter, gellender Schrei einer Frau ertönte aus allen Richtungen, als sich Peabo auf die Füße rappelte. Dabei spürte er, wie sich die Zeit verlangsamte.

In der Ferne erschien aus einem der zerklüfteten Schatten im Gestein eine bunt schillernde Energiekugel, weitete sich und explodierte zu einem todbringenden Sprühnebel aus Farben.

Peabo atmete tief ein.

Es war, als hätte sich die Regenbogenschattierungen der Kugel in verschiedenfarbige Speere aufgetrennt. Eine Salve laserartiger Strahlen bestürmte alle Mitglieder der Gruppe.

Als Peabo aus jeder sichtbaren Lichtquelle Energie bezog, wurden die heranrasenden Strahlen schwächer und verpufften.

Die Kammer wurde in undurchdringliche Dunkelheit gestürzt.

Und da Nicole nicht bremsend auf Peabo einwirkte, sog er weiter Energie aus der Dunkelheit ein.

Aus zwei Quellen.

In der Dunkelheit ertönte das Geräusch eines gepanzerten Körpers, der zusammenbrach, gefolgt vom dumpfen Laut einer weiteren Gestalt, die zu Boden ging.

Peabo knisterte vor Energie, als er Nicole einen Gedanken übermittelte. »*Licht.*«

Ein schwacher Schimmer erschien in der Kammer. Sofort

erblickte Peabo die Gestalt einer Frau in einer Robe, die sich gerade langsam auf alle viere rappelte.

Er atmete aus.

Die gesamte zuvor von dem Lagerfeuer gespeicherte Energie, die Energie aus dem bunten Sprühnebel und die Energie von Scarlett und Menkins – zusammen bildeten sie eine weiß gleißende Säule, die in Scarletts Körper fuhr.

Das Licht explodierte aus sämtlichen Körperöffnungen der Frau. Gleichzeitig setzte die durch Peabos Angriff freigesetzte Hitze ihre Kleidung in Brand. Erst schmolz die Haut der Frau, dann verbrannte ihr gesamter Rest.

Dabei wurde es derart heiß, dass der Fels hinter ihr rot glühte, bis Peabo schließlich ausgelaugt war.

Einer der Zwillinge plumpste mit einem lauten Klatschen auf den Hintern, während sich Menkins stöhnend aufsetzte.

Peabo hatte ihm in Form des von ihm abgestrahlten Lichts die gesamte Energie ausgesaugt.

Der Soldat starrte auf den noch glühenden Felsen und die zu Boden rieselnde Asche, dann schüttelte er den Kopf.

Die Lebensessenz der Frau erschien über dem, was noch von ihr übrig war, und schwebte auf Peabo zu. Er verspürte ein leichtes Kribbeln, als er das letzte Quäntchen von Scarletts Dasein auf dieser Welt in sich aufnahm.

Fellknäuel kam aus einem der Tunnel. Im Maul trug sie einen Rucksack, den sie vor Peabo fallen ließ.

Nicole legte ihm eine leuchtende Hand auf das Gesicht. Wärme breitete sich durch seine Nebenhöhlen aus, als sie vermutlich alle noch vorhandenen Schäden heilte.

Peabo nahm sein Schwert wieder an sich, hob den Rucksack auf und öffnete ihn. Den Großteil des Platzes darin nahm ein schwarzes Seidengewand ein. Als er es herauszog, schnappte Nicole nach Luft.

»Da sind die Insignien des Königs drauf«, stieß Nicole mit verkniffener Miene hervor.

Peabo legte die Stirn in Falten. »Aha. Und was genau bedeutet das? Hat sie für den König gearbeitet?«

Nicole schüttelte den Kopf. »Wenn das wirklich ihr gehört hat, war sie selbst königlich. Ein Mitglied der Großfamilie des Königs.«

Peabo wusste nichts über den König und hatte keine Ahnung, was ihm das sagen sollte. »Das ist dann wohl schlecht, nehme ich an.«

»Jedenfalls ist es nicht gut.« Nicole schaute besorgt drein. »Der König hat seine eigene Armee von Weberinnen, Webern und Kämpfern. Und zumindest ein Teil der Weberinnen wurde im Turm der Weisen ausgebildet. Ein Mitglied der Königsfamilie zu töten, ist in der Regel ein Todesurteil sowohl für den Täter als auch für dessen gesamte Familie. Deshalb kommt es auch so selten vor.«

Peabo fand einen schwarzen Ring mit denselben Insignien und einige Armbänder, die aus Onyx gefertigt zu sein schienen. Auch sie wiesen dieselben Symbole auf.

Nicole betrachtete die anderen Habseligkeiten und schüttelte den Kopf. »Nach der Güte dieser Sachen zu urteilen, würde ich sagen, dass sie wesentlich näher mit ihm verwandt war als Jakub.«

Erinnerungen stiegen aus Peabos Gedächtnis auf. Er dachte daran zurück, was Nicole ihm über den Mann gesagt hatte, mit der sie vor ihm gepaart gewesen war. Sein Name war Jakub gewesen, vierter Sohn eines reichen, in irgendeiner Weise mit dem König verwandten Kaufmanns. Jakub war ermordet worden. Infolgedessen hatte man Nicole praktisch in die Sklaverei verkauft, bis Peabo auf sie gestoßen war.

»Ist mir schnurzegal, welcher Familie das Miststück angehört hat.« Einer der Zwillinge half Menkins vom Boden auf. Er verzog das Gesicht zu einer Grimasse. »Der König hat in Myrkheim sehr wenig Einfluss.« Der Paladin zuckte mit den Schultern und stampfte mit den Füßen auf, während er auf den Brandfleck starrte, der von der Trugweberin geblieben war.

Schließlich marschierte Menkins hinüber, ging in die Hocke und starrte eindringlich auf etwas.

Peabo verstaute die Gegenstände wieder im Rucksack, bevor er zu dem heiligen Krieger trat und fragte: »Was siehst du dir an?«

Doch kaum hatten er die Worte ausgesprochen, fiel sein Blick auf eine Halskette am Boden. Pechschwarz – so schwarz, dass sie der Umgebung das Licht regelrecht auszusaugen schien.

Menkins knurrte. »Ich hab noch nie etwas gesehen, das Dunkelheit ausstrahlt.« Er zog einen Dolch von seinem Gürtel und hob mit der Spitze der Klinge die seilartige Halskette hoch.

Fellknäuel zischte ein Stück entfernt. *»Das ist nicht von dieser Welt.«*

Peabo wiederholte, was die Katze ihm übermittelt hatte, und Menkins nickte.

Nicole betrachtete den Gegenstand mit großen Augen und flüsterte: »Das Ding fühlt sich bösartig an. Wir können es nicht einfach zurücklassen. Was, wenn es jemand findet? Wir haben keine Ahnung, was es bei jemandem bewirken könnte.«

Der Soldat deutete auf den Rucksack. »Packen wir's da rein, versiegeln wir den Rucksack und bringen wir ihn zum Prälaten. Er wird wissen, was damit zu tun ist.«

Peabo öffnete den Rucksack, und Menkins legte die Kette aus Metall hinein. Obwohl sie so dünn und zierlich wirkte, fühlte sie sich erheblich schwerer an, als sie aussah.

Der Paladin richtete sich auf. Ohne Vorwarnung ließ er die Hose runter und pinkelte auf Scarletts Asche. »Du hattest einen viel zu harmlosen Tod. Möge meine Pisse dein Grab bis in alle Ewigkeit beflecken. Jenkins, kleine Schwester, es tut mir leid, dass es so weit gekommen ist.«

Er zog die Hose wieder hoch, deutete auf den Rucksack und sagte: »Bringen wir alles zum Prälaten und lassen wir ihn entscheiden, wie es weitergehen soll. So wie ich das sehe, hatte der König im Korb einen verdorbenen Apfel, der den Falschen umbringen wollte.« Er spuckte in Richtung des nassen Aschehaufens. »Ich hasse Trugweberinnen wie jeder anständige Bürger dieser Welt.«

Nicole trat auf den Paladin zu und fragte: »Braucht noch irgendjemand eine Heilung, bevor wir aufbrechen?«

Menkins winkte sie weg. »Nein, danke. Keine Ahnung, wie das Weib es gemacht hat, aber ich hab das Gefühl, völlig ausgelaugt zu sein. Ich brauche nur ein bisschen Erholung.« Schließlich wandte er sich Peabo zu und grinste. »Das war ein ganz schönes Lichtspektakel, Landläufer.« Er kratzte sich am Bart und wurde ernst. »Vielleicht sind die alten Erzählungen ja wahr. Aber wie dem auch sein mag, nach Myrkheim haben wir einen langen Marsch vor uns, und ich muss mich vorher ausruhen.«

Der Soldat bedeutete allen, ihm zu folgen, dann trat er den Rückweg nach Vulkania an.

KAPITEL ZWEIUNDZWANZIG

Peabo stand auf dem Kirchhof, wo der Prälat mit einem leuchtenden Stab einen Kreis mit einem Durchmesser von mindestens 30 Meter gezeichnet hatte. Etliche Schaulustige hatten sich versammelt, um einer Beschwörung beizuwohnen, wie man ihm gesagt hatte. Allerdings hatte er keine Ahnung, was beschworen werden sollte.

Neben dem Prälaten stand ein sehr kleiner Bursche – und das wollte etwas heißen, zumal der Prälat selbst kaum höher als 1,20 Meter aufragte. Die Gestalt neben ihm war noch einen Kopf kleiner, hatte eine zierliche Statur und dunkelbraune Haut, die der von Peabo ähnelte. Der Unbekannte leuchtete genauso hell wie der Prälat. Wer immer es sein mochte, er musste eine sehr hohe Stufe erreicht haben. Also handelte es sich um jemanden, den man besser nicht unterschätzte.

Peabo beugte sich zu Nicole und wollte ihr gerade eine Frage zuflüstern, als sie einen Finger an die Lippen legte. »*Nur Gedanken. Das ist ein sehr gefährliches Verfahren. Der Prälat und Spam müssen sich konzentrieren.*«

»Spam? So heißt der kleinere Bursche?« Unwillkürlich ging Peabo durch den Kopf, was für ein unglücklich gewählter Name es war. Dann wurde ihm klar, dass man in dieser Welt noch nie von unerwünschten E-Mails gehört hatte und schmunzelte.

»Ja. Er ist ein Gnom. Weißt du, Gnome sind so was wie Vettern der Zwerge. Wahrscheinlich hast du noch nie einen gesehen. Sie halten sich meist in den tieferen Ebenen von Myrkheim auf. Spam ist außerdem ein sehr mächtiger Leiter. Er bringt gerade sicherheitshalber Schutzbanne um den Beschwörungskreis herum an.«

Peabo legte die Stirn in Falten. *»Sicherheitshalber? Wer oder was wird denn herbeigerufen?«*

Nicole zuckte mit den Schultern. *»Um ehrlich zu sein, bin ich mir nicht sicher. Du hast ja gesehen, wie der Prälat auf die Halskette reagiert hat – er hätte um ein Haar einen Anfall bekommen, als er sie gesehen hat.«* Sie zeigte auf die beiden hochrangigen Persönlichkeiten, die nach wie vor das anstehende Ritual vorbereiteten. *»Wir werden es wohl früh genug erfahren.«*

Peabo beobachtete, wie der Gnom die Hände hob und einen glühenden Bogen knisternder Energie über den in den Boden gekratzten Kreis sandte. Der Bogen vervielfältigte sich rasant und drehte sich dabei jedes Mal leicht. Der Vorgang wiederholte sich hunderte Male, bis ein kuppelartiges Gebilde aus schimmernder Energie entstand. Er spürte Vibrationen in der Brust, während die Kuppel knisterte und summte. Der Rand befand sich nur wenige Schritte von ihm entfernt.

Die Schwingungen schienen sich von Sekunde zu Sekunde zu verstärken.

Niemand sonst ließ sich eine Reaktion auf das gewaltige pyrotechnische Spektakel vor ihnen anmerken. Also handelte es sich wahrscheinlich wieder um etwas, das nur Peabo wahrnahm.

Plötzlich verschwand die Kuppel mit einem lauten Knacken.

Zurück blieb nur ein verschwommenes Schillern zwischen Peabo und dem, was sich im abgeschirmten Kreis befand.

Das alles wegen einer Halskette?

Der Prälat zog eine goldene Kugel hervor, und Nicole stupste Peabo in die Rippen. *»Gleich geht es los. Ich habe eine solche Beschwörung erst einmal gesehen, und damals war es ein sehr minderer Dämon. Trotzdem war es ein erstaunliches Erlebnis.«*

Peabos Augen wurden groß. Ein Dämon? Zwar hatte er im Monsterhandbuch über Dämonen gelesen, aber er hätte nicht gedacht, dass er je einen zu Gesicht bekommen würde. *»Sollen der Kreis und der Schutzschild das heraufbeschworene Wesen von einem Angriff abhalten?«*

Nicole nickte. *»Mit einer Beschwörung geht immer eine gewisse Gefahr einher. Durch das Ritual öffnet sich eine Pforte zwischen unserer Welt und dem Ort, von dem der Prälat etwas herbeibeschwören will. Aber manchmal ruft man etwas Bestimmtes, und etwas anderes reagiert schneller. Vorsichtsmaßnahmen sind bei so etwas unverzichtbar.«*

Der Prälat hielt die faustgroße goldene Kugel hoch, und sie begann zu leuchten.

Als sie heller wurde, ertönte ein Knistern aus dem Inneren des abgeschirmten Kreises, und eine gleißende lotrechte Linie entstand, die nach und nach sowohl größer als auch greller wurde.

Die Stimme des Prälaten dröhnte laut über den Hof. »Baham! Ich bin es, der dich ruft. Baham!«

Peabo schaute zu Nicole und übermittelte ihr: *»Baham? Ist das ein Name?«*

Nicole winkte seine Frage ab und beobachtete mit gebannter Miene das Geschehen.

»Baham! Ich rufe dich dazu auf, eine Schuld zu begleichen. Deine Weisheit wird gebraucht. Zeig dich.«

Auf dem Hof trat Totenstille ein. Alle starrten auf das zehn

Meter hohe Portal, das in dem abgeschirmten Kreis entstanden war.

Fünf Sekunden verstrichen.

Zehn Sekunden.

Nach 15 Sekunden erschien plötzlich ein gigantischer, klauenbewehrter Fuß durch das Portal und senkte sich donnernd auf den Boden des Hofs.

Jede Klaue wies die Länge eines Kurzschwerts auf. Der schuppige Fuß selbst war deutlich größer als der Prälat selbst. Die Schuppen wirkten wie poliertes Silber oder Platin.

Es folgte ein zweiter, spiegelgleicher Fuß, und Peabo beobachtete mit offenem Mund, wie ein riesiger, mit Stacheln besetzter Kopf zum Vorschein kam, danach ein langer Hals, ein gewaltiger Körper und ein schlangenartiger Schwanz.

Es war ein Drache! Eine riesige Kreatur, mindestens 20 Meter lang. Die laternenähnlichen Augen leuchteten, aus den Nasenlöchern quoll Rauch.

Nicole packte Peabos Arm und quiekte praktisch vor Aufregung. »Das ist *der* Baham! Ich war mir nicht sicher, ob es möglich sein würde. Aber das ist es!«

Ein Raunen ging durch den Hof, als das Geschöpf in aller Ruhe die Flügel ausbreitete und aus der kuppelförmigen Abschirmung heraus den Blick über die Anwesenden wandern ließ.

Peabo flüsterte: »Und Baham ist ...«

Nicole beugte sich zu ihm und murmelte ihm ins Ohr. »Er ist der Erste seiner Art. Uralt. Man hat ihn seit Jahrtausenden nicht mehr auf dieser Welt gesehen.«

Jahrtausende? *Okay ... merken: Drachen leben sehr, sehr lange.*

Der Drache schwenkte den Blick auf den Prälaten und ergriff mit dröhnender Stimme das Wort. Die Luft vibrierte spürbar. »Richard, so sehen wir uns wieder.«

Richard? Der Prälat hieß Richard?

Die Stimme des Prälaten kehrte zu einem normalen Ton zurück, dennoch erklang sie in einer Lautstärke, als würde sie irgendwie verstärkt. »Ich habe ein Problem und denke, du könntest mir dabei helfen.« Der Prälat hob eine Holzschatulle auf und öffnete sie.

Selbst von seinem Platz aus konnte Peabo die von der Halskette in der Schatulle ausgestrahlte Dunkelheit erkennen.

Baham zog die Zähne zurück und stieß ein Zischen aus. »Was ist das für ein Ding? Wie bist du in den Besitz eines solchen Artefakts gelangt?«

Der Prälat deutete auf Peabo. Der Kopf des Drachens schwenkte in seine Richtung und näherte sich ihm so weit, wie es die schützende Kuppel zuließ.

Peabo starrte zu dem riesigen Wesen hoch und bewunderte dessen majestätische Schönheit. Es glich einem Kunstwerk. Kein Film könnte jemals den spiegelnden Glanz der Schuppen einfangen. Die Ränder wiesen einen funkelnden Schimmer auf, der von einer inneren Energie zeugte. Tatsächlich vibrierte der gesamte Drache vor geballter Macht. Allein die Vorstellung, sich einer solchen Kreatur im Kampf zu stellen, erschien ihm als völliger Wahnsinn.

»Landläufer.«

Die Stimme des Drachens war nicht mehr als ein Flüstern, doch ihre Vibrationen rasselten förmlich durch Peabos Brust.

»Es ist sehr lange her, dass ich zuletzt jemanden deiner Art gesehen habe.«

Die Aussage verblüffte Peabo, denn soweit er die Geschichte dieser Welt kannte, hatte es seit mindestens 100 Jahrtausenden oder länger keinen Landläufer mehr gegeben. Konnte ein Geschöpf wirklich *so* lange leben?

Die echsenartigen Augen hefteten den Blick auf die Katze, die wie eine Sphinx zwischen Peabo und Nicole lag.

Fellknäuel fauchte.

Der Drache hob den Kopf und spie einen Schwall Schnee aus, der die Innenseite der Kuppel beschichtete, als ein lautes Lachen aus der Brust des Wesens grollte. »Die Vergessene ist zurück und erinnert sich nicht an sich selbst. Das ist unglaublich komisch.«

Peabo schaute zwischen der Katze und dem Drachen hin und her. »Das verstehe ich nicht.«

Der Drache senkte den Kopf wieder und bedachte ihn mit einem etwas beunruhigenden Grinsen, bei dem sämtliche Zähne aufblitzten. »Du wirst es erst verstehen, wenn es an der Zeit ist. Und selbst dann wirst du es wieder vergessen, denn das liegt in der Natur solcher Dinge. Landläufer, du bist eine Gefahr für diese Welt. Es ist an der Zeit, dass du rückgängig machst, was getan wurde.« Der Drache schaute zum Prälaten, der immer noch die geöffnete Schatulle in der Hand hielt. »Dieses *Ding* ist ein Zeichen dafür, dass diese Welt mit Sicherheit dem Untergang geweiht ist. Die Dunkelheit naht. Es lässt sich nicht vermeiden. Du wurdest geschaffen, um ein Licht in der Dunkelheit zu sein. Die Zeit dafür, dass du die Dinge allein in Ordnung bringen kannst, ist verstrichen. Du wirst Hilfe brauchen. Was die andere getan hat, muss rückgängig gemacht werden. Nur zusammen könnt ihr hoffen, für Licht zu sorgen, wenn die Dunkelheit kommt.«

Blinzelnd versuchte Peabo zu verstehen, was das riesige Geschöpf ihm sagen wollte. Das schien unheimlich wichtig zu sein, nur sprach der Drache in Rätseln. »Ich verstehe immer noch nicht.«

Der Drache nickte. »Das wirst du zu gegebener Zeit. Es ist an der Zeit, dass der Landläufer aus seinem Kokon schlüpft. Du musst das werden, wofür du bestimmt bist. Wenn du zurückkehrst, wird es an der Zeit für den Prismaisten zu erscheinen.« Der Drache senkte den Kopf fast auf Peabos Augenhöhe und sprach in seinem Geist zu ihm. *»Merk dir meine Worte, oder wir werden alle im Nichts sterben. Vertraue nicht deinen Verbündeten aus der Vergangenheit. Diejenigen, die dich kennen, wollen dir schaden. Sie wollen dich in die Irre führen. Am Ende wirst nur du allein dich gegen die Dunkelheit stemmen. Sei Manns genug, kneif die Arschbacken zusammen und stell dich dem Mist, denn du hast noch nicht erlebt, was ein wahres Himmelfahrtskommando ist.«*

Damit schwenkte der Drache den Kopf von Peabo weg und zurück zum Prälaten. Mit dröhnender Stimme sagte er: »Es wird dir nicht gelingen, dieses Ding zu vernichten, aber glaub mir, ich wünsche es dir. Versteck es, halte es von anderen fern, die es benutzen könnten, denn es ist ein Werkzeug der Finsternis.«

Peabos Gedanken überschlugen sich, während er den Drachen anstarrte. Alles, was das Geschöpf von sich gab, war verblüffend. Das größte Rätsel jedoch gab Peabo auf, wieso der Drache ihm gegenüber vereinzelt eindeutig irdische Ausdrucksweisen eingestreut hatte. »Kneif die Arschbacken zusammen« war ein Spruch, den man häufig beim amerikanischen Militär hörte. Auch »Himmelfahrtskommando« war ein eindeutig militärischer Begriff. Für beides hätte es verschiedenste andere Möglichkeiten gegeben, es mit dem üblichen Sprachgebrauch dieser Welt auszudrücken. Dass der Drache stattdessen diese Wortwahl benutzt hatte, jagte Peabo einen Schauder über den Rücken.

Oder vielleicht hatte das Wesen es irgendwie aus seinem Geist geholt ... durch den Schutzschild und seine mentalen Barrieren, die solche Versuche normalerweise unterbanden. Es musste so sein, alles andere ergab schlichtweg keinen Sinn. Oder doch?

Die Stimme des Prälaten hallte laut über den Kirchhof. »Baham, kannst du das in deiner Festung verwahren, fernab von Neugierigen, die es benutzen könnten?«

»Das könnte ich. Aber ...« Der Drache streckte eine Klaue aus und kratzte am Schild. Zischende Funken spritzten in alle Richtungen weg. »Dafür müsstest du den Schutzschild entfernen und den Kreis betreten.«

Viele der um den Kreis verteilten Kirchenmitglieder schnappten hörbar nach Luft und schüttelten den Kopf.

Der Prälat blickte auf den Gnom hinab und nickte.

Mit einem lauten Knacken verschwand der kuppelförmige Schutzschild. Der Prälat schritt über die gezeichnete Linie des Kreises, der sich dabei schlagartig in einer Rauchwolke auflöste. Er schloss die Schatulle und streckte sie dem Drachen entgegen.

Der Drache lachte leise, was trotzdem ein laut dröhnendes Geräusch war, das alle um den verschwundenen Kreis herum unwillkürlich zurückweichen ließ.

Mit zwei Klauen nahm der Drache die Schatulle behutsam aus der Hand des Prälaten entgegen. Dann senkte das riesige Wesen den Kopf und sah den obersten Kirchenmann an. »Richard, du warst schon immer zu vertrauensvoll. Gewähre niemals einer herbeibeschworenen Kreatur ihre Freiheit. Das solltest du doch wissen.«

Peabos Augen weiteten sich vor Angst ebenso wie die aller anderen.

Der Drache begann, von der Schnauze bis zum Schwanz zu leuchten, als bereitete er einen gewaltigen Angriff vor.

Peabo schaute zu Nicole und erkannte auch in ihren Augen panische Angst.

Aber der Drache schmunzelte nur und verschwand mit einem lauten Knall.

Der Prälat, der dem sicher scheinenden Tod ungerührt entgegengeblickt hatte, erschlaffte sichtlich erleichtert. Alle anderen fingen an, aufgeregt durcheinanderzurufen.

Einige Stunden nach der Beschwörung sprachen immer noch alle in der Kirche darüber, was sie gesehen hatten. Peabo und Nicole gingen in ihr Zimmer, da sie sich dringend ausruhen mussten. Menkins hatte sie in der Halle abgefangen und ihnen mitgeteilt, dass die Begleitgruppe für den Marsch nach Myrkheim-Stadt bereitstand und sie morgen früh aufbrechen würden.

Peabo lag zum ersten Mal seit der Wiedervereinigung mit Nicole in einem Bett, und es fühlte sich seltsam für ihn an. Ihm war lebhaft in Erinnerung geblieben, wie ihre Gedanken während Scarletts Angriff miteinander verschmolzen waren.

Er wusste, was sie für ihn empfand, und es beruhte auf Gegenseitigkeit. Dennoch lagen sie wie Bruder und Schwester nebeneinander, und allmählich fragte er sich, ob sich daran je etwas ändern würde.

Im Raum herrschte Dunkelheit, und ohne in ihm gespeicherte Energie hatte er das Leuchten der Maserung seiner Haut verloren. Deshalb konnte er kaum ihre Umrisse neben sich ausmachen.

Fellknäuel lag ausgestreckt quer über das Fußende des großen Betts.

Nicole verlagerte leicht das Gewicht.

Peabo flüsterte: »Ich dachte wirklich, der Drache würde den Prälaten auf einen Satz verschlingen.«

»Ich weiß. Das war ein gewagter Schritt. Wenn der Prälat bereit war, sein Leben aufs Spiel zu setzen, um die Halskette an einen sicheren Ort zu schaffen, können wir uns ja ausmalen, wie gefährlich sie sein muss.«

»Der Drache hat oft ›die Dunkelheit‹ erwähnt. Hat das was zu bedeuten?«

»Ich weiß es nicht. Wir können den Prälaten wohl fragen, bevor wir aufbrechen. Gehört habe ich den Ausdruck schon öfter, aber bisher habe ich ihn immer für eine Umschreibung des Bösen gehalten. Baham hat eher davon gesprochen, als wäre sie etwas Handfestes.«

Mit einem Blick zum Fußende des Betts übermittelte er einen Gedanken an Nicole. *»Was ist damit, was er über Fellknäuel gesagt hat? Ich hatte den Eindruck, dass er sie erkannt hat.«*

»Ja, das war besonders merkwürdig. Was hat er noch mal gesagt?«

Als Peabo ihr antworten und die Worte aus dem Gedächtnis kramen wollte, glich es dem Versuch, Rauch einzufangen – sie waren einfach verschwunden. *»Oha, ich kann mich nicht erinnern. Und ich kann mich an fast alles erinnern ... warum nicht daran, was Baham vor wenigen Stunden über die Katze gesagt hat?«*

»Keine Ahnung.« Nicole tätschelte ihm die Schulter, dann drehte sie sich zur Seite und kehrte ihm den nackten Rücken zu. »Schlaf jetzt. Wir haben morgen einen langen und vielleicht gefährlichen Marsch vor uns.«

Die Warnung des Drachen hallte laut durch seinen Kopf. *»Vertraue nicht deinen Verbündeten aus der Vergangenheit. Diejenigen, die dich kennen, wollen dir schaden. Sie wollen dich in die Irre führen. Am Ende wirst nur du allein dich gegen die Dunkelheit stemmen. Sei Manns genug, kneif die Arschbacken zusammen und stell dich dem Mist, denn du hast noch nicht erlebt, was ein wahres Himmelfahrtskommando ist.«*

Verbündete aus der Vergangenheit? Bedeutete das Nicole? Oder vielleicht die Leute im Turm? Aber sie waren nie wirklich seine Verbündeten gewesen. Er hatte keine Ahnung, was der Drache meinte. Wer auch immer diese Verbündeten aus der Vergangenheit sein mochten, offensichtlich würden sie ihm Schwierigkeiten bereiten.

Außerdem hatte der Drache gesagt: *»Es ist an der Zeit, dass* *der Landläufer aus seinem Kokon schlüpft. Du musst das werden, wofür du bestimmt bist. Wenn du zurückkehrst, wird es an der Zeit für den Prismaisten zu erscheinen.«*

Aus dem Kokon schlüpfen? Das ergab ja noch einen gewissen Sinn – als Landläufer entwickelte er sich mit jedem Aufstieg auf eine höhere Stufe weiter. Er wurde nicht nur stärker, es wirkte sich auch auf seine Sinne aus. Mittlerweile sah er Dinge, die er früher nicht wahrnehmen konnte. *»Wenn du zurückkehrst ...«* Was mochte das bedeuten? Wohin zurück? Nach Hause? Unwahrscheinlich. Zum Turm? Gott, hoffentlich nicht.

Ein Prismaist ... Peabo hatte keinen Schimmer, was damit gemeint sein mochte. Auch niemand, den er gefragt hatte, wusste es. Der Prälat hatte den Begriff noch nie gehört. Peabo wurde nicht schlau daraus. Ein Prisma spaltete Licht in seine einzelnen Farben auf. Hatte es vielleicht etwas damit zu tun?

Aber er mutmaßte nur.

Nicole rührte sich wieder und drehte sich ihm zu. »Ich spüre, wie sich deine Gedanken überschlagen, und das hält mich wach. Was ist los?«

Peabo seufzte. Und ohne nachzudenken, platzte er damit heraus, worüber er eigentlich nicht reden wollte. »Ich liebe dich, und ich glaube, du liebst mich auch. Warum also haben wir nicht miteinander ...«

»Peabo«, fiel Nicoles ihm mit sanfter, aber fester Stimme ins Wort. »Ich werde nie jemanden mehr lieben als dich. Aber genau deswegen und weil du so wichtig für das Wohlergehen dieser Welt bist, darf ich dir nicht im Weg dabei stehen, wahre Liebe zu finden. Mit jemandem, der sie so erwidern kann, wie es sein sollte. Mit jemandem, der dir Kinder schenken kann.«

Peabo spürte, wie Frustration in ihm aufstieg. Hitze schoss ihm ins Gesicht, als er sich den schemenhaften Umriss seiner Gefährtin zudrehte. »Das verstehe ich nicht. Wir haben doch keine Ahnung, was mein Schicksal ist oder wie wichtig ich für diese Welt bin oder auch nicht. Das sind alles nur Mutmaßungen. Warum können wir nicht mehr ... mehr so wie ein Ehepaar zusammen sein?«

»Weil ich dir nie Kinder schenken kann.«

Peabo wollte gerade etwas erwidern, als Nicole ihm mit der Hand den Mund zuhielt.

»Sei still und lass mich reden. Eben weil wir nicht viel über dich wissen und keine Ahnung haben, was passieren wird, kann ich nicht deine Frau sein. Vielleicht sollst gar nicht du, sondern dein Sohn oder deine Tochter die Welt vor einer Bedrohung retten, die wir nicht mal verstehen. Aber Baham hat deutlich zum Ausdruck gebracht, dass diese Bedrohung *kommt*. Wir beide könnten kein Kind hervorbringen. Und ich kenne dich gut genug, um zu wissen, dass du die Entscheidung nicht treffen wirst, also tue ich es für uns beide. Wir können nicht zusammen sein.«

Peabos Kehle fühlte sich wie zugeschnürt an. Er atmete mehrmals tief durch. »Wieso kann deine Fruchtlosigkeit nicht geheilt werden? Der Prälat muss doch ...«

»Der Prälat hat es schon versucht. Was im Turm gemacht wird, ist unumkehrbar. Manches wird aus dem Körper einer Blutmaid gebrannt. Es ist ein Opfer, den wir für unsere Ausbildung bringen. Wir können niemals Kinder empfangen. Finde dich einfach damit ab. Ich habe es getan.«

Peabo rutschte näher zu ihr, und sie schob ihn mit einer Hand auf seiner Brust von sich.

»Nein, Peabo. Wenn das ein Problem für dich ist, gehe ich in ein anderes Zimmer.« Kurz wurde ihre Stimme brüchig, doch sie fing sich schnell wieder. »Das ist für uns beide schwer. Aber du musst meine Wünsche so respektieren wie ich die Pflicht, die ich sowohl uns beiden als auch dieser Welt gegenüber habe. Muss ich gehen?«

Peabo schüttelte den Kopf. »Nein, es tut mir leid ...«

Sie streckte die Hand aus und wischte ihm über die Wange. »Nicht so sehr wie mir. Schlaf ein bisschen. Morgen geht es mit unserer Begleitmannschaft los.«

Peabo legte den Kopf zurück und spürte, wie unverhofft Erschöpfung über ihn hereinbrach.

Nach dem Kampf gegen Scarlett, dem surrealen Erlebnis mit dem Drachen und dieser jüngsten emotionalen Belastung dauerte es nach dem Schließen der Augen nur Sekunden, bis sein Geist endlich ein wenig Ruhe fand.

KAPITEL DREIUNDZWANZIG

Peabo stand in einer leeren Steinkammer unter der Hauptkapelle und schaute auf den glattrasierten Gnom hinab, der aus Schritthöhe seinen Blick erwiderte.

»Wie bei allen Daseinsebenen kann man bei der dünnen Luft da oben überhaupt atmen?«, fragte Spam. »Dir muss ja ständig schwindlig sein. War deine Mutter eine Wolkenriesin oder so?«

»Keine Ahnung«, gab Peabo zurück. »Und ich hab mich gefragt, wie du es in mehrstöckigen Gebäuden die Treppen hinaufschaffst. Hast du immer Kletterausrüstung dabei oder bittest du Kleinkinder um Hilfe?«

Spam schnaubte und nickte zustimmend.

»Na schön, genug jetzt, ihr zwei Scherzbolde.« Menkins betrat die Kammer, gefolgt vom Prälaten und einem weiteren Zwerg, der dreinschaute, als hätte er gerade an einer Zitrone genuckelt.

Spam ging zu dem Zwerg mit der säuerlichen Miene hinüber, und die beiden begrüßten sich. »Siehst ja so fröhlich wie immer aus, Hosten. Hat dir die Frau heut Morgen wieder Bleiche in die Grütze gekippt?«

Hosten fuhr sich mit den Fingern durch den Bart und konterte: »Nein, aber mich überrascht, dass du nach all den Jahren *immer noch nicht* ins Halbwüchsigenalter gekommen bist.«

Peabo lachte grölend, und Nicole klopfte ihm auf die Schulter. *»Zwerge sind dafür bekannt, Leute zu beleidigen, die sie mögen. Unter ihnen ist es wie ein Wettbewerb. Je schlechter sie übereinander reden, desto näher stehen sie sich in der Regel.«*

Peabo dachte zurück: »*Mir ist aufgefallen, dass Spam dich noch überhaupt nicht angesprochen hat ...*«

»Damit hast du recht. Das ist eine lange Geschichte. Sagen wir einfach, ich habe diese Eigenart von Gnomen früher missverstanden und bin ziemlich sauer geworden, als er meinen früheren Gefährten beleidigt hat. Spam hat die Begegnung damals noch nicht vergessen.«

»*Was denn, wolltest du ihn umbringen?«*

Nicole zuckte mit den Schultern. »*Vielleicht ...*«

Peabo verdrehte die Augen, als sich der Prälat mit einem Fingerschnippen die Aufmerksamkeit der Anwesenden sicherte. »Menkins, Hosten und Spam sind die Führer auf dem Weg nach Myrkheim-Stadt.« Er sah die drei an und zeigte auf Peabo und Nicole. »Menkins kennt ja schon alle. Aber für euch, Spam und Hosten: Der große Bursche da ist Peabo. Er ist der Landläufer, über den wir gesprochen haben. Die Frau zu seiner Rechten ist Nicole, seine Blutmaid.«

»Oh«, rutschte Spam heraus, der Nicole dabei anstarrte.

Sie erwiderte den Blick genauso finster. »Manche Dinge ändern sich im Verlaufe der Jahre. Im Gegensatz zu Spams verdreckter Aufmachung. Und wahrscheinlich auch Unterwäsche.«

Spam grinste. »Tja, hoffentlich versuchst du diesmal keine

Dummheiten, sonst zeige ich dir vielleicht, wie schmutzig meine Unterwäsche wirklich ist.«

Peabos Augen weiteten sich, und Nicole antwortete in abfälligem Ton. »So hoch kämst du nicht mal mit einer Leiter rauf, Winzling.«

Spam zwinkerte ihr zu.

Peabo sah Nicole verwirrt an und übermittelte ihr: *»Seid ihr jetzt auf einmal Freunde?«*

Nicole hielt den Blickkontakt mit dem Gnom aufrecht und grinste. *»Wahrscheinlich werde ich heute nicht versuchen, ihn umzubringen.«*

»Nun gut«, fuhr der Prälat unbeirrt fort. »Menkins ist der Anführer, Hosten der Heiler der Gruppe, Spam kümmert sich um alles, was sich euch in den Weg stellt. Ich habe einen Durchgang gesichert, der die meisten dazwischenliegenden Ebenen umgehen sollte und euch in weniger als einer Stunde Fußmarsch nach Myrkheim-Stadt bringt. Die Route ist bereits mit Menkins besprochen. Hat noch irgendjemand Fragen, bevor ich mich verabschiede?«

»Ich«, meldete sich Peabo zu Wort. »Darüber, was der Drache gesagt hat. Er hat die Dunkelheit erwähnt, und ich wollte wissen, ob du etwas darüber weißt, was damit eigentlich gemeint ist.«

»Gute Frage.« Der Prälat nickte. »Ich habe tatsächlich letzte Nacht einige Nachforschungen angestellt und mich auch an den Namenlosen gewandt. Ich denke, Baham hat sich bewusst geheimnisvoll ausgedrückt. Das entspricht der Art der Drachen. Aber ich bin in der Tat auf Hinweise auf eine nahende Gefahr gestoßen. Und sie passen zu etwas, das Baham auch gesagt hat. In den Chroniken der Eva gibt es eine Stelle über die Prophezeiung der Vergessenen. Darin heißt es:

. . .

Weh euch, ihr Oberweltler und Myrkheimer, denn die Dunkelheit entsendet voll Zorn ihre Schergen in dem Wissen, dass die Zeit knapp wird.

Möge der, dessen Schicksal es ist, die Lösung finden. Denn die Lösung kann nur von jenem kommen, der die Zeichen des Prismaisten trägt.«

»Schon wieder Prismaist ...«, murmelte Peabo verwundert. »Baham hat das Wort erwähnt. Ich soll aus meinem Kokon schlüpfen. Und der werden, zu dem ich bestimmt bin. Er hat auch etwas von einer Rückkehr gesagt. Und dass es dann an der Zeit für den Prismaisten ist, zu erscheinen. Das klingt alles ziemlich düster und bedrohlich, aber ich verstehe kein Wort davon.«

Der Prälat grinste. »Genau, und deshalb reist ihr nach Myrkheim-Stadt. Wende dich an das Orakel. Wenn sie dich empfängt. Nur sie könnte die Antworten haben, nach denen wir alle suchen.« Der Zwerg ließ den Blick über die anderen wandern und erkundigte sich: »Gibt es noch weitere Fragen?«

Alle in der Gruppe schüttelten den Kopf.

»Sehr gut.« Der Prälat ging zu einem Teil der Wand, an dem sich keine leuchtenden Pilze befanden, und drückte mit einer schimmernden Hand dagegen. Ein Knirschen ertönte, und das Kirchenoberhaupt trat zurück, als sich eine Tür aus Stein öffnete und den Blick auf einen wirbelnden Strudel aus Farben freigab.

Peabo nahm ein starkes Energiefeld wahr, das hörbar knisterte und knackte, während es langsam gegen den Uhrzeigersinn rotierte.

»Also gut, mir nach. Auf diese Weise sparen wir uns einen Tag Fußmarsch. Haltet euch an den Händen und lasst nicht los, bis wir auf der anderen Seite angekommen sind.«

Ohne Vorwarnung sprang Fellknäuel auf Peabos Rücken. Er

musste um das Gleichgewicht kämpfen, als die Katze die Vorderbeine über seine Schultern schlang. »Hallo, Fellknäuel. Ich dachte mir schon, dass so was kommen könnte.« Die Katze klemmte die Hinterpfoten fest um seine Hüften, und somit hatte Peabo einen Passagier.

Rechts reichte er Nicole die Hand, links Spam, der mit neugierigem Blick zu Fellknäuel aufschaute.

Wie eine Menschenkette führte Menkins sie in den wirbelnden Strudel. Kaum war Peabo über die Schwelle des Durchgangs getreten, spürte er, wie er unnatürlich gedehnt wurde und die Welt mit unvorstellbarer Geschwindigkeit an ihm vorbeirauschte.

Gestein, Dunkelheit und sporadische Lichtblitze sausten abwechselnd vorüber. Und ständig hörte Peabo das Knistern der Energie, die diese rasante Reise ermöglichte, auf der sie sich befanden. Gelegentlich schnappte er unerwartete Laute auf.

Unmenschliche Schreie.

Tiefes, grollendes Gebrüll.

Kampfgeräusche.

Während sie absolvierten, was sich wie eine superschnelle Rutschpartie anfühlte, fragte sich Peabo, wie es möglich sein konnte, einen solchen Durchgang zwischen zwei Orten zu erschaffen. Konnte das jeder, der eine ausreichend hohe Stufe erreichte?

Es war seltsam, fühlte sich an, als bewegte man sich, ohne dabei zu gehen. Da alles vollkommen verschwommen war, gab es keinerlei Bezugspunkte. Und Peabo hatte erhebliche Mühe, das Gleichgewicht zu halten, nicht zuletzt durch die etwa 50 Kilo schwere Katze auf seinem Rücken. Ohne zu wissen, ob es funktionieren würde, übermittelte er Nicole einen Gedanken. *»Was ist das hier eigentlich?«*

»Man nennt es Portal. Eine Verbindung zwischen zwei Orten in unserer Welt oder sogar zu einer anderen Daseinsebene. Es

übersteigt bei Weitem alles, wozu ich fähig bin. Ich habe auch noch nie gesehen, wie jemand ein Portal erschaffen hat. Ich weiß nur, dass der Prälat und vielleicht eine Handvoll anderer dazu in der Lage sind.«

Auch etwas, das zu verarbeiten Peabo Mühe hatte. In letzter Zeit reihten sich rätselhafte Dinge, die er sich nicht ansatzweise erklären konnte, zu einer langen Liste. Natürliche Fragen drängten sich ihm auf: Wie errichtete man ein Portal? Wie funktionierte der Transport? Wie konnte es möglich sein, Menschen durch ein solches Portal zu schicken? In der realen Wissenschaft gab es sonderbare Eigenheiten wie Quantenverschränkung und sogar Quantenteleportation. Es war erwiesenermaßen möglich, dass etwas an einem Ort passierte und sich sofort auf einen anderen auswirkte. Peabo hatte sogar gehört, dass Teleportieren auf atomarer Ebene möglich sein sollte ... aber das hier? Er war sich nicht mal sicher, was eigentlich gerade mit ihnen geschah. Es überstieg bei Weitem, was er mit seinen Kenntnissen je begreifen könnte, dennoch beunruhigte ihn, dass er nicht verstand, wie es funktionierte.

Dann machten plötzlich Peabos Ohren dicht, als er durch das andere Ende des Portals trat und auf wackeligen Beinen in eine andere Kammer aus Stein wankte.

Kurz wurde ihm schwindlig, als Nicole mit einem knackenden Laut direkt hinter ihm erschien.

Fellknäuel hüpfte von seinem Rücken und peitschte mit dem Schwanz.

Auch die anderen wirkten etwas unsteter auf den Beinen als sonst.

Menkins brummte: »Verdammt, wie ich das hasse. Bringt jedes Mal meine Eingeweide gehörig durcheinander.«

Als Peabo tief durchatmete, legte sich das Schwindelgefühl rasch. Nicole umklammerte mit einer Hand seine Schulter, während sie sich vorbeugte und aussah, als müsste sie sich übergeben.

Er schaute dorthin zurück, von wo sie gekommen waren, und sah nur eine Felswand. Niemand konnte ahnen, dass sie einen Weg nach Vulkania beherbergte. Oder vielleicht handelte es sich auch um eine Einbahnstraße, und es gab gar keinen Weg zurück aus dieser Kammer.

Die anderen erholten sich allmählich. Menkins rollte die Schultern und legte den Kopf bald auf die eine, bald auf die andere Seite schief. Wirbel knackten dabei. »Also gut, Leute. Der Rest sollte eine ziemlich kurze Reise sein. Das Portal hat uns etwa eine Stunde Fußmarsch vom Haupteingang zu Myrkheim-Stadt abgesetzt. Näher wäre es gar nicht möglich gewesen, weil die Stadt natürlich dagegen abgeschirmt ist, dass sich jemand mit einem Portal einschleichen kann. Tatsächlich umgehen wir sie und marschieren geradewegs zum Hort des Orakels. Seid auf der Hut. Entlang der Strecke wird normalerweise nicht patrouilliert. Es könnte also sein, dass wir unterwegs irgendwelchen Kreaturen begegnen.

Ich übernehme die Spitze.« Er zeigte auf den Gnom. »Winzling, du bildest die Nachhut. Ihr anderen achtet einfach darauf, am Leben zu bleiben, verstanden?«

Menkins klang stark nach einigen der Sergeants, die Peabo während seiner Dienstzeit gehabt hatte, was sich seltsam beruhigend anfühlte.

Er zog das Schwert, das in den düsteren Verhältnissen unübersehbar schimmerte. *»Ich hab's gespürt, als du mich fallen gelassen hast, Erbsenhirn. Mach das noch mal, dann lasse ich mir was einfallen, wie ich's dir heimzahlen kann.«*

Peabo verstärkte den Griff um das Heft und entschuldigte sich stumm, was die Klinge einigermaßen beschwichtigte. Wer hätte gedacht, dass man die Gefühle eines Gegenstands verletzt konnte?

Menkins zeigte auf den einzigen Ausgang der Kammer, und die Gruppe setzte sich in Bewegung.

Peabo war in diesem verwirrenden Reich schon durch viele sowohl enge als auch breite Gänge gelaufen. Wie Menkins bei all den Verzweigungen und Umwegen um herabgefallenes Gestein oder Felsspalten herum die Orientierung behielt, war ihm ein Rätsel. Mit Sicherheit wusste er nur, dass sich die Welt so tief unter der Erde anders anfühlte.

Es war eine Spur wärmer.

Außerdem schien der sanfte Schimmer in den Gängen vom Gestein selbst auszugehen. Es waren keine offensichtlichen Anzeichen von Pilzen erkennbar, und Peabo fragte sich, ob der Fels womöglich irgendeine Art von Strahlung abgab.

Plötzlich spürte Peabo ein Kribbeln im Nacken. Als er gerade etwas darüber sagen wollte, fühlte er, wie irgendeine unsichtbare Präsenz in ihn fuhr.

Auch alle anderen zuckten zusammen.

Ein Schauder raste Peabo beim vertrauten Gefühl über den Rücken, wie etwas in seinen Geist einzudringen versuchte.

Vor seinem geistigen Auge tauchte riesig ein Bild von Scarlett auf.

Mit zusammengebissenen Zähnen konzentrierte er sich und sah Energiefäden, die sich von einer kaum erkennbaren Gestalt auf der anderen Seite der Höhle zu ihm erstreckten.

In Peabo stieg Wut über die Demütigung auf, dass erneut jemand versuchte, was ihm schon einmal angetan worden war.

Die Luft verdichtete sich, und es schien, als stünde die Zeit beinah still, während er den Griff seines Schwerts umklammerte und sich im Geist gegen den Eindringling zur Wehr setzte. Als er einen Schritt vortrat, spürt er, wie er gegen etwas völlig Fremdartiges stieß.

Alle anderen schienen wie erstarrt zu sein, und als er sich vorwärtsbewegte, leistete selbst die Luft Widerstand. Es fühlte sich an, als watete er durch Honig, aber seine Wut befeuerte seinen Gegenangriff.

Er verstärkte den Druck und bemerkte, wie das andere Wesen nachgab.

Mittlerweile befand er sich nah genug, um seinen Gegner deutlich zu erkennen.

Die Gestalt trug Gewänder, die perfekt der Färbung des Gesteins hinter ihr entsprachen.

Der Kopf war gespenstisch fahl und sah aus, als hätte jemand die Tentakel eines Tintenfisches vorn in jemandes Gesicht gepappt.

Es handelte sich um eine Kreatur, die ihm im Monsterhandbuch untergekommen war.

Ein Gedankenschänder.

Als sich Peabo weiter dagegenstemmte, wich das Wesen einen Schritt zurück.

Es war seinem Angriff nicht gewachsen, als er seine Wut bündelte und direkt auf den Geist der Kreatur entfesselte.

Nach einem gefühlt langen Kampf brach die Verteidigung des Gedankenschänders vollständig in sich zusammen und Peabo erlangte Zugriff auf den Geist seines Angreifers.

Er nahm eine Abfolge von Bildern wahr, sah darin, wie viele Leben die Kreatur bereits ausgelöscht hatte, indem sie die Gehirne ihrer Opfer verstümmelte.

Die schiere Gleichgültigkeit gegenüber anderen widerte Peabo zutiefst an. Dieses Wesen empfand nicht das Geringste dabei, die Bewohner von Myrkheim zu töten. Mit zusammengebissenen

Zähnen verstärkte Peabo mental den Druck auf das weiche Gewebe des Gehirns der Kreatur.

Der Gedankenschänder brach darunter zusammen, bis er ausgestreckt vor Peabo auf dem Boden lag.

Mit einem wuchtigen Schwerthieb trennte er den Tintenfischkopf vom menschenähnlichen Körper.

Schlagartig nahm Peabo die Geräusche in der Kammer wieder wahr.

Peabo war so konzentriert gewesen, ihm war nicht mal aufgefallen, dass alles andere weit in den Hintergrund getreten war.

»Wie zum Teufel bist du so schnell da rübergekommen?«, entfuhr es Menkins.

Aus dem am Boden zuckenden Körper stieg eine Lebensessenz auf. Als sie Peabo berührte, raste ein Schauder durch seinen Körper. Gleich darauf nahm er alles um sich herum etwas heller, schärfer, deutlicher wahr als zuvor.

Er wandte sich von der Kreatur ab, als ihm die Gruppe entgegengelaufen kam. Nicole lächelte. »Du bist gerade wieder eine Stufe aufgestiegen, nicht wahr?«

Peabo zog eine Augenbraue hoch. »Woher weißt du das?«

»Ich habe es gespürt.« Sie tippte sich mitten auf die Brust. »Hier drin.«

Menkins klopfte Peabo auf den Rücken und lachte leise. »So was hab ich noch nie gesehen. Du warst an meiner Seite, als der verfluchte Gedankenschänder angegriffen hat, und im nächsten Augenblick warst du hier drüben und hast ihn alle gemacht. Bin ich dazwischen eingedöst?«

»Ich habe dasselbe gesehen«, merkte Spam an. »Wie kann sich ein so großer, fetter Klotz so schnell bewegen, frage ich mich?«

Peabo blickte auf den winzigen Zauberer hinab und zeigte auf dessen Bauch. »Da redet der Richtige, Kugelwanst. Wärst du noch runder, könntest du rollen, statt zu laufen.«

»Na schön, genug herumgealbert. Wir sind inzwischen fast bei den Wächterinnen des Orakels.« Menkins winkte sie alle vorwärts.

Als sie den Marsch fortsetzten, übermittelte Nicole in Peabos Kopf: *»Was ist da gerade passiert? Es hat ausgesehen, als hättest du dich mit einem Wimpernschlag von einem Ort zum anderen versetzt und den Gedankenschänder ansatzlos getötet. Wie hast du das gemacht?«*

»Um ehrlich zu sein, ich bin mir nicht sicher. Der Angriff war sehr ähnlich dem, was Scarlett mit mir machen wollte, nur viel schwächer. Ich bin wütend geworden. Richtig wütend. Ich weiß, dass irgendwas passiert ist, weil sich die Luft auf einmal dichter angefühlt hat und die Zeit sich für mich verlangsamt hat. Stark verlangsamt. Für mich habt ihr alle wie Statuen gewirkt. Aber ich war so auf den Gedankenschänder konzentriert, dass ich darüber alles andere aus den Augen verloren habe. Dann hatte ich ihn plötzlich überwältigt und habe erkannt, was er war. Also hab ich ihn erledigt.«

Nicole strich mit den Fingerspitzen über seinen Rücken und erwiderte: *»Es ist äußerst ungewöhnlich, dass man so schnell aufsteigt. Wahrscheinlich kannst du noch viel mehr, das dir gar nicht bewusst ist.«* Sie stupste ihn mit der Schulter und schenkte ihm ein herzliches Lächeln. *»Wir sind jetzt sogar schon auf der gleichen Stufe. Wer hätte das je für möglich gehalten?«*

Plötzlich knirschte Gestein, und ein anderthalb Meter hoher Felsbrocken rollte von der Wand.

Peabo schaute verdattert drein, als er feststellte, dass der Felsbrocken Arme und Beine hatte.

Jeweils drei.

Obenauf befanden sich ein riesiger, zur Decke gerichteter Schlund mit gezackten Zähnen und zwei knollige Augen.

Menkins stürmte wie der Blitz vorwärts und schwang die Streitkolben gegen die mit dicken Schuppen gepanzerten Arme und den Körper der Kreatur.

Bevor Peabo auch nur daran denken konnte, einzugreifen, sank das eigenartige Wesen auf den Boden, und Spam feuerte einen knisternden Blitz darauf ab. »Xorne sind Idioten«, verkündete er laut.

Als der Blitz des winzigen Zauberers in den runden Körper des schwer gepanzerten Wesens einschlug, platzte der Xorn auf wie eine reife Melone.

Und so endete der Kampf gegen eine der wohl seltsamsten Kreaturen, die Peabo je zu Gesicht bekommen hatte, nach weniger als zehn Sekunden.

Was Zeugnis davon ablegte, wie mächtig seine Begleiter waren.

Menkins grinste, als er am halb im Steinboden versunkenen Kadaver des Xorns vorbeiging. Unterwegs hieb er mit einem der Streitkolben darauf und schlug mehrere Zähne ein. Er schaute über die Schulter zurück, als er sich der Gruppe näherte. Den Gnom tadelte er: »Du hättest ihn nicht so schnell töten müssen. Ich hatte noch meinen Spaß damit.«

Der Gnom stemmte die Hände in die Hüften und legte den Kopf schief. »Wenn ein so dummes Wesen wie ein Xorn versucht, sich unmittelbar vor mir durch Stein zu versetzen, lasse ich mir die Gelegenheit doch nicht entgehen. Wenn du das denkst, hast du den falschen Gnom vor dir.«

Menkins bedeutete der Gruppe, weiterzugehen. »Wenn ich mich recht erinnere, sind wir unmittelbar vor dem Hort des Orakels.«

Peabo ging einen Hang hinauf. Kaum hatten sie die unterirdische Anhöhe erklommen, erblickte er ein Stück entfernt verblüfft einen Tempel in griechischem Stil. Das Bauwerk besaß hohe weiße Säulen, und einen Moment lang fragte er sich, ob die alten Griechen ihre Architektur von hier hatten ... oder umgekehrt.

Der Tempel sah genau wie einige in Griechenland aus, von denen er Fotos gesehen hatte.

Plötzlich hörte er das Geräusch von Schuppen, die über Stein schrammten, und aus den Schatten zu beiden Seiten des Wegs erschienen zwei riesige Schlangen mit menschenähnlichen Köpfen.

Die Geschöpfe leuchteten vor etwas, das Peabo als irgendeine angeborene Macht wahrnahm.

Als sich die Schlangen auf dem Pfad einfanden, wurde deutlich, dass sie beide mindestens sechs Meter lang waren, goldene Schuppen mit grünen Einsprengseln hatten und Frauengesichter besaßen.

Ohne die goldenen Schlangenaugen, die in der Düsternis leuchteten, wären die Gesichter sogar wunderschön gewesen.

Die Schlangen richteten sich vor ihnen auf. Die linke zischte und bleckte die Fänge. Die gespaltene Zunge dazwischen schnellte vor und zurück. »Seid ihr bereit zu sterben?«

Peabo starrte zwischen den Schlangen hin und her. Menkins stand praktisch unmittelbar vor ihnen, und Peabo konnte sich nicht erklären, warum der Mann nicht zu seinen Waffen griff.

Alle anderen wirkten wie erstarrt. Peabo legte die Hand auf den Griff seines Schwerts. Max brummte in seinem Kopf: *»Mir egal, wie betrunken du je wirst – aber schlepp nicht die beiden ab, hörst du, Soldat?«*

»Darüber musst du dir keine Sorgen machen«, übermittelte er dem Schwert zurück.

Menkins lachte herzhaft über den angedrohten Tod und schüttelte den Kopf. »Rita, du bist nicht so furchterregend, wie du denkst.«

Der Gesichtsausdruck der Schlangenfrau wandelte sich von höhnisch und grimmig zu reiner Enttäuschung.

Menkins ging zu Peabo und klopfte ihm auf den Arm. »Ich bringe einen Landläufer, der zum Orakel will.« Er deutete auf die Schlangen. »Diese Damen sind Beschützer-Nagas, Rita und Chloe. Sie halten den Pöbel davon ab, das Orakel zu stören.«

Die beiden Schlangenfrauen kamen näher und senkten sich herab, bis sie sich beinah auf Armeslänge befanden. »Oh, du bist ja süß. Das Orakel hat deine Ankunft erwähnt.«

»Tatsächlich?«

»Landläufer, komm mit. Ihr anderen wartet hier.«

Die beiden Frauen schlängelten sich den Weg zum Tempel hinauf.

Peabo nickte Nicole, bevor er sich hastig umsah. »Wo ist die Katze?«

»Beeilung, sonst verpasst du vielleicht deine Gelegenheit, das Orakel zu sehen«, rief eine der Frauen zu ihm zurück.

Nicole schob ihn vorwärts. »Sie ist wahrscheinlich irgendwo hier in der Nähe. Geh schon, dafür sind wir schließlich hergekommen.«

Peabo lief hinter den beiden Schlangenfrauen her und fragte sich, worauf er sich nun wieder eingelassen hatte.

KAPITEL VIERUNDZWANZIG

Peabo ging auf den Tempel zu. Obwohl er altgriechische Architektur nur von Bildern kannte, entsprach der Stil – horizontale Steinblöcke, gestützt Säulen – haargenau dem, was er an der Highschool in Geschichte gelernt hatte. Die Säulen wiesen kunstvolle Abbildungen von Kreaturen dieser Welt auf. Drachen, Nagas, etliche andere Geschöpfe, die Peabo noch nie gesehen hatte, und sogar ein Xorn.

An den Stufen hinauf zum Eingang des Tempels hielten die Schlangenfrauen an. Sie lächelten, und trotz der Fänge und der leuchtenden Augen wirkten sie eigentlich recht nett für Kreaturen, die seine Knochen vielleicht in Gelee verwandeln konnten. Das Monsterhandbuch hatte über Beschützer-Nagas nicht viel an Einzelheiten enthalten. Nur, dass sie Zauber wirken, ihre Opfer umwickeln oder praktisch schlagartig mit Gift töten konnten. Was genügte, um jedes vernunftbegabte Wesen misstrauisch werden zu lassen.

Umso erleichterter war Peabo, dass sie zumindest im Augenblick relativ nett zu sein schienen.

Die Schlange links deutete mit dem Kopf zum dunklen Eingang hinauf. »Das Orakel wird dich empfangen.«

»Danke, Rita.«

Die Frau schaute verdrossen drein. »Ich bin Chloe. Eine der Schuppen unter ihrem Kinn ist rot. Ich bin nicht so entstellt.«

Peabo lächelte und entschuldigte sich. »Natürlich. Das hätte ich wissen müssen. Ihr seid beide so wunderschön, dass ich davon geblendet bin und euch verwechselt habe.«

Damit stieg er die Treppe hinauf, während sich Rita und Chloe unterhielten.

»Er ist recht nett, findest du nicht auch?«

»Ja, aber ich glaube, er findet meine rote Schuppe abstoßend.«

»Unsinn, die bemerkt doch keiner.«

»Na ja, er schon ...«

Peabo schmunzelte, als er außer Hörweite der beiden plaudernden Schlangenfrauen geriet.

Kaum hatte er die Schwelle zum Tempel übertreten, verflog die Dunkelheit, da zwei halbhohe Säulen bläulich-weiß zu leuchten begannen.

Die Hauptkammer maß mindestens 100 mal 100 Meter, und Peabo bemerkte, das an einer der Wände etwas schimmerte.

Er ging näher hin. Es sah wie ein lilastichiger Handabdruck aus. Die Schattierung erinnerte beinah an etwas, das unter Schwarzlicht fluoreszierte.

»Wird schon schiefgehen ...« Peabo legte die Hand auf den leuchtenden Abdruck. Die Größe stimmte fast exakt überein.

Nichts geschah.

Wozu der Abdruck wohl diente?

»Er ist nicht dafür vorgesehen, heute von dir benutzt zu werden.«

Fellknäuel tauchte aus den Schatten auf. Peabo blickte zu ihr hinab und flüsterte: »Wie ...«

»*Ich habe auf dich gewartet. Es ist an der Zeit.*«

Peabo starrte die große Katze einen Moment lang an. Dann wirbelte er nach links herum, als er eine Bewegung wahrnahm.

Die hintere Wand des Tempels wies eine große Öffnung zu einem weiteren Raum auf.

Peabo hätte schwören können, dass sie gerade eben noch nicht dagewesen war.

Der Raum dahinter erwies sich als Saal mit einem kunstvoll gestalteten Thron aus weißem Marmor.

Auf dem Thron saß eine winzige Gestalt, die von dem übergroßen Stuhl sprang und auf ihn zukam.

Ein gewöhnliches Kind.

Mit menschlichen Proportionen. Höchstens zehn, elf Jahre alt. Das Mädchen trug ein schlichtes weißes Kleid, hatte dunkles Haar und vollkommen weiße Augen.

Gut, vielleicht doch kein *gewöhnliches* Kind.

»Bist du das Orakel?«

Als die Kleine lächelte, nahm Peabo überhaupt nichts von ihr wahr. Keinerlei Anzeichen von Magie, keine merkwürdigen Gerüche, kein Feuerwerk, nichts.

Fellknäuel näherte sich dem Kind. Das Mädchen ging in die Hocke, bis es sich der Katze von Angesicht zu Angesicht gegenüber befand, und sagte: »Du bist ich.«

Die Katze miaute, und eine übernatürliche Stimme hallte durch den Saal. »Ich bin du.«

Fellknäuel verwandelte sich in eine schwarze Nebelwolke, die das Kind *einatmete*.

»Äh ...« Peabo starrte fassungslos hin, als sich das Kind selbst zu einer grauen Wolke auflöste.

Die Wolke wuchs, bis sie sechs Meter hoch aufragte. In ihr zuckten weiße Blitze.

Eine tiefe Stimme hallte heraus. »*Du bist mein. Ich habe dich erschaffen. Aber da war einen Fehler in deinem ursprünglichen Entwurf. Streck die linke Hand aus.«*

Peabo tat, wie ihm geheißen, während sich sein Verstand beim Versuch überschlug, daraus schlau zu werden, was er gerade bezeugt hatte. Und was sollte das bedeuten, Entwurf? Dieses Wesen hatte ihn erschaffen?

Eine Nebelranke brach aus der Wolke hervor und bildete eine halb durchscheinende Miniaturversion von Fellknäuel. Die Katze sprang auf Peabos ausgestreckte Hand zu.

Bevor er reagieren konnte, verdichtete sich der katzenartige Dunst zu einem dünnen schwarzen Strang, der sich um den Ansatz seines Ringfingers wickelte.

Er spürte ein Brennen, als sich der Strang um den Finger festzog und in die Haut schnitt. Zurück blieb eine geschwärzte, erhabene Strieme, die stark seiner blitzförmigen Maserung ähnelte.

»Du bist jetzt vollständig und musst rückgängig machen, was getan wurde. Deine Bestimmung liegt hinter dir und vor dir ...«

»Was bedeutet das?«, rief Peabo zu der großen Wolke hinauf.

Die Wolke stieg zur Decke des Tempels auf. Ein zusammengerolltes Blatt Papier fiel herab und landete vor Peabos Füßen.

Er hob den Zettel auf und stellte fest, dass darauf etwas in seiner Sprache stand. Ohne die Runensymbole dieser Welt. Auch nicht handschriftlich. Der Text sah aus, als wäre er erst vor wenigen Augenblicken mit einem Laserdrucker ausgedruckt worden.

Turm der Weisen: Untergeschoss
    Kiste: A03
    Carringtons letzter Wunsch

. . .

Die dröhnende Stimme aus dem Inneren der Wolke ertönte in seinem Kopf. »*Deine nächsten Schritte liegen im Turm der Weisen. Sei gewappnet. Wenn du versagst, wird die Dunkelheit alles und alle, die du kennst, auf ewig verschlingen.*«

Mit einem lauten Donnerschlag verschwand die Wolke, und der Tempel blieb völlig leer zurück.

Mit zitternden Händen starrte Peabo auf das bedruckte Blatt Papier und stöhnte.

Der Turm der Weisen.

Der so ziemlich letzte Ort auf dieser Welt, an den er wollte.

Er wandte sich wieder dem Eingang des Tempels zu und spürte, wie ihn Übelkeit überkam.

Wie sollte es ihm gelingen, den weiten Weg dorthin zu bewältigen, sich den Weg in den Keller zu bahnen und in Ariandelles wertvollen Relikten herumzustöbern?

Erlauben würde sie es ihm auf keinen Fall, so viel stand fest.

Klang ganz nach einem Himmelfahrtskommando.

Sei Manns genug, kneif die Arschbacken zusammen und stell dich dem Mist, denn du hast noch nicht erlebt, was ein wahres Himmelfahrtskommando ist.

Die Worte des Drachen würden ihn wahrscheinlich für den Rest seines Lebens verfolgen.

Der angesichts seiner neuesten Mission vielleicht nicht allzu lange dauern würde.

Peabo holte tief Luft und stieß sie langsam wieder aus.

Es war an der Zeit, die Arschbacken zusammenzukneifen.

Peabo stand in einem umschlossenen Hof, der zur persönlichen Unterkunft des Prälaten gehörte. Verblüfft starrte er auf vier in der Luft schwebende Strudel aus weißer, knisternder Energie. Ungefähr jede halbe Minute spie jeder Strudel jemanden von Gott weiß woher aus, bis sich fast hundert Personen unterschiedlichster Gestalt und Größe versammelt hatten.

Als Peabo langsam den Blick über sie wandern ließ, fiel ihm auf, dass fast alle eine weiße Aura besaßen.

Einige waren bis an die Zähne bewaffnet – mit Schwertern, Streitkolben, Morgensternen, Bögen und dergleichen. Andere ähnelten Spam, dem einzigen Zauberer, dem Peabo bisher begegnet war. Sie trugen dicke Gewänder aus grobem Stoff und keine offensichtlichen Waffen.

Peabo und die anderen hatten sich erst vor zwei Stunden zurück nach Vulkania teleportiert und dem Prälaten berichtet, was sich zugetragen hatte.

In der kurzen Zeit war es dem Mann gelungen, eine in Peabos Augen zwar kleine, aber beeindruckende Armee aus ziemlich gefährlich aussehenden Gesellen zusammenzustellen.

Als keine Leute mehr aus den vom Prälaten und seinen Priestern erschaffenen Strudeln kamen, schwenkte der Prälat die Hand. Prompt entwirrten sich die Energiefäden, aus denen sich die Strudel zusammensetzten, und rasten zurück in den Prälaten und die anderen Priester.

Soweit es Peabo anhand der rotierenden Energiestränge beurteilen konnte, funktionierten die Portale irgendwie durch einen konstanten Energiestrom, der in sie floss ... Wurden sie dadurch offengehalten? Er konnte aufgrund seiner Beobachtungen spekulieren, so viel er wollte, es blieb ihm dennoch unbegreiflich.

Die Versammelten gaben eine Schneise frei, als der Prälat in die Mitte des Hofs schritt und seine Stimme laut wie durch ein Megaphon ertönte. »Ihr seid alle aus den Weiten des Festlands gerufen worden, um eine seit unzähligen Jahrhunderten vorhergesagte Mission zu erfüllen.« Der Prälat deutete auf Peabo. »Wir alle haben die Geschichten gelesen, die unsere Vorfahren uns hinterlassen haben. Und wir erinnern uns alle an jene, die vom Landläufer erzählen und davon, was zum Ende des Ersten Zeitalters geschehen ist.

Vom Krieg und vom Zusammenbruch all dessen, was jene erste Welt gekannt hat. Aber wir haben alles wieder aufgebaut. Wir haben überlebt. Wir sind aufgeblüht. Doch an der Warnung vor einer nahenden Dunkelheit, die uns vor so vielen Jahren mitgeteilt wurde, hat sich nichts geändert. Jene Bedrohung liegt immer noch vor uns. Sogar der legendäre Baham, der erste Drache, hat sie zur Kenntnis genommen und uns vor ihr gewarnt.

Der Namenlose hat uns zu Wächtern dieser Welt erkoren, damit wir helfen, sie vor der Dunkelheit zu schützen, die alles Leben bedroht.

Diese Dunkelheit hat bereits begonnen, einige von uns zu unterwandern. Es ist vorhergesagt, dass der Landläufer entscheidend im Kampf gegen die Dunkelheit ist – er soll uns allen ein Licht in den bevorstehenden finsteren Zeiten sein. Es ist unsere Pflicht, dem Landläufer mit allen Mitteln zum Erfolg zu verhelfen.

Die Frauen im Turm der Weisen sind immer Verbündete gewesen, nun jedoch verdächtig geworden. Der Landläufer muss zum Turm zurückkehren und etwas von dort holen. Ich habe euch alle als Begleitgarde für das Unterfangen versammelt. Wir müssen sicherstellen, dass der Landläufer seine Aufgabe erfüllen kann.« Der Prälat verstummte kurz und holte tief Luft. »Gibt es noch Fragen?«

Ein noch kleinerer Gnom als Spam drängte sich nach vorn und rief: »Wie lauten die Regeln für den Umgang mit den Blutmaiden? Ist mit Schwierigkeiten zu rechnen?«

Peabo hatte eigene Vermutungen, wie die Frauen auf seine Rückkehr reagieren würden, aber er beobachtete neugierig, wie der Prälat dem Mann antworten würde.

»Ich hoffe auf ein Entgegenkommen von Ariandelle und ihren Frauen.« Der Prälat schaute verkniffen drein. »Vorrang hat für uns die Sicherheit des Landläufers und seiner Mission. Doch sollte ihm Gefahr drohen, handeln wir ohne Rücksicht auf alles andere.«

Der winzige Mann, der die Frage gestellt hatte, grinste breit, ließ die Hände aufleuchten und Funken zwischen seinen Fingerspitzen sprühen. Sein gesamter Körper schimmerte fast genauso hell wie der Prälat.

Der Gesichtsausdruck des Gnoms und die Macht, die er ausstrahlte, verstärkten Peabos Erkenntnis, dass Macht in dieser Welt weder vom Geschlecht noch von der Größe abhing. Vor allem bei diesen Leuten, die Zauberern so sehr ähnelten, ließ sich nicht abschätzen, wozu sie fähig sein mochten. Es wäre nicht überrascht, wenn der kleine Kerl eine ganze Heerschar von Feinden mit einem bloßen Blinzeln auslöschen könnte.

»Sonst noch Fragen?« Die Stimme des Prälaten dröhnte über den Hof. Nach einer kurzen Pause nickte er. »Wir treffen uns in einer Stunde wieder hier. Esst, trinkt, tut, was immer ihr müsst, um euch vorzubereiten. Wir brechen von hier auf und versetzen uns direkt vor das Turmgelände. Die Kirchturmglocke wird kurz davor durchgehend läuten, also achtet darauf.« Mit einer Handbewegung entließ der Prälat die Versammelten.

Dann kam er auf Peabo zu und gab ihm zu verstehen, dass er ihm folgen sollte.

Als Peabo hinter dem Kirchenoberhaupt durch einen schwach erhellten Korridor ging, schaute der Mann zu ihm zurück und flüsterte: »Ich habe einen Ort für dich vorbereitet, an dem du deine Fähigkeiten gewissermaßen aufladen kannst. Deine Blutmaid müsste inzwischen bereit sein. Sie wird dir helfen.«

Peabo blickte auf den leuchtenden Mann hinab, der das Oberhaupt einer ganzen Kirche verkörperte. »Kennst du Ariandelle?«

»Ja, Junge. Ich habe sie schon gekannt, als sie noch ein Kind war. Aber ich fürchte, sie ist nicht mehr dieselbe wie früher. Zuletzt habe ich mit ihr gesprochen, um deine Heilung im Turm zu besprechen. Als Kind war sie entzückend, aber als Frau ist sie zumindest derzeit ... undurchsichtig.« Er tätschelte Peabo den Arm. »Wir sorgen für dein Wohlergehen, das kann ich dir versichern. Keine Blutmaid wird dir etwas antun. Trotzdem darfst du im Turm nicht unachtsam sein. Er ist voll von uralten Dingen, Geheimnissen und womöglich sogar Geistern. Schau dir ständig über die Schulter. Das ist nicht nur eine Lektion für jetzt, sondern fürs Leben.«

Peabo schmunzelte. Das war auch eine der ersten Lektionen gewesen, die er bei der Armee gelernt hatte. Peabo fiel auf, dass der Korridor in der Ferne beinah taghell wirkte.

»Dorthin gehen wir.« Der Prälat zeigte nach vorn, und beide kniffen die Augen zusammen, als sie durch eine offene Tür schritten.

In der sechs mal sechs Meter großen Kammer dahinter befanden sich mindestens hundert angezündete Laternen, die vereint praktisch ein einzelnes blendendes Licht abstrahlten.

Nicole schirmte mit der Hand die Augen ab, während sie die letzten Laternen entfachte. Dann schaute sie grinsend zu den Neuankömmlingen. »Ich glaube, ich habe alle Laternen aus der Kirche geholt.«

»Gut.« Der Prälat nickte anerkennend und schloss die Tür. Auch er schirmte die Augen gegen das grelle Licht ab. Das Kirchenoberhaupt drehte sich Peabo zu und deutete auf die Laternen. »Ich halte es für klug, dich vor dem Aufbruch für den Notfall mit eigenen Formen des Angriffs und der Verteidigung auszustatten.« Er zeigte auf das Schwert an Peabos Hüfte. »Gegen Blutmaiden, vor allem gegen einige im Turm, wird deine gewöhnliche Waffe wohl nicht viel ausrichten können.« Der Mann grinste. »Außerdem habe ich noch nie gesehen, wie ein Landläufer seine

Fähigkeiten einsetzt. Das wäre ein interessantes Erlebnis für mich.«

Peabo nickte und verspürte Erleichterung. Mittlerweile fühlte es sich für ihn seltsam an, »ungeladen« herumzulaufen.

Nicole legte ihm die Hand auf die Schulter, und er spürte ihre Gegenwart in seinem Kopf. »Falls es zu viel wird, helfe ich dir, aufzuhören.«

»Danke.« Er wandte sich an den Prälaten. »Und nur, falls du es nicht weißt: Benutz nichts, das Licht erzeugt, während ich die Energie der Laternen aufnehme. Auch nicht deine eigenen Fähigkeiten. Ich würde unabsichtlich auch dir die Energie aussaugen. Und das wollen wir mit Sicherheit *nicht*.«

»Danke für die Warnung.« Der Prälat zwinkerte ihm zu. »Davon hat mir die Blutmaid vorhin berichtet.«

Peabo schaute zwischen den beiden hin und her. »Seid ihr bereit?«

Beide nickten.

Peabo atmete ein, und für ihn schien sich alles zu verlangsamen. Die Welt war vollkommen still geworden.

Die in den Laternen flackernden Flammen erstarrten wie eingefroren.

Zwischen zwei Herzschlägen rasten um die hundert Energiefäden von den Laternen in Peabos Körper, und das Licht flackerte wieder.

Die Blitzen ähnelnde Maserung seiner Haut leuchtete auf, und Peabo spürte die Wärme der Energie, die sich in ihm ballte, beinah so, als würde eine Batterie aufgeladen.

Keinen Wimpernschlag später verhüllte Finsternis die Kammer, und der Energiestrom endete.

Peabos Herz pochte wieder im normalen Takt, und er hörte, wie der Prälat scharf einatmete.

Die Stimme des Mannes hallte durch die Dunkelheit. »Erstaunlich. Kann ich jetzt gefahrlos ein Licht anmachen?«

»Ja, ich bin fertig«, antwortete Peabo.

Ein weißer Schimmer erschien über dem Kopf des Prälaten und tünchte den Raum in helles Licht. Der Mann drehte sich Peabo zu und grinste. »Bist du bereit für die Reise?«

Peabo rollte die Schultern, um die darin aufgestaute Anspannung loszuwerden. »So bereit, wie ich je sein werde.«

Der Prälat nickte. »Gut. Es ist an der Zeit für den nächsten Schritt zur Erfüllung deines Schicksals. Gehen wir.«

KAPITEL FÜNFUNDZWANZIG

Peabo wankte aus dem Portal. Als er die anderen beobachtete, stellte er fest, dass er nichts von der Orientierungslosigkeit und Übelkeit spürte, die seine Reisebegleiter zu plagen schienen. Er fühlte sich lediglich ein bisschen wackelig auf den Beinen, als wäre er nach mehreren Stunden auf einem Boot wieder an Land gegangen. Während die anderen nacheinander in knappen Abständen aus dem Portal kamen, betrachtete Peabo eingehend die Umrisse der etwa einen halben Kilometer entfernten Türme. Ein Schauder lief ihm dabei über den Rücken, und er atmete mehrmals tief durch.

Er hatte keine Ahnung, wie es ablaufen würde, aber der Prälat hatte gesagt, er würde das Reden übernehmen. Als sich alle versammelt hatten, machte Peabo den Mann in der Masse ausfindig und ging mit Nicole an seiner Seite zu ihm.

Der Prälat schaute mit schelmischer Miene zu ihm auf. »Sie erwartet uns am Eingang zum mittleren Turm, um mit uns zu reden.«

»Wer, Ariandelle?«, fragte Peabo. »Wann hattest du denn Gelegenheit, mit ihr zu sprechen?«

Der Prälat hob die Hand und wackelte mit dem kleinen Finger. Ein Verständigungsring prangte daran. »Die Schulleiterin und ich haben ein gekoppeltes Paar davon. Oft benutze ich den Ring nicht, aber er ist ein praktisches Artefakt aus der Vergangenheit.«

Peabo zog die Augenbrauen hoch. »Das ist eine Erfindung aus dem ... Ersten Zeitalter?«

»So ist es.« Der Prälat nickte und bedeutete den anderen, sich zu versammeln. Sobald sich alle um den Prälaten herum eingefunden hatten, sprach er gerade so laut, dass ihn noch alle hören konnten. »Wir treffen uns mit der Schulleiterin. Der Landläufer und ich gehen voraus. Ihr anderen bleibt am Rand der Turmanlage zurück. Ich gehe davon aus, dass die Schulleiterin unsere Gegenwart bereits bemerkt und ihre Leute gewarnt hat. Bereitet euch sowohl auf Verteidigung als auch auf Angriff vor und handelt nach Ermessen, falls etwas schiefläuft. Ihr alle wisst, was zu tun ist.« Er wandte sich an Nicole und nickte ihr knapp zu. »In Anbetracht der Lage möchte ich, dass du bei den anderen bleibst. Ich weiß um die enge Bindung zwischen Blutmaiden und ihren Gefährten, aber ...«

»Ich verstehe schon«, fiel Nicole ihm ins Wort.

Peabo schaute verwirrt drein, und Nicole übermittelte ihm ihre Gedanken. *»Der Prälat hat recht. Ich gelte immer noch als gescheiterte Blutmaid. Ich bin im Turm geächtet, ein Beispiel dafür, was man nicht tun soll. Ich bin dort unerwünscht. Es ist in Ordnung so. Gib mir einfach über unsere Verbindung Bescheid, falls du auf Probleme stößt. Dann sage ich es den anderen.«*

»Peabo.« Der Prälat gab ihm ein Zeichen. »Bück dich, damit ich dein Gesicht erreichen kann.« Peabo tat, wie ihm geheißen. Der Zwerg hielt mit jeder Hand drei leuchtende Finger hoch und forderte ihn auf: »Schließ kurz die Augen.«

Peabo gehorchte, und der Prälat legte ihm die Hände seitlich an den Kopf. Wärme breitete sich durch Peabos Stirn, Wangen und Augen aus.

»Ich will ehrlich sein und gestehe, dass ich Ariandelle nicht traue. Andererseits traue ich heutzutage kaum noch jemandem. Was ich gerade mache, wird vorübergehend Teile deines Geistes anregen. Das verbessert deine Sicht, während du dich im Turm bewegst. So kannst du Trugbanne durchschauen und Fallen erkennen. Es schärft deine Sinne. Hoffen wir, dass du es nicht brauchst, aber sicher ist sicher. Nur zu, du kannst die Augen wieder aufmachen.«

Peabo öffnete die Lider und nahm nichts verändert wahr.

»Also gut, Leute.« Der Prälat deutete in Richtung des Turms. »Gehen wir.«

Die Gruppe setzte sich in Bewegung. Als sie alle durch den Waldrand auf die Lichtung vor dem Turm gelangten, legte Nicole eine leuchtende Hand auf Peabos Schulter. Ein heftiges Kribbeln durchfuhr ihn, und sie flüsterte: »Dadurch wirst du selbst schwerer zu treffen, umgekehrt wirst du aber zielsicherer. Nur für alle Fälle.«

Peabo drückte kurz Nicoles Hand, dann ging er mit dem Prälaten weiter auf die Außengrenze der Turmanlage zu, während die restliche Gruppe zurückblieb.

Peabo sträubten sich die Nackenhaare, als er Ariandelles leuchtende Gestalt vor dem Eingang des mittleren Turms stehen sah.

Mindestens 20 weitere Blutmaiden befanden sich zu beiden Seiten der Schulleiterin.

Peabo rechnete überschlagsmäßig nach und gelangte zu dem Schluss, dass seine Gruppe in der Überzahl war und vermutlich die höheren Stufen aufwies. Dennoch war das Letzte, was irgendjemand wollte, ein Gefecht. Und er selbst stand auf einer wesentlich niedrigeren Stufe als die meisten. Bei einer Schlacht zwischen den beiden Seiten könnte zwar seine Seite gewinnen, aber er würde dazwischen wohl wie ein Käfer zerquetscht werden.

»Hör auf zu träumen, Landläufer«, ermahnte ihn der Prälat leise, als sie Außengrenze der Turmanlage passierten. »Bleib bei der Sache.«

Ariandelle kam ihnen entgegen und blieb etwa drei Meter entfernt stehen.

Peabo starrte sie an und sah eine andere Frau als bei ihrer letzten Begegnung. Vielleicht lag es an seiner neuen Stufe, die seine Sicht verbessert hatte. Vielleicht auch an etwas anderem. Jedenfalls bemerkte er leichte Tränensäcke unter ihren Augen. Sie sah älter aus, als er sie in Erinnerung hatte. Auch ihr Haar wirkte nicht annähernd so voll und geschmeidig.

Er holte tief Luft und presste die Lippen zusammen, um nicht zu lächeln. Vielleicht hatte der Prälat ihm mit seinem Zauber die Augen geöffnet. Peabo hielt es für möglich, dass Ariandelle in Wirklichkeit schon immer so ausgesehen hatte, aber ihr Aussehen mit einem leichten Trugbann kaschierte, um jünger zu wirken. Offenbar litt sogar die Leiterin des berühmten Turms der Weisen unter Eitelkeit.

»Ariandelle.« Der Prälat neigte den Kopf. »Es ist eine Weile her. Ich hoffe, es geht dir gut.«

Die Schulleiterin schürzte die Lippen und ließ den Blick über die weiter hinten wartende Ansammlung von Leuten wandern, die der Prälat mitgebracht hatte. »Richard. Wie ich sehe, hast du Freunde dabei. Das wäre nicht nötig gewesen.« Sie wandte sich an Peabo und nickte ihm zu. »Schön, dich wiederzusehen, Peabo.« Ariandelles Blick kehrte zum Prälaten zurück. »Du hast gesagt, es ist dringend und handelt sich um eine ernste Angelegenheit. Kannst du mir das genauer erklären?«

Der Prälat lächelte herzlich. »Natürlich. Es ist ganz einfach.

Ich habe Verbindung mit dem Namenlosen aufgenommen. Viele der alten Prophezeiungen sind dabei, sich zu bewahrheiten. Wie sich herausgestellt hat, muss der Landläufer etwas nachlesen, das sich im Keller des Hauptturms befindet. Wir erbitten lediglich freies Geleit, um zu suchen, was wir brauchen, dann sind wir wieder weg.«

»Und das ist die *bedrohliche* Lage, die du erwähnt hast?« Ariandelle schaute ungläubig drein. »Eine willkürliche Prophezeiung? Richard, gerade du solltest wissen, wie ungenau und irreführend solche Weissagungen sein können.«

»Unser Hinweis stammt vom Orakel höchstpersönlich.«

Peabo beobachtete Ariandelles Gesicht. Irgendetwas daran erschien ihm merkwürdig. Ihr linkes Auge zuckte leicht, als stimmte etwas nicht mit ihr. Vielleicht ein Nervenleiden?

Die Schulleiterin runzelte die Stirn. »Ich kann deine Leute nicht in die Archive lassen. Viele der Gegenstände dort sind unersetzlich und müssen erst noch katalogisiert werden.«

»Das ist in Ordnung.« Der Prälat tätschelte Peabos Arm und sagte: »Nur der Landläufer würde gehen.«

»Nur der Landläufer?« Ariandelle verlagerte die Aufmerksamkeit wieder auf Peabo und verengte die Augen zu Schlitzen. Sie zog ein Paar weißer Leinenhandschuhe von ihrem Bund und reichte sie ihm. »Du darfst nichts mit bloßen Händen anfassen. Die Öle von deinen Fingern können die alten Manuskripte beschädigen. Außerdem darf nichts aus den Archiven entfernt werden, hast du verstanden?«

Weil sich Peabo gerade besonders paranoid fühlte, untersuchte er die Handschuhe gründlich, entdeckte jedoch nichts Ungewöhnliches daran. Sie bestanden aus einem dehnbaren, locker gewebten Material, beinah wie sehr feines Garn. Als er sie anzog, passierte nichts. Kein Funkenregen, keine dunklen Wolken über ihm, nichts.

»Du hast es doch verstanden, oder?«, hakte Ariandelle nach.

Er nickte. »Ja.«

Der Prälat zeigte auf den Turm. »Wer ist gerade noch da drin?«

»Ich habe die Mädchen ersucht, in ihren Unterkünften zu bleiben. Sie werden nicht im Weg sein. Alle anderen sind hier draußen bei uns.«

Das Oberhaupt der Kirche des Namenlosen schaute zu Peabo auf. »Sonst noch etwas, Landläufer?«

»Kann ich den Schlüssel für die Kellertür haben?«

Ariandelle zog eine Augenbraue hoch und schenkte ihm ein verhaltenes Lächeln, als sie eine lange goldene Kette von ihrem Hals löste und sie ihm mit dem daran hängenden Schlüssel reichte. »Ich meine, mich zu erinnern, dass du keinen Schlüssel brauchst. Aber hier ist er.«

»Sonst noch was, Peabo?«, fragte der Zwerg.

Er schüttelte den Kopf.

Ariandelle trat beiseite und deutete schwungvoll mit dem linken Arm auf den Eingang. »Nur zu. Aber denk daran, was ich gesagt habe: Fass nichts ohne Handschuhe an und nimm nichts mit.«

Als sich Peabo auf den Eingang des Hauptturms zubewegte, hörte er leise Nicoles Stimme im Kopf. »*Vergiss nicht, dass sich in dem Turm keine Freunde aufhalten, nur Feinde. Sei vorsichtig da unten.*«

»Mach ich.«

Da die Türen nur angelehnt waren, ging er einfach hinein.

Peabo zuckte zusammen, als er den Schlüssel ins Schloss der Kellertür steckte. Er bekam keinen Schlag, und als er den

Schlüssel drehte, hörte er, wie Metall auf Metall klickte. Die Tür ließ sich mühelos öffnen.

Nach einem erleichterten Atemzug stieg er in den Keller hinunter. Er griff sich eine nicht angezündete Laterne vom Haken am Kopf der Treppe, entfachte sie und schloss die Tür hinter sich. Dann nahm er einen Besen von der gegenüberliegenden Wand und lehnte ihn locker gegen die Tür, durch die er gerade gekommen war.

Peabo wollte in diesem Turm lieber auf Nummer sicher gehen. Zwar hatte er niemanden auf den Gängen gesehen, aber falls ihm jemand folgte, würde er so zumindest durch ein Geräusch gewarnt werden.

Der vertraute, muffige Geruch von Alter wehte ihm entgegen, als er die Treppe hinunterstieg.

Das empfand er an sich auf seltsame Weise beruhigend, doch als er die untere Ebene des Turms erreichte, konnte er die Anspannung nicht unterdrücken, die ihn an diesem Ort mit so vielen unangenehmen Erinnerungen beschlich.

Mit der Laterne in einer Hand und der anderen am Knauf seines Schwerts rückte er weiter in den Keller vor. Der Geruch von ledergebundenen Büchern wurde geradezu überwältigend, je weiter er sich in die unterirdischen Gewölbe bewegte.

Die Kisten stapelten sich drei Meter hoch. Er schaute nach oben und suchte nach den Kennungen. Kiste CB01. Die nächste Reihe begann mit CA01.

Er setzte den Weg mit dem Wissen fort, dass sich A03 am anderen Ende des Kellers befinden musste.

Als er hoch über sich Kiste AB01 entdeckte, hörte er das Geräusch von Metall auf Metall. Peabo wirbelte herum und erblickte etwa sechs Meter hinter sich drei Soldaten in voller Rüstung, die ihm den Weg versperrten.

Noch mehr Geräusche ließen ihn drei weitere zu seiner

Rechten entdecken, dann folgten eine dritte und eine vierte Dreiergruppe.

Insgesamt zwölf Soldaten. Selbst im Halbdunkel des Kellers konnte er ein vertrautes Wappen auf ihren Brustpanzern ausmachen.

Es handelte sich um dasselbe Symbol wie auf den Gold-, Silber- und Kupferquadern, die in diesem Land als Währung dienten.

Einer der Soldaten, die ihm den Weg zum Ausgang versperrten, ergriff mit nasaler Stimme das Wort. »Landläufer, im Namen des Königs, du bist festgenommen.«

»Nicole, hier unten sind Gardisten des Königs. Irgendwelche Ratschläge?«

Die Soldaten hatten alle die Waffen gezogen, die mit einer rötlichen Aura schimmerten. Sie mussten mit irgendeinem Zauber durchwirkt sein.

In jeder Richtung zündete einer der Soldaten eine Blendlaterne an und zielte mit einem hellen Lichtstrahl auf sein Gesicht.

Das war nicht gut.

»Nicole?« Als er ihr den Gedanken zu übermitteln versuchte, wurde ihm bewusst, dass sie ihn aus dem Keller wahrscheinlich nicht empfangen konnte.

Als er Max zog, brüllte die Klinge in seinem Kopf: *»Hast du ja toll hingekriegt, Erbsenhirn. Wir sind umzingelt. Wenigstens macht es das einfacher.«*

Peabo umklammerte das Heft des Schwerts fester, als alle zwölf Gegner gleichzeitig vorrückten.

Es konnte unmöglich gegen alle auf einmal kämpfen.

Irgendwie musste Ariandelle im Voraus erfahren haben, dass er wegen etwas im Keller kommen würde ... und sie hatte mit Sicherheit gewusst, dass diese Soldaten ihn erwarteten.

Heißer Zorn stieg in ihm auf, und er nahm durch das grelle Licht jeden einzelnen der zwölf Männer wahr.

Tatsächlich brauchte er die Augen nicht, um sie zu sehen. Es war, als wäre mit seiner Wut ein sechster Sinn in ihm erwacht.

Er spürte in seinem Innersten, was die Soldaten ausstrahlten.

Nur nahm er sie nicht als Soldaten wahr, sondern als verschwommene Energiekleckse, die auf ihn zusteuerten.

Mit einem schnellen Atemzug saugte er das Licht aus allen Laternen ein und nahm jede der zwölf Gestalten ins Visier, die er vor seinem geistigen Auge sah.

Zwölf einzelne, laserartige Lichtstränge schossen in vier Richtungen von ihm weg. Es gab keinen Lärm, keine Schreie. Nur ein Zischen und schepperndes Metall, als die zwölf Soldaten gleichzeitig zusammenbrachen. Peabo spürte, wie seine Energiereserven versiegten. Die aus ihm strömenden, heißen Energiestrahlen brachen abrupt ab. Der Geruch von verbranntem Fleisch und verkohltem Holz hing durchdringend in der Luft.

Peabos Hände zitterten vor Adrenalin, und sein Mund wurde plötzlich trocken. Er lauschte in die Dunkelheit.

Nichts. Er nahm nur das Geräusch des eigenen – überraschend ruhigen – Herzschlags wahr.

Dann stiegen von den in der Dunkelheit liegenden Soldaten die zwölf winzigen Kugeln ihrer Lebensessenz auf.

Peabo drehte sich im Kreis, während die Essenzen auf ihn zutrieben und von ihm absorbiert wurden.

Es war zwar dunkel, aber nicht völlig.

Irgendwie schien eine der Laternen umgefallen zu sein und noch zu leuchten.

Langsam bewegte er sich darauf zu und stellte fest, dass sie neben einem der Soldaten auf der Seite lag.

Als er sie aufhob, stellte er fest, dass er ein faustgroßes Loch in den Brustpanzer des Mannes daneben gebrannt hatte. Mittlerweile nahm er zusätzlich den Kupfergeruch von Blut wahr.

»Tja, auch 'ne Möglichkeit, mit so 'ner Lage umzugehen? Auf ein Schwätzchen mit unseren Freunden hattest du wohl keine Lust, was?«

Peabo steckte das Schwert zurück in die Scheide und zog einen Dolch vom Hosenbund eines der toten Soldaten. Ihm fiel auf, dass die Insignien des Königs auf dem Griff prangten. Sobald sie sich ein gutes Stück von den Türmen entfernt hätten, würde er die Klinge dem Prälaten zeigen.

Er richtete das Licht der Laterne auf die Kisten, stieg über die Leichen der Soldaten hinweg und setzte den Weg fort. Diesmal lief er.

Kiste K01 folgte auf J01 und so weiter, bis er bei Kiste A01 stehen blieb.

Peabo schwenkte die Laterne, bis er Kiste A03 entdeckte.

Vorsichtig hob Peabo einige der Kisten vom Stapel und stellte sie beiseite, um zu der zu gelangen, wegen der er hergekommen war.

Als er A03 in den Gang zog, betrachtete er die Kiste und sah keine einfache Möglichkeit, sie zu öffnen. Er zwängte den Dolch des toten Soldaten unter den Deckel und hebelte ihn auf.

Das trockene Holz splitterte und gab nach, und die Klinge glitt aus dem Spalt. Aber der Deckel hatte sich leicht gehoben. Peabo wiederholte den Vorgang um den gesamten oberen Rand der Kiste herum, hebelte den Deckel langsam auf, bis er ihn schließlich mit einem kreischenden Holzgeräusch von den wenigen Nägeln lösen konnte, die den Deckel noch fixierten.

Er leuchtete mit der Laterne hinein und sah den Schimmer vergoldeter Bücher. Behutsam hob er eines aus der Kiste. Der Titel sagte ihm nichts, also legte er es beiseite und fuhr fort, bis er die Kiste beinah geleert hatte.

Mit der wachsenden Sorge, vielleicht eine falsche Information zu haben, holte er das vorletzte Buch heraus, das in ein längst ausgetrocknetes, brüchiges Öltuch eingewickelt war.

Er klappte die Schutzhülle auf. Zum Vorschein kam ein Buch mit einem Metalleinband, der einen leichten Schimmer abstrahlte. Peabo drehte es zur Titelseite um und lächelte.

Alle anderen Bücher schienen entweder von einem Kalligrafen verfasst worden zu sein, der offensichtlich reichlich Zeit zur Verfügung hatte, oder sie waren in einem Blocksatz gedruckt, der an eine alte Druckerpresse wie beispielsweise für Zeitungen erinnerte.

Bei diesem Buch verhielt es sich anders.

Es erwies sich als handschriftlich verfasst, allerdings nicht blumig und verschnörkelt wie von einem Kalligrafen. Eher so, als hätte jemand von Hand einen Brief an jemanden verfasst.

Der Titel auf der Vorderseite schien mit Filzstift geschrieben zu sein: »Carringtons letzter Wunsch«.

Das Buch, das Peabo finden sollte.

KAPITEL SECHSUNDZWANZIG

Peabo schlug das Buch auf und las den ersten Absatz.

»Mein Name ist nicht wichtig. Wissenswert ist nur, dass ich seit über 20 Jahren Assistent des berühmten Dr. Carrington bin. In weiterer Folge nenne ich ihn schlicht Carrington, weil er das immer vorgezogen hat. Wer das hier erst lange nach meinem Tod liest, muss wissen, dass Carrington ein Genie war. Er war unbestreitbar der intelligenteste und revolutionärste Wissenschaftler unserer Zeit. Niemand konnte ihm das Wasser reichen. Ich habe es als Privileg und Ehre betrachtet, für ihn zu arbeiten und ihn meinen Freund nennen zu dürfen. Er hatte die bevorstehenden Gefahren lange vor allen anderen erkannt, aber wie immer haben sich Politiker beider Seiten geweigert, auf Vernunft zu hören.

Sie haben die Fehlentscheidungen unserer Anführer nicht als etwas Schlechtes erkannt. Langfristig wäre es so für uns alle besser, haben sie behauptet. War es nicht. Bevor die Bomben gefallen sind, hat Carrington als letzten Wunsch geäußert, dass ich seine Gedanken bewahre und tue, was für die bevorstehende Zeit nötig ist. Wenn diese Hölle endet und wir zu Frieden zurückkehren, werden die Dinge, die ich beschreibe, die Dinge, die Carrington erfunden hat ... vielleicht nützlich sein.«

Peabo überflog das Dokument weiter und versuchte, sich alles einzuprägen, was ihm wichtig erschien. Dennoch fragte er sich unwillkürlich, warum dieses Buch so wichtig sein sollte, dass er unbedingt herkommen musste, um es zu lesen.

Es beschrieb die Zeit vor den Detonationen der Bomben und stellte den Bericht eines Augenzeugen vom Ende des Ersten Zeitalters dar. Was Peabo durchaus faszinierend fand, doch im Hinterkopf hatte er dabei ständig die in der Nähe liegenden Leichen und die über der Erde auf ihn wartenden Leute.

Für interessante Dinge hatte er keine Zeit. Er brauchte Antworten.

Der Namenlose und die Zwillinge wurden mehrfach erwähnt. Die beiden Begriffe schienen für Nationalstaaten zu stehen. Zumindest fasste Peabo es so auf. Verschiedene Länder, die von jemandem ohne Namen und von Zwillingen regiert wurden.

Allerdings unterschieden sich die Herrscher von allen anderen Bewohnern dieser Welt. Sie wurden wie Götter verehrt. Überragend intelligent, mächtig und so weiter. Die Beschreibungen entsprachen ganz dem, wie Gläubige ihre Gottheit darstellen würden.

Seltsam war, dass diese Gottheiten körperlich zu sein schienen, da das Buch andeutete, die Leute hätten sie buchstäblich aufgesucht und leibhaftig gesehen.

Trotz des scheinbar religiösen Hintergrunds der Gesellschaft schien sie sehr fortschrittlich gewesen zu sein.

Kurz wurde in dem Buch erwähnt, dass Satelliten von einem

großen Lichtträger vom Himmel geschossen wurden, was auch immer das bedeuten mochte.

Peabo fragte sich, ob es sich bei »Lichtträger« lediglich um eine andere Bezeichnung für jemanden mit seinen Fähigkeiten handelte. Von einem Landläufer oder einem Prismaisten war nie die Rede. Allerdings hatte er keine Ahnung, wann diese Begriffe zum ersten Mal verwendet worden waren. Dieser Bericht konnte durchaus älter als sie sein.

Jedenfalls verfügte die Gesellschaft jener Zeit über Bomben. Und allem Anschein nach über ziemlich fortschrittliche, die ganze Städte auslöschen konnten. Und offensichtlich gab es zu der Zeit überall Städte. Metropolen mit Millionen Bewohnern.

Mittlerweile gab es in dieser Welt nichts Vergleichbares mehr, so weit Peabo wusste.

Er las weiter, und da es sich um ein relativ kurzes Tagebuch handelte, dauerte es nicht lange, bis er die letzten Seiten erreichte.

Gegen Ende, kurz vor dem Verschwinden der Zwillinge, hat Carrington gesagt, sie hätten ihm das Wissen dafür anvertraut, rückgängig zu machen, was getan werden würde.

Über ein Jahr lang haben wir im Geheimen gearbeitet. Carrington, 20 weitere Wissenschaftler und ich selbst. Die Daten haben mein Verständnis weit überstiegen, aber das Konzept war klar. Es war wie das Zusammensetzen eines Puzzles. Nur hatte ich keine Ahnung, was ich eigentlich baute.

Erst, nachdem die Hälfte der Wissenschaftler dem auf der Welt tobenden Nano-Virus erlegen war, hat Carrington mir endlich verraten, was er über den Zweck der Vorrichtung wusste, in deren Zusammenbau unzählige Stunden geflossen waren.

Irgendwie sollte man damit in der Lage sein, über Raum und Zeit hinaus zu reisen. Und als Carrington der Seuche erlag, wurde der Zugriff auf verschiedene Teile der KI für alle außer der einen Person gesperrt, für die sie bestimmt war.

Ich war einer der Ältesten im Team und hatte nicht ansatzweise damit gerechnet, dass ich der letzte Überlebende werden könnte. Aber so hat es sich ergeben, und jetzt schreibe ich diesen Bericht mit meiner noch verbliebenen Kraft für jene, die vielleicht nach uns kommen.

Ich war es, der die Anlage für eine andere Zeit versiegelt hat. Für eine andere Welt. Es würde alles noch genutzt werden, hat man mir gesagt, aber es war nicht für unsere Generation bestimmt.

Vielleicht ist es die Strafe für eine Tat, die ohne unser Wissen begangen worden ist, oder vielleicht für etwas, das eben nicht getan wurde. Ich werde es nie erfahren.

Ich kann nur sagen, dass diese Erfindung, was immer sie ist, den Schaden rückgängig machen soll, den wir einander zugefügt haben. Ein großes Übel ist im Gange, ich spüre es in den Knochen. Ich sehe es jedes Mal in den Videoübertragungen, wenn ein Politiker spricht. Sie haben uns alle ins Verderben gestürzt. Ich kann nur beten, dass eines Tages jemand das hier liest und dafür sorgt, dass unser Opfer nicht umsonst gewesen ist.

Ich habe zu den Zwillingen und sogar zum Namenlosen oder irgendeinem anderen höheren Wesen gebetet, das mir vielleicht zuhört. Mag sein, dass es eine andere Möglichkeit gegeben hätte, das Unrecht zu beheben, das geschehen ist. Aber ich habe nie eine Antwort erhalten.

Es gibt seit Monaten keine Übertragungen mehr.

Im Äther herrscht Stille.

Womöglich bin ich der letzte Überlebende auf diesem Planeten, und unsere Art ist tatsächlich dem Untergang geweiht. Ich hoffe, das ist nicht der Fall.

Dies ist mein letztes Testament. Ich hinterlasse ein letztes Teil des Puzzles.

Und an denjenigen, der diesen Bericht lesen wird: Bitte halte dir vor Augen, dass ich keine Ahnung habe, was passieren könnte, wenn du diese Sache machst.

Ich habe die KI des Suchers so eingestellt, dass sie denjenigen, wer immer es ist, an diesen Ort bringt, verborgen vor allen Lebewesen ... Und ich bete, die Welt kann durch deine Taten geheilt werden.

Mögen die Zwillinge dein Geschick lenken.

Tiefe Traurigkeit erfüllte Peabo, als er sich vorstellte, wie es für diesen namenlosen Überlebenden gewesen sein musste. Er starrte auf das Buch und wusste nicht recht, was er davon halten sollte, als sich plötzlich eine erstickende Dunkelheit über die Umgebung senkte.

Peabo hörte das Schlurfen von Füßen.

Er spürte die Macht mehrerer Personen in der Finsternis.

Trotz der völligen Schwärze, die ihn umgab, nahm Peabo in der Nähe zwölf weitere Präsenzen wahr.

Leuchtfeuer schimmernder Macht, die sich für ihn wie Fackeln in der Nacht abzeichneten.

Allerdings fühlte es sich nach einer völlig anderen Ebene als bloß hell und dunkel an.

Konnte er wirklich das Echo von Personen und Gegenständen auf verschiedenen Daseinsebenen sehen?

Spürte er so diejenigen, die sich da draußen befanden?

Aus der Dunkelheit ertönte die Stimme einer Frau. »*Wir wissen, dass du deine Kräfte verausgabt hast. Gib auf, oder du bist für die Folgen selbst verantwortlich.*«

Wut überkam ihn, als die unzähligen Gesichter, die er im Turm gesehen hatte, an seinem geistigen Auge vorüberzogen.

Die verschiedenen Vollstreckerinnen, die sogenannten Lehrerinnen – sie alle waren verdächtig, sie alle konnten der Feind sein. Dann fielen ihm plötzlich einige andere Gesichter ein.

Binäro ... der Mann mittleren Alters im nordwestlichen Turm. Der Kurator des Museums mit Objekten aus dem Ersten Zeitalter.

Grundle ... der alte Mann im südöstlichen Turm. Der Kristallweber!

Hastig schob Peabo die Hand unter seinen Hosenbund, holte den beinah vergessenen Lederbeutel hervor und schob die Finger hinein.

Kaum hatte er den Kristall in der Hand, verspürte er einen geradezu unbeschreiblichen Energieschub.

»*Letzte Warnung. Du hast fünf Sekunden.*«

Er hatte keine Ahnung, wer die Frau war oder wer die anderen elf Personen waren, die es auf ihn abgesehen hatten. Aber wie Nicole so richtig gesagt hatte: Sie verkörperten Feinde.

Er atmete ein und entsandte durch seine Verbindung mit dem aufgeladenen Kristall einen Strom blendenden Lichts in zwölf Richtungen gleichzeitig.

Ein Teil des Lichts strahlte durch Kisten und Wände, um sein Ziel zu erreichen. Ein regenbogenartiger Effekt breitete sich im gesamten dunklen Keller aus, als alles in Peabos übernatürlichen Schein getüncht wurde.

Schreie aus den Kehlen der Frauen rissen abrupt ab, als Peabos Angriff durch sie raste und aus ihren Mündern und Augen schoss.

In jener anderen Ebene, die alles andere vor ihm zu überlagern schien, sah Peabo, wie eine Lebenskraft nach der anderen erlosch.

Er spannte den Bauch im Versuch an, aufzuhören – und wie durch ein Wunder endete der Lichtstrom, der aus ihm floss.

Er holte den Kristall hervor, der immer noch hell strahlte, und Peabo lächelte triumphierend.

Irgendwie war es ihm aus eigener Kraft gelungen, sich zu bremsen.

Niemand in seinem Kopf hatte ihm geholfen.

Die Essenzen stiegen aus den über verschiedene Stellen des Kellers verstreuten Leichen auf, und als Peabo sie aufnahm, überkam ihn die Euphorie, die mit dem Erreichen einer neuen Stufe einherging.

Stufe 10.

Doch diesmal verlief es anders als sonst.

Zuvor hatte er Blitze in allen Regenbogenfarben gesehen. Seltsame Auren verschiedener Schattierungen. Aber nichts Durchgängiges.

Diesmal erstrahlte die gesamte Welt um ihn herum in einer Fülle von Farben. Sie mit einem Regenbogen zu vergleichen, wurde ihnen nicht gerecht.

Farben in der Dunkelheit hatte er bisher nicht gekannt. Und plötzlich fühlte es sich an, als wäre Peabo sein Leben lang farbenblind gewesen und erlebte sie zum ersten Mal in voller Pracht.

Aus wissenschaftlicher Sicht wusste er, dass der Mensch nur einen kleinen Teil des Lichtspektrums wahrnehmen konnte. Den Bereich des Regenbogens sozusagen. Nun jedoch ... Ihm fehlten die Worte für die Farben, die er sah.

Die letzten Sätze aus dem Buch liefen noch einmal in seinem Kopf ab.

Ich habe die KI des Suchers so eingestellt, dass sie denjenigen, wer immer es ist, an diesen Ort ... Und ich bete, die Welt kann durch deine Taten geheilt werden.

Mögen die Zwillinge dein Geschick lenken.

Peabo wusste, wohin er als Nächstes musste.

Als er zum Kellerausgang loslief, stieß er fast sofort auf eine Leiche. Die Frau war blond und trug ein dunkles Gewand. Er bückte sich, riss das Gewand auf und erblickte eine vertraute Halskette. Sie schien genauso Licht zu absorbieren wie jene, die Scarlett getragen hatte.

Der Kittel unter der Robe wies die Insignien des Königs auf.

Er spuckte auf die Tote, rannte weiter und staunte über den Schaden, den er angerichtet hatte.

Ariandelle würde stinksauer sein.

Peabo lächelte. Er hätte nicht übel Lust gehabt, alles hier unten in Schutt und Asche zu legen, nur um sie zu ärgern. Aber das musste nicht sein.

Er eilte die Treppe hoch, nahm zwei Stufen auf einmal und zog die Kellertür so wuchtig auf, dass er sie beinah aus den Angeln riss.

Als er mit schnellen Schritten durch den Korridor stapfte, begegnete er einer der älteren Schülerinnen. Ohne nachzudenken, entsandte er einen Strom starken Lichts direkt in ihren Kopf.

Sie erstarrte vor Schreck, als er ihre Gedanken durchwühlte.

Die junge Frau hieß Candace. Sie war siebzehn und hatte Angst, zu versagen. Und Todesangst vor ihm. Aber sie hatte sich kein Verbrechen zuschulden kommen lassen.

Er ging an ihr vorbei und raunte: »Geh zurück in dein Zimmer. Hier draußen ist es nicht sicher.«

Peabo rannte weiter und spürte, wie sich knisternde Wut durch ihn ausbreitete, als er an die Angriffe auf ihn im Keller dachte.

Kaum hatte er den Eingang erreichte, traf er auf Ariandelle, sah ihren überraschten Gesichtsausdruck und jagte ansatzlos denselben starken Strom unsichtbaren Lichts in ihren Geist wie zuvor bei Candace.

Für den Bruchteil einer Sekunde befand sich Peabo in ihrem

Kopf. Und kurz, bevor es ihr gelang, ihn zu vertreiben, spürte er eine erstickende Dunkelheit in ihr.

Eine pechschwarze Grube schierer Bösartigkeit klaffte mitten im Geist der Frau auf und beherrschte ihn.

Die Welt schien stillzustehen, als Peabo einatmete und gleichzeitig angriff.

Eine schillernde Lichtsäule fuhr in Ariandelle, während Peabo spürte, wie sich die Welt um ihn herum verdunkelte.

Er nahm mehr Energie als zuvor auf, entfesselte dann gleichzeitig mehrere tastende Ranken und ließ sie auf all die anderen Blutmaiden los.

Drei weitere Lichtsäulen erfassten drei andere verdorbene Blutmaiden, die Peabo erkannte, und er musste alles aufbieten, um nicht von den ihn durchströmenden Kräften zerrissen zu werden.

Und plötzlich spürte er Nicoles beruhigende Gegenwart.

Die Macht verebbte, und er ließ davon ab. Die Welt drehte sich wild um ihn, als er auf die Knie sank.

Peabo spürte, wie er hochgehoben wurde, und er schaute über die Schulter zurück.

Von Ariandelle und den drei anderen Blutmaiden war nur Asche geblieben, die davontrieb.

Peabo schüttelte die helfenden Hände ab und schaffte es, aus eigener Kraft zu stehen.

Mit fast einhundert Soldaten und Zauberern hoher Stufen unmittelbar hinter sich marschierte Peabo auf die mehreren Dutzend Blutmaiden zu, die sich auf dem Hof vor dem Hauptturm versammelt hatten.

Obwohl er sie alle vorhin nur einen Wimpernschlag lang gestreift hatte, kannte er sie. Er spürte ihre Verblüffung und Verwirrung. »Eure Schulleiterin und einige andere von euch waren von etwas Unbeschreiblichem besessen. Böse beschreibt es nicht ansatzweise. Eine große Finsternis ist dabei, das Land zu überziehen. Ihr müsst alle auf der Hut sein. Stählt euch gegen das Böse, das naht. Krieg zieht auf. Wappnet euch dafür. Ihr seid entweder Verbündete oder der Feind. Ihr alle ... macht euch bereit. Die Dunkelheit kommt.«

Peabo wandte sich von den Frauen ab, ging zum Prälaten und zeigte ihm den Dolch, den er dem Soldaten im Keller abgenommen hatte. Außerdem beschrieb er ihm die zweite Welle von Angreiferinnen und die Halskette, die er gesehen hatte.

Der Prälat erbleichte und schüttelte den Kopf. »Hast du im Keller bekommen, was du gebraucht hast?«

Peabo nickte. »Ich glaube, ich weiß, wohin ich als Nächstes muss.«

Der Prälat wandte sich den Blutmaiden zu und sprach laut genug, um auf dem gesamten Hof gehört zu werden. »Wer ist eure neue Schulleiterin?«

Die Frauen blickten geschlossen auf die gleiche Person unter ihnen, die daraufhin erst den Kopf neigte und dann einen Schritt vortrat. »Das bin ich, Prälat. Mein Name ist Eileen.«

Peabo schritt auf die Frau zu, und ihre Blicke begegneten sich. Er lächelte. »Eileen – oder besser gesagt Schulleiterin Eileen: Es tut mir leid, dass es so kommen musste. Aber du weißt selbst, dass irgendetwas Besitz von Ariandelle ergriffen haben muss. Deshalb stehst jetzt du an ihrer Stelle.«

»Du hast natürlich recht. Ich habe vor etwa einem Jahr eine Veränderung bemerkt.« Eileen seufzte. »Aber an wen hätte ich mich damit wenden können?« Röte stieg der älteren Frau in die Wangen, und sie sah Peabo in die Augen. »Ich entschuldige mich für alles, was ich dir zugemutet habe. Aber ich habe nur ...«

»Ist schon gut. Du hast nur deine Arbeit gemacht.«

Der Prälat schlug mit der neuen Schulleiterin ein. »Ich glaube, wir sind uns bisher noch nicht begegnet. Aber ich sollte dich wohl warnen. Du trittst als neues Oberhaupt des Turms der Weisen ein schweres Erbe an. Leider muss ich dir mitteilen, dass du im Keller einige tote Blutmaiden und Gardisten des Königs hast.«

Eileens Augenbrauen schossen beinah bis zum Haaransatz hoch, während ihr gleichzeitig die Kinnlade herunterfiel.

»Ich schlage vor, die Leichen zu verstecken, aber das bleibt natürlich dir überlassen. Niemand von uns ist gewappnet für einen Krieg gegen den König. Aber vielleicht müssen wir uns darauf vorbereiten, wenn es kein Einzelfall bleibt, was heute hier passiert ist.« Der Prälat tätschelte den Arm der Frau. »Der Turm und die Kirche des Namenlosen sind immer noch verbündet. Hoffen wir, dass es nicht zum Krieg kommt. Trotzdem solltet ihr euch vorbereiten.«

Eileen presste die Lippen zu einer schmalen Linie zusammen, als sie nickte.

Der Prälat verbeugte sich kurz vor der neuen Schulleiterin, dann rückte die gesamte Gruppe vom Hauptturm ab.

Kaum hatten sie die Außengrenze des Turmareals überschritten, hörte Peabo im Kopf Nicoles Stimme. *»Geht es dir gut?«*

»Ja. Dank dir.«

Der Prälat wandte sich an Peabo und fragte: »Und was musst du nun als Nächstes zu tun?«

»Anscheinend habe ich eine Verabredung mit dem Sucher.«

»Dem Sucher?« Der Prälat klang überrascht. »Wir müssen zurück zur Dvorak-Insel?«

Peabo nickte. »Ich kehre wohl dorthin zurück, wo alles angefangen hat. Zu den Trostlosen Ebenen.«

Der Prälat verzog das Gesicht. »Diese Ebenen sind tückisch. Der Sand kann einen am Stück verschlingen. Man kann sich unmöglich zurechtfinden. Und die Sucher, die über diese Ebenen herrschen ... sind Monster. Bist du sicher, dass du dorthin musst?

Willst du gegen einen von ihnen kämpfen? Denn falls ja: Das wurde schon versucht, und es hat verheerend geendet.«

»Nein, ich glaube, es ist eher beabsichtigt, dass ich irgendwie auf dem Sucher reite. Zumindest hat das Carringtons Assistent geschrieben, wer auch immer der Mann war.«

»Einen Sucher reiten ...« Der Prälat klang bei den Worten, als hätte Peabo völligen Schwachsinn von sich gegeben. »Na gut.« Der Prälat gab den Versammelten ein Zeichen. »Der erste Halt ist Vulkania.« Er wandte sich an Nicole. »Sammelt Brodie ein, dort hält er sich normalerweise auf. Dann brecht ihr drei zur Dvorak-Insel auf. Irgendwelche Fragen?«

Nicole sagte: »Wissen wir irgendetwas Nützliches über die Sucher?«

Der Prälat nickte. »Eine gute Frage. Vielleicht solltet ihr in der Kirchenbibliothek und in den Archiven der Bibliothek von Vulkania nachsehen. Es wäre höchst bedauerlich, wenn unser Landläufer zu einem Imbiss für eine uralte Kreatur mit unersättlichem Appetit wird.«

Peabo nickte und fragte sich wieder einmal, worauf er sich einließ.

KAPITEL SIEBENUNDZWANZIG

Gerade erst aus Vulkania teleportiert, stand Peabo nun am Rand von Raiheim, einer kleinen ländlichen Gemeinde auf der Insel Dvorak. Es war die erste Ortschaft, die er damals nach seiner Ankunft in dieser Welt gesehen hatte. Er war sich nicht mehr sicher, wie lange das zurücklag, wahrscheinlich ein knappes Jahr. Damals hatte der diese Welt betreten, ohne überhaupt etwas über sie, geschweige denn *von* ihr zu wissen.

Zwar wusste Peabo inzwischen einiges mehr, doch er empfand es nie als genug. Immer noch stieß er regelmäßig auf Dinge, die er wissen sollte, aber eben nicht wusste. Während er auf das graue, harte Terrain der weitläufigen Trostlosen Ebenen starrte, überschlugen sich in seinem Kopf die Gedanken über seine nächsten Schritte. Er warf einen Blick zu Brodie. »Ich kann nicht glauben, dass wir wieder da sind, wo wir angefangen haben. Schon irgendwie seltsam. Wäre ich damals einfach hiergeblieben, wäre ich fast ein Jahr früher in der Situation gewesen, in der ich mich jetzt befinde.«

»Möglich, Peabo.« Brodie nickte und klopfte Peabo gegen den

Arm. »Vielleicht, vielleicht aber auch nicht. Ich würde schon behaupten, dass du jetzt viel besser für den Umgang mit Gefahren gerüstet bist als damals, sowohl durch deine Erfahrungen als auch durch deine verbesserten Fähigkeiten.«

Nicole drückte Peabos Hand. »Außerdem hättest du mich sonst nie vor dem Schicksal bewahrt, das mir bei der Auktion damals geblüht hätte. Ich denke zwar schon, dass manche Dinge vorherbestimmt sind, aber nicht unbedingt in beliebiger Reihenfolge.«

Peabo nickte. »Ich will damit ja nicht sagen, dass irgendetwas ein Fehler war. Ich finde es bloß ironisch, dass ich jetzt wieder hier bin.«

Der zwergische Hohepriester wandte sich an Nicole. »Selbst wenn der Sucher Peabo als Reiter akzeptiert, könnte er dich als Bedrohung ansehen und angreifen, das ist dir klar, oder? Ich bin immer noch der Meinung, du solltest den Landläufer sein Schicksal allein erfüllen lassen.«

Peabo legte sowohl Brodie als auch Nicole eine Hand auf die Schulter und drückte sie leicht. Dann drehte er sich Nicole zu und küsste sie auf die Schläfe. »Brodie könnte recht haben. Es macht mir nichts aus, es allein zu tun. Aber wenn du darauf bestehst, mitzukommen, werde ich dich nicht davon abhalten. Nur ist es riskant.«

Nicoles Gesichtsausdruck verhärtete sich, und ihr Tonfall duldete keinen Widerspruch. »Ich lasse mich nicht noch einmal von dir trennen. Wir sind ein Gespann. So ist es nun mal.«

»Gut.« Brodie gab einen mürrischen Laut von sich. »Nicole, du hast den Verständigungsring dabei. Falls irgendwelche Schwierigkeiten auftreten, gibst du mir Bescheid.«

Peabo und Nicole schlugen mit dem hartgesottenen alten Zwerg ein, bevor sie über den sandigen Boden der Trostlosen Ebenen losmarschierten.

Mit Nicole an der Hand drang Peabo in südlicher Richtung weiter in die Trostlosen Ebenen vor. Er wusste, dass irgendwann etwas passieren würde.

Nicole verstärkte den Griff um Peabos Hand. »Wie kannst du nur so ruhig sein? Mein Herz rast gerade.«

Peabo grinste, denn er spürte ihren schnellen Puls deutlich über ihre Verbindung. »Na ja, ich denke mir eben, dass dieser Sucher, was immer er sein mag, wahrscheinlich darauf programmiert ist, mich unversehrt irgendwohin zu bringen, sonst wäre der Sinn der Sache verfehlt.«

»Programmiert?« Nicole legte die Stirn in Falten. »Ich verstehe dieses Wort nicht.«

»*Programmiert* ist ein Begriff aus meiner Welt. Heute gibt es in dieser Welt die Maschinen nicht mehr, die es im Ersten Zeitalter offenbar gegeben hat. In mancher Hinsicht war die Welt damals fortschrittlicher. In dem Carrington-Tagebuch, das ich im Turm gelesen habe, war von ›KI‹ die Rede, eine Abkürzung für Künstliche Intelligenz. Das hatten wir auch in meiner Welt. Der genaue Wortlaut in dem Buch ist: ›Ich habe die KI des Suchers so eingestellt, dass sie denjenigen, wer immer es ist, an diesen Ort bringt.‹ Künstliche Intelligenz ist etwas, das wir bei mir zu Hause in fortschrittlichen Maschinen einsetzen.«

»Soll das heißen, der Sucher ist gar kein echtes Lebewesen?«, fragte Nicole.

»Ich will damit sagen, dass ich vermute, der Sucher ist irgendein künstliches Wesen. Kein natürliches. Mit einer Programmierung erteilt man einer Maschine Anweisungen, die sie befolgen soll. Ähnlich, wie wenn man ein Tier abrichtet.«

»Und der Sucher hat die ganze Zeit nach einem Landläufer gesucht, den er befördern soll?«

Peabo zuckte mit den Schultern. »So steht es in dem Buch. Ich vermute mal, wir werden ...«

Plötzlich ertönte irgendwo hoch über ihnen ein ohrenbetäubendes Kreischen. Beide schauten auf, als sich ein großer Schatten vorübergehend vor die Sonne schob.

Nicole drückte Peabos Hand fester. »Was sollen wir tun?«

Peabo ließ den Blick suchend über das Gelände wandern. Etwa 100 Meter entfernt entdeckte er einen großen Felsbrocken. Peabo entfesselte darauf mit einem knappen Energiestoß einen kurzen Lichtstrahl.

Das Licht fuhr in den Stein, ohne offensichtlichen Schaden anzurichten, soweit Peabo es beurteilen konnte.

»Vielleicht hilft ihm das, mich zu erkennen.«

Nicole sah ihn an und japste. »Die Maserung deiner Haut leuchtet noch. Du hast dich selbst gebremst?«

Der Schatten zog vorbei. Peabo beobachtete, wie eine gewaltige Gestalt träge nach links schwenkte und geschätzt 300 Meter über ihnen durch die Wolken glitt.

»Ich glaube, ich habe mehr Kontrolle, seit ich Stufe 10 erreicht habe.« Kaum hatte Peabo die Worte ausgesprochen, spürte er, wie die Narbe an seinem Ringfinger pulsierte. Ob er durch die höhere Stufe mehr Kontrolle erlangt hatte oder durch das, was das Orakel und Fellknäuel mit ihm gemacht hatten, wusste er nicht wirklich.

Nicole zeigte nach Süden. »Er kommt.«

Peabo starrte zu der Kreatur, die langsam in ihre Richtung abstieg. Der Anblick erinnerte ihn an einen Jet im Landeanflug. Obwohl der Sucher gelegentlich mit den Flügeln schlug, ahmte er den Flug eines Vogels nicht perfekt nach.

Und soweit es Peabo beurteilen konnte, wurde er langsamer, ohne dass man offensichtliche Bemühungen dafür erkannte. Ein Vogel würde die Flügelstellung anpassen und leichte Bewegungen ausführen. Was sich ihnen näherte, tat nichts davon.

Dafür war es groß.

Je näher es kam, desto gewaltiger wurde es.

Was immer es sein mochte, es schien beinah die Spannweite eines C-17 Transportflugzeugs aufzuweisen. Es war riesig.

Geradezu lächerlich groß.

In vielerlei Hinsicht ähnelte es einem überdimensionierten Pterodaktylus, nur hatte es Federn und einen langen Schnabel mit Zähnen, den es öffnete, als es einen äußerst überzeugend klingenden, warnenden Schrei ausstieß.

Kein Wunder, dass die Bewohner dieser Welt panische Angst davor hatten. Und falls es sich um irgendein fortschrittliches Fluggerät handelte, konnte es ohne Weiteres über Bewaffnung verfügen.

Mittlerweile hatte der Sucher die Geschwindigkeit so sehr verringert, dass jedes konventionelle Flugzeug oder nicht flatternde Tier einfach vom Himmel gefallen wäre.

Nicht so der Sucher.

Peabo spürte, wie sich ihm die Nackenhaare sträubten, als er weder das Geräusch eines Tiers noch eines Düsentriebwerks hörte – sondern ein deutliches Summen. Es klang beinah wie ein Hochspannungstransformator.

Langsam glitt der Sucher heran und setzte mit zwei klauenbewehrten Füßen auf, keine 100 Meter vor ihnen.

Er öffnete weit den Schnabel, und Peabo starrte fassungslos hin.

Bei den gezackten Erhebungen im Schnabel handelte es sich nicht um Zähne ... sondern um Stufen.

»Gehen wir.« Peabo setzte sich in Bewegung. Nicole klebte praktisch an seiner Seite, folgte ihm Schritt für Schritt.

Als sie sich nur noch fünf Meter vom offenen Schnabel des

Suchers entfernt befanden, übermittelte Nicole: *»Bist du dir sicher?«*

Peabo duckte sich und erblickte im Schlund des Suchers einen großen Ohrensessel, der stark an den von Captain Kirk in *Raumschiff Enterprise* erinnerte. *»Bin ich.«* Als sie die erste Stufe betraten, atmete Peabo den Geruch von Alter ein, der aus den Tiefen der Kreatur wehte. Die gar keine Kreatur war. Es handelte sich vielmehr um irgendein Fluggerät, das man wie ein Tier gestaltet hatte. Kaum hatten sie die oberste Stufe erreicht, klappte der Unterkiefer zu, und im Inneren gingen Lichter an.

Es gab nur einen Sessel.

Peabo führte Nicole hin und sagte: »Setzen wir uns hin. Du kauerst dich einfach auf meinen Schoß.«

Nachdem sie es getan hatten, fädelten sich automatisch Sicherheitsgurte um sie beide, strafften sich und fixierten sie an dem Sessel. Fast sofort spürte Peabo, wie sie vom Boden abhoben.

»Ist dieses Ding so was wie ein Portal?«, fragte Nicole.

Peabo lächelte. Wie erklärte man diese Vorrichtung jemandem, der noch nie auch nur ein Auto gesehen hatte, geschweige denn ein Flugzeug? »Es erfüllt den gleichen Zweck. Ich denke, wir werden bald erfahren, wohin es geht.«

Nicole lehnte den Kopf an seine Brust und seufzte. »Wenigstens sind wir nicht tot.«

»Jedenfalls noch nicht.« Er schmunzelte.

Plötzlich wurden sie beide hart gegen die Rückenlehne gepresst, und Nicole stöhnte bei der abrupten Beschleunigung.

Ihr Gewicht erdrückte Peabo regelrecht, als er spürte, wie seine Wangen geplättet wurden.

Er hatte schon in vielen schnellen Flugzeugen gesessen, aber die Beschleunigung eines Jets überstieg selten 1g. Dieses Ding beschleunigte mindestens drei- bis viermal so schnell.

Nicole biss die Zähne zusammen und konnte kaum den Kopf bewegen. »*Ich erdrücke dich, nicht wahr?*«

»*Alles gut.*« Was nicht wirklich stimmte. Peabo spannte die Körpermitte an und konzentrierte sich darauf, langsam einzuatmen und die Luft wieder auszustoßen.

Die Beschleunigung schien sich ewig fortzusetzen. In Wirklichkeit dauerte sie jedoch wohl höchstens ein, zwei Minuten an. Dann ließ der Druck plötzlich nach, und ein Gefühl von Schwerelosigkeit setzte ein.

Seine Augen weiteten sich. Befanden sie sich im Weltraum?

Nicole starrte auf ihren in der Luft schwebenden Arm. »Was ist hier los?«

»Ich weiß es nicht.« Peabo versuchte, sich zu erinnern, wie man die Entfernung berechnete, die sie bei einer Beschleunigung von 4g über zwei Minuten zurückgelegt haben könnten. Er war sich nicht sicher, ob er richtig lag, aber wenn sie sich wirklich 300 Kilometer über der Oberfläche befanden und schnell genug flogen, konnten sie tatsächlich denselben Effekt von Schwerelosigkeit erleben wie Satelliten. »Ich kann mir nicht vorstellen, warum ... Sagen wir einfach, ich glaube, wir sind gerade sehr, sehr hoch am Himmel.«

Das Gefühl der Schwerelosigkeit ließ schnell nach, und das gesamte Fluggerät begann zu vibrieren.

Allmählich ergab es für Peabo mehr Sinn. Höchstwahrscheinlich hatte die Maschine eine Parabelflugbahn eingeschlagen, um über die Atmosphäre hinauszuschießen und die Reibung durch sauerstoffhaltige Luft zu vermeiden. Es war, als würde man einen Baseball vorwärts und hoch in die Luft werfen. Auf dem Höhepunkt des Bogens würde der Baseball ebenfalls schwerelos erscheinen. Wahrscheinlich hatten sie das gerade erlebt.

Und nun stiegen sie ab.

Zum Glück erwies sich der Weg nach unten als weniger

heftig. Keine extremen g-Kräfte, kein Verglühen in der Atmosphäre, nur ein gelegentliches Ruckeln, während der Sucher zu dem unbekannten Ziel raste, an dem sie landen würden.

Die Schwerelosigkeit lag vielleicht eine Viertelstunde zurück. Sie hatten seither beide geschwiegen, beide ohne die geringste Ahnung, was als Nächstes passieren würde.

Und so plötzlich, wie die Reise begonnen hatte, spürte Peabo, wie das Fluggerät sanft auf etwas Festem aufsetzte.

Nicole klopfte ihm wiederholt auf den Arm, als sich der Schnabel des Riesenvogels öffnete. Die Gurte lösten sich automatisch und zogen sich in den Sessel zurück.

Peabo stand auf und stampfte mit den Beinen, um den Blutkreislauf wieder in Gang zu bringen. Dann stiegen sie beide die Stufen hinunter auf etwas, das nach einer einsamen Insel aussah, samt Palmen und einem Strand etwa einen halben Kilometer hinter ihnen.

Es schien später Abend zu sein.

Raiheim hatten sie am Morgen verlassen, und sie waren höchstens eine halbe Stunde gereist. Es schien nahezu unmöglich zu sein, in so kurzer Zeit Tausende Kilometern zurückgelegt zu haben, und wieder stand Peabo vor Fragen ohne Antworten. Wie groß war dieser Planet? Wie lang war ein Tag? Wie schnell waren sie wirklich gereist?

Nicole schnappte nach Luft und zeigte geradeaus.

Etwa 200 Meter vor ihnen ragten zwei riesige, in die Seite eines Bergs gehauene Steinfiguren auf, jede mindestens 30 Meter hoch und mit entschlossenem Gesichtsausdruck. Für Peabo sah es so aus, als trügen sie Togen und offene Sandalen.

Ehrfürchtig betrachtete er sie und sagte: »Ich frage mich, wer …«

»Das sind die Zwillinge«, verkündete Nicole im Brustton der Überzeugung. »Das hier ist ein uralter Ort.«

Sie entfernten sich vom Sucher und steuerten auf die hohe Felswand zu.

An deren Fuß befand sich zwischen den Statuen eine große Tür. Als sie sich ihr näherten, ging ein Licht an und erhellte den Eingang.

Die Beleuchtung schien von einer modernen elektrischen Quelle auszugehen – der ersten, die Peabo seit seiner Ankunft in dieser Welt zu sehen bekam.

Auch die Tür passte nicht zu dem, was er aus diesem Umfeld und dieser Zeit kannte.

Sie ähnelte eher dem Eingang eines Bunkers, bestand aus Metall, wies keine sichtbare Möglichkeit zum Öffnen auf und maß mindestens viereinhalb Meter in der Breite und Höhe.

Auf der Tür prangte eine Darstellung der Zwillinge, daneben befand sich ein kleiner quadratischer Kasten.

»So etwas habe ich noch nie im Leben gesehen«, sagte Nicole in ehrfürchtigem Ton.

Peabo ging zu dem Kasten und klappte die Abdeckung auf. Die Vorrichtung sah wie der Sicherungskasten in der Garage seine Eltern aus, nur kam in diesem Fall unter der Abdeckung die Abbildung einer Hand zum Vorschein.

Zuletzt hatte Peabo so etwas im Tempel des Orakels gesehen.

»Wozu soll ein leerer Kasten gut sein?«, fragte Nicole.

Er sah sie an, bevor er den Blick wieder auf die violett schimmernde Hand in dem Kasten richtete. »Du siehst darin nichts?«

»Nur den Kasten.« Sie zuckte mit den Schultern. »Ist da noch etwas, das ich nicht sehe?«

Peabo erwiderte nichts. Stattdessen holte er tief Luft und drückte die rechte Hand auf das leuchtende Abbild.

Sofort öffnete sich die riesige Metalltür.

Beeindruckt beobachtete Peabo, wie die knapp einen Meter dicke Explosionsschutztür geräuschlos aufschwang. Als er hineinspähte, sah er nur einen Flur. »Ich denke, wir sollten reingehen.«

Peabo übernahm die Spitze. Kaum hatten sie die Tür durchschritten, schloss sie sich wieder hinter ihnen.

Flächenleuchten an der Decke sorgten für Helligkeit. Am Ende des Gangs erwartete sie ein wirbelnder weißer Strudel.

Nicole zeigte hin. »Zumindest das verstehe ich.«

Hand in Hand traten sie weiter vor, und als Peabo das Portal berührte, erstarrte alles.

»Deine Bestimmung liegt hinter dir und vor dir ...«

Die Stimme hallte laut in Peabos Kopf wider. Es war dieselbe, die er im Tempel des Orakels gehört hatte. Davon war er überzeugt.

»Was passiert hier?«

Peabo spürte, wie er vorwärtstrieb, während Nicole erstarrt hinter ihm zurückblieb.

»Nicole!«

»Die Blutmaid verbleibt in Starre. Es ist nicht zulässig, dass jemand aus diesem Universum für unsere Zwecke in seine Vergangenheit reist.«

»Das verstehe ich nicht. Wer bist du? Was willst du von mir?«

Peabo spürte, wie er sich überschlug, während Bilder an ihm vorbeirasten. Allerdings nahm er keine Fliehkräfte wahr, sondern hatte nur das Gefühl, gleichzeitig in alle Richtungen gedehnt und gezogen zu werden, während er sich schnell bewegte.

»Ich bin jemand, an den man sich nicht erinnern kann. Die anderen sind verbannt. Du bist von einem anderen Ort hergebracht worden, um rückgängig zu machen, was getan wurde. Du bist erschaffen worden, um das zu bekämpfen, was die Existenz aller beenden will.«

Mittlerweile hatte Peabo das Gefühl, schneller und schneller in einen Abfluss zu strudeln. Er hatte keine Ahnung mehr, wo oben oder unten war. »Wie soll ich das anstellen? Ich weiß ja nicht mal, wovon du redest oder was getan wurde, das rückgängig gemacht werden muss.«

Peabo sah Bilder einer von Krieg verwüsteten Welt: vor langer Zeit zerstörte Städte, Hungernde, Massensterben und Chaos - eine Zivilisation, dem Aussterben nah.

»*Ich kann dir nicht sagen, was du tun sollst, denn selbst wenn ich es täte, du würdest dich nicht daran erinnern.*«

In seinem Kopf blitzten Bilder von Krieg auf, von Explosionen, von Städten, die dem Erdboden gleichgemacht wurden, von Sterbenden, die unter einstürzenden Trümmern um Hilfe beteten, die nie kam.

»*Du wirst dich nicht an mich erinnern. Das ist meine Natur. Deshalb bin ich immer noch hier. Unbekannt und doch präsent.*«

Peabo sah geschäftige Städte, Wolkenkratzer, Lichter und schwebende Fahrzeuge, die Passagiere über Städte, Kontinente und riesige Ozeane beförderten.

»*Du wirst die Gelegenheit erhalten zu beeinflussen, was getan wurde, denn in dem Augenblick, in dem du dich gerade befindest, ist es noch nicht getan worden.*

Du bist das Licht in der Dunkelheit. Du bist, was kommen wird, was rückgängig macht, was wiederherstellt – oder wir sind alle nichts.

Du bist der Prismaist.«

Peabo stürzte nach vorn und fiel auf die Knie.

Die wirbelnden Lichter, der Flur, die Bilder, alles war verschwunden.

Er atmete ein und zuckte zusammen.

Die Luft roch durchdringend nach Schwefel.

Schwankend rappelte sich Peabo auf die Beine, ließ den Blick durch die schwach erhellte Kammer schweifen und stellte fest, dass er diesen Ort kannte.

Er erkannte es am bläulich-weißen Schein, der von zwei halbhohen Säulen ausging.

Er befand sich im Tempel des Orakels.

Rasch suchte Peabo die Umgebung ab und entdeckte keine Anzeichen von Leben.

Er lief zum Eingang und dorthin, wo die beiden Schlangenwächterinnen sein sollten.

Keine Spur von ihnen.

Irgendwo in der Ferne hörte er rasant hämmernde Geräusche.

Peabo rannte den Pfad entlang dorthin, wo sich der Zugang zum Hort des Orakels befinden sollte, doch er stieß auf eine massive Wand aus Stein.

Plötzlich trat ein Riss in der Wand auf, und er hörte Geräusche wie von mehreren Presslufthämmern, die gegen das Gestein schlugen.

Mit weit aufgerissenen Augen wich Peabo zurück und beobachtete, wie ein mannsgroßes Loch im Fels entstand. Auf einmal brüllte jemand: »Halt!«

Sämtliche Maschinen verstummten. Ein dunkelhäutiger Mann mit Atemschutzgerät spähte durch das neu entstandene Loch und starrte Peabo verdattert an. »Wie ... Du lebst?«

Die Frage überrumpelte Peabo. »Sollte ich nicht?«

Der Mann schien völlig perplex zu sein. Dann lugten andere durch das Loch, alle mit einem Gesichtsschutz. »Die Luft hier unten auf dieser Ebene von Myrkheim ist noch nicht für Bewohnbarkeit aufbereitet. Bist du wahnsinnig?«

Peabo trat durch den frisch entstandenen Durchgang, und obwohl er die Luft als abgestanden und unangenehm empfand, schien man sie atmen zu können.

Er sah sich etwa zehn Leuten gegenüber, alle mit Bergbauausrüstung und Schutzhelmen. Sie starrten ihn an, als wäre er ein

Außerirdischer. Einer flüsterte einem anderen zu: »Was soll das mit dem Schwert und der merkwürdigen Kleidung?«

Keiner der Männer war ein Zwerg. Irgendetwas fühlte sich falsch an.

Einer reichte ihm ein Ersatzatemgerät. »Setz das auf, bevor du draufgehst. Hier unten gibt es giftige Gase.«

Das Letzte, woran er sich erinnerte, war die Insel, auf der er mit Nicole gelandet war. Und nun befand er sich plötzlich unmittelbar vor dem Tempel des Orakels.

Was war passiert?

»Ich gehe einfach nach Myrkheim zum Tempel des Namenlosen.«

»Ein Tempel? Hier unten? Du willst mich wohl veralbern.« Einer der Männer legte den Kopf schief und starrte ihn fragend an. »In den Minen gibt's weder eine Stadt noch einen Tempel. Wenn du 'ne Stadt willst, dann geh rauf nach Brevard, das ist der nächstgelegene Außenposten der Mine.« Er kramte etwas aus der Tasche, das wie eine Plastikkarte aussah. »Aber du brauchst einen Generalschlüssel für die Fahrstühle.«

»Was?« Peabo schnappte nach Luft und ballte die Hände zu Fäusten, damit die anderen sein Zittern nicht bemerkten. »Was ist mit Vulkania? Ich weiß, dass dort ein Tempel ist ...«

»Jungchen«, sagte ein älterer Bergmann zu ihm und begann, die Riemen des Atemgeräts zu lösen, das man Peabo gereicht hatte. »Ich glaub, das Gas hat deinen Verstand benebelt. Von so 'nem Ort hab ich noch nie gehört.«

»Am Eingang stehen zwei riesige Zwergenstatuen. In der Stadt selbst leben Tausende Zwerge.« Allmählich beschlich Peabo das Gefühl, verrückt zu sein. Der ältere Mann setzte ihm die Maske auf, und Peabo atmete tief ein.

Die Vorrichtung schien lediglich die schlechten Gerüche aus

der Luft zu filtern. Seine Gedanken überschlugen sich, während die Bergleute untereinander redeten. Der Anführer der Gruppe zog etwas hervor, das wie ein Walkie-Talkie aussah. Er hielt es sich ans Ohr und sagte: »Charles, wir haben hier unten jemanden, der ein bisschen verwirrt ist. Wir brauchen medizinische Evakuierung.«

»*Was ist los?*« Der Lautsprecher des Geräts dröhnte so laut, dass Peabo die Worte hören konnte.

»Da bin ich mir nicht sicher. Wir haben so 'nen Kerl gefunden, der auf Ebene 9 rumgelaufen ist. Er redet von Zwergen, unterirdischen Städten und Tempeln. Muss am Gas liegen.«

»*Zwerge? Welche Zwerge?*«

»Ja, oder? Wie auch immer, schafft eine Trage hier runter. Ich hab mein Signallicht eingeschaltet. Keine Ahnung, wie der Bursche hier gelandet ist, aber er ist hier fehl am Platz.«

Peabos Mund klappte auf, als ihm plötzlich alles klar wurde.

In Carringtons Tagebuch hatte gestanden: »*Ich kann nur sagen, dass diese Erfindung, was immer sie ist, den Schaden rückgängig machen soll, den wir einander zugefügt haben.*«

Den Schaden rückgängig machen.

Peabo war erst auf der Insel gewesen, dann auf einmal hier.

Es gab keine unterirdischen Städte. *Noch nicht.*

Dafür gab es moderne Kommunikationsgeräte.

Die Zwerge, die seit unzähligen Generationen unter der Erde gelebt hatten ... die existierten *noch nicht*.

Peabo befand sich in der Vergangenheit ... irgendwo im Ersten Zeitalter.

Ein Brummen näherte sich, und eine schwebende Trage mit blinkendem Licht sauste auf sie zu, bevor sie drei Meter entfernt anhielt.

Einer der Männer führte Peabo langsam hin und lächelte ihn dabei verhalten an. »Das wird schon wieder, Kumpel. Du brauchst nur ärztliche Versorgung und frische Luft. Dann kommt alles wieder in Ordnung, da bin ich mir sicher.«

Weil Peabo nichts anderes einfiel, lächelte er zurück und legte sich hin. Die Trage schwebte ohne offensichtlichen Antrieb.

Die Bergleute starrten ihn alle mit aufrichtig besorgten Blicken an.

Dann setzte sich die Trage in Bewegung und flog einen Schacht entlang nach oben.

Unterwegs kämpfte Peabo darum, sich daran zu erinnern, was zwischen der Insel und seiner Ankunft im Tempel geschehen war.

Aber es gelang ihm nicht – sein Gedächtnis für die Zeitspanne erwies sich als völlig leer.

Als Peabo die Sinne entsandte, lief ihm ein Schauder über den Rücken.

Er konnte Nicole nicht wahrnehmen.

Die beiden Fäden, die ihn mit ihr verbanden, erstreckten sich zwar nach wie vor von ihm weg, nur verliefen sie am anderen Ende ins Leere.

Peabo wurde klar, dass Nicole noch lange nicht geboren sein konnte, wenn er sich wirklich so tief in der Vergangenheit dieser Welt befand.

Auch die Zwerge hatten sich noch nicht entwickelt und an das Leben unter der Erde angepasst.

Alles, was er über diese Welt wusste, war gerade auf den Kopf gestellt worden.

Er befand sich im Ersten Zeitalter.

In einer modernen Welt.

Einer Welt am Rand einer alles vernichtenden Katastrophe.

VORSCHAU AUF DER PRISMAIST

Peabo streckte die Arme seitlich von sich, als der Arzt ein Stethoskop gegen die linke Seite seiner Brust drückte.

»Tief einatmen«, wies der Arzt ihn an.

Er tat, wie ihm geheißen. Dabei starrte er mit großen Augen auf die Poster an der Wand des Arztes. Sie warben für neue Medikamente zur Behandlung von Krankheiten, von denen Peabo noch nie gehört hatte.

»Ausatmen.«

Peabo kam der Aufforderung nach, und sie wiederholten den Vorgang, als der Arzt die Seite wechselte und seine Brust rechts abhörte.

Plötzlich wechselte das Bild der Poster an der Wand, und sie zeigten neue Werbung und medizinische Informationen. Auf den ersten Blick wäre Peabo nie darauf gekommen, aber es schien sich um eine Art Videowand zu handeln. Die Anzeige wirkte lebensecht und umfasste sogar 3D-Effekte, die winzige Knicke und gewellte Ecken der Poster simulierten.

Der Arzt trat einen Schritt zurück und musterte Peabo. »Mr.

Smith, irgendwie scheinen Sie jeglichen körperlichen Nebenwirkungen der Gase in den Minen entgangen zu sein. In der Hinsicht haben Sie großes Glück. Aber Ihre Amnesie ist ein wenig besorgniserregend.« Mit behandschuhten Fingern neigte der Arzt Peabos Kopf so nach oben, dass er zur Decke schaute. »Diese Male überall an Ihrem Körper – hatten Sie die schon von Geburt an, oder ist das eine Tätowierung?«

»Ich kann mich nicht erinnern«, log Peabo.

Der Arzt, der stark einem dunkelhäutigen Zwilling von Max Decker ähnelte, Peabos ehemaligem Ausbilder beim Militär, runzelte die Stirn. Schließlich richtete er die Aufmerksamkeit auf ein Tablet auf einem nahen Tisch. Er griff es sich und wischte auf dem Display nach oben, während seine Augen hin und her zuckten.

Peabo befand sich noch keine Stunde in dieser scheinbar neuen Welt und hatte bislang keine gute Erklärung dafür auf Lager, wie er nach Myrkheim gelangt war. Wie er mittlerweile erfahren hatte, handelte es sich bei der unterirdischen Anlage offenbar um irgendein geheimes Regierungsprojekt. Statt sich eine Reihe von Halbwahrheiten auszudenken, griff er auf das Einfachste zurück, was ihm eingefallen war: Gedächtnisverlust.

So verschaffte er sich etwas Zeit. Er musste herausfinden, was er an diesem Ort sollte, dessen Regeln er nicht kannte, und er wollte verhindern, dass er sich unbedacht um Kopf und Kragen redete.

Mit besorgter Miene wischte der Arzt ein letztes Mal über sein Tablet. »Mr. Smith ...«

»Bitte nennen Sie mich einfach Peabo.«

Der Arzt nickte. »Na schön, Peabo ...« Er drehte den Bildschirm des Tablets so herum, dass Peabo ihn sehen konnte. »Was sagt Ihnen das?«

Peabo blickte auf das Display und seufzte erleichtert, als er

VORSCHAU AUF DER PRISMAIST

feststellte, dass er die runenartigen Symbole kannte. »Hier steht, dass für Patient Peabo Smith keine Identifikation vorliegt.« Peabo schaute zu dem Arzt auf und zuckte mit den Schultern. »Dann liegt wohl irgendein Fehler im System vor.«

An der Wand begann ein rotes Licht zu blinken. Der Arzt strich mit dem Zeigefinger darüber, und es erlosch. »Es ist unmöglich, dass jemand nicht im System erfasst ist. Ohne Netzhautscan kann man kein Gebäude betreten. An Ihnen ist nirgendwo eine integrierte Backup-ID. Nicht mal Ihre Kleidung weist Mikro-Tags mit Informationen darüber auf, wo die Fasern hergestellt wurden. Und dieses Schwert ... und der leuchtende Edelstein ...« Es klopfte an der Tür. »Tut mir leid, aber der Sicherheitsdienst des Außenpostens musste die Regionalbehörden verständigen.«

Die Tür öffnete sich, und ein kräftiger Mann in dunkler, paramilitärischer Uniform mit einem Schlagstock am Gürtel trat ein. Er nickte dem Arzt knapp zu, bevor er sich auf Peabo konzentriert.

»Tut mir leid, Peabo, aber Sie werden den Regionalbehörden zur weiteren Überprüfung übergeben.«

Der Sicherheitsbeamte bedeutete Peabo, aufzustehen.

Peabo hüpfte vom Untersuchungstisch und deutete auf den Patientenkittel, den er trug. Wie bei denen zu Hause schnürte man sie hinten zu, dennoch blieb ein Schlitz und ließ Luft an Stellen wehen, an die sie nicht sollte. »Kann ich zuerst wieder meine Sachen anziehen?«

»Moment.« Der Arzt öffnete einen Schrank, kramte in einem Stapel gefalteter Monturen und reichte Peabo schließlich eine blaue Hose samt blauem Hemd. »Das sollte Ihnen passen.«

Der Beamte hielt die Tür offen, während sich Peabo umzog. »Ihre Kleidung und sonstigen Habseligkeiten werden bereits in einem Sicherheitslabor untersucht. Wir nehmen einen Röhrentransport zur RBI-Zentrale. Was weiter mit Ihrem Besitz passiert, wird geklärt, wenn wir dort sind.«

Peabo holte tief Luft und stieß sie langsam wieder aus. Bisher verhielten sich alle sehr höflich und behandelten ihn gut. Seine Gegenwart stellte eindeutig irgendeinen Sicherheitsverstoß dar, und diese Leute wollten herausfinden, wer um alles in der Welt er war und was vor sich ging. Dieser Wachmann hatte vermutlich lediglich die Befugnis, ihn von A nach B zu eskortieren. Nachdem er sich angezogen hatte, verließ er die Arztpraxis und beschloss, zumindest vorläufig mitzuspielen.

Der Wachmann führte ihn einen langen Korridor entlang. Als sie sich dessen Ende näherten, leuchtete ein grünes Licht in ihre Gesichter. Prompt verkündete eine Stimme aus einem versteckten Lautsprecher: *»Identifizierung fehlgeschlagen. Türen werden versiegelt.«*

Der Wachmann bedeutete, Peabo, stehen zu bleiben, und Peabo erstarrte abrupt. »Sicherheitsüberbrückung: Alpha-Charlie-X-Ray-Baker-Baker-Three.«

»Stimmmuster positiv. Sicherheitsüberbrückung bestätigt. Officer Daniels, bitte nennen Sie Ihr Ziel.«

»Forschungstrakt, RBI-Zentrale. Direkttransport über sichere Route.«

»Bestätigt. Privater Röhrentransport für Officer Daniels und unbekannte Person zur Zentrale des Regional Bureau of Investigation, Forschungstrakt.«

Peabo hörte das Rauschen von Luft hinter den Türen am Ende des Flurs. Bevor er überlegen konnte, was ein Röhrentransport sein mochte, öffneten sich die Türen zischend. Zum Vorschein kam eine röhrenförmige Kabine mit zwei gut gepolsterten Sesseln darin.

»Kapsel ist zum Einsteigen bereit.«

Peabo folgte dem Wachmann hinein und versuchte, nicht überrascht über die für ihn neuen Eindrücke zu wirken.

Sie betraten die nur etwa fünf Meter lange und zweieinhalb Meter breite Kapsel. Die Wände bestanden aus einem transparenten, glasähnlichen Material. Kaum saßen sie beide, schlossen sich die Türen, und Peabo spürte, wie sich der Luftdruck veränderte.

Aus den Lautsprechern in der Kopfstütze des Sessels ertönte die Durchsage: »*Abfahrt in Kürze.*« Die Frauenstimme sprach mit einem seltsam fröhlichen Tonfall, als hätten die Passagiere einen Preis gewonnen.

In die Sitze eingebaute Sicherheitsgurte wurden aktiviert und wickelten sich bei beiden als mullartiges Geflecht um die Beine und die Brust. Als sich die Kapsel geräuschlos in Bewegung setzte, schwenkte Peabos Stuhl sanft so herum, dass er in Fahrtrichtung blickte, und er spürte, wie er gegen den Sessel gepresst wurde.

»*Kapsel verlässt Station Myrkheim.*«

Peabo drehte den Kopf zum gelangweilt dreinschauenden Wachmann und fragte: »Wie lange dauert es zur Zentrale?«

»Geht schnell. Es sind nur etwa fünf Minuten ab dem Umschaltterminal.«

Peabo schaute durch die transparenten Wände der Kapsel, während sie durch etwas beschleunigte, das nach einer Betonröhre aussah.

Der Transport musste mit irgendeinem reibungsfreien System erfolgen, denn in der Kabine war nicht das geringste Geräusch zu hören.

Zuerst rasten sie etwa jede Sekunde an einem an die Wand gemalten schwarzen Streifen vorbei, doch nach kaum 20 Sekunden flogen die schwarzen Streifen nur noch als graue Schliere an ihnen vorüber.

Als Peabo die Aufmerksamkeit gerade wieder auf den Wachmann richten wollte, verschwand die Betonröhre, und die Kapsel flog durch die Luft. Peabo spürte, wie sich seine Bauchmuskeln unwillkürlich zusammenzogen, als sie hart nach rechts drehten. Der Stuhl drehte sich durch den Schwung der Richtungsänderung, und Peabo erkannte, dass sie in Wirklichkeit nicht durch die Luft flogen, sondern in eine durchsichtige Röhre gelangt waren.

In der Ferne entdeckte er ein Gewirr weiterer halbtransparenter Röhren, das aus dieser Perspektive beinah wie verheddete Angelschnüre aussah.

Gebäude rasten vorbei, und es wurde rasch deutlich, dass diese Welt bedeutend fortschrittlicher sein musste als seine ursprüngliche Heimat.

»*Passagiere, wir erreichen gerade das Umschaltterminal in Brevard. Bitte sitzenbleiben. Ihr Fahrzeug wird automatisch in die richtige Warteschlange für den Hochgeschwindigkeitstransport gereiht.*«

Hochgeschwindigkeitstransport? Galt das noch nicht als Hochgeschwindigkeit?

Bevor Peabo verarbeiten konnte, was er sah, schoss die Kapsel in eine Betonstruktur. Im vorderen Bereich der Kapsel flackerte etwas auf.

Ein Hologramm eines Mannes in einem Laborkittel erschien. Ohne das anfängliche Flackern hätte Peabo schwören können, der Mann wäre leibhaftig in ihrer Transportkapsel aufgetaucht.

»*Willkommen, Nachbarn!*«

Der Mann klang lebhaft und vergnügt. Wie eine seltsame Version des Fernsehmoderators Mister Rogers.

»*Ihr steht kurz davor, mit Hyperschallgeschwindigkeit durch unseren souveränen Staat befördert zu werden. Manche Passagiere fühlen sich beim Anblick der vorbeirasenden Landschaft etwas unwohl, deshalb sind alle Kapseln mit Verdunklungsportalen ausgestattet, die bei Bedarf genutzt werden können.*

Da ihr euch in einer Prioritätswarteschlange mit vertraulichem Ankunftsgate befindest, erhaltet ihr keine Möglichkeit, die Reise zu unterbrechen. Der rote Notfallknopf an jedem Sessel ist während des Transports außer Betrieb. Danke für eure Kooperation.«

Das Hologramm verschwand, und die Kapsel bewegte sich über eine Vielzahl von Spuren seitwärts.

Die Lautsprecher im Sessel knackten, bevor eine Frauenstimme ertönte. *»Euer Fahrzeug ist das nächste in der Reihe. Abfahrt vom Umschaltterminal Brevard in drei ... zwei ... eins ...«*

Peabo wurde gegen die Sitzlehne gedrückt, als die Kapsel beschleunigte. Es fühlte sich an, als würde er von der unsichtbaren Hand eines Riesen hineingepresst.

Die g-Kräfte, die er im Sucher erlebt hatte, waren nichts im Vergleich dazu. Peabo erlebte den Tunnelblick von Piloten mit erhöhtem Augeninnendruck, von dem er bisher nur gelesen hatte.

Als die Perspektive schmaler und schmaler wurde, grunzte Peabo und versuchte, so viel Blut wie möglich in den Kopf zu drücken.

Dann endete das Gefühl, trotzdem hatte er Mühe, nicht das Bewusstsein zu verlieren. Plötzlich ließ der Druck nach, und seine Sicht wurde wieder normal.

Ein Anflug von Erschöpfung überkam Peabo, als ihr Transporter in ein dunkles Gebäude einfuhr. Die einzige Beleuchtung stammte aus der Kapsel selbst.

Das Gefährt bewegte sich aufwärts, und vor ihnen flackerten rote Lichter auf, als sie langsamer wurden. Ihre Sessel rasteten ein, und die Kapsel kam zum Stillstand.

Peabo hatte nicht die geringste Ahnung, wie weit sie gereist sein mochten oder wo er sich gerade befand.

»Oh, das ist unerwartet.« Der Wachmann zeigte auf die Plattform hinaus, und Peabo sah einen drahtigen Mann auf sie zukommen. Er trug einen Laborkittel und hatte eine unverbindliche Miene aufgesetzt. Hinter ihm folgten sechs muskelbepackte Männer, die einen durchschnittlichen Gorilla dürr aussehen ließen. »Das ist der Direktor Clearwater, der neue Leiter der RBI-Forschungsabteilung.«

Der Direktor drückte einen blinkenden Knopf an einer nahen Säule, und das rote Blinken ging in ein konstantes Grün über.

»*Sekundärautorisierung empfangen.*«

Das Gurtgeflecht, das Peabo im Sitz fixiert hatte, löste sich in seltsam riechenden Rauch auf, als die Tür der Kapsel aufglitt.

Peabo stand auf und fühlte sich ein bisschen wackelig auf den Beinen.

Der Direktor trat unmittelbar vor Peabo hin und starrte ihn etwa zwei Herzschläge lang an, bevor er den Arm ausstreckte. Sie fassten sich gegenseitig an den Unterarmen, und der Mann grinste. »Ich bin Jonathan Clearwater, Leiter der Forschungsabteilung. Und ich habe eine Menge Fragen an Sie. Mister Smith, richtig?«

»Bitte, mein Name ist Peabo.«

»Na schön, Peabo.« Der Direktor deutete zum anderen Ende der Plattform. »Gehen wir direkt ins Labor.«

Das Wachpersonal des Mannes bildete einen Halbkreis um die beiden, während Peabo dem Direktor folgte, die Sinne in höchster Alarmbereitschaft.

»Peabo, der Arzt sagt, Sie haben irgendeine Form von dissoziativer Amnesie.« Der Mann holte einen Lederbeutel aus der Manteltasche und öffnete ihn. Licht strömte heraus. »Sagt Ihnen dieser Gegenstand etwas?«

Peabo nickte. »Ich erinnere mich, dass ich den Beutel bei mir hatte, als ich gefunden wurde. Ihn und ein Schwert.«

»Ja, das Schwert ist auch etwas, worüber wir reden müssen. Aber vor allem dieser ... dieser aufgeladene Edelstein hat meine

Aufmerksamkeit erregt und auf Sie gelenkt.« Er zog den Beutel zu und verstaute ihn wieder in der Tasche seines Laborkittels. »Nicht viele Leute wissen von einem Projekt, mit dem uns unser Herrscher beauftragt hat. Es ist uns erst kürzlich gelungen – konkret letzte Woche –, Energie in der Matrix eines Kristalls einzufangen.« Der Direktor tätschelte seine Tasche. »Dass Sie etwas bei sich hatten, woran wir bei der STAG seit fast einem Jahrzehnt arbeiten, kann kein bloßer Zufall sein.«

Peabos Augen weiteten sich, und er geriet ins Stocken.

Der Mann hielt abrupt an und grinste. »Was ist? Ich merke, dass ich gerade mit irgendetwas einen Nerv getroffen habe.«

»Wie haben Sie Ihre Gruppe gerade genannt? Ich dachte, wir wären hier beim RBI ...«

»Ja, ja ... Regional Bureau of Investigation. Dazu gehören wir auch. Die STAG ist etwas, das ...« Der Direktor starrte Peabo mit eisblauen Augen direkt an. »Es ist eine spezielle Gruppe. Bekannt als Special Technologies Analysis Group.«

Peabo spürte ein Kribbeln auf der Haut, als er sich schlagartig ein Jahr zurückversetzt fühlte. In die Zeit, bevor er sich auf dieses verrückte Abenteuer eingelassen hatte. In einer anderen Welt, einem anderen Universum.

Dort war er zu einem neuen Job angetreten. Man hatte ihn für eine geheime Operation rekrutiert, und schon am ersten Tag hatten ihn grelle Lichter geblendet, und eine körperlose Stimme hatte gesagt: *»Mr. Smith, willkommen bei der STAG.«*

Ein knisterndes Rauschen breitete sich in Peabos Ohren aus.

Der Direktor zeigte auf dicke Metalltüren, die sich in den Boden senkten. »Mr. Smith, willkommen bei der STAG.«

ANMERKUNG DES AUTORS

Tja, damit sind wir am Ende von *Der Turm der Weisen*, und ich hoffe aufrichtig, es hat dir gefallen.

Wenn das dein erstes Buch von mir war, schulde ich dir eine kleine Vorstellung. Wer das hier schon kennt, kann direkt weiterspringen zu den neuen Teilen.

Ich habe mein Leben wissenschaftlicher Forschung verschrieben und bin schon länger in der Hightech-Branche tätig, als ich zugeben möchte. Meine Herkunft ist nicht besonders ungewöhnlich. Man könnte jedoch anmerken, dass ich mit Englisch als meiner dritten Sprache aufgewachsen bin, obwohl es mittlerweile mit Abstand meine stärkste ist. Ich wurde in eine Armeefamilie hineingeboren, bin viel gereist und habe dasselbe getan wie die meisten: Ausbildung, Job, Hochzeit und Kinder.

In bin damit aufgewachsen, in wissenschaftlichen Zeitschriften zu schmökern. Darüber bin ich zum Lesen von Science-Fiction gekommen, hauptsächlich die Klassiker von Asimov,

ANMERKUNG DES AUTORS

Niven, Pournelle und so weiter. Dann entdeckte ich epische Fantasy für mich, was mir eine völlig neue Welt erschloss. Eigentlich viele neue Welten. Durch Eddings, Tolkien und Co. habe ich das Genre schätzen gelernt. Als ich älter und biederer wurde, kam ich auf den Geschmack von Thrillern wie jenen von Cussler, Crichton, Grisham und anderen.

Als meine Kinder jünger waren, erfand ich für sie Geschichten, die ihnen gefielen und sie gut unterhielten. Wer hätte in dem Alter auch keinen Spaß dabei, etwas von Zwergen, Elfen, Drachen und dergleichen zu hören? Dies waren die Gutenachtgeschichten ihrer Jugend. Um mich nicht zu verzetteln, fing ich an, die Geschichten aufzuschreiben.

Tja, die Kinder wurden größer. Und es hat sich herausgestellt, dass mich nach dem Aufschreiben all der Geschichten ein Fieber gepackt hatte – das Schreibfieber. Es juckte mich, richtig damit anzufangen ... aber nicht mit traditionellen Geschichten, wie ich sie mir für die Kinder ausgedacht hatte.

Im Verlauf der Jahre habe ich mich mit einigen recht bekannten Autoren angefreundet. Und wenn ich erwähnte, dass ich das Schreiben vielleicht ernsthafter betreiben will, bekam ich von mehreren denselben Rat: »Schreib über etwas, womit du dich auskennst.«

Über etwas schreiben, womit ich mich auskenne? Ich fing an, über Michael Crichton nachzudenken. Er war nicht praktizierender Arzt und begann mit einem medizinischen Thriller. John Grisham war ein Jahrzehnt lang Anwalt, bevor er eine Reihe von Gerichtsthrillern verfasste. Der Ratschlag schien etwas für sich zu haben.

Ich fing zu grübeln an. »Womit kenne ich mich aus?« Und dann kam es mir.

Ich kenne mich mit Wissenschaft aus. Das ist mein Beruf und

ANMERKUNG DES AUTORS

bereitet mir Freude. Tatsächlich gehört es zu meinen Hobbys, Fachartikel zu lesen, die verschiedenste wissenschaftliche Disziplinen umspannen. Meine Interessen reichen von Teilchenphysik über Computer und Militärwissenschaften (also jede Wissenschaft hinter allem, was knallt) bis hin zu Medizin. In der Hinsicht bin ich zugegebenermaßen ein Nerd. Außerdem reise ich schon mein Leben lang viel und befasse mich aus reinem Interesse mit fremden Sprachen und Kulturen.

Mit dem Rat einiger *New York Times* Bestsellerautoren im Gepäck begann ich mein Unterfangen, Romane zu schreiben.

Schon mein erstes Buch, *Urgewalt*, wurde ein *USA Today* Bestseller. Seither habe ich es mehrfach auf diese Liste geschafft. Im Nachhinein bin ich froh, dass ich den Sprung ins kalte Wasser gewagt und mit dem Schreiben begonnen habe.

Damit genug der Einleitung. Ich rede nicht so gern über mich selbst. Also weiter im Text, nachdem ich mich so aufdringlich vorgestellt habe.

Als Wissenschaftler ist es für mich nicht selbstverständlich, Fantasy zu schreiben. Allerdings sollte ich anmerken, dass es sich bei der vorliegenden Geschichte nicht unbedingt um einen traditionellen Fantasyroman handelt. Generell baue ich gern, soweit es möglich ist, wissenschaftliche Fakten ein, teilweise sogar futuristisch anmutende Themen.

Das erste Buch dieser Reihe war gewissermaßen eine Mutprobe. Mir wurde versichert, ich könnte kein einziges Buch schreiben, das sowohl Fans von Thrillern als auch solche von Science-Fiction/Fantasy anspricht. Ich freue mich, mittlerweile sagen zu können, dass der erste Band, *Der Landläufer*, bei Fans beider Genres erfolgreich war, was meine Instinkte bestätigt hat.

ANMERKUNG DES AUTORS

Und glaubt mir, etwas zu tun, wovon andere die Finger lassen, ist meist ein sicherer Weg zu einem Desaster.

Ich gehe davon aus, dass diejenigen von euch, die an dieser Stelle angekommen sind, das Buch bereits gelesen haben, und ich hoffe, es hat euch gut unterhalten. Ich möchte euch gern einen kleinen Einblick in meine Gedankengänge beim Verfassen dieses Romans und beim Schaffen des übergeordneten Handlungsbogens der Reihe geben.

Wie ihr vielleicht bemerkt habt, sind in die Geschichte – hoffentlich relativ nahtlos – Elemente von Spielen eingeflochten. Thriller-Leser sind angetan vom Konzept der Stufen, und Fantasy-Leser tolerieren, dass mein Held stets die Wissenschaft hinter allem ergründen will, was er zu sehen bekommt.

Dieser Teil der Reihe sollte zu einem Übergang für unsere Hauptfigur werden. Am Ende des Buchs ist Peabo ziemlich mächtig geworden. Er ist etwas selbstsicherer und fühlt sich mittlerweile in seiner neuen Rolle wohler.

Am Ende des Buchs ändert sich alles.

Viele Autoren erfolgreicher Reihen werden gebeten, Vorgeschichten zu schreiben, damit die Leser ein besseres Gefühl für den Hintergrund der Figuren oder der Welt bekommen, über die sie lesen. Ich hatte von Anfang an geplant, was mit Buch 3 kommen wird.

Viele von euch haben vielleicht Fragen über das Erste Zeitalter. Wir haben Ruinen erlebt, Hinweise auf eine fortschrittliche Gesellschaft. Gottähnliche Wesen wurden als verbannt bezeichnet. Was ist da los? In der Vergangenheit muss etwas wirklich Schreckliches passiert sein. Und Peabo ist nicht der erste Landläufer, der in dieser Welt wandelt.

Ich kündige jetzt schon an, dass der nächste Band den Titel *Der Prismaist* tragen wird. Die Geschichte sollte viele der oben gestellten Fragen beantworten und hoffentlich noch etliche mehr.

ANMERKUNG DES AUTORS

Bei der Reihe bin ich immer noch unschlüssig, in welches Genre sie fällt. *Der Landläufer* war recht eindeutig eine Kombination aus Technothriller und Fantasy mit Einsprengseln von Science-Fiction. In *Der Turm der Weisen* liegt das Augenmerk eher auf Fantasy mit einigen Science-Fiction-Elementen. *Der Prismaist* könnte den Spieß umdrehen und mehr Elemente von Science-Fiction als von Fantasy enthalten.

Viele von euch haben mir geschrieben und mitgeteilt, welchem Genre *Der Landläufer* ihrer Meinung nach zuzuordnen ist. Mit so unterschiedlichen Ansichten, dass es amüsant für mich war. Ein roter Faden dabei war, dass sich das Buch sehr wie ein »Rothman«-Roman gelesen hat, was wohl gut ist – hoffe ich zumindest.

Wie immer freue ich mich über Kommentare und Rückmeldungen.

Bitte hinterlasst eure Gedanken/Rezension über die Geschichte auf Amazon und teilt sie mit euren Freunden. Nur durch Rezensionen und Mund-zu-Mund-Propaganda kann diese Geschichte weitere Leser finden, und ich hoffe sehr, dass dieser Roman – und der Rest meiner Bücher – ein möglichst großes Publikum ansprechen.

Nochmals vielen Dank, dass du einem relativ unbekannten Autor eine Chance gibst. Immerhin bin ich kein Stephen King.

Ich beabsichtige, pro Jahr zwei bis vier Bücher zu veröffentlichen. Und wenn ich ganz ehrlich sein soll, wird stark von meiner Leserschaft beeinflusst, was ich als Nächstes meine Aufmerksamkeit widme. Ein Beispiel dafür ist mein erstes Buch, *Urgewalt*, für das kein Folgeband geplant war. Aber nach der Veröffentlichung wurde der Titel sowohl in den USA als auch im Ausland ein so großer Hit, dass ich aufgrund der hohen Nachfrage einen zweiten Teil in der so entstandenen *Exodus*-Reihe herausgebracht habe.

ANMERKUNG DES AUTORS

Wenn dich Neuigkeiten über meine Arbeit interessieren, kannst du dich gern für meinen Newsletter anmelden:

https://mailinglist.michaelarothman.com/new-reader

Mike Rothman
1. Dezember 2021

ANHANG

Ich gebe nur sehr kurze Erläuterungen zu teilweise sehr komplexen Konzepten. Meine Absicht dabei ist, gerade genug Informationen zu bieten, um ein vernünftiges Verständnis des Themas zu ermöglichen. Denjenigen, die mehr wissen wollen, möchte ich auch ausreichend Stichworte an die Hand geben, damit sie eigene Recherchen starten und ein umfassenderes Hintergrundverständnis dieser Themen erlangen können.

So erhält man einen Einblick darin, was mich beim Schreiben dieser Geschichte beeinflusst hat. Und vielleicht fängt man sogar an, sich zu fragen, was sich unweigerlich alle Autoren fragen: Was wäre, wenn ...

Teleportation:

In dieser Geschichte kommt das Konzept der Teleportation vor, das man aus *Dungeons & Dragons* und vielen anderen Rollenspielen kennt. Wie so oft ist auch in dieser Geschichte nicht immer klar, ob etwas ins Reich der reinen Fantasie oder in die Kategorie der Wissenschaft fällt. Manchmal ist es eine Mischung aus beidem.

Nicht selten wird etwas, das uns heute wie reine Fantasie vorkommt, schon morgen zu einer wissenschaftlichen Tatsache.

Der Telegraf zum Beispiel muss den Menschen im 19. Jahrhundert wie Magie erschienen sein. Die Vorstellung, dass man an einem Ort etwas von sich geben und fast augenblicklich viele Kilometer entfernt empfangen konnte, war für die meisten Menschen gleichbedeutend mit Magie. Dasselbe gilt für die erste Wiedergabe einer aufgezeichneten menschlichen Stimme oder das Telefon.

Unter Teleportation versteht man das Konzept, ein Objekt von einem Ort zu einem anderen zu übertragen, und auch das erscheint uns wie Magie. Oder zumindest wie Science-Fiction.

Allerdings sind die grundlegendsten Aspekte von Teleportation wissenschaftliche Fakten.

Zugegeben, bisher hat Teleportation nur auf atomarer Ebene stattgefunden. Aber reale Experimente haben dabei ein gewisses Maß an Erfolg erzielt. Zum Beispiel wurden tatsächlich Partikel bis zu 142 Kilometer zwischen zwei der Kanarischen Inseln teleportiert.

Belassen wir es bei der Feststellung, dass dieses Thema viel zu komplex ist, um es im Anhang eines Romans auf Ingenieursebene zu diskutieren. Wer sich dafür interessiert und recherchieren möchte, um mehr zu erfahren, orientiert sich an den Begriffen Quantenverschränkung und Quantenteleportation.

Ein weiteres faszinierendes wissenschaftliches Thema, das Teleportation zumindest auf dem Papier ermöglicht, ist das Konzept eines Wurmlochs. Einfach ausgedrückt versteht man darunter die Möglichkeit, zwei Punkte in der Raumzeit miteinander zu verbinden, gewissermaßen als »Abkürzung«. Stell dir vor, du bist in Spanien und willst nach Neuseeland auf der anderen Seite der Welt. Wenn es einen Direktflug gäbe, wären es etwa 19.000 Kilometer. Mit einem Wurmloch zwischen den beiden Orten hingegen wären es nur etwas mehr als 12.000 Kilometer. Solche Abkürzungen sind die exotischen Bereiche, in denen Science-Fiction die Welt des Möglichen tangiert. Mit einem Wurmloch könnte man nicht nur potenziell blitzschnell von einem Ort zum anderen gelangen, es wäre theoretisch sogar möglich, in der Zeit zurückzureisen.

Und da wir schon bei Zeitreisen sind ...

Zeitreisen:

Als Einstein 1915 zum ersten Mal die allgemeine Relativitätstheorie formulierte, beschrieb er unser Universum in Form der drei Raumdimensionen, die wir gut kennen, und einer vierten Dimension, der Zeit selbst. Daher stammt der Begriff der Raumzeit, mit dem Wissenschaftler alle vier Dimensionen unseres Universums beschreiben.

Die allgemeine Relativitätstheorie beschreibt also die Raumzeit selbst. Die Raumzeit ist ein Modell, in dem Raum und Zeit miteinander verwoben sind, um die vier Dimensionen zu vereinfachen, aus denen sich Raum und Zeit zusammensetzen. Einstein hält darin fest, dass große Objekte eine Krümmung der Raumzeit verursachen, die als Gravitation bezeichnet wird.

Das Konzept, in der Zeit vorwärts zu reisen, ist überhaupt nicht umstritten. Tatsächlich ist es sogar bewiesen.

In der Wissenschaft wird dieser Effekt allgemein als Zeitdilatation bezeichnet und ist experimentell belegt. Ich verweise dafür auf die Experimente des United States Naval Observatory von Hafele und Keating. Darin ist dokumentiert, was passierte, als vier unheimlich genaue Atomuhren synchronisiert wurden, bevor zwei davon um die Welt geflogen wurden, während die beiden anderen stationär blieben. Als man die Uhren wieder zusammenbrachte, hatte sich die Zeit der Uhren, die Düsenjetgeschwindigkeiten geflogen waren, geringfügig verschoben. Sie waren in der Zeit um den Bruchteil einer Sekunde vorwärts gereist. Zugegeben, das ist jetzt nicht allzu aufregend. Aber es hat bewiesen, dass vorwärts gerichtete Zeitreisen prinzipiell möglich sind.

Eine Reise in die Vergangenheit hingegen wirft interessante Fragen auf.

1974 hat Frank Tipler anhand von Einsteins Relativitätsgleichungen erkannt, dass man zumindest theoretisch eine Maschine für Zeitreisen konstruieren könnte.

Natürlich lassen sich Gleichungen auf Papier mit dem heutigen Stand der Wissenschaft und Technik nicht wirklich in praktische Lösungen umsetzen. Aber als Gedankenexperiment hat Tipler die Frage gestellt, wie so etwas aussehen könnte, falls wir je über die Technologie dafür verfügen.

Beginnen wir mit einer riesigen Masse – der zehnfachen Masse der Sonne. Ich weiß, ich weiß – ihr denkt wahrscheinlich gerade, jetzt ist es so weit, und wir sind im Reich der Verrückten gelandet. Habt Geduld mit mir.

Wenn wir so viel Masse in den Raum packen, den ein schwarzes Loch einnimmt, hätten wir etwas mit einem Durchmesser von weniger als 30 Kilometern.

Alles in allem gar nicht *so* gewaltig, zumindest von der Größe her.

Tipler hat vorgeschlagen, diese Masse nicht in etwas Kugelförmiges, sondern in einen Zylinder einzubringen. Ähnlich dem Pappmittelstück einer Papierhandtuchrolle, nur größer.

ANHANG

Stellen wir uns diesen Zylinder als sehr schnell rotierend vor.

Kombiniert man die enorme Anziehungskraft der Masse mit der rasanten Rotation, entsteht ein sogenannter Frame-Dragging-Effekt.

Was ist das?

Der Zylinder würde die Raumzeit mitschleifen. Und wenn man der Rotation in eine Richtung folgt, gerät man in eine geschlossene zeitartige Kurve – oder CTC für *Closed Timelike Curve* –, die einen in die Vergangenheit katapultiert.

Bei einer CTC bildet die Zeit im Wesentlichen eine Schleife. Man glaubt zwar, sich vorwärts zu bewegen, landet aber letztlich wieder am Ausgangspunkt und stellt fest, dass man unterwegs in Wirklichkeit in der Zeit zurückgereist ist. Dehnt man das auf die Ewigkeit aus, wäre es vorstellbar, eine beliebige Zeitspanne in die Vergangenheit zurückzukehren.

Wenn man sich in die andere Richtung bewegt, reist man in die Zukunft.

Ich weiß, ich weiß – das sind ziemlich fortgeschrittene Konzepte der theoretischen Physik. Wenn ihr euch dafür interessiert, könnt ihr ja mehr darüber recherchieren.

Natürlich wirft es eine Reihe gewaltiger Schwierigkeiten auf, etwas Derartiges zu konstruieren. Variablen wie exotische Materie, die negative Energie enthält, oder eine Konstruktion unendlicher Länge.

Und was ist eigentlich mit Paradoxa? Wenn man beispielsweise die eigenen Vorfahren umbrächte?

Nun, es gibt etwas, das man als Nowikow-Selbstübereinstimmungsprinzip bezeichnet. Dessen Prämisse zielt darauf ab, Paradoxa im Zusammenhang mit Zeitreisen zu lösen, ein verstecktes »Feature« der allgemeinen Relativitätstheorie.

Das Prinzip geht davon aus, dass es nur eine einzige Zeitlinie für das Universum gibt, in dem man sich befindet, und es dem

Zeitreisenden daher unmöglich wäre, die Vergangenheit so zu beeinflussen, dass dadurch die Zukunft verändert wird.

Das eckt zwar ein wenig mit dem freien Willen und ähnlichem an, aber die Grundidee ist, dass man physisch nicht in der Lage wäre, die Vergangenheit zu manipulieren.

Aber wenn dem so ist, warum ist Peabo dann offenbar in der Zeit zurückgereist? Was bringt das, wenn er die Vergangenheit nicht verändern kann?

An dieser Stelle schließen der Wissenschaftler und der Autor in mir ein Gentleman's Agreement. Wir greifen bereits Fortgeschrittenes auf und steigern es noch mit wissenschaftlichen Konzepten, die den meisten Menschen Kopfschmerzen verursachen.

Die oben genannten Regeln gelten für das Universum, in dem wir uns befinden.

Theoretisch wurde doch jeder in dem Universum geboren, in dem er sich befindet, oder?

Aber Peabo stammt nicht aus dem Universum, in dem er sich gerade aufhält. Erinnert ihr euch? Er ist von einer Bran – einem Universum – in eine andere gereist (die Einzelheiten dazu enthält *Der Landläufer*). So ist er in seinem derzeitigen Universum gelandet.

Er war nicht von Anfang an dort. Somit verkörpert er eine neue Variable. Und jemand in der Geschichte, der etwas von solchen Dingen versteht, hat von Anfang an einen Joker in die Gleichung eingebracht, der es ermöglicht, Dinge in der Vergangenheit zu ändern. Also sozusagen ein Schlupfloch im Selbstübereinstimmungsprinzip.

Dieser Joker ist Peabo. ☺

ANHANG

Licht und Prismen:

In diesem Buch erlebt Peabo viel, das mit Licht zu tun hat. Deshalb möchte ich zumindest ein wenig Hintergrundwissen darüber vermitteln, was Licht eigentlich ist, zumal in der Geschichte immer wieder auf Farben und Regenbogeneffekte angespielt wird.

Zunächst mal besteht Licht aus winzigen Energiepaketen, sogenannten Photonen. Sie haben eine interessante Eigenschaft: Man kann sie sowohl als Welle als auch als Teilchen betrachten. Für diese Beschreibung konzentrieren wir uns einfach auf Licht als Welle.

Was bedeutet das?

Reden wir zunächst etwas allgemeiner über Licht: Wie wir ein Objekt sehen, hängt von dem Licht ab, das es abstrahlt oder reflektiert. Sterne beispielsweise strahlen Licht ab.

Wir Menschen nehmen es als Welle mit einer bestimmten Frequenz wahr. Nehmen wir beispielsweise an, wir hätten eine lange Schnur, die wir so auf und ab schwenken, dass Wellen darin entstehen. Stellen wir uns weiter vor, dass Licht in Wirklichkeit wie die Wellen in der Schnur aussieht. Es handelt sich lediglich um eine Reihe von Energiewellen. Diese Wellen haben alle eine bestimmte Länge. Wenn man sich mit dem Ende der Schnur weiter entfernt, werden die Wellen länger. Genauso verhält sich Licht, wenn man sich davon entfernt. Die Welle holt einen immer noch ein, aber aus der eigenen Perspektive scheint sie länger zu sein. Und je länger die Welle ist, desto röter erscheint sie. Je kürzer sie wird, desto blauer nehmen wir sie wahr.

Wir können solche Lichtwellen nur in einem sehr schmalen Frequenzband erkennen. Wenn sie zu lang werden, wandern sie über Rot hinaus ins Infrarotspektrum. Wenn sie zu kurz sind,

ANHANG

lassen sie Blau und Violett hinaus sich und erreichen den ultravioletten Bereich.

Die Wellen werden von einer Spitze zur nächsten Spitze gemessen. Man kann sich also leicht vorstellen, dass die Wellenlänge umso größer wird, je energieärmer das Licht ist. Und je energiereicher das Licht ist, desto kürzer ist die Wellenlänge.

Das Licht, das wir normalerweise sehen, ist eine Mischung aus vielen verschiedenen Wellenlängen. Aber bei einem Regenbogen wird das Licht so gebrochen, dass die Wellenlängen in ihre Bestandteile zerlegt werden. Vielen Menschen ist nicht bewusst, dass für uns sichtbares Licht nur einen sehr kleinen Teil des gesamten Lichts um uns herum ausmacht.

Wenn ihr euch je in der Nähe eines Funkturms befindet, der ein Signal ausstrahlt, dann sind das Wellen, die ihr nicht sehen könnt, aber der Empfänger eures Radios kann sie klar und deutlich erfassen.

Die nachstehende Darstellung vermittelt einen Eindruck, wie schmal der Bereich ist, den wir tatsächlich sehen können.

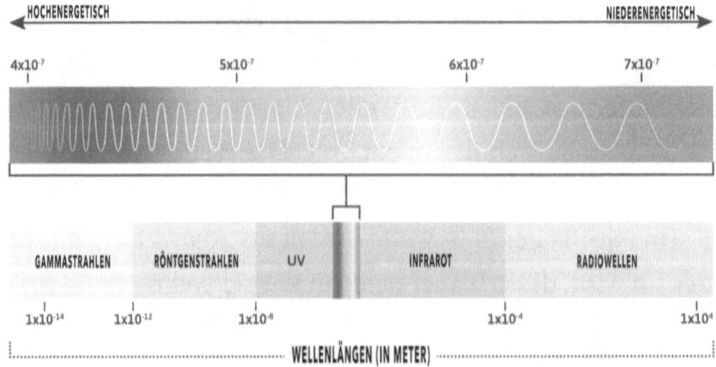

ANHANG

Peabo erlebt in der Geschichte nach und nach Dinge, die für ihn ungewohnt sind. Stellt euch vor, ihr betrachtet die Fernbedienung eures Fernsehers und könntet das Licht sehen, das von ihr ausgeht. Es hätte keine euch bekannte Farbe, sondern eine, die so weit außen auf der Rotskala liegt, dass wir dafür nur das Wort Infrarot haben.

Interessant ist, dass sich das von uns wahrnehmbare Spektrum mit zunehmendem Alter ein wenig verkleinert. Bei manchen Kindern und sogar jungen Erwachsenen wurde mit Tests nachgewiesen, dass sie tatsächlich Lichtformen erkennen, die von den meisten Erwachsenen nicht wahrgenommen werden.

Das ist wahrscheinlich mehr, als ihr über Licht und die Wissenschaft dahinter wissen wolltet. Den Rest überlasse ich daher zur weiteren Selbstrecherche denjenigen von euch, die sich besonders für das Thema interessieren.

Kraftkristalle:

In dieser Geschichte behandle ich ein Konzept, das vielleicht fantastisch erscheinen mag: die Möglichkeit, riesige Energiemengen auf relativ kleinem Raum zu speichern. Denkt an den Kristall zurück, in den Grundle jede Menge Energie geleitet hat und den Peabo letztlich als Energiequelle nutzt. Wir wissen alle, was Batterien sind. Und je größer die Batterie ist, desto mehr »Wumms« hat sie. »Wumms« ist natürlich der totale Fachbegriff ... Die Vorstellung, dass so viel Energie in einem daumengroßen Kristall gespeichert werden könnte, erscheint absurd, oder?

Reden wir ein wenig über das Verhältnis von Energie und Masse. Es ist zwar richtig, dass größere Batterien in der Regel mehr Energie speichern als kleinere, aber unsere Technologie ist im Vergleich zum physikalisch Machbaren noch ziemlich plump. Die folgende Erklärung liefert dir zumindest einen Einblick, wie weit wir davon entfernt sind, was in Zukunft möglich sein könnte.

Ich verwende ein Beispiel, mit dem vermutlich die meisten etwas anfangen können. Man hat mir zu dem Thema mal eine Frage gestellt: »Verliert eine Batterie an Masse, wenn sie sich entlädt?«

Tja, darauf gibt es eine ungenaue und eine präzise Antwort.

Die ungenaue Antwort lautet: Nein.

Aber bohren wir ein wenig tiefer.

Der Unterschied läuft auf Einsteins Formel $E = mc^2$ hinaus, die sich aus seiner speziellen Relativitätstheorie ergibt. Energie ist gleich Masse mal Lichtgeschwindigkeit zum Quadrat.

Wenn sich eine Batterie entlädt, werden die Atome im Inneren der Batterie – wenn wir Faktoren wie Auslaufen, Staub oder Feuchtigkeit und andere Umgebungseinflüsse außer Acht lassen – lediglich in andere Konfigurationen oder Moleküle umgeschichtet. Die Identität und Anzahl der Kerne im Inneren der Batterie bleiben jedoch konstant.

Ich möchte allerdings betonen, dass sich die Energie nicht aus der Masse der Elektronen berechnen lässt. Die Elektronen gehen nicht verloren, wenn sich eine Batterie entlädt. Wenn eine Batterie elektrische Energie verliert, bedeutet das nicht, dass sie die elektrische Ladung verliert! Sie wandert nur von einer Elektrode zur anderen. Und die Bewegung durch den zwischen den Elektroden gespannten Draht (und das elektrische Feld in den Drähten) treibt Elektrogeräte an. Die Gesamtheit der Batterie ist jedoch immer elektrisch neutral. Da sie eine feste Anzahl von Protonen enthält, muss sie auch eine feste (gleiche) Anzahl von Elektronen enthalten.

Stattdessen läuft der Energieunterschied auf unterschiedliche elektrostatische potenzielle Energien der Elektronen im Verhältnis

ANHANG

zu den Kernen hinaus. Man könnte sagen, wenn sich eine Batterie entlädt, verlagern sich ihre Elektronen durchschnittlich näher zu den Kernen hin, und die veränderte Wechselwirkungsenergie wirkt sich auf die im elektromagnetischen Feld gespeicherte Energie/Masse aus.

Das Topmodell P100 von Tesla beispielsweise besitzt eine Batteriekapazität von rund 100 kWh. Multipliziert man das 1000 und 3600, erhält man den Wert in Joule. Teilt man ihn durch 10^{17}, was (ungefähr) dem Quadrat der Lichtgeschwindigkeit entspricht, erhält man die Differenz der Masse in Kilogramm.

Also ungefähr $100 \times 1000 \times 3600 / 10^{17} = 3{,}75 \times 10^{-9}$.

Das sind knapp 4 Mikrogramm – für diese riesige Tesla-Batterie. Ein Mohnsamen wiegt also ungefähr 75-mal mehr als der Gewichtsunterschied zwischen einem vollständig aufgeladenen Tesla P100D und einem vollständig entladenen.

Theoretisch gibt es also eine Veränderung der Masse. Aber in der Praxis – nicht wirklich.

Schon verwirrt?

Tja, fassen wir zusammen:

Wenn wir Energie je so effizient speichern, wie es die Physik zulässt, könnte etwas der Größe eines einzigen Mohnsamens ein durchschnittliches amerikanisches Haus mit 180 Quadratmetern Wohnfläche über ein halbes Jahr lang mit Strom versorgen.

Vergleicht man das mit heutigen Batterien, bekommt man eine Vorstellung davon, wie weit wir noch gehen können, um die Möglichkeiten der bekannten Physik auszuschöpfen.

DER AUTOR

Ich wurde in eine Armeefamilie hineingeboren, bin mehrsprachig und der Erste in meiner Familie, der in den USA das Licht der Welt erblickt hat. Das hat meine Jugend stark beeinflusst, indem es in mir die Liebe zum Lesen und eine brennende Neugier über die Welt und alles darin erweckt hat. Als Erwachsener haben mich meine Vorliebe für Reisen und meine Abenteuerlust dazu getrieben, zahlreiche exotische Orte zu erkunden, die manchmal Einzug in die Geschichten halten, die ich schreibe.

Ich hoffe, diese Geschichte konnte dich gut unterhalten.

Für gelegentliche Mitteilungen über meine neuesten Arbeiten kannst du dich für meinen Newsletter anmelden:

https://mailinglist.michaelarothman.com/new-reader

Meinen Blog findest du unter: www.michaelarothman.com
Facebook: www.facebook.com/MichaelARothman
Und Twitter: @MichaelARothman

www.ingramcontent.com/pod-product-compliance
Lightning Source LLC
LaVergne TN
LVHW091529060526
838200LV00036B/533